Munique

Robert Harris

Munique

TRADUÇÃO
Braulio Tavares

Copyright © Canal K 2017
Mapa © Gemma Fowlie 2017

Grafia atualizada segundo o Acordo Ortográfico da Língua Portuguesa de 1990, que entrou em vigor no Brasil em 2009.

Título original
Munich

Capa
Glenn O'Neill

Imagens de capa
Fundo e homens se cumprimentando: Ullsteinbild Dtl/Getty Images;
Águia: Jürgen Wiesler/Getty Images

Preparação
Rachel Rimas
Fernanda Villa Nova

Revisão
Clara Diament
Marise Leal

Dados Internacionais de Catalogação na Publicação (CIP)
(Câmara Brasileira do Livro, SP, Brasil)

Harris, Robert
 Munique/Robert Harris; tradução Braulio Tavares.
— 1ª ed. — Rio de Janeiro: Alfaguara, 2018.

 Título original: Munich.
 ISBN: 978-85-5652-063-0

 1. Ficção histórica 2. Ficção inglesa I. Título.

18-12787   CDD-823

Índice para catálogo sistemático:
1. Ficção : Literatura inglesa   823

[2018]
Todos os direitos desta edição reservados à
EDITORA SCHWARCZ S.A.
Praça Floriano, 19, sala 3001 — Cinelândia
20031-050 — Rio de Janeiro — RJ
Telefone: (21) 3993-7510
www.companhiadasletras.com.br
www.blogdacompanhia.com.br
facebook.com/alfaguara.br
instagram.com/editora_alfaguara
twitter.com/alfaguara_br

para Matilda

Devemos ter sempre em mente que o que agora jaz no passado já esteve um dia no futuro.
F. W. Maitland, historiador (1850-1906)

Devíamos ter entrado em guerra em 1938... Setembro de 1938 teria sido a data mais favorável.
Adolf Hitler, fevereiro de 1945

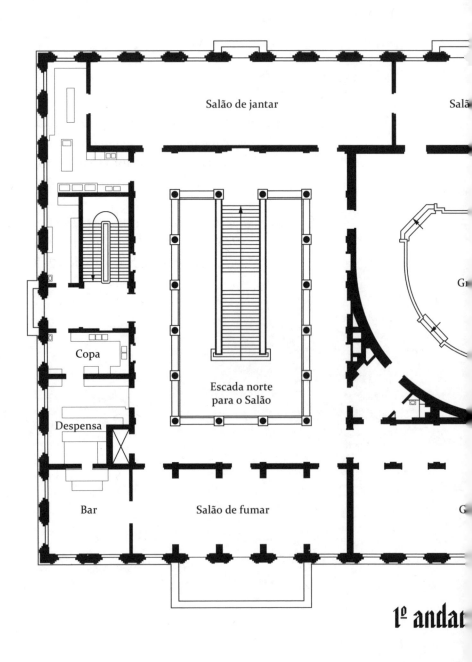

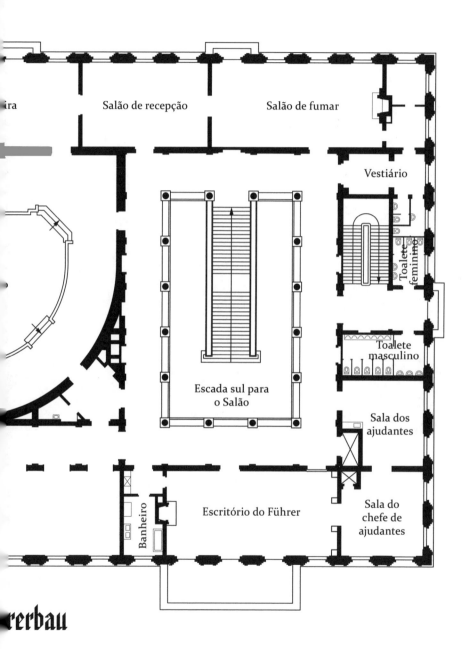

PRIMEIRO DIA

1

Pouco antes de uma da tarde de terça-feira, 27 de setembro de 1938, o sr. Hugh Legat, do Serviço Diplomático de Sua Majestade, foi conduzido à mesa ao lado de uma das janelas que se erguiam do chão ao teto do restaurante Ritz, em Londres. Pediu meia garrafa de um Dom Pérignon 1921 ao qual não poderia se dar ao luxo, dobrou o exemplar do *Times* na página dezessete e pela terceira vez começou a ler o discurso proferido na noite anterior por Adolf Hitler no Sportpalast de Berlim.

O DISCURSO DE HERR HITLER

A ÚLTIMA PALAVRA A PRAGA

PAZ OU GUERRA?

De vez em quando olhava pelo salão para vigiar a entrada. Talvez fosse sua imaginação, mas parecia que os fregueses, e até os garçons que iam e vinham no carpete entre as cadeiras de estofado rosa escuro, estavam excepcionalmente desanimados. Não se ouviam risadas. Em silêncio, do outro lado da espessa vidraça, quarenta ou cinquenta trabalhadores, alguns sem camisa no clima úmido, cavavam trincheiras no Green Park.

Que o mundo inteiro não tenha dúvida de que, agora, não é um homem ou um líder quem fala, mas todo o povo alemão. Sei que neste instante todo o nosso povo, e me refiro a milhões, concorda com cada uma de minhas palavras (Heil!).

Ele tinha ouvido o discurso pela BBC em tempo real. Metálico, implacável e ameaçador, autopiedoso e presunçoso, impressionante de uma maneira horrível, o discurso foi pontuado pelos golpes que Hitler desferia na tribuna e pelo rugido de quinze mil vozes gritando em apoio. O barulho era desumano, sobrenatural. Parecia brotar de um rio negro e subterrâneo e jorrar do alto-falante.

Sou grato ao sr. Chamberlain por todos os esforços e lhe assegurei que o povo alemão não deseja outra coisa senão paz. Também lhe garanti, e volto a enfatizar, que, quando esse problema for resolvido, a Alemanha não terá mais questões territoriais na Europa.

Legat pegou a caneta-tinteiro e sublinhou o trecho, depois fez o mesmo com um anterior, uma referência ao Acordo Naval Anglo-Germânico:

Em termos morais, esse acordo só se justifica se ambas as nações se comprometerem solenemente a nunca mais entrar em guerra uma contra a outra. A Alemanha tem esse propósito. Esperamos que aqueles que tenham a mesma convicção possam prevalecer entre o povo britânico.

Ele deixou o jornal de lado e consultou o relógio de bolso. Uma de suas peculiaridades era não carregar o tempo no pulso, como a maioria dos homens de sua idade, mas na ponta de uma corrente. Legat tinha apenas vinte e oito anos, mas parecia mais velho, com o rosto pálido, o jeito sério, o terno escuro. Havia quinze dias que fizera a reserva no restaurante, antes de a crise explodir. Agora sentia-se culpado. Daria a ela mais um tempo; e então teria que partir.

Depois de quinze minutos, vislumbrou seu reflexo em meio às flores, na parede de espelhos dourados. Estava na entrada do restaurante, praticamente na ponta dos pés, olhando ao redor com uma expressão vazia, o longo pescoço branco esticado e o queixo erguido. Ele a contemplou por instantes, como se fosse uma estranha, e se perguntou que diabos acharia dela se não fosse sua esposa. "Uma figura impactante", era o tipo da coisa que as pessoas diziam. "Não exatamente linda." "Não, mas bonita." "Pamela é o que chamam *nascida em berço de ouro*." "Sim, um berço de ouro e tanto — e totalmente acima do nível do pobre Hugh..." (Ouvira esta última frase em sua festa de noivado.) Ele ergueu a mão e se levantou. Ela finalmente o avistou, e então sorriu, acenou e foi em sua direção, infiltrando-se com rapidez entre as mesas, de saia justa e casaquinho de seda sob medida. Deixou para trás um rastro de olhares em sua direção.

Ela lhe deu um beijo decidido. Estava levemente ofegante.

— Desculpe, desculpe, desculpe...

— Tudo bem. Acabei de chegar.

No último ano, aprendera a não perguntar onde a esposa havia estado. Além da bolsa, ela carregava uma pequena caixa de papelão, que pôs na mesa, começando a tirar a luva.

— Achei que tivéssemos combinado "nada de presentes".

Ele ergueu a tampa. Um crânio preto de borracha, uma tromba de metal e as órbitas ocas de vidro de uma máscara de gás o encararam. Ele recuou.

— Levei as crianças para tirar as medidas. Ao que parece, tenho que colocar primeiro as delas. Isso vai testar a devoção materna, não acha? — Ela acendeu um cigarro. — Posso tomar alguma coisa? Estou morrendo de sede.

Ele acenou para o garçom.

— Só meia garrafa?

— Preciso trabalhar agora à tarde.

— Claro que precisa! Eu nem sabia se você ia aparecer.

— Não devia ter vindo, para dizer a verdade. Tentei ligar, mas você não estava em casa.

— Bem, agora já sabe onde estive. Uma explicação perfeitamente inocente. — Ela sorriu e se inclinou em sua direção; os dois brindaram. — Feliz aniversário, querido.

No parque, os trabalhadores ainda manejavam suas picaretas.

Sem nem olhar o menu, ela fez o pedido: filé de linguado e salada verde, sem entrada. Legat devolveu o menu e disse que queria o mesmo. Não conseguia pensar em comida, não conseguia tirar da cabeça a imagem dos filhos usando máscaras de gás. John tinha três anos, Diana, dois. Pensou em todas aquelas advertências para que não corressem tão depressa, se agasalhassem, não colocassem brinquedos ou lápis de cera na boca porque não sabiam onde tinham estado. Ele pôs a caixa sob a mesa e a empurrou com o pé para longe de sua vista.

— Eles ficaram muito assustados?

— Que nada. Acharam que era tudo uma grande brincadeira.

— Sabe, às vezes é exatamente isso que eu sinto. Mesmo tendo lido os telegramas, é difícil não pensar que é só uma piada de mau gosto. Uma semana atrás, tudo parecia estar resolvido. Então Hitler mudou de ideia.

— O que vai acontecer agora?

— Quem pode saber? Talvez nada. — Ele sentiu que devia tentar parecer otimista. — Ainda estão conversando em Berlim, ou pelo menos estavam quando saí do escritório.

— E se interromperem as conversas, quando vai começar?

Ele mostrou à esposa a manchete do *Times* e deu de ombros.

— Amanhã, talvez.

— Sério? Rápido assim?

— Ele diz que vai cruzar a fronteira tcheca no sábado. Nossos analistas militares acreditam que levará três dias para posicionar os tanques e a artilharia. Isso significa que terá que dar início à mobilização amanhã. — Ele jogou o jornal na mesa e bebeu um pouco de champanhe; a bebida deixou um gosto ácido na boca. — Quer saber? Vamos mudar de assunto.

Do bolso do paletó ele tirou uma caixinha de joia.

— Ah, Hugh!

— Vai ficar enorme — advertiu ele.

— Ah, mas é encantador! — Ela colocou o anel, ergueu a mão e a moveu de um lado para o outro sob a luz dos candelabros, fazendo a pedra azul reluzir. — Você é maravilhoso. Pensei que estivéssemos sem dinheiro para essas coisas.

— E estamos. Esse anel era da minha mãe.

Ele tinha medo de que Pamela o considerasse mesquinho, mas, para sua surpresa, ela estendeu o braço na mesa e pôs a mão sobre a dele.

— Você é tão gentil.

Sua pele estava fresca. Com o indicador, ela acariciou seu pulso.

— Gostaria que fôssemos para um quarto — disse ele de repente — e passássemos a tarde na cama. Nada de Hitler. Nada de crianças.

— Bem, e por que você não tenta arranjar um? Já estamos aqui. Quem vai nos impedir?

A esposa o encarou com os grandes olhos azul-acinzentados e ele viu, em uma revelação súbita e sufocante, que ela só disse aquilo porque sabia que jamais aconteceria.

Atrás dele, um homem pigarreou polidamente.

— Sr. Legat?

Pamela afastou a mão. Ele se virou e se deparou com o maître, sério e pomposo, as mãos unidas como em uma oração.

— Pois não?

— O número 10 de Downing Street o chama na linha, senhor.

Teve o cuidado de falar alto o bastante apenas para que as mesas mais próximas pudessem ouvir.

— Diabos! — Legat se levantou e jogou o guardanapo. — Você me dá licença? Tenho que atender.

— Eu sei. Vá até lá e salve o mundo. — A esposa o incentivou com um aceno. — Podemos almoçar outra hora.

Ela começou a guardar os pertences na bolsa.

— É só um minuto — disse ele, um tom de súplica na voz. — Precisamos conversar, de verdade.

— Vá.

Ele hesitou por um instante, sabendo que das mesas vizinhas outros clientes o observavam.

— Espere por mim — pediu, e seguiu o maître até o lobby, tentando não deixar transparecer sua preocupação.

— Achei que gostaria de um pouco de privacidade, senhor — disse o maître, abrindo a porta de um pequeno escritório.

O telefone estava sobre a mesa, fora do gancho.

— Obrigado.

Ele pegou o aparelho, mas só falou quando a porta se fechou.

— Legat.

— Sinto muito, Hugh. — Ele reconheceu a voz de Cecil Syers, um de seus colegas do escritório privado do primeiro-ministro. — Receio que você precise voltar imediatamente. As coisas estão prestes a ficar muito agitadas. Cleverly está perguntando por você.

— Aconteceu alguma coisa?

Houve uma hesitação do outro lado. Os secretários particulares haviam sido orientados a sempre considerar que a telefonista estaria escutando.

— Parece que a reunião terminou. Nosso homem pegou o voo de volta.
— Entendido. Estou a caminho.

Ele pôs o fone no gancho. Por um instante ficou paralisado. Era assim que a história acontecia? A Alemanha atacaria a Tchecoslováquia. A França declararia guerra à Alemanha. A Grã-Bretanha apoiaria a França. Seus filhos usariam máscaras de gás. Os clientes do Ritz abandonariam as mesas com toalhas de linho branco para se agachar em trincheiras escavadas no Green Park. Era muita informação para absorver.

Ele abriu a porta e se apressou pelo lobby de volta ao salão do restaurante, mas a eficiência da equipe do Ritz era tal que a mesa já estava limpa e vazia.

Em Piccadilly não havia táxi livre. Agitado, ele andava de um lado para o outro junto ao meio-fio, acenando em vão com o jornal enrolado para cada táxi que passava. Por fim, desistiu, dobrou a esquina para a St. James Street e começou a descer a ladeira. De vez em quando olhava ao redor com a esperança de que pudesse avistar a esposa. Aonde ela ia com tanta pressa? Se estivesse caminhando direto para casa, em Westminster, teria seguido naquela direção. Era melhor não pensar nisso; era sempre melhor não pensar nisso. Ele suava pelo calor fora de época. Por baixo do antiquado terno completo, com colete, podia sentir a camisa grudando às costas. Ainda assim, o céu estava nublado, ameaçando uma chuva que nunca vinha, e, ao longo da Pall Mall Street, atrás dos janelões do Royal Automobile, do Reform e do Athenaeum, os grandes clubes londrinos, candelabros reluziam com uma luz melancólica.

Ele só diminuiu o ritmo quando chegou ao topo da escadaria que levava do Carlton House Terrace para o St. James's Park. Ali encontrou a passagem bloqueada por um grupo silencioso de vinte pessoas que observavam o que parecia um pequeno dirigível erguendo-se lentamente por trás do Palácio de Westminster e passando pela torre do Big Ben, uma visão bela e estranha, majestosa e surreal. Ao longe pôde perceber mais meia dúzia no céu, ao sul do Tâmisa — pequenos torpedos prateados, alguns já a centenas de metros de altura.

— Acho que podemos dizer que o gato subiu no telhado — murmurou o homem a seu lado.

Legat olhou para ele. Lembrou que o pai havia usado exatamente a mesma expressão quando estava de licença em casa, durante a Grande Guerra. Ele teve que voltar para a França *porque o gato subiu no telhado*. O pequeno Hugh, com apenas seis anos, divertiu-se ao pensar na cena. Foi a última vez que o viu.

Ele abriu caminho entre os espectadores, desceu depressa os três lances de escada, cruzou o Mall e chegou à Horse Guards Road. Ali, no meio da extensão arenosa destinada aos desfiles, alguma coisa aconteceu durante a meia hora em que estivera longe. Havia dois canhões antiaéreos. E, como se a Luftwaffe pudesse aparecer a qualquer momento, soldados descarregavam sacos de areia de um caminhão-plataforma a todo vapor, passando-os de mão em mão ao longo de uma corrente humana. Um muro de sacos de areia ainda pela metade cercava um holofote. Um artilheiro girava furiosamente uma roda; um dos canhões se moveu e se elevou até ficar quase perpendicular ao chão.

Legat pegou um lenço branco de algodão e enxugou o rosto. Não se apresentaria vermelho e suado. Se havia um pecado que atraía olhares de censura no escritório privado era parecer descontrolado.

Subiu os degraus que conduziam à Downing Street, uma rua estreita, sombria, tingida de fuligem. Na calçada oposta ao número 10, um grupo de repórteres se virou ao escutar seus passos. Um fotógrafo ergueu a câmera, mas, ao ver que não era alguém importante, baixou-a. Legat acenou com a cabeça para o guarda na entrada, que deu uma batida firme na aldraba. A porta pareceu se abrir por conta própria. Legat entrou.

Fazia quatro meses que fora transferido do Foreign Office, o Ministério do Exterior britânico, para o número 10, mas sempre tinha a sensação de que entrava em um obsoleto clube de cavalheiros. O saguão de azulejos pretos e brancos, as paredes em vermelho-pompeia, a luminária cor de bronze, o relógio de pêndulo em seu suave tique-taque como se fossem as batidas de um coração, o suporte para guarda-chuva de ferro fundido com seu solitário guarda-chuva preto. Um telefone tocou a distância, nas profundezas do prédio. O porteiro lhe deu boa-tarde e voltou para seu assento de couro e seu exemplar do *Evening Standard*.

No amplo corredor que levava aos fundos do edifício, Legat parou e se olhou no espelho. Ele ajeitou a gravata, passou as mãos no cabelo, endireitou os ombros e virou-se. À sua frente ficava a sala do Gabinete, a porta de madeira estava fechada. À esquerda, o escritório de Sir Horace Wilson, também fechado. À direita, o corredor que conduzia aos escritórios dos secretários particulares do primeiro-ministro. A casa em estilo georgiano tinha uma atmosfera de tranquilidade imperturbável.

A srta. Watson, com quem dividia o menor dos escritórios, estava curvada sobre a escrivaninha, exatamente como a deixara, sitiada entre pilhas de pastas, apenas o topo da cabeça grisalha à vista. Ela começara a carreira como datilógrafa quando Lloyd George foi primeiro-ministro. Diziam que ele perseguia as garotas de Downing Street, correndo atrás delas em volta da mesa do Gabinete. Era difícil imaginá-lo perseguindo a srta. Watson. Sua responsabilidade era preparar respostas para questões enviadas pelo Parlamento. Ela olhou para Legat por cima da barricada de documentos.

— Cleverly estava à sua procura.

— Ele está com o primeiro-ministro?

— Não, está na sala dele. O primeiro-ministro está na sala do Gabinete com os Três Grandes.

Legat emitiu um ruído que era uma mistura de suspiro e gemido. Avançou pelo corredor e enfiou a cabeça pela fresta da porta do escritório de Syers.

— Seja sincero, Cecil, estou em apuros?

Syers girou na cadeira. Era um homem de baixa estatura, sete anos mais velho do que Legat, com um bom humor constante, incontrolável e às vezes irritante. A gravata indicava que estudara na mesma faculdade que Legat.

— Acho que você escolheu o dia errado para um almoço romântico, meu velho. — Ele baixou a voz, compreensivo. — Espero que ela não tenha ficado chateada.

Uma vez, em um momento de fraqueza, Legat deixou transparecer a Syers seus problemas domésticos. Arrependeu-se para sempre.

— Nem um pouco. Navegamos em águas tranquilas. O que aconteceu em Berlim?
— Aparentemente a coisa desandou em uma das invectivas de Herr Hitler. — Syers fingiu esmurrar o braço da cadeira. — *Ich werde die Tschechen zerschlagen!*
— Ah, Deus do céu. "*Esmagarei os tchecos!*"
Uma voz áspera soou no corredor.
— Ah, Legat, *aí* está você.
Em silêncio Syers articulou um "boa sorte" com os lábios. Legat deu um passo para trás e virou-se para encarar o rosto longo e bigodudo de Osmund Somers Cleverly, universalmente conhecido, por razões inexplicáveis, como Oscar. O chefe dos secretários particulares do primeiro-ministro acenou com um dedo, chamando-o. Legat o seguiu até sua sala.
— Devo dizer que estou desapontado com você, Legat, e mais do que surpreso. — Cleverly era mais velho do que os outros, e já seguia carreira nas Forças Armadas antes da guerra. — Um almoço no Ritz no meio de uma crise internacional? Talvez as coisas sejam assim no Foreign Office, mas aqui não são.
— Peço desculpas, senhor. Não acontecerá de novo.
— E você não tem nenhuma explicação?
— É meu aniversário de casamento. Não consegui falar com minha esposa e cancelar a reserva.
Cleverly o fitou por alguns segundos. Não fazia questão de esconder sua desconfiança em relação àqueles jovens brilhantes do Tesouro e do Foreign Office que nunca tinham servido em um uniforme.
— Há momentos em que nossas famílias precisam ficar em segundo plano. Este é um deles.
O chefe dos secretários sentou-se à escrivaninha e ligou uma luminária. Aquela parte do prédio tinha vista para os jardins de Downing Street. As árvores sem poda isolavam o prédio da Horse Guards Parade e mergulhavam o andar térreo em um crepúsculo perpétuo.
— Syers já o atualizou?
— Sim, senhor. Entendi que as negociações foram interrompidas.
— Hitler anunciou sua intenção de iniciar a mobilização às duas da tarde de amanhã. Receio que o caos esteja prestes a irromper. Sir

Horace deve estar de volta para se reunir com o primeiro-ministro às cinco. O primeiro-ministro falará à nação pelo rádio às oito. Gostaria que você se encarregasse da BBC. Eles vão montar a aparelhagem na sala do Gabinete.

— Sim, senhor.

— O Gabinete se reunirá em algum momento, provavelmente depois da transmissão, então os engenheiros da BBC precisarão desocupar a sala rapidamente. O primeiro-ministro também deverá se reunir com os altos comissários. Os chefes de Estado-Maior devem chegar a qualquer momento. Leve-os ao primeiro-ministro assim que chegarem. Preciso também que anote tudo da reunião para que ele possa informar ao Gabinete.

— Sim, senhor.

— O Parlamento está sendo convocado, como você sabe. E o primeiro-ministro pretende fazer um pronunciamento à Câmara sobre a crise amanhã à tarde. Reúna todas as minutas e telegramas importantes das duas últimas semanas, por ordem cronológica.

— Sim, senhor.

— Acho que você terá que passar a noite aqui. — A sombra de um sorriso se formou sob o bigode de Cleverly. Ele lembrava a Legat um professor de educação física musculoso de uma escola pública pequena. — Lamento que seja seu aniversário de casamento, mas é inevitável. Tenho certeza de que sua esposa vai compreender. Você pode dormir no quarto do secretário de plantão, no terceiro andar.

— Mais alguma coisa?

— Isso é tudo, por enquanto.

Cleverly pôs os óculos e começou a examinar um documento. Legat voltou para sua sala e se sentou pesadamente à escrivaninha. Abriu uma gaveta, retirou um tinteiro e mergulhou a pena. Não estava acostumado a ser repreendido. *Maldito Cleverly*, pensou. Sua mão tremia um pouco, fazendo a ponta da caneta tamborilar na borda do tinteiro. A srta. Watson suspirou, mas não ergueu a cabeça. Ele alcançou a cesta de arame à esquerda da mesa e puxou uma pasta de telegramas recém-chegados do Foreign Office. Antes que pudesse desatar a fita rosa que os prendia, o sargento Wren, o mensageiro de

Downing Street, apareceu na soleira da porta. Como sempre, estava ofegante; tinha perdido uma perna na guerra.

— O chefe do Estado-Maior do Exército Imperial está aqui, senhor.

Legat o seguiu rumo ao saguão enquanto ele mancava pelo corredor. Ao longe, sob a luminária cor de bronze, o visconde Gort lia um telegrama, as lustrosas botas marrons bem afastadas uma da outra. Uma figura glamorosa. Aristocrata, herói de guerra que recebera a Cruz Vitória, Gort parecia ignorar os funcionários, secretárias e datilógrafas que de repente encontraram razões urgentes para atravessar o saguão e assim avistá-lo. A porta da frente se abriu sob uma cascata de flashes das câmeras dos fotógrafos, e por ela entrou o marechal do ar Newall, acompanhado segundos depois pela figura imponente do primeiro lorde do Almirantado, o sr. Backhouse.

— Se puderem fazer a gentileza de me acompanhar, cavalheiros... — disse Legat.

Enquanto Legat os conduzia à parte interna, Gort perguntou:

— Duff está vindo?

— Não — retrucou Backhouse. — O primeiro-ministro acha que ele vaza informações para Winston.

— Se importariam de esperar aqui um instante? — pediu Legat.

A sala do Gabinete era à prova de som, protegida por portas duplas. Ele abriu a porta externa e bateu delicadamente na outra.

O primeiro-ministro estava sentado de costas para a porta. De frente para ele, na outra extremidade da longa mesa, estava Halifax, o secretário do Exterior; Simon, o chanceler do Tesouro; e o secretário de Justiça, Hoare. Os três ergueram a cabeça para ver quem chegava. O tique-taque do relógio era o único som que pairava no ambiente.

— Com licença, primeiro-ministro — disse Legat. — Os chefes de Estado-Maior estão aqui.

Chamberlain não se virou. As mãos estavam abertas na mesa, como se estivesse prestes a empurrar a cadeira para trás. Os dedos indicadores tamborilavam a superfície polida.

— Muito bem — disse ele depois de alguns instantes, a voz precisa e levemente tímida. — Vamos nos reunir novamente assim que Horace voltar. Veremos o que mais ele tem a nos dizer.

Os ministros juntaram seus documentos — de modo desajeitado no caso de Halifax, cujo braço esquerdo deficiente pendia inútil ao lado do corpo — e se levantaram em silêncio. Eram homens na casa dos cinquenta ou sessenta anos, os "Três Grandes" no auge do poder, mais imponentes pela dignidade do que pelo porte físico. Legat ficou de lado para deixá-los passar, como "um trio de carregadores de caixão buscando um", assim os descreveu a Syers. Ele ouviu quando os homens cumprimentaram as autoridades que esperavam do lado de fora — vozes baixas, carregadas.

— Posso pedir aos chefes de Estado-Maior que entrem agora, primeiro-ministro? — perguntou ele, com calma.

Mesmo assim Chamberlain não se virou. Fitava a parede oposta. Seu rosto tinha um ar circunspecto, obstinado, até um pouco beligerante. Por fim respondeu, distraído:

— Sim, claro. Pode trazê-los.

Legat se posicionou em uma das extremidades da mesa do gabinete, junto às pilastras dóricas que sustentavam o teto. As estantes de livros exibiam as lombadas dos estatutos encadernados em couro marrom e as edições de Hansard em azul e prata. Os chefes de Estado-Maior puseram os quepes na mesa lateral próxima à porta e se acomodaram nas cadeiras antes ocupadas pelos ministros. Como oficial sênior, Gort se estabelecera na posição central. Eles abriram as pastas e pegaram os documentos, os três acendendo cigarros.

Legat deu uma olhada no relógio na cornija da lareira, atrás do primeiro-ministro. Mergulhou a pena em um tinteiro próximo e, em uma folha de papel almaço, escreveu: PM & [CEM], *14h5min*.

Chamberlain pigarreou.

— Bem, cavalheiros, receio que a situação tenha se agravado. Esperávamos, assim como o governo tcheco, a transferência supervisionada dos territórios dos Sudetos para a Alemanha, sujeita a um plebiscito. Infelizmente, Herr Hitler anunciou na noite de ontem que não está disposto a esperar nem mais uma semana e irá invadir a região no próximo sábado. Sir Horace Wilson se encontrou com ele nesta manhã e o advertiu, em particular mas com muita firmeza, de que caso a França honre os compromissos assumidos no tratado com a Tchecoslováquia, e temos todas as razões para acreditar que o fará, nos veremos obrigados a apoiá-la. — O primeiro-ministro pôs os óculos e apanhou um telegrama. — Depois de esbravejar e delirar como de costume, Herr Hitler respondeu, de acordo com nosso embaixador em Berlim, nos seguintes termos: "Se a França e a Inglaterra atacarem, que o façam. É uma questão totalmente irrelevante para mim. Estou preparado para todas as eventualidades. Posso apenas registrar a posição. Hoje é terça-feira e na próxima segunda estaremos em guerra".

Chamberlain pôs o telegrama na mesa e tomou um gole de água. A pena de Legat rabiscou o papel grosso: *Primeiro-ministro — últimas de Berlim — negociações interrompidas — violenta reação de Herr Hitler — "na próxima semana estaremos em guerra"*.

— Evidentemente manterei os esforços para encontrar uma solução pacífica, caso exista, embora no momento seja difícil saber o que mais pode ser feito. Nesse meio-tempo, devemos nos preparar para o pior.

Gort encarou os colegas.

— Primeiro-ministro, nós preparamos um memorando. Ele resume a nossa visão conjunta sobre a situação militar. Eu poderia ler nossa conclusão?

Chamberlain assentiu.

— Nossa opinião é que nenhuma pressão que a Grã-Bretanha e a França possam exercer, seja por mar, por terra, ou pelo ar, pode impedir a Alemanha de invadir a Boêmia e impor uma derrota decisiva à Tchecoslováquia. A restauração da integridade perdida da Tchecoslováquia só poderá ser obtida pela derrota da Alemanha e como resultado de um longo conflito, que desde o início deve assumir o caráter de uma guerra sem limites.

Ninguém se pronunciou. Legat estava plenamente ciente do som que sua pena produzia em contato com o papel. De repente aquele ruído se tornou ensurdecedor.

Por fim Chamberlain disse:

— Esse é o pesadelo que sempre temi. É como se não tivéssemos aprendido nada com a última guerra e estivéssemos revivendo agosto de 1914. Um por um os países do mundo serão arrastados para essa guerra. E para quê? Já dissemos aos tchecos que, quando vencermos, sua nação não poderá continuar existindo em sua configuração atual. Os três milhões e meio de alemães dos Sudetos têm direito à autonomia. Assim, separar os Sudetos da Alemanha não será nem mesmo um objetivo de guerra. Então, pelo que estaríamos lutando?

— Pelo estado de direito? — sugeriu Gort.

— Pelo estado de direito. Sem dúvida. E se chegar a isso, é o que faremos. Mas, por Deus, gostaria que houvesse outra maneira de fazê-lo! — O primeiro-ministro levou a mão à cabeça. O colarinho antiquado chamava a atenção para o pescoço rígido. O rosto estava pálido devido à exaustão, mas com certo esforço ele retomou a postura prática e objetiva. — Que medidas práticas devem ser tomadas agora?

— Temos que enviar duas divisões para a França imediatamente, como o combinado, para demonstrar nossa solidariedade — respondeu Gort. — Eles conseguem estar em posição em três semanas e prontos para a luta em mais dezoito dias. Mas o general Gamelin deixou bem claro que os franceses não pretendem realizar mais do que ataques esporádicos contra a Alemanha até o próximo verão. Sinceramente, duvido até que façam isso. Acho que vão permanecer atrás da Linha Maginot.

—Vão nos esperar chegar com reforços — pontuou Newall.

— E a Força Aérea está pronta?

Newall estava empertigado na cadeira. Era um homem de rosto fino, quase esquelético, com um bigodinho grisalho.

— Preciso confessar que essa situação nos pegou no pior momento possível, primeiro-ministro. No papel, temos vinte e seis esquadrões disponíveis para a defesa interna, mas somente seis dispõem de aeronaves modernas. Uma tem Spitfires, as outras cinco, Hurricanes.

— Mas estão prontas para combate?

— Algumas estão.

— Algumas?

— Receio que haja um problema técnico nas metralhadoras dos Hurricanes. Elas congelam quando estão acima de cinco mil metros.

— O que você quer dizer com isso?

Chamberlain inclinou-se para a frente, como se não tivesse escutado direito.

— Estamos trabalhando para encontrar uma solução, mas pode levar algum tempo.

— Não, o que você realmente quer *dizer*, marechal do ar, é que gastamos um bilhão e meio de libras em rearmamento, a maior parte na força aérea, e quando precisamos nossos aviões de combate não funcionam.

— Nosso planejamento sempre se baseou na hipótese de que não teríamos conflito armado com a Alemanha pelo menos até 1939.

O primeiro-ministro voltou a atenção para o chefe do Estado--Maior do Exército Imperial.

— Lord Gort? Do solo o exército pode derrubar a maior parte das aeronaves inimigas?

— Receio que nossa situação seja semelhante à do marechal do ar, primeiro-ministro. Temos apenas um terço dos canhões que consideramos necessários para defender Londres, e grande parte é composta de relíquias da última guerra. Temos também poucos holofotes antiaéreos. Não temos telêmetros ou equipamentos de comunicação. Também contávamos com mais um ano para nos preparar.

No meio da resposta de Newall, Chamberlain já não parecia ouvir. Voltou a pôr os óculos e folheava documentos. O clima na sala tornou-se desconfortável.

Calmamente, Legat continuou a escrever, utilizando a prosa burocrática para suavizar os fatos embaraçosos — *O primeiro-ministro expressou preocupação quanto à adequação da defesa aérea* —, mas seu pragmatismo estava abalado. Mais uma vez, não conseguiu deixar de pensar nos filhos usando máscaras de gás.

Chamberlain finalmente encontrou o documento que procurava.

— O Comitê Conjunto de Inteligência estima que haverá cento e cinquenta mil baixas em Londres na primeira semana de bombardeio. Seiscentas mil no curso de dois meses.

— É improvável que isso aconteça de imediato. Calculamos que em um primeiro momento os alemães vão dirigir sua força de bombardeio aos tchecos.

— E quando os tchecos forem derrotados, o que acontece?

— Não sabemos. Mas certamente devemos usar o tempo disponível para tomar precauções e começar a evacuação de Londres amanhã.

— E como estão os preparativos da Marinha?

O primeiro lorde do Almirantado tinha uma presença imponente — cerca de trinta centímetros mais alto do que os outros, com a cabeça grisalha quase sem cabelo e o rosto profundamente esturricado, como se tivesse sido exposto por tempo demais às intempéries.

— Temos algumas deficiências no tocante a navios de escolta e caça-minas. Nossos principais navios precisam de combustível e de armamento; algumas tripulações estão de licença. Temos que anunciar a mobilização o mais depressa possível.

— E quando precisaríamos fazer isso para iniciar as operações em 1º de outubro?

— Hoje.

Chamberlain recostou-se na cadeira, os dedos tamborilando na mesa.

— Significa que estaríamos nos mobilizando antes mesmo dos alemães, certo?

— Uma mobilização parcial, primeiro-ministro. E há uma vantagem: mostraríamos a Hitler que não estamos blefando e que, se for necessário, estaremos prontos para lutar. Talvez isso o faça repensar.

— Pode ser. Como também pode impulsioná-lo à guerra. Lembre-se: por duas vezes já fiquei cara a cara com aquele homem, e, pelo que percebi, se há uma coisa que ele não tolera é dar a impressão de que fraquejou.

— Mas, se estamos dispostos a lutar, não é importante deixar bem claro para ele? Seria uma tragédia se ele interpretasse suas corajosas visitas e seus sinceros esforços pela paz como um sinal de fraqueza. Não foi esse o erro que os alemães cometeram em 1914? Acharam que não estávamos falando sério.

Chamberlain cruzou os braços e fitou a mesa. Legat não sabia se esse gesto significava que rejeitara ou ponderava a sugestão. Foi inteligente da parte de Backhouse lisonjeá-lo, pensou. O primeiro-ministro aparentava ter poucas fraquezas, mas, estranhamente, para um homem tão tímido, seu pecado renitente era a vaidade. Segundos se passaram. Por fim, ele olhou para Backhouse e disse:

— Muito bem. Inicie a mobilização.

O primeiro lorde apagou o cigarro e enfiou os documentos na pasta.

— É melhor que eu retorne logo ao Almirantado.

Os outros dois também se levantaram, aliviados por poderem sair.

— Gostaria que os senhores se mantivessem de prontidão para apresentar seus relatórios aos outros ministros mais tarde — solicitou Chamberlain. — Enquanto isso, temos que evitar dizer ou fazer qualquer coisa que contribua para disseminar o pânico entre a população, ou que force Hitler a uma posição da qual não seja capaz de recuar, mesmo no último minuto.

Depois que os chefes de Estado-Maior saíram, Chamberlain soltou um longo suspiro e afundou a cabeça nas mãos. Ao olhar para o lado, pareceu notar pela primeira vez a presença de Legat.

— Estava anotando tudo?

— Sim, senhor.

— Destrua.

2

Na Wilhelmstrasse, no coração do setor governamental de Berlim, no imenso edifício de três andares do século XIX que abrigava o Ministério do Exterior alemão, Paul von Hartmann examinava um telegrama que chegara de Londres durante a noite.

CONFIDENCIAL LONDRES, 26 SETEMBRO 1938
EM NOME DE NOSSA VELHA AMIZADE E DE NOSSO DESEJO EM COMUM PELA PAZ ENTRE NOSSOS POVOS INSISTO QUE VOSSA EXCELÊNCIA USE SUA INFLUÊNCIA PARA ADIAR O MOVIMENTO DECISIVO DE PRIMEIRO DE OUTUBRO PARA DATA POSTERIOR DANDO TEMPO PARA ARREFECER PRESENTES PAIXÕES E CRIAR OPORTUNIDADES PARA ALCANÇAR ACERTOS DE DETALHES
ROTHERMERE
14 STRATTON HOUSE PICADILLY LONDRES

Hartmann acendeu um cigarro e ponderou qual seria a resposta mais apropriada. Nos sete meses desde que Ribbentrop assumira como ministro do Exterior, ele havia sido convocado várias vezes para traduzir para o alemão as mensagens em inglês que recebiam e depois rascunhar respostas em nome do ministro. No começo adotara o tom tradicional, formal e neutro de um típico diplomata. No entanto, em diversas ocasiões seus esforços foram rejeitados, com a justificativa de que não eram nacional-socialistas o bastante; alguns chegaram a ser devolvidos pessoalmente pelo SS-Sturmbannführer Sauer, da equipe de Ribbentropp, com um grosso rabisco preto de ponta a ponta. Hartmann foi então forçado a reconhecer que, se pretendia prosperar na carreira, teria que fazer alguns ajustes de estilo. Gradualmente, portanto, dedicou-se a emular a retórica bombástica e as visões radicais do ministro, e nesse espírito se preparou para responder ao governo britânico, com a caneta riscando e arranhando o papel enquanto simulava um estado de fúria. Seu parágrafo de encerramento, em particular, pareceu-lhe magistral:

> *A ideia de que devido ao problema dos Sudetos, que é totalmente secundário para a Inglaterra, a paz pode ser destruída entre os nossos dois povos parece-me uma loucura e um crime contra a humanidade. A Alemanha tem buscado uma política honesta de entendimento com a Inglaterra. Ela deseja paz e amizade com a Inglaterra. No entanto, quando a influência estrangeira do bolchevismo assume preponderância na política inglesa, a Alemanha deve estar preparada para todas as eventualidades. Diante do mundo a responsabilidade por esse crime não recairá sobre a Alemanha — como o senhor, meu caro lorde Rothermere, sabe melhor do que ninguém.*

Ele assoprou a tinta. Com Ribbentropp o exagero nunca era um problema.

Hartmann acendeu outro cigarro. Voltou ao início do texto, fazendo pequenas correções aqui e ali, apertando os olhos para enxergar melhor em meio à fumaça. Seus olhos tinham um tom violeta impressionante e eram meio encobertos por espessas pálpebras. Tinha a testa alta, e, mesmo aos vinte e nove anos, seu cabelo já dava sinais de escassez, evidenciada pelas entradas cada vez maiores. A boca era larga e carnuda e o nariz, protuberante. Tinha um rosto expressivo: cativante, incomum, quase feio. Ainda assim seu talento fazia com que homens e mulheres o amassem.

Estava prestes a colocar o rascunho na cesta para enviá-lo às datilógrafas quando escutou um ruído. Ou talvez fosse mais correto dizer que *sentiu* um ruído. Pareceu viajar pelas solas dos seus sapatos e subir as pernas da cadeira. As folhas em sua mão balançaram. O ruído surdo se intensificou, tornou-se um rugido, e, por um segundo grotesco, ele se perguntou se a cidade estaria sendo atingida por um terremoto. Mas então seus ouvidos captaram o som inconfundível de motores pesados avançando e o clangor das lagartas de metal. Os dois homens com quem partilhava o escritório, Von Nostitz e Von

Rantzau, entreolharam-se, franzindo a testa. Ficaram de pé e foram até a janela; Hartmann juntou-se a eles.

Uma coluna de veículos blindados verde-oliva deslocava-se para o sul pela Wilhelmstrasse, vindo da direção da Unter den Linden — meias-lagartas da artilharia, Panzers na carroceria dos transportadores de tanques, imensos canhões rebocados por caminhões e por tropas de cavalos. Hartmann esticou o pescoço. Aquilo parecia não ter fim; uma divisão motorizada completa, a julgar pela extensão.

Von Nostitz, mais velho do que Hartmann e um grau acima dele na hierarquia, disse:

— Meu Deus, já está começando?

Hartmann foi até a mesa, pegou o telefone e discou um número. Teve que tapar a orelha esquerda para evitar o barulho que vinha de fora. Uma voz metálica atendeu do outro lado da linha:

— Kordt.

— É o Paul. O que está acontecendo?

— Me encontre lá embaixo.

E desligou.

O homem pegou o chapéu, e, antes que saísse, Von Nostitz perguntou, irônico:

— Vai se alistar?

— Não. Obviamente vou lá fora aplaudir a nossa imponente Wehrmacht.

Ele se apressou ao longo do corredor sombrio, desceu a escada central e atravessou as portas duplas. Um pequeno lance de degraus com carpete azul no meio e flanqueado por duas esfinges de pedra conduzia ao hall de entrada. Para a surpresa de Hartmann, estava deserto, ainda que o próprio ar parecesse vibrar com o som que vinha de fora. Kordt juntou-se a ele um minuto depois, com uma pasta enfiada embaixo do braço. Tirou os óculos e assoprou as lentes, lustrando-as com a ponta mais grossa da gravata. Juntos os dois saíram do edifício.

Apenas alguns funcionários do Ministério do Exterior se dirigiram à calçada para assistir. Do outro lado da rua, claro, a história era outra: no Ministério da Propaganda estavam praticamente pendurados nas janelas. O céu estava nublado, ameaçando chuva — Hartmann sentiu uma gota no rosto. Kordt o conduziu pelo braço e caminharam juntos na mesma direção da coluna. Cerca de vinte bandeiras em vermelho, branco e preto com a suástica erguiam-se sobre suas cabeças e davam um ar festivo à fachada de pedra cinzenta do ministério. Mas era surpreendente que houvesse tão poucas pessoas na rua. Ninguém acenava ou aplaudia: a maioria estava de cabeça baixa, ou olhando fixamente para a frente. Hartmann se perguntou o que tinha dado errado. Geralmente o partido orquestrava muito melhor esses eventos.

Kordt ainda não havia se pronunciado. O renano caminhava a passos largos e nervosos. Já tinham percorrido grande parte do edifício quando ele os guiou até uma porta pouco utilizada. Pesada e de madeira, quase sempre estava barrada por traves, mas o pórtico que a cobria lhes daria certa proteção contra olhares curiosos. Não que houvesse muito para ver ali: apenas o chefe do escritório privado do ministro do Exterior — um homem de óculos, de aspecto inofensivo e burocrático — e um jovem e alto Legationsekretär em uma conversa casual.

Kordt apertou a pasta no peito, abriu o fecho e puxou um documento datilografado, que entregou a Hartmann. Seis páginas, datilografadas nos tipos grandes, como o Führer gostava, para poupar seus olhos visionários das minúcias burocráticas. Ali constava o relato da reunião que tivera naquela manhã com Sir Horace Wilson, escrito pelo intérprete-chefe do Ministério do Exterior, dr. Schmidt. Mesmo tendo sido redigido no linguajar oficial mais neutro possível, Hartmann podia visualizar o que estava descrito de forma tão vívida quanto se fosse uma cena de um romance.

O bajulador Wilson parabenizava o Führer pela recepção entusiástica ao seu discurso no Sportpalast na noite anterior (como se pudesse ter sido de outra forma), agradecia suas gentis menções ao primeiro-ministro Chamberlain e a certa altura pedia aos outros presentes — Ribbentrop, o embaixador Henderson e o primeiro-secretário Kirkpatrick, da Embaixada britânica — que se retirassem da sala por alguns instantes para que ele pudesse em particular assegurar a Hitler, de homem para homem, que Londres continuaria a pressionar os tchecos. (Schmidt chegara até a gravar suas palavras em inglês, que diziam "ainda tentarei fazer aqueles tchecos agirem com sensatez".) Mas nada daquilo conseguiria ocultar o tema central da reunião: Wilson tivera a audácia de ler um documento previamente redigido declarando que, caso as hostilidades eclodissem, os britânicos apoiariam a França, e em seguida pedira que o Führer repetisse o que acabara de ser dito, para que não houvesse nenhum mal-entendido no futuro! Não era de admirar que Hitler tivesse perdido a paciência e dito a Wilson que não se importava com o que franceses ou britânicos fizessem, que tinha gastado bilhões preparando-se para a guerra, e se era guerra que eles queriam, era guerra que iriam ter.

Para Hartmann, era como ver um transeunte desarmado tentando persuadir um louco a lhe entregar o revólver.

— Então é guerra, afinal.

Ele devolveu o documento a Kordt, que o guardou de volta na pasta.

— É o que parece. Meia hora depois do fim da reunião — Kordt acenou com a cabeça na direção da coluna blindada —, o Führer ordenou isso. Não é por acaso que esteja acontecendo justamente diante da Embaixada britânica.

O barulho dos motores rasgava o ar quente. Hartmann quase sentia a poeira e o sabor doce do combustível na língua. Teve que gritar para se fazer ouvir.

— Quem são esses aí? De onde vieram?

— São os homens de Witzleben, da guarnição de Berlim, a caminho da fronteira tcheca.

Hartmann cerrou os punhos. Finalmente! Sentiu uma onda de expectativa percorrer o corpo.

— Então agora, você há de concordar, não existe alternativa, certo? Vamos ter que agir?

Kordt fez que sim com a cabeça.

— Acho que vou vomitar.

De repente ele pôs a mão no braço de Hartmann, em sinal de advertência. Um policial caminhava na direção deles, cassetete em punho.

— Cavalheiros! Boa tarde! O Führer está na sacada. — Ele fez um gesto com o cassetete indicando mais à frente na rua. Sua atitude era respeitosa, encorajadora. Não estava lhes dizendo o que fazer, apenas chamando a atenção para uma oportunidade histórica.

— Obrigado — disse Kordt.
Os dois diplomatas saíram caminhando pela rua.
A Chancelaria do Reich ficava perto do Ministério do Exterior. Do outro lado da rua, na Wilhelmplatz, um pequeno grupo estava reunido na vasta extensão da praça. Era sem dúvida uma claque do partido: alguns usavam até braçadeiras com a suástica. De tempos em tempos um grito rascante de *Heil!* se erguia e os braços acompanhavam em saudação. Os soldados da coluna blindada viraram a cabeça para a direita e saudaram. Em sua maioria jovens, muito mais do que Hartmann. Ele estava próximo o bastante para ver suas expressões: espanto, deslumbramento, orgulho. Atrás das altas grades pretas de ferro da Chancelaria do Reich estendia-se um pátio aberto; sobre a entrada principal do prédio, uma sacada; naquela sacada, uma figura solitária e inconfundível — casaco marrom, quepe marrom, mão esquerda segurando a fivela do cinto preto, o braço direito erguendo-se de vez em quando, robótico em sua firmeza absoluta: a mão aberta, os dedos estendidos. Ele não devia estar a mais de cinquenta metros de distância.

Kordt ergueu o braço em saudação e murmurou:
— *Heil Hitler.*
Hartmann fez o mesmo.
Assim que passou da Chancelaria, a coluna acelerou o passo na direção sul, para a Blücherplatz.
— Quantas pessoas devem ter aparecido para assistir? — perguntou Hartmann.
Kordt olhou de relance para os esparsos grupos de espectadores.
— Não mais do que duzentas, eu diria.
— Ele não vai gostar disso.
— Não, não vai. Acho que o regime cometeu um erro desta vez. O Führer ficou tão envaidecido pelas visitas de Chamberlain que deixou Goebbels dizer à mídia para se esmerar. O povo alemão achou que teria a paz. Agora, depois de tudo, ficou sabendo que vai haver guerra, e não gostou.
— Quando vamos agir, então? Com certeza o momento é este.
— Oster quer fazer uma reunião hoje à noite, num lugar novo: Goethe Strasse, número 9, em Lichterfelde.

— Lichterfelde? Por que ele quer que nos encontremos tão longe?

— Quem sabe? Tente chegar às dez ou o mais próximo disso. Vai ser uma noite agitada.

Kordt apertou de leve o ombro de Hartmann e se afastou. O jovem diplomata ficou um pouco mais ali, os olhos fixos na figura na sacada. A segurança era surpreendentemente pequena — dois policiais na entrada do pátio, dois homens da ss na porta. Haveria outros dentro, mas mesmo assim... Claro que quando a guerra fosse declarada tudo mudaria. Então seria impossível chegar perto dele.

Depois de alguns minutos a figura na sacada pareceu se dar por satisfeita. Ele abaixou o braço, olhou de um lado para o outro da Wilhelmstrasse, como o dono de um teatro avaliando o tamanho decepcionante da plateia, deu meia-volta e passou pelas cortinas de volta à Chancelaria. A porta se fechou.

Hartmann tirou o chapéu, passou a mão no cabelo ralo, recolocou o chapéu, abaixou a aba e caminhou pensativo de volta para o escritório.

3

Exatamente às seis da tarde as badaladas do Big Ben irromperam pelas janelas abertas no número 10.

Bem na hora, a srta. Watson se levantou, recolheu o chapéu e o casaco, desejou a Legat um ríspido boa-noite e saiu do escritório levando uma das caixas vermelhas de despachos do primeiro-ministro, que transbordava com seus arquivos cuidadosamente anotados. A convocação do Parlamento para um debate de emergência sobre a crise tcheca havia encerrado um verão de tranquilidade. Legat sabia que a srta. Watson pegaria a bicicleta, como sempre fazia, desceria a Whitehall até o Palácio de Westminster, deixaria o velho veículo em New Place Yard e subiria uma escada privada até o escritório do primeiro-ministro, que ficava do outro lado do corredor, atrás da cadeira do presidente. Ali ela se encontraria com o secretário particular parlamentar de Chamberlain, Lord Dunglass, pelo qual cultivava uma atração óbvia e não correspondida, a fim de discutir respostas às perguntas feitas por escrito ao primeiro-ministro.

Aquela era a chance de Legat.

Ele fechou a porta, sentou-se à mesa, pegou o telefone e ligou para a central telefônica. Tentou fazer com que a voz soasse casual.

— Boa noite, aqui é Legat. Por favor, poderia fazer uma ligação para Victoria 7472?

Desde o fim da reunião com os chefes de Estado-Maior até aquele momento, Legat estivera ocupadíssimo. Agora, por fim, deixava as anotações na mesa. Treinado desde a infância para a luta de gladiadores das salas de provas — a escola, as avaliações para bolsistas, as provas finais em Oxford, a admissão para o Foreign Office —, ele tinha escrito apenas de um lado do papel, para evitar borrar a tinta. O *primeiro-ministro expressou preocupação quanto à adequação da de-*

fesa aérea... Rapidamente ele virou as páginas, deixando o lado em branco para cima. Conforme ordenado, ele as destruiria. Mas não por enquanto. Alguma coisa o detinha. Ele não sabia precisamente o quê — uma estranha sensação de propriedade, talvez. Durante toda a tarde, enquanto conduzia sucessivos visitantes até o primeiro-ministro e compilava os documentos que o político usaria em seu discurso no Parlamento, sentia-se a par da verdade. Aquelas eram as informações em que se baseariam as políticas do governo: era possível dizer que, comparado àquilo, nada mais tinha importância. Diplomacia, moral, leis, obrigações... que peso tudo isso tinha em comparação ao poderio militar? Pelo que podia lembrar, um esquadrão da RAF consistia em vinte aviões, o que significava que, em grandes altitudes, tinham apenas vinte caças modernos com armamento operacional para defender o país inteiro.

— Sua ligação, senhor.

Houve um clique quando a conexão foi feita, seguido pelo longo toque duplo indicando que estava chamando. Ela respondeu bem mais rápido do que ele esperava, com uma voz alegre:

— Victoria 7472.

— Pamela, sou eu.

— Ah. Oi, Hugh.

Ela pareceu surpresa, talvez um pouco decepcionada.

— Ouça, não posso falar por muito tempo — disse ele —, então, por favor, ouça com muita atenção o que vou dizer. Quero que faça uma mala com roupas para uma semana e peça um carro para levar você e as crianças para a casa dos seus pais, imediatamente.

— Mas são seis da tarde.

— Ainda dá para pedir.

— Por que temos que ir com tanta pressa? O que aconteceu?

— Nada. Por enquanto. Só quero ter certeza de que vão estar em segurança.

— Isso parece pânico. Detesto quem entra em pânico.

Ele apertou o fone com força.

— Mas receio que as pessoas *vão* entrar em pânico, querida. — Ele olhou para a porta: alguém se aproximava; os passos pareceram se deter. Ele baixou o tom de voz, mas expressou uma urgência ainda maior. — Mais tarde, ainda esta noite, vai ficar muito difícil sair de Londres. Você precisa ir agora, enquanto as estradas ainda estão livres. — Ela ensaiou uma objeção. — Não discuta comigo, Pamela. Você poderia, pelo menos uma vez na vida, fazer o que estou lhe pedindo?

Houve uma pausa. Ela perguntou em voz baixa:

— E quanto a você?

— Terei que passar a noite aqui. Tentarei ligar mais tarde. Preciso desligar agora. Vai fazer o que pedi? Promete?

— Sim, está bem, já que você insiste. — Ele ouviu ao fundo a voz de um dos filhos. Ela falou baixinho: "Shhh, estou falando com o papai". E disse a ele: — Quer que eu mande uma valise para você passar a noite?

— Não, não se preocupe. Quando puder, darei uma escapulida. Concentre-se em sair de Londres.

— Eu te amo. Sabe disso, não sabe?

— Sei.

Ela esperou. Legat sabia que devia dizer algo, mas não encontrava as palavras. Houve um ruído quando ela desligou, e então tudo que pôde ouvir foi o tom de discagem.

Bateram à porta.

— Um momento.

Ele dobrou ao meio as anotações da reunião com os chefes de Estado-Maior, então dobrou mais uma vez e as enfiou no bolso interno do paletó.

No corredor estava Wren, o mensageiro. Legat se perguntou se havia ficado ali escutando. Mas tudo que ele disse foi:

— A BBC chegou.

Pela primeira vez desde o início da crise, havia uma multidão em Downing Street. As pessoas se aglomeraram silenciosamente ao redor dos fotógrafos, na calçada oposta ao número 10. O que parecia ter atraído a atenção delas fora a enorme van verde-escura com a logo da BBC e as palavras TRANSMISSÃO EXTERNA nas laterais, em letras douradas. Estava estacionada bem à esquerda da porta da frente do edifício. Dois técnicos puxavam cabos de dentro do veículo, através da calçada e passando por uma das janelas da frente.

Legat parou nos degraus da entrada e começou a discutir com o jovem engenheiro de som, que se chamava Wood.

— Lamento, mas creio que isto não será possível.

— Por que não? — perguntou Wood, que vestia um pulôver de decote em V por baixo do paletó de veludo cotelê marrom.

— Porque o primeiro-ministro estará em reunião na sala do Gabinete até as sete e meia.

— Ele não pode se reunir em outro local?

— Que ideia absurda.

— Bem, neste caso, não podemos fazer a transmissão de outra sala?

— Não, ele quer estar no centro do governo quando se dirigir ao povo britânico, ou seja, na sala do Gabinete.

— Ouça, nós entramos no ar às oito, e já passa das seis. E se o equipamento falhar porque não conseguimos testar direito?

— Vocês terão pelo menos meia hora para isso, e se eu puder conseguir um pouco mais de tempo, certamente...

Ele não continuou. Atrás de Wood, um Austin 10 preto dobrava da Whitehall para a Downing Street. O motorista havia ligado os faróis, na penumbra do anoitecer, e avançava devagar para não atingir nenhum dos espectadores, que se espalhavam da calçada para o meio da rua. O câmera do cinejornal reconheceu o passageiro antes mesmo de Legat. O brilho da luz dos faróis o cegou por alguns instantes. Ele ergueu a mão para proteger os olhos, murmurou um pedido de licença para Wood e desceu até a calçada. Quando o carro encostou, ele abriu a porta traseira.

Encurvado no assento, Sir Horace Wilson trazia um guarda-chuva entre os joelhos e uma pasta de documentos no colo. Abriu um sorriso hesitante para Legat e saiu do carro. No degrau do número 10 ele se virou por um instante, a expressão lúgubre e evasiva. Os flashes dispararam. Ele logo entrou, esquivando-se como um animal noturno alérgico à luz e ignorando o companheiro que saía do lado oposto do carro e avançava na direção de Legat com a mão estendida.

— Coronel Mason-MacFarlane. Adido militar em Berlim.

O policial o saudou.

No hall de entrada, Wilson já se livrava do sobretudo e do chapéu. O conselheiro especial do primeiro-ministro era uma figura franzina, quase macilenta, com nariz comprido e orelhas grandes. Legat o considerava muito cortês, em algumas ocasiões até um pouco encantador — o tipo de colega mais velho que ele temia que um dia pudesse fazer confidências que iria preferir não ouvir. Construíra a reputação no Ministério do Trabalho negociando com líderes sindicais. A ideia de que acabara de chegar de uma missão em que apresentara um ultimato a Adolf Hitler era bizarra. Ainda assim, o primeiro-ministro o considerava indispensável. Ele colocou o guarda-chuva cuidadosamente ao lado do guarda-chuva do chefe e se virou para Legat.

— Onde está o primeiro-ministro?

— No escritório, Sir Horace, trabalhando no pronunciamento de hoje à noite. Todos os outros estão na sala do Gabinete.

Confiante, Wilson encaminhou-se aos fundos do prédio, acenando a MacFarlane para que o seguisse.

— Quero que você faça o relatório ao primeiro-ministro o mais depressa possível — disse, e virou-se para Legat: — Por gentileza, poderia avisar ao primeiro-ministro que estou de volta?

Ele abriu as portas da sala do Gabinete e entrou decidido. Legat vislumbrou ternos pretos e galões dourados, rostos tensos e nuvens espiraladas de fumaça de cigarro suspensas na penumbra; então a porta voltou a se fechar.

Seguiu pelo corredor, passando em frente à sala de Cleverly, à de Syers e à sua própria, até chegar à escadaria principal. Subiu os degraus por entre gravuras em água-forte e fotografias em preto e branco de todos os primeiros-ministros desde Walpole. Quando chegou ao hall superior, a casa perdeu a aparência de clube de cavalheiros para se transformar em uma grande mansão campestre, misteriosamente transplantada para o centro de Londres, com sofás, pinturas a óleo e grandes janelas de guilhotina em estilo georgiano. A atmosfera dos salões de recepção vazios era calma e solitária; por baixo do espesso tapete as tábuas do assoalho rangiam. Ele se sentiu um intruso. Bateu de leve à porta do escritório do primeiro-ministro. Uma voz familiar respondeu:

— Pode entrar.

O aposento era amplo e claro. O primeiro-ministro estava sentado de costas para a janela, inclinado sobre a escrivaninha, redigindo o discurso com a mão direita, um charuto fumegando na esquerda. Em um estojo à sua frente via-se uma profusão de canetas, lápis e tinteiros ao lado de um cachimbo e de um potinho com tabaco; além dessas coisas e de um cinzeiro e um mata-borrão de couro, a grande mesa estava vazia. Legat nunca vira um homem parecer tão solitário.

— Sir Horace Wilson voltou, primeiro-ministro. Está à sua espera lá embaixo.

Como de costume, Chamberlain não ergueu os olhos.

— Obrigado. Poderia ficar por um instante?

Fez uma pausa para dar um trago no charuto e continuou a escrever. Espirais de fumaça giravam acima de sua cabeça grisalha. Legat cruzou o umbral. Nos quatro meses em que trabalhara ali, nunca tivera uma conversa propriamente dita com o primeiro-ministro. Em várias ocasiões, as minutas que produzira em uma noite tinham sido devolvidas na manhã seguinte com expressões de gratidão escritas nas margens com tinta vermelha: *"Uma análise de primeira linha". "Redigida com clareza e coerência, obrigado, NC."* E ele se sentira mais feliz por esses elogios professorais do que por qualquer uma das demonstrações habituais de simpatia dos políticos. No entanto, nunca tinha sido tratado pelo nome, sequer pelo sobrenome, como geralmente acontecia com Syers.

Os minutos se passaram. Com discrição, Legat tirou o relógio do bolso e olhou as horas. A certa altura, o primeiro-ministro encerrou sua redação. Colocou a caneta de volta no estojo, equilibrou o charuto na borda do cinzeiro e juntou as folhas. Bateu-as no tampo da mesa, organizando-as, e as estendeu para ele.

— Poderia, por favor, mandar datilografar isto?

— Claro.

Legat se aproximou e recolheu as folhas, cerca de uma dúzia.

— É um homem de Oxford, eu presumo?

— Sim, primeiro-ministro.

— Você tem jeito com as palavras, já reparei. Talvez pudesse ler esse material? Se achar que há passagens que precisam ser expandidas, sinta-se à vontade para fazer sugestões. Tenho tantas outras coisas na cabeça. Fico preocupado que de alguma forma o texto não esteja fluindo.

Ele empurrou a cadeira para trás, pegou o charuto e se levantou. O movimento súbito pareceu deixá-lo tonto. Ele pôs a mão na mesa para se firmar e andou até a porta.

A sra. Chamberlain o esperava no patamar. Ela parecia pronta para um jantar, em um elegante vestido de veludo. Era dez anos mais jovem que o primeiro-ministro. Gentil, distraída, com seios fartos e levemente corpulenta, ela lembrava a Legat sua sogra, outra anglo-irlandesa do interior que diziam ter sido uma beldade quando jovem. Legat retardou o passo enquanto ela dizia algo em voz baixa ao marido, e, para seu espanto, ele viu o primeiro-ministro tomar a mão dela e beijá-la nos lábios, antes de dizer:

— Não posso parar agora, Annie. Falaremos depois.

Quando Legat passou, teve a impressão de que ela estivera chorando.

Ele seguiu Chamberlain escada abaixo, reparando nos ombros estreitos e curvados, o cabelo grisalho ondulando um pouco atrás, a mão surpreendentemente vigorosa acompanhando o corrimão com o charuto preso entre o segundo e o terceiro dedo. Era um personagem vitoriano. Seu retrato na parede da escadaria deveria estar no meio, e não na ponta. Quando chegaram ao corredor do escritório privado, o primeiro-ministro pediu:

— Por favor, traga-me o pronunciamento o mais breve possível.

Ele passou pela porta da sala de Legat, tateando os bolsos até encontrar a caixa de fósforos. Na entrada da sala do Gabinete se deteve, reacendeu o charuto e então abriu as portas, desaparecendo lá dentro.

Legat sentou-se à escrivaninha. A caligrafia do primeiro-ministro era inesperadamente floreada, quase teatral. Sugeria uma personalidade mais sensível por baixo da carapaça de retidão. Quanto ao pronunciamento em si, não era grande coisa. Em sua opinião havia usado excessivamente a primeira pessoa do singular: *Voei por toda a Europa... Fiz tudo que um homem pode fazer... Não abro mão da esperança por uma solução pacífica... Sou um homem de paz até o fundo da minha alma...* Em seu modesto estilo de ostentação, pensou ele, Chamberlain era tão egocêntrico quanto Hitler: sempre confundia o interesse nacional com os próprios.

Legat fez mudanças aqui e ali, corrigiu alguma coisa de gramática, acrescentou uma linha anunciando a mobilização da Marinha, que o primeiro-ministro pareceu ter esquecido, e desceu com o texto.

Ao chegar à sala do jardim, a atmosfera da casa se modificou. Agora era como estar no porão de um transatlântico de luxo. Pinturas a óleo, estantes de livros e tranquilidade davam lugar a tetos baixos, paredes vazias, ar viciado, calor e o matraquear incessante de mais de uma dúzia de máquinas de escrever Imperial martelando a uma velocidade de oitenta palavras por minuto. Mesmo com as portas abertas para o jardim, a sala parecia opressiva. Desde o início da crise, milhares de cartas dos cidadãos chegavam diariamente ao número 10. Malotes fechados do correio empilhavam-se na estreita passagem.

Eram quase sete horas. Legat explicou ao supervisor a urgência de sua missão e foi conduzido até uma jovem sentada a uma mesa do canto.

— Esta é Joan, a mais rápida que temos — disse a Legat. E dirigindo-se à moça: — Joan, querida, interrompa o que quer que esteja fazendo e datilografe o pronunciamento do primeiro-ministro para o sr. Legat.

Joan pressionou uma alavanca na extremidade do carro da máquina e puxou um documento inacabado.

— Quantas cópias?

A voz dela era "espirituosa" e cortante. Podia ser uma amiga de Pamela.

Ele se inclinou sobre a mesa.

— Três. Consegue entender a letra?

— Sim, mas seria mais rápido se o senhor ditasse.

Ela encaixou os papéis e os carbonos e o esperou começar.

— "Amanhã o Parlamento se reunirá e farei um relatório completo dos eventos os quais conduziram à atual situação crítica e aflitiva..."

Ele pegou a caneta-tinteiro.

— Desculpe. Era para ser: "... dos eventos *que* conduziram...".
— Ele assinalou a mudança no original e prosseguiu. — "Quão terrível, absurdo e inacreditável é o fato de estarmos cavando trincheiras e experimentando máscaras de gás por causa de uma disputa em um país remoto entre pessoas sobre as quais nada sabemos..."

Ele franziu a testa. A moça parou de datilografar e o olhou. O rosto maquiado suava um pouco; havia uma fina linha de suor sobre seu lábio e nas costas a blusa exibia uma mancha de transpiração. Legat notou pela primeira vez como ela era bonita.

— Alguma coisa errada? — perguntou ela, um tom de irritação na voz.

— Esta frase... Não estou muito seguro a respeito dela.
— Por quê?
— Talvez soe muito desdenhosa.
— Mas ele está certo, não está? É o que a maioria das pessoas pensa. O que temos a ver com o fato de um bando de alemães querer se juntar a outro bando de alemães? — Ela tamborilou nas teclas, impaciente. — Vamos, sr. Legat. O senhor não é o primeiro-ministro, sabe.

Ele não se conteve e deu uma risada.

— É verdade, graças a Deus! Muito bem, vamos continuar.

Levaram quinze minutos. Quando chegaram ao fim, ela desencaixou a última folha, organizou as três cópias e as prendeu com clipes. Ele examinou a primeira. Estava impecável.

— Quantas palavras tem aqui, sabe dizer?
— Cerca de mil.
— Então ele deve levar cerca de oito minutos para falar. — Ele se levantou. — Muito obrigado.
— De nada. — Legat já se afastava quando ela disse: — Irei ouvir.

Quando ele chegou à porta ela já datilografava outro documento.

Legat subiu às pressas e atravessou o corredor do escritório privado. Ao se aproximar da sala do Gabinete, Cleverly apareceu, como se estivesse desde o início à espreita no banheiro mais próximo.

— O que aconteceu com a minuta da reunião do primeiro-ministro com os chefes de Estado-Maior?

Legat sentiu o rosto corar.

— O primeiro-ministro decidiu que não queria que a reunião fosse registrada.

— E que papéis são esses aí?

— O pronunciamento desta noite. Ele me pediu para trazê-lo assim que fosse datilografado.

— Está bem. Ótimo. — Cleverly estendeu a mão. — Eu mesmo o levarei. — Relutante, Legat entregou as folhas. — Por que não vai ver o que a BBC está fazendo?

Cleverly adentrou a sala do Gabinete. Legat ficou do lado de fora encarando as paredes brancas. O poder era uma questão de estar no lugar em que as decisões eram tomadas. Poucas pessoas entendiam essa regra tão bem quanto o chefe dos secretários particulares. Legat sentiu-se humilhado, embora não soubesse dizer bem por quê.

De repente a porta voltou a se abrir. A boca de Cleverly formava um sorriso desagradavelmente forçado.

— Ao que parece ele quer falar com você.

Em volta da mesa havia uma dúzia de homens, incluindo o primeiro-ministro. Legat os identificou com um rápido olhar: os chefes de serviço, os Três Grandes, o secretário dos Domínios e o ministro para Coordenação da Defesa, além de Horace Wilson e o subsecretário permanente do Foreign Office, Sir Alexander Cadogan. Todos prestavam atenção às palavras do adido militar, o coronel Mason-MacFarlane.

— Então a impressão mais forte que tive na visita a Praga ontem foi que o moral das tropas tchecas está baixo...

Sua fala tinha frases curtas mas assertivas. Parecia desfrutar seu momento sob os holofotes.

O primeiro-ministro percebeu Legat na soleira da porta e acenou com a cabeça para que entrasse e sentasse ao seu lado, na cadeira a sua direita, geralmente reservada ao secretário do Gabinete. Ele revisava o pronunciamento, acompanhando as linhas com a ponta da caneta e de vez em quando sublinhando uma palavra. Dava a impressão de mal escutar o coronel.

— ... até o ano passado, o Alto-Comando tcheco planejava enfrentar um ataque alemão vindo de possíveis duas direções: do norte via Silésia, e do oeste via Bavária. Mas a anexação da Áustria pelo Reich estendeu sua fronteira com a Alemanha ao sul em mais de trezentos quilômetros, e isso é uma ameaça para as suas defesas. Os tchecos podem combater, mas e quanto aos eslovacos? Além disso, Praga é indefesa contra bombardeios da Luftwaffe.

Wilson, sentado do outro lado do primeiro-ministro, interveio.

— Estive ontem à noite com o general Göring, e ele estava seguro de que o Exército alemão seria capaz de subjugar os tchecos em uma questão não de semanas, mas de dias. "E Praga será bombardeada até a ruína", foram as palavras dele.

Cadogan bufou do outro lado da mesa.

— Claramente é do interesse de Göring apresentar os tchecos como uma presa fácil. O fato é que os tchecos possuem um Exército numeroso e defesas bem fortificadas. Podem muito bem resistir durante meses.

— Embora, como o senhor acabou de ouvir, esta não seja a opinião do coronel Mason-MacFarlane.

— Com todo o respeito, Horace, o que ele sabe sobre isso?

Cadogan era um homem pequeno e taciturno, mas Legat compreendeu que ele defendia as prerrogativas do Foreign Office como se fosse um galo de briga.

— Com igual respeito, Alec, ele realmente *esteve* lá, ao contrário do restante de nós.

O primeiro-ministro pousou a caneta.

— Muito obrigado por ter vindo de Berlim para se juntar a nós, coronel. Sua presença foi muito útil. Sei que todos aqui lhe desejam uma viagem segura de volta à Alemanha.

— Obrigado, primeiro-ministro.

Quando a porta se fechou, Chamberlain disse:

— Pedi a Sir Horace que trouxesse o coronel de volta a Londres para que nos transmitisse seu relato pessoalmente, porque este me parece um ponto crucial. — Ele olhou de relance para os presentes. — Suponhamos que os tchecos capitulem antes do fim de outubro: como poderemos convencer a nação de que vale a pena continuar a guerra ao longo do inverno? Estaríamos exigindo deles os sacrifícios mais terríveis, e para conseguir o quê, exatamente? Já concordamos que os alemães dos Sudetos nunca deveriam ter sido transferidos para um estado governado pelos tchecos, em primeiro lugar.

— Esta é com certeza a posição dos domínios — disse Halifax.

— Hoje eles deixaram muito claro que sua população não aceitará uma guerra travada em nome de uma questão tão restrita. A América não vai se envolver. Os irlandeses ficarão neutros. Temos que nos perguntar se conseguiremos aliados.

— Há sempre os russos, é claro — sugeriu Cadogan. — Sempre esquecemos que eles também têm um tratado com os tchecos.

Um murmúrio de insatisfação percorreu a mesa.

— Na última vez em que olhei o mapa, Alec, não havia uma fronteira comum entre a União Soviética e a Tchecoslováquia — disse o primeiro-ministro. — A única maneira que eles teriam de intervir seria invadindo ou a Polônia ou a Romênia. Neste caso, ambas entrariam na guerra ao lado da Alemanha. E na verdade, mesmo pondo de lado a questão geográfica, ter Stálin, logo ele, como nosso aliado em uma cruzada em defesa das leis internacionais! A ideia é grotesca.

— O pesadelo dos estrategistas é que isso se transforme em uma guerra mundial — ressaltou Gort —, e que tenhamos de acabar enfrentando a Alemanha na Europa, a Itália no Mediterrâneo e o Japão no Extremo Oriente. Nesse caso, preciso dizer que, do meu ponto de vista, a própria existência do Império correrá um grave risco.

— Estamos nos metendo na mais terrível confusão, e acho que só existe uma saída — opinou Wilson. — Tenho aqui o esboço de um telegrama dizendo aos tchecos que, em nossa opinião, eles devem aceitar os termos de Herr Hitler antes do prazo final, às duas horas de amanhã, retirar-se da região dos Sudetos e deixar que ele ocupe o território. É a única maneira segura de evitar nosso envolvimento em uma guerra que pode rapidamente assumir proporções gigantescas.

— Mas e se eles se recusarem? — perguntou Halifax.

— Não vão, pela minha avaliação. E, se o fizerem, então o Reino Unido não terá mais a obrigação moral de se envolver. Teremos feito o que estava ao nosso alcance.

Um silêncio se instaurou.

— Essa estratégia pelo menos tem o mérito da simplicidade — disse o primeiro-ministro.

Halifax e Cadogan se entreolharam e balançaram a cabeça, Halifax devagar, Cadogan com mais vigor.

— Não, primeiro-ministro, isso apenas nos tornaria cúmplices dos alemães. Nossa imagem diante do mundo iria desmoronar, e o Império junto com ela.

— E quanto à França? — completou Halifax. — Estaríamos deixando-a em uma posição insustentável.

— Eles deviam ter pensado nisso antes de darem suas garantias aos tchecos sem nos consultar — retrucou Halifax.

— Ah, pelo amor de Deus! — disse Cadogan, elevando a voz.

— Isto não é uma disputa industrial, Horace. Não podemos permitir que a França combata sozinha a Alemanha.

Wilson não se perturbou.

— Mas o Lord Gort não acabou de nos dizer que a França não pretende entrar em guerra? À parte um conflito ou outro, eles deverão ficar atrás da Linha Maginot até o verão.

Os chefes de serviço começaram a falar todos ao mesmo tempo. Legat viu o primeiro-ministro erguer os olhos para o relógio na cornija da lareira e em seguida voltar a atenção para o texto à sua frente. Sem o controle que sua autoridade impunha, o debate rapidamente se desintegrou em uma confusão de conversas paralelas. Era de admirar o seu poder de concentração. Tinha setenta anos, mas prosseguia imperturbável, como o relógio de pêndulo do saguão. Tique-taque, tique-taque...

Através das grandes janelas a luz começava a esmaecer. O relógio marcou sete e meia. Legat decidiu que era a hora de dizer alguma coisa.

— Primeiro-ministro — sussurrou —, receio que a BBC precise vir até aqui para instalar os equipamentos.

Chamberlain assentiu. Então olhou ao redor e, com tranquilidade, disse:

— Cavalheiros? — Imediatamente as vozes silenciaram. — Receio que tenhamos de suspender esta discussão por enquanto. A situação é obviamente muito grave. Temos agora menos de vinte horas antes que expire o prazo do ultimato dado pelos alemães. Halifax, talvez o senhor e eu possamos conversar um pouco mais sobre esta questão do telegrama ao governo tcheco? Horace, iremos para a sua sala. Alec, é melhor que se junte a nós. Obrigado a todos.

O escritório de Wilson ficava ao lado da sala do Gabinete e tinha ligação direta com ela por uma porta. Geralmente, quando o primeiro--ministro trabalhava sozinho na longa mesa, cujo formato lembrava o de um caixão, essa porta permanecia aberta, para que Wilson pudesse entrar e sair à vontade. A imprensa costumava se referir a ele como o Svengali de Chamberlain, mas aos olhos de Legat essa visão subestimava a autonomia do primeiro-ministro: Wilson era muito mais uma espécie de ajudante de extrema utilidade. Ele deslizava silenciosamente por Downing Street, sempre de olho no funcionamento do mecanismo do governo, vigilante como um segurança de loja. Em diversas situações, o próprio Legat estava trabalhando em sua mesa e sentia que alguém o observava. Quando erguia os olhos, deparava-se com Wilson à porta, em silêncio, o rosto inexpressivo em um primeiro momento aos poucos dando lugar ao sorriso ardiloso e enervante.

Os engenheiros de som da BBC desenrolaram os cabos ao longo do carpete e instalaram o microfone em uma das pontas da mesa do Gabinete, perto das pilastras. Ele ficava suspenso por um suporte de metal: um objeto grande e cilíndrico, estreitando-se na parte de trás, como se alguém tivesse serrado a ponta de um projétil. Ao lado dele, um alto-falante e vários outros equipamentos misteriosos. Syers e Cleverly foram até a sala.

— A BBC perguntou se também poderiam fazer uma transmissão ao vivo do depoimento do primeiro-ministro amanhã diante do Parlamento — declarou Syers.

— Não somos nós que decidimos isso — disse Cleverly.

— Eu sei. Iria obviamente estabelecer um precedente. Pedi que se dirigissem ao líder da bancada.

Às 19h55, o primeiro-ministro emergiu do escritório de Wilson, seguido por Halifax e Cadogan. Wilson foi o último a aparecer. Parecia irritado. Legat supôs que ele e Cadogan deviam ter discutido novamente. Outra grande utilidade de Wilson era agir como substituto do chefe. O primeiro-ministro podia usá-lo para lançar ideias, depois se recostar e observar o que acontecia, sem precisar expor os próprios pontos de vista e arriscar sua autoridade.

Chamberlain acomodou-se atrás do microfone e espalhou diante de si as folhas datilografadas. Suas mãos tremiam. Uma das páginas caiu no chão e ele teve que se curvar, as costas rígidas, para recolhê--la. Murmurou: "Estou me atrapalhando em tudo". Pediu um copo de água. Legat serviu-lhe do jarro que estava no centro da mesa. Em seu nervosismo, deixou que transbordasse. Gotas de água reluziram na superfície polida da mesa.

O engenheiro da BBC pediu a todos que se acomodassem na outra extremidade da sala. Lá fora, sobre o jardim e a Horse Guards Parade, a escuridão já havia caído.

O Big Ben soou as oito horas.

A voz do locutor surgiu do alto-falante.

— Estamos em Londres. Em instantes, ouviremos o primeiro--ministro, o Muito Honorável Neville Chamberlain, falando diretamente do número 10 de Downing Street. Seu discurso será ouvido em todo o Império, no continente americano e em um grande número de países estrangeiros. Senhor Chamberlain.

Ao lado do microfone, uma luz verde brilhou. O primeiro-ministro ajeitou as abotoaduras dos punhos e segurou os papéis com o texto.

— *Gostaria de dizer algumas palavras a vocês, homens e mulheres da Grã-Bretanha e do Império, e talvez também a outros...*

Ele pronunciava cuidadosamente cada sílaba. O tom era melodioso, melancólico, tão inspirador quanto uma marcha fúnebre.

— *Quão horrível, absurdo e inacreditável é o fato de estarmos cavando trincheiras e experimentando máscaras de gás por causa de uma disputa em um país remoto entre pessoas sobre as quais nada sabemos. Parece ainda mais impossível que uma disputa que em princípio já está resolvida possa ser motivo para uma guerra. Posso entender muito bem as razões pelas quais o governo tcheco se sentiu incapaz de aceitar os termos que lhe foram impostos no memorando alemão...*

Legat olhou para Cadogan, do outro lado da mesa. Ele balançava a cabeça, em silenciosa concordância.

— *No entanto, eu acredito, depois de meus diálogos com Herr Hitler, que, se pelo menos nos derem mais tempo, seria possível tomar providên-*

cias para a transferência dos territórios que o governo tcheco concordou em ceder à Alemanha, em um acordo sob condições que possam assegurar um tratamento justo para a população atingida. Em minhas visitas à Alemanha, percebi vividamente o quanto Herr Hitler sente que é sua obrigação defender os outros alemães. Ele me disse em uma conversa particular, e ontem à noite reafirmou publicamente, que, depois de resolvida essa questão dos Sudetos alemães, este será o fim das exigências territoriais da Alemanha na Europa...

Cadogan franziu o rosto para Halifax, mas o secretário do Exterior olhava fixamente para a frente. O rosto longo, pálido, piedoso e astuto estava imóvel. No Foreign Office, ele era chamado de "Raposa Santa".

— *Não abandonarei a esperança de uma solução pacífica, nem abandonarei meus esforços pela paz, enquanto subsistir alguma chance de paz. Não hesitarei também em fazer uma terceira visita à Alemanha se considerar que isso pode ser de algum proveito...*

Agora era Wilson quem concordava.

— *Enquanto isso, há algumas coisas de que podemos e devemos cuidar aqui, na nossa casa. Ainda necessitamos de voluntários para a defesa antiaérea, para as brigadas de incêndio e para o policiamento, bem como para as unidades territoriais. Não se deixem alarmar se virem homens sendo convocados para o manejo de baterias antiaéreas ou embarcações. São medidas puramente preventivas que um governo é forçado a tomar em momentos como o atual...*

Legat esperou o trecho do discurso que anunciava a mobilização da Marinha. Ele não veio. O primeiro-ministro o havia cortado. Em seu lugar, inseriu um novo parágrafo.

— *Por mais que possamos simpatizar com uma pequena nação que enfrenta um vizinho grande e poderoso, não podemos, em hipótese alguma, permitir o envolvimento do Império britânico como um todo em uma guerra, movido simplesmente por essa simpatia. Se tivermos que combater, terá que ser por razões maiores do que essa.*

"*Se eu estivesse convencido de que uma nação, qualquer nação, decidiu dominar o mundo pelo medo e pela força, diria que ela deve ser impedida. A vida nessas circunstâncias, para um povo que acredita na liberdade, é uma vida que não vale a pena ser vivida. Mas a guerra é uma coisa amedrontadora, e devemos ter bem claro em nossa mente, antes de mergulhar nela, que o que está em jogo são de fato as grandes questões vitais, e que o chamado para lutar por essas questões, depois que pesarmos todas as consequências, é um apelo irresistível.*

"*Por enquanto, tudo que lhes peço é que aguardem, com toda a calma possível, o desenrolar dos acontecimentos nos próximos dias. Enquanto a guerra não tiver início, há sempre a esperança de que possa ser evitada, e vocês sabem que trabalharei pela paz até o derradeiro momento. Boa noite.*"

A luz verde se apagou.

Chamberlain deixou escapar um longo suspiro e recostou na cadeira.

Wilson foi o primeiro a se levantar. Foi até o primeiro-ministro, aplaudindo baixinho.

— Foi realmente soberbo, se me permite dizer. Nenhum tropeço ou hesitação.

Legat nunca vira o primeiro-ministro sorrir. Descobriu uma fileira simétrica de dentes amarelados. Parecia quase juvenil em seu prazer por receber um elogio.

— Foi mesmo tão bom?

— O tom foi perfeito, primeiro-ministro — disse Halifax.

— Obrigado, Edward. Obrigado a todos. — Ele incluiu Legat, bem como os engenheiros da BBC, em sua bênção geral. — Sempre acho que o truque, quando estou falando no rádio, é falar como se me dirigisse a apenas uma pessoa, sentada em uma poltrona. Uma conversa íntima, entre amigos. Foi mais difícil conseguir esta noite, é claro, sabendo que eu estava ao mesmo tempo me dirigindo a outra pessoa, sentada na sombra, em um canto da sala. — Ele tomou um gole de água. — Herr Hitler.

4

O funcionário civil encarregado do Ministério do Exterior alemão, o secretário de Estado Ernst von Weizsäcker, anunciara o desejo de ter em mãos uma tradução do pronunciamento do primeiro-ministro trinta minutos depois da transmissão. E havia confiado a missão a Paul von Hartmann.

Na sala de monitoramento de rádio, no topo do edifício da Wilhelmstrasse, sob o imenso emaranhado de antenas que despontavam do telhado, Hartmann tinha diligentemente reunido uma equipe com três mulheres. Primeiro, uma estenógrafa copiou as palavras de Chamberlain em inglês (tarefa nada fácil, pois quando o sinal da BBC chegava a Berlim já havia perdido muito da sua força, e a voz etérea do primeiro-ministro, sumindo e reaparecendo por entre nuvens de estática, era às vezes difícil de compreender). Assim que cada página de texto estenográfico ficava pronta, uma segunda secretária a recebia e datilografava as notas em inglês, em espaço triplo. Hartmann escrevia à mão sua tradução abaixo das linhas do texto em inglês e passava as folhas de uma em uma para uma terceira secretária, que datilografava a versão final em alemão.

Wie schrecklich, fantastisch, unglaublich ist es...

Sua caneta se movia com rapidez sobre a folha, a tinta marrom sendo sugada pelas fibras do papel barato.

Dez minutos depois de Chamberlain encerrar o discurso, a versão em alemão estava pronta.

A datilógrafa arrancou a última página da máquina. Hartmann a pegou e a guardou em uma pasta junto com as outras, deu um beijo na cabeça da moça e saiu às pressas da sala, acompanhado de risadas de alívio. Assim que adentrou o corredor, seu sorriso desapareceu. Ao caminhar rumo ao escritório de Weizsäcker, manuseou as folhas, indo e voltando com uma decepção crescente. O tom era muito cauteloso, conciliador, uma coisa leve, um mero áudio-ectoplasma. Onde estava a ameaça, o ultimato? Por que Chamberlain não repetira em público naquela noite o que seu emissário dissera a Hitler em audiência privada naquela manhã — que, se a França fosse em socorro da Tchecoslováquia, a Grã-Bretanha apoiaria a França?

O homem desceu a escada até o térreo, bateu à porta do escritório externo de Weizsäcker e entrou sem esperar resposta. A sala era espaçosa, com pé-direito alto e vista para o parque que se estendia nos fundos do ministério. Era iluminada por um candelabro enorme e esculpido. Nas janelas escuras, para além do reflexo das lâmpadas elétricas, ainda era possível distinguir os contornos das árvores banhadas pelo anoitecer. As secretárias mais novas já tinham ido para casa e as máquinas estavam cobertas, como gaiolas de pássaros adormecidos. Sozinha no escritório, sentada à sua mesa perto da janela central, estava a secretária-chefe de Weizsäcker. Tinha um cigarro entre os lábios rubros e uma carta em cada mão; de testa franzida, alternava o olhar entre documentos.

— Boa noite, cara Frau Winter.

— Boa noite, Herr Von Hartmann.

Ela inclinou a cabeça com a mesma formalidade, como se ele lhe tivesse prestado uma grande saudação.

— Ele está?

— Está com o ministro, na Chancelaria.

— Ah. — Hartmann ficou desapontado. — Neste caso, o que devo fazer com o pronunciamento de Chamberlain?

— Ele pediu que o levassem até ele assim que ficasse pronto. Espere... — disse ela, quando ele se virou para sair. — O que foi isso no seu rosto?

Ele ficou parado sob o candelabro como um menino obediente enquanto ela inspecionava sua bochecha. O cabelo e os dedos dela tinham cheiro de perfume e cigarro. Ele podia ver fios brancos por entre seus cachos escuros. Imaginou quantos anos ela teria. Quarenta e cinco? Era velha o bastante para pelo menos ter tido um marido que morrera na guerra.

— Tinta! — murmurou ela, com desaprovação. — Tinta *marrom*. Realmente, Herr Von Hartmann, não pode entrar na Chancelaria com essa aparência. E se cruzasse com o Führer? — Ela puxou um lenço branco da manga, umedeceu a ponta com a língua e passou com delicadeza no rosto de Hartmann. Deu um passo atrás para avaliar o resultado. — Melhor. Vou telefonar para dizer que o senhor já está indo.

Lá fora, a noite ainda estava cálida. Os postes da Wilhelmstrasse, que datavam de antes da guerra, bem afastados um do outro, projetavam feixes isolados de luz através da escuridão. Pouca gente transitava pelas calçadas. No meio da rua, um lixeiro recolhia com a pá pilhas de esterco, deixado pelos cavalos durante o desfile. O único ruído era o da pá raspando o asfalto. Hartmann apertou a pasta no peito e caminhou com pressa ao longo da fachada do ministério até chegar aos muros gradeados da Chancelaria do Reich. Um dos grandes portões de ferro estava aberto. Uma Mercedes saía. Quando o carro virou na direção da Anhalter Bahnhof, ele forneceu seu nome e o departamento em que trabalhava ao policial de guarda, que, sem uma palavra, lhe acenou para que entrasse.

As luzes estavam acesas em todas as janelas que davam para o pátio; ali, finalmente, tinha-se uma impressão de atividade, de crise. Sob o pórtico de uma das entradas, uma sentinela da ss, portando metralhadora, pediu para ver seus documentos e lhe deu permissão para entrar no saguão onde dois outros guardas da ss estavam de vigia, armados com pistolas. Mais uma vez ele exibiu seu passe e anunciou que fora chamado pelo secretário de Estado Von Weizsäcker. Pediram-lhe para esperar. Um dos guardas foi até a mesa do telefone na parede oposta. Hartmann fez uma anotação mental: dois policiais no portão, quatro ss-Schütze ali, e podia ver pelo menos outros três na sala da guarda.

Um minuto se passou. De repente a larga porta dupla se abriu e um ajudante com uniforme da ss entrou. Seus calcanhares bateram com força no chão e o braço se ergueu na saudação hitlerista, tão preciso e impecável quanto um soldadinho mecânico. Hartmann respondeu à saudação obrigatória.

— *Heil Hitler*.

— Siga-me, por favor.

Cruzaram a porta dupla e uma extensão infindável de tapetes persas. O aposento tinha o cheiro da época do Kaiser: tecidos antigos desbotados pelo sol, poeira e cera de abelha das velas. Era possível imaginar Bismarck cruzando aquele piso. Observado por outro guarda da ss — aquele era o quê, o oitavo? —, Hartmann passou por tapeçarias gobelinas ao subir a escadaria de mármore com o ajudante até o patamar do segundo andar. Então atravessou outra porta dupla e entrou no que ele percebeu, com os batimentos acelerando, serem os aposentos privados do Führer.

— Pode me entregar, por favor? Espere aqui — disse o ajudante.

Ele pegou os papéis, bateu de leve a uma porta e entrou. Por um instante, antes de a porta se fechar, Hartmann ouviu vozes, mas logo o murmúrio da conversação foi cortado. Ele olhou ao redor. A sala era surpreendentemente moderna, até de bom gosto — pinturas respeitáveis, mesinhas com luminárias e vasos de flores recém-cortadas, um tapete cobrindo um chão de madeira reluzente, cadeiras simples. Ele não sabia se devia se sentar ou não. Decidiu esperar de pé.

O tempo passou. A certa altura uma mulher bonita, de blusa branca engomada, entrou levando uma braçada de documentos para a reunião e saiu quase de imediato, com as mãos vazias. Por fim, depois de quinze minutos, a porta voltou a se abrir e surgiu um homem elegante, de cabelo grisalho, na casa dos cinquenta anos, com a insígnia do Partido Nazista na lapela. Era o barão Ernst von Weizsäcker, embora, de acordo com o espírito igualitário daquele período, ele tivesse dispensado o título de nobreza mais ou menos na mesma época em que começara a usar a insígnia. Entregou um envelope a Hartmann.

— Obrigado por esperar, Hartmann. Esta é a resposta do Führer a Chamberlain. Por favor, leve-a agora à Embaixada britânica e a entregue pessoalmente a Sir Nevile Henderson ou ao sr. Kirkpatrick. — Ele se inclinou para a frente e acrescentou, confidencialmente: — Chame a atenção deles para a última frase. Diga-lhes que é uma resposta direta ao pronunciamento desta noite. — E, depois, em voz baixa: — Diga-lhes que não foi fácil.

— Weizsäcker! — Hartmann reconheceu a voz imperiosa de Ribbentrop chamando do outro aposento.

A mais leve insinuação de uma careta perpassou as feições delicadas do secretário de Estado, e ele se foi.

A Embaixada britânica ficava a menos de cinco minutos de caminhada na direção norte da Wilhelmstrasse, logo após o Ministério do Exterior. Enquanto esperava que a sentinela abrisse o portão da Chancelaria, Hartmann examinou o envelope. Estava endereçado, na caligrafia de Weizsäcker, a *vossa excelência Sir Nevile Henderson, Embaixador da Grã-Bretanha*; não estava selado.
— Boa noite, senhor — saudou a sentinela.
— Boa noite.
Hartmann caminhou um pouco ao longo da extensa rua, passando diante das janelas das salas silenciosas e escuras do Ministério do Exterior, e então, de modo casual, tão casual que se alguém o observasse consideraria seu comportamento totalmente natural, virou-se e cruzou a porta de entrada. O porteiro da noite o reconheceu. Ele subiu os degraus acarpetados por entre as esfinges de pedra, hesitou, depois virou à esquerda no corredor deserto. Seus passos ecoaram no piso de pedra, nas paredes de gesso verde-limão e no teto abobadado. As portas de ambos os lados estavam fechadas. No meio do corredor avistou um banheiro; ele entrou e acendeu a luz. Seu reflexo no espelho por cima da pia o deixou chocado — curvo, furtivo, com aparência indubitavelmente suspeita. Realmente não tinha vocação para aquele tipo de atividade. Entrou em um dos cubículos, trancou a porta e se sentou na borda do vaso.

Caro sr. Chamberlain,
No curso de nossas conversas, voltei a informar Sir Horace Wilson da minha posição final...

Havia uns sete parágrafos, alguns longos. O tom era beligerante: os tchecos tentavam ganhar tempo, suas objeções à ocupação imediata dos Sudetos pela Alemanha eram maquinações e Praga estava agindo com a intenção de causar "uma conflagração bélica generalizada". A frase final, da qual Weizsäcker estava tão orgulhoso, não lhe deu a sensação de oferecer esperança de paz:

Em vista desses fatos, devo deixar a seu cargo decidir se deve persistir nos seus esforços, pelos quais lhe agradeço sinceramente mais uma vez, para fazer com que o governo de Praga ceda à voz da razão nesta hora derradeira.

A carta datilografada estava assinada com um rabisco de *Adolf Hitler.*

Ele chegou ao escritório de Weizsäcker quando Frau Winter trancava a porta para ir embora. Ela já estava com um moderno chapéu de aba larga, e o olhou com surpresa.

— Herr Hartmann? O secretário ainda está na Chancelaria.

— Eu sei. Detesto ter que lhe pedir isto, mas... Não o faria se não fosse importante.

— O que foi?

— Pode fazer uma cópia disto, com urgência?

Hartmann lhe mostrou a carta e a assinatura. Os olhos de Frau Winter se arregalaram. Ela olhou para os dois lados do corredor, destrancou a porta, entrou e acendeu a luz.

Levou quinze minutos. Ele ficou de vigia no corredor. Ela só teceu um comentário no fim.

— Ele parece decidido a entrar em guerra — disse, a voz neutra, sem tirar os olhos da máquina.

— Sim, e os ingleses estão igualmente decididos a evitá-la, o que torna tudo ainda mais lamentável.

— Aqui está. — Ela puxou a última página. — Vá.

O corredor continuava vazio. Ele caminhou a passos rápidos, refazendo o trajeto por onde viera. Já estava no topo da escada que conduzia ao saguão quando notou uma figura com o uniforme negro da ss cruzando o piso de mármore e vindo em sua direção. Era o Sturmbannführer Sauer, do gabinete pessoal de Ribbentrop, que se aproximava com a cabeça baixa. Por um instante Hartmann pensou em dar meia-volta, mas então Sauer olhou para a frente e o reconheceu, franzindo a testa com surpresa.

— Hartmann...?

Sauer tinha quase a mesma idade que ele, o rosto alvo de onde toda a cor parecia ter sido sugada, o cabelo loiro platinado, a pele pálida e os olhos azul-claros.

Na falta de uma resposta melhor, Hartmann ergueu o braço.

— *Heil Hitler!*
Sauer respondeu automaticamente:
— *Heil Hitler!* — Mas em seguida o encarou. — Você não deveria estar na Embaixada britânica?
— Estou a caminho.
Hartmann desceu os últimos degraus e se apressou rumo à saída.
— Pelo amor de Deus, Hartmann, vá logo! — gritou Sauer às suas costas. — O futuro do Reich está em jogo!
Hartmann já estava na rua, afastando-se a passos largos do prédio. Tinha a sensação de que Sauer correria atrás dele e o acuaria, sacando a pistola, obrigando-o a revirar os bolsos e descobrindo sua caderneta de anotações. Mas logo disse a si mesmo que se acalmasse. Era o terceiro secretário do Departamento de Inglês, responsável, entre outras coisas, pelas traduções. Para alguém como ele, ter uma cópia de uma carta oficial dirigida ao primeiro-ministro britânico — uma carta que, em todo caso, chegaria a Londres em uma hora ou menos — dificilmente seria visto como traição. Ele tinha um ótimo argumento, e poderia se defender se precisasse. Poderia se defender de praticamente qualquer coisa.

Ele subiu os cinco desgastados degraus de pedra na entrada da Embaixada britânica. O interior do grande pórtico era iluminado por uma única e sombria lâmpada. As portas de ferro estavam trancadas. Ele tocou a campainha e a ouviu soar em algum ponto no interior do prédio. O som desapareceu. Que silêncio! Na rua inteira tudo estava quieto, até mesmo no Adlon, o mais elegante dos grandes hotéis berlinenses. Era como se a cidade inteira tivesse se entocado. Depois de alguns instantes ouviu ferrolhos sendo puxados, uma trava girando. Um jovem pôs a cabeça para fora da porta.

Em inglês, Hartmann disse:
— Tenho uma mensagem urgente da Chancelaria do Reich e preciso entregá-la pessoalmente ao embaixador ou ao primeiro secretário.
— É claro. Estávamos à sua espera.
Hartmann o seguiu para dentro do prédio e subiu dois lances de escadas até chegar a um imponente salão de recepção, com um pé-direito equivalente a dois andares e um teto oval de vidro. O edifício fora construído no século anterior por um famoso magnata

da indústria ferroviária, que logo depois foi à falência. Havia uma generalizada atmosfera de opulência e mau gosto. Não só uma, mas duas grandes escadarias com balaustradas de porcelana se erguiam e se curvavam em direção à parede do fundo, encontrando-se na parte central. Descendo com agilidade a escadaria da esquerda, meio de lado como Fred Astaire, vinha um indivíduo alto, esguio, afetadamente elegante em seu smoking com um cravo vermelho na lapela. Fumava um cigarro em uma piteira de jade.

— Boa noite. Herr Hartmann?

— Boa noite, vossa excelência. Sim, sou eu. Trago a resposta do Führer ao primeiro-ministro.

— Ótimo.

O embaixador britânico pegou o envelope, puxou as três páginas datilografadas e começou a ler ali mesmo. Seus olhos passavam rapidamente de um lado para o outro. O rosto longo, com o bigode curvado para baixo, já melancólico em repouso, parecia ainda mais comprido. Ele soltou um grunhido baixinho enquanto lia e ao terminar deu um suspiro, pôs a piteira de volta entre os dentes e olhou para a claraboia. A fumaça de seu cigarro turco tinha um aroma agradável.

— O secretário de Estado pediu que desse atenção especial à última frase, Sir Nevile — disse Hartmann. — Pediu para lhe dizer que não foi fácil.

Henderson olhou novamente a última folha.

— Não há muito o que fazer sobre isso, mas acho que já é alguma coisa. — Ele entregou a carta ao jovem assessor. — Traduza-a e passe imediatamente por telegrama para Londres, por favor. Não precisa criptografar.

Ele insistiu em levar Hartmann até a porta. Seus modos eram tão requintados quanto suas roupas. Havia rumores de que era amante do príncipe Paul, da Iugoslávia. Uma vez fora à Chancelaria vestindo um pulôver carmesim por baixo do terno cinza claro; dizia-se que Hitler falara no assunto durante dias seguidos. O que os ingleses tinham na cabeça, pensou Hartmann, ao mandar um homem como aquele negociar com os nazistas?

À porta, ele apertou a mão de Hartmann.

— Diga ao barão Von Weizsäcker que agradeço seus esforços.
— Ele olhou para um lado e para o outro da Wilhelmstrasse. — É estranho pensar que na semana que vem talvez já tenhamos ido embora daqui. Não posso dizer que lamento totalmente.

Então deu um último trago no cigarro e o posicionou delicadamente entre o polegar e o indicador, arrancou-o da piteira e o jogou longe para se desintegrar na calçada em uma cascata de fagulhas alaranjadas.

5

Os Legat moravam de aluguel em uma pequena casa geminada em North Street, Westminster. A casa lhes fora indicada pelo então chefe de Legat no Departamento Central do Foreign Office, Ralph Wigram, que morava com a esposa e o filho no final da mesma rua. A principal vantagem do local era a proximidade do trabalho: Wigram esperava que os funcionários jovens trabalhassem duro, e Legat conseguia estar sentado à sua mesa dez minutos depois de ter saído de casa. As desvantagens da casa eram tantas que mal podiam ser listadas, quase todas decorrentes do fato de que o imóvel tinha mais de duzentos anos. Fora o sistema elétrico, pouco tinha sido feito por ela durante todo esse tempo. O Tâmisa ficava a cerca de cem metros de distância; o lençol freático era alto. A umidade que subia do chão se encontrava com a chuva que gotejava do teto. A mobília precisava ser arrumada de maneira engenhosa para esconder as manchas verde-musgo de mofo. A cozinha era anterior à guerra. E, no entanto, Pamela amava aquela casa. Lady Colefax morava na mesma rua e no verão promovia jantares festivos à luz de velas, para os quais os Legat eram convidados. Era absurdo: ele ganhava apenas trezentas libras por ano. Embora tivessem sido levados a sublocar o porão para ajudar no aluguel, mantinham um acesso precário ao pequeno jardim por meio de uma escada vacilante que descia da janela da sala de estar; Legat tinha improvisado um elevador, usando um cesto de roupas e uma corda, para descer as crianças até o jardim na hora de brincar.

Foi para esse refúgio doméstico, que um dia tinha sido romântico e agora se revelava essencialmente impraticável — em termos simbólicos, pensou Legat, era o estado geral do seu casamento —, que ele se apressou, menos de uma hora após o pronunciamento do primeiro-ministro, a fim de preparar uma mala para aquela noite.

Como sempre seu percurso o fez passar pela casa dos Wigram, no começo da rua. A maioria daquelas casas de fachada simples estava enegrecida pela fuligem e uma ou outra era iluminada por jardineiras de gerânios. O número 4, contudo, parecia apagado e abandonado. Por trás das janelas georgianas, as persianas brancas estavam fechadas havia meses. De repente, com uma ânsia quase palpável, desejou que Wigram ainda estivesse lá dentro. Porque fora Wigram, mais do que qualquer pessoa, quem previra aquela crise — na verdade, ele a profetizou obsessivamente, e até Legat, que o adorava, passara a considerá-lo meio louco quando o assunto era Hitler. O jovem diplomata evocava a imagem do amigo sem dificuldade — os intensos olhos azuis, o belo bigode, a boca fina e contraída. Mais do que uma memória visual, podia mesmo *ouvir* Wigram mancando ao longo do corredor, rumo à sala do terceiro secretário — primeiro a pancada surda de um passo e depois o ruído da perna esquerda sendo arrastada, a bengala soando como um aviso de sua aproximação. E sempre o mesmo assunto nos lábios: Hitler, Hitler, Hitler. Quando os alemães voltaram a ocupar a Renânia em 1936, Wigram pedira uma audiência com o primeiro-ministro, Stanley Baldwin, e o avisara de que aquela era a última chance que os Aliados teriam para deter os nazistas. O primeiro-ministro respondeu que, se houvesse uma única chance em cem de que um ultimato pudesse conduzir à guerra, mesmo assim ele não poderia correr esse risco: o país não suportaria outro conflito tão cedo após a Grande Guerra. Wigram voltara para casa em North Street desesperado e sucumbira diante da esposa: "Espere as bombas começarem a cair sobre nossa pobre casa". Nove meses depois fora achado morto no banheiro, aos quarenta e seis anos, não se sabia ao certo se por vontade própria ou se por alguma complicação da pólio que o deixara deficiente durante a última década; ninguém jamais soube.

Ah, Ralph, pensou Legat, pobre, querido e derrotado Ralph, você previu isso tudo.

Ele entrou em casa e acendeu a luz. Por hábito, fez uma saudação em voz alta e esperou resposta, mas logo percebeu que todos já haviam partido, e às pressas, a julgar pelo que via ao redor. O casaquinho de seda que Pamela vestira no almoço estava pendurado no remate da balaustrada ao pé da escada. O triciclo de John estava caído de lado, bloqueando a passagem. Ele o endireitou. Os degraus estalaram e rangeram sob seus pés. A madeira estava quase apodrecida. Os vizinhos se queixavam da umidade que brotava da parede que tinham em comum. E ainda assim Pamela conseguia fazer aquele lugar ter uma aparência chique — uma profusão de tapetes persas, cortinas de damasco carmesim, plumas de pavão e avestruz, vidrilhos e rendas antigas. Sem dúvida ela tinha jeito para essas coisas; a própria Lady Colefax havia dito. Uma noite, ela enchera a casa de velas aromáticas e a transformara em um reino encantado. Mas na manhã seguinte o cheiro de mofo estava de volta.

Legat foi até o quarto. Mesmo com a lâmpada quebrada, vinha luz suficiente do corredor para que visse o que fazia. Havia roupas de Pamela amontoadas na cama e espalhadas no chão. Teve que passar por cima de suas roupas íntimas para chegar ao banheiro. Pegou a navalha, o pincel de barbear, sabonete, escova de dentes, pó dental e colocou tudo numa nécessaire, voltando ao quarto em busca de uma camisa. Lá fora, um carro vinha lentamente pela North Street. Pelo ruído do motor, deduziu que estava bem devagar. O clarão dos faróis iluminou o teto do quarto, projetando o desenho das grades da janela; as linhas escuras giraram como a sombra em um relógio de sol. Com a camisa na mão, Legat se deteve e prestou atenção. O carro parecia ter parado diante da casa, com o motor ligado. Ele se aproximou da janela.

Era um carro pequeno, de duas portas, e a porta do passageiro estava aberta. Ele ouviu um barulho lá embaixo. No instante seguinte, um vulto de chapéu e casaco escuro se afastou rápido da casa, enfiou-se no carro e bateu a porta.

Com dois passos largos, Legat cruzou o quarto e desceu a escada de três em três degraus, esbarrou no triciclo e quase se esparramou no chão. Quando conseguiu abrir a porta da frente, o carro fazia a curva para a Great Peter Street. Por um instante ele ficou olhando, recobrando o fôlego, depois se abaixou para pegar o envelope enfiado no capacho. O papel era de boa qualidade, de aparência oficial; um documento, talvez? Seu nome estava escrito errado: *Leggatt*. Ele voltou para a sala e se sentou no sofá. Enfiou um dedo sob a aba do envelope e o rasgou cuidadosamente. Não retirou o documento de imediato. Em vez disso, terminou de rasgar o envelope e olhou para dentro. Era sua maneira de se preparar para más notícias financeiras. Pôde apenas ler o cabeçalho datilografado:

Berlin Mai. 30. 1938
OKW No. 42/38. g. Kdos. Chefsache (Streng geheim, Militär) L I

Dez minutos depois caminhava de volta ao escritório. Por toda parte via sinais de nervosismo: um colar de rubis formado pelas lanternas traseiras dos carros na Marsham Street até o posto de gasolina, onde os motoristas se enfileiravam para abastecer; um hino sendo cantado ao ar livre nos terrenos com calçamento de pedras da Abadia de Westminster, como parte de uma vigília à luz de velas pela paz; nas paredes escurecidas de Downing Street, o reflexo prateado das câmeras de cinejornal captando a silhueta do bloco escuro e silencioso formado pela multidão.

Ele estava atrasado. Teve que abrir caminho entre as pessoas até o número 10, erguendo a valise acima da cabeça. *Com licença... com licença...* Mas, no momento em que entrou, viu que todo o seu esforço fora em vão. O térreo estava deserto. Os ministros já haviam partido para a reunião do Gabinete das nove e meia.

Cleverly não estava em sua sala. Legat deteve-se por alguns instantes no corredor e pensou no que fazer. Encontrou Syers sentado à sua mesa, fumando um cigarro e olhando pela janela. O homem notou o reflexo de Legat no vidro.

— Olá, Hugh.
— Onde está Cleverly?
— Na sala do Gabinete, de prontidão, caso decidam enviar o telegrama de Horace para os tchecos.
— Cadogan está com eles?
— Não o vi. — Syers virou-se para encará-lo. — Você parece um pouco tenso. Está tudo bem?
— Tudo ótimo. — Legat ergueu a valise. — Dei uma escapulida em casa para pegar algumas coisas.

E saiu antes que Syers pudesse fazer mais perguntas. Em sua sala, abriu a mala e retirou o envelope. O simples fato de levá-lo àquele edifício parecia um gesto de traição, e era perigoso ser apanhado em posse dele. Tinha que passá-lo adiante na cadeia de comando e se livrar dele o mais depressa possível.

Eram quinze para as dez quando cruzou a Downing Street, abrindo caminho entre a multidão de curiosos. Ele atravessou o grande portão de ferro do outro lado da rua, adentrando o vasto quadrilátero de edifícios ministeriais. Em todos eles as luzes estavam acesas: o Ministério das Colônias no canto inferior esquerdo, o Ministério da Justiça no superior esquerdo, o Departamento da Índia no superior direito e, imediatamente à frente dele, no alto de um lance de escadas, o Foreign Office. O porteiro da noite o cumprimentou com um aceno.

O corredor era grande e imponente, em estilo imperial vitoriano; sua extravagância parecia planejada para impressionar os visitantes que por azar não tivessem nascido no Reino Unido. A sala do subsecretário permanente ficava na esquina do andar térreo, com vista de um lado para a Downing Street e do outro para a Horse Guard Road. (Como proximidade é um sinal de poder, era uma questão de orgulho para o Foreign Office que seu subsecretário permanente estivesse sentado diante do primeiro-ministro, na sala do Gabinete, noventa segundos depois de convocado.)

A srta. Marchant, a chefe das secretárias de plantão, estava sozinha na recepção. Normalmente ela trabalhava no andar de cima, subordinada ao substituto míope de Cadogan, Orme Sargent, conhecido como "Moley".

Legat estava levemente ofegante.

— Preciso falar com Sir Alexander. É muito urgente.

— Receio que ele esteja ocupado demais para receber alguém.

— Diga-lhe, por favor, que é um assunto de extrema importância nacional.

O clichê, como a corrente do relógio e o antiquado terno preto, era algo que nele parecia natural. Postou-se com os pés bem afastados. Por mais jovem que fosse e ofegante que estivesse, ninguém o tiraria dali. Surpresa, a srta. Marchant arregalou os olhos, hesitou, depois se levantou, bateu de leve à porta do subsecretário e então enfiou a cabeça na sala pela porta entreaberta. Ele a ouviu dizer, bem baixinho:

— O sr. Legat está pedindo para vê-lo. — Houve uma pausa. — Ele diz que é extremamente importante. — Outra pausa. — Sim, acho que o senhor deveria.

De dentro da sala ouviu-se um grunhido.

Ela deu um passo para o lado para deixá-lo entrar. Ao passar, ele lhe lançou um olhar de gratidão tão profundo que ela corou.

A imensidão do salão — o pé-direito devia ter pelo menos uns seis metros de altura — realçava a pequenez de Sir Alexander. Ele não estava sentado à sua escrivaninha, mas à mesa de conferências, quase inteiramente coberta por papéis de cores variadas — o branco das minutas e dos telegramas, o azul-claro dos rascunhos, a cor de malva dos despachos, o verde-água dos documentos do Gabinete, tudo intercalado aqui e ali pelos arquivos marrons de papel almaço, atados com fitas cor-de-rosa. O subsecretário permanente olhou para Legat por cima dos óculos redondos de armação de tartaruga com uma expressão um tanto irritada.

— Sim...?

— Lamento incomodá-lo, Sir Alexander, mas achei que deveria lhe mostrar isto imediatamente.

— Ah, Deus, o que é agora?

Cadogan pegou as cinco folhas datilografadas, passou o olho pela primeira linha — *"Auf Anordnung des Obersten Befehlshabers der Wehrmacht"* — e franziu a testa, indo direto para a última página:

gez. ADOLF HITLER

Für die Richtigkeit der Abschrift:

ZEITZLER, *Oberstleutnant des Generalstabs*

Legat teve o prazer de ver o homem se empertigar na cadeira, atônito.

O documento era uma diretiva de Hitler: *Guerra em duas frentes com esforço principal no Sudeste, concentração estratégica "Verde".*

— Onde, diabos, você conseguiu isto?

— Enfiaram debaixo da porta da minha casa meia hora atrás.

— Quem enfiou?

— Não vi quem era. Um homem em um carro. Na verdade, dois.

— E nenhum recado?

— Nenhum.

Cadogan abriu espaço na mesa, pôs o documento à sua frente e inclinou sobre ele a cabeça desproporcionalmente grande. Leu tudo com muita atenção, os pulsos pressionando as têmporas. Seu alemão era bom: havia estado no comando da embaixada em Viena no verão de 1914, quando o arquiduque Francisco Ferdinand foi assassinado.

É essencial que se crie uma situação nos primeiros dois ou três dias para demonstrar aos estados inimigos que desejam intervir a completa desesperança da posição militar tcheca...
As formações do Exército capazes de rápido deslocamento devem forçar as fortificações da fronteira com velocidade e energia e invadir audaciosamente a Tchecoslováquia na certeza de que a maior parte do Exército motorizado as seguirá o mais rápido possível...
A força principal da Luftwaffe deve ser empregada para um ataque surpresa contra a Tchecoslováquia. A fronteira deve ser cruzada pela força aérea ao mesmo tempo que estiver sendo cruzada pelas primeiras unidades do Exército...

Ao término de cada página, Cadogan a virava e a colocava cuidadosamente do lado direito. Quando chegou ao fim do documento, ele reuniu e arrumou todas as folhas.

— Extraordinário — murmurou. — Suponho que a primeira coisa que devemos nos perguntar é se ele é genuíno ou não.

— Parece genuíno para mim.

— Para mim também. — O subsecretário releu o cabeçalho da primeira página. — Então foi redigido em 30 de maio. — Ele correu o dedo ao longo do texto em alemão, traduzindo: — *É minha inalterável decisão esmagar a Tchecoslováquia através de ação militar no futuro próximo...* Isto certamente *parece* algo que Hitler diria. Na verdade, é quase palavra por palavra o que ele disse a Horace Wilson na manhã de hoje. — Ele se recostou na cadeira. — Então, se trabalharmos com a suposição de que é genuíno, e acredito ser possível, as próximas questões que se colocam são essencialmente três: *quem* nos deu o documento, *por que* nos deu e, em particular: por que o deu a *você*?

Mais uma vez, Legat experimentou uma sensação peculiar de culpa, como se a mera posse daquele documento comprometesse sua lealdade. Ele preferiu não pensar de onde poderia ter vindo.

— Receio não poder responder a nenhuma delas.

— No que diz respeito a *quem* nos repassou isto, sabemos que de fato *existe* algum tipo de oposição a Hitler. Vários oponentes do regime estiveram em contato conosco durante o verão, alegando que estariam dispostos a derrubar os nazistas, se garantíssemos um apoio resoluto à Tchecoslováquia. Não posso afirmar que se trate de um grupo muito coeso: alguns diplomatas insatisfeitos e aristocratas que desejam restaurar a monarquia. Esta é a primeira vez que recebemos alguma coisa específica da parte deles. Não que o documento nos diga muita coisa que já não soubéssemos. Hitler quer destruir a Tchecoslováquia, e quer fazê-lo com rapidez... Grande novidade!

— Ele tirou os óculos e mordeu uma das hastes, observando Legat com indiferença. — Quando esteve na Alemanha pela última vez?

— Há seis anos.

— Tem mantido contato com alguém de lá?

— Não.

Pelo menos isso tinha o mérito de ser verdade.

— Esteve em Viena, se bem me lembro, depois que começou a trabalhar no Departamento Central, não é verdade?

— Sim, senhor. De 1935 a 1937.

— Tem amigos lá?

— Ninguém em especial. Tínhamos um filho pequeno e minha esposa estava grávida do segundo, então acabávamos ficando muito sozinhos.

— E você conhece alguém na Embaixada alemã em Londres?

— Não, não mesmo.

— Não faz sentido. Como os alemães saberiam que você trabalha no número 10?

Legat deu de ombros.

— Minha esposa, talvez? Ela aparece de vez em quando nas colunas de fofocas. Às vezes meu nome vai junto ao dela.

Apenas uma semana antes, o *Daily Express* publicara uma nota sobre uma das festas de Lady Colefax, e ali ele era descrito como "uma das jovens estrelas mais brilhantes do Foreign Office, agora trabalhando junto ao primeiro-ministro". Legat enrubesceu de vergonha ao se lembrar.

— As *"colunas de fofocas"*? — O subsecretário permanente repetiu o termo com desagrado, como se fosse algo indizível que precisasse ser manipulado com pinças. — Mas o que é isso, afinal? — Legat não sabia se ele estava brincando ou não, mas, antes que pudesse responder, houve uma batida à porta. — Entre!

A srta. Marchant trazia uma pasta.

— Um telegrama de Berlim. Acabou de chegar.

— Já era tempo! — Cadogan praticamente o arrancou de sua mão. — Estou esperando por isto a noite inteira. — E voltou a colocar o documento na mesa e curvou a cabeça enorme sobre ele, lendo com tanta atenção que parecia a ponto de ser sugado pelo papel. Ele murmurou, bem baixinho: — Canalha... canalha... *canalha!* — Desde o início da crise ele nunca deixara o escritório antes da meia-noite. Legat se perguntava como ele aguentava a pressão. Depois de alguns minutos, Cadogan ergueu a cabeça. — Esta é a última de Hitler. O primeiro-ministro precisa saber disso imediatamente. Está indo para o número 10?

— Sim, senhor.

Cadogan pôs o telegrama na pasta e a entregou a ele.

— Quanto ao outro assunto, vou comentar o ocorrido em nosso círculo e ver o que podemos fazer a respeito. Certamente vão querer falar com você amanhã. Pense um pouco mais. Tente imaginar quem pode estar por trás de tudo.

— Sim, senhor.

Cadogan pegou outro arquivo.

De acordo com os registros do Gabinete, o telegrama 545 de Berlim (*Carta do chanceler do Reich ao primeiro-ministro*) foi entregue a Chamberlain pouco depois das dez da noite. A mesa do Gabinete estava completa, vinte ministros ao todo, além de Horace Wilson — presente na condição de conselheiro especial para relatar o encontro com Hitler — e o secretário do Gabinete, Edward Bridges, um sujeito pedante que usava óculos, cujo pai chegara a ser poeta laureado. A maioria deles estava fumando. Uma das grandes janelas de guilhotina com vista para o jardim tinha sido aberta na tentativa de dissipar a fumaça dos charutos, cachimbos e cigarros. A brisa morna da noite entrava de vez em quando, agitando as folhas de papel espalhadas na mesa ou no carpete.

Lord Halifax estava falando quando Legat entrou, se aproximou discretamente do primeiro-ministro e colocou o telegrama à sua frente. Chamberlain, que escutava o secretário do Exterior, olhou de relance para o papel, agradeceu e, com um aceno de cabeça, indicou a Legat que sentasse junto aos outros funcionários na fila de cadeiras ao longo da parede do outro lado da sala. Duas estavam ocupadas por secretárias do Gabinete, tomando notas, e a terceira por Cleverly, com o queixo enterrado no peito, braços e pernas cruzados, o pé direito balançando-se levemente. Ele olhou ao redor com uma expressão lúgubre quando Legat se acomodou na cadeira ao lado, inclinou-se e cochichou:

— O que era aquilo?

— A resposta de Hitler — disse Legat.

— E o que diz?

— Receio não ter olhado.

— Uma omissão da sua parte. Vamos esperar que sejam boas notícias. Temo que o pobre primeiro-ministro esteja atravessando um mau momento.

Legat tinha uma privilegiada visão lateral de Chamberlain, que pusera os óculos e lia a carta de Hitler. O jovem diplomata não conseguia avistar o secretário do Exterior, que estava diante do primeiro-ministro, mas a voz dele era inconfundível, com os "erres" prolongados e o tom de confiante autoridade moral, como se estivesse discursando de um púlpito invisível.

— ... e por isso lamento profundamente não poder, em sã consciência, apoiar o primeiro-ministro nesta questão em particular. Teria imensa dificuldade em enviar o telegrama que foi esboçado por Sir Horace. Dizer aos tchecos que entregassem imediatamente o seu território, sob ameaça do uso da força, corresponderia, a meu ver, a uma capitulação total.

Ele fez uma pausa para tomar um gole de água. Era perceptível a tensão crescente na mesa. A Raposa Santa saíra do esconderijo! Alguns ministros chegaram a se inclinar para a frente, como que para se certificarem de que tinham ouvido corretamente.

— Entendo perfeitamente — prosseguiu Lord Halifax — que, se não enviarmos o telegrama de Sir Horace, as consequências podem ser desastrosas para muitos milhões de pessoas, inclusive para nós mesmos. Tornaria a guerra uma certeza. Mas não podemos simplesmente pressionar os tchecos para que façam algo que acreditamos ser errado. E também não acredito que a Câmara dos Comuns aceitaria tal decisão. Por fim, e este é o ponto central da questão, não podemos oferecer aos tchecos qualquer garantia de que o Exército alemão se contentará em parar na fronteira da região dos Sudetos e não tentará ocupar o resto do seu país.

Todos os olhos se voltaram para Chamberlain. As sobrancelhas e o bigode, grisalhos e volumosos, pareceram se eriçar; o nariz adunco ergueu-se em uma atitude de desafio. Ele não gostava de ser contrariado. Legat se perguntou se ele perderia a calma, cena que nunca presenciara. Diziam que as raras ocasiões em que acontecera foram memoráveis. Em vez disso, o primeiro-ministro falou, com frieza:

— O secretário do Exterior acaba de nos fornecer argumentos fortes e talvez até convincentes contra a minha proposta, embora esta seja, a meu ver, a última chance real de que dispomos. — Ele olhou para os ministros. — Mas se for este o ponto de vista geral dos colegas... — Ele fez uma pausa carregada de expectativa, como um leiloeiro esperando um lance decisivo. — Se for este o ponto de vista geral — repetiu —, estou pronto para aceitar que assim seja. — Ele encarou Horace Wilson. — O telegrama não será enviado.

Seguiu-se uma movimentação coletiva que envolveu corpos se ajeitando nas cadeiras, papéis sendo arrumados — o som de homens pacíficos preparando-se com relutância para a guerra. A voz do primeiro-ministro elevou-se, cortando os murmúrios em volta. Ele ainda não terminara.

— Antes de prosseguirmos, gostaria de informar o Gabinete de que acabo de receber uma resposta de Herr Hitler. Creio que seria útil proceder imediatamente à leitura.

Alguns dos ministros mais bajuladores do grupo — como o lorde chanceler Maugham e "Shakes" Morrison, da Agricultura — disseram "sim" e "com certeza".

O primeiro-ministro apanhou o telegrama.

— *Caro sr. Chamberlain. No curso de nossas conversas, voltei a informar Sir Horace Wilson, que me trouxe sua carta de 26 de setembro, da minha posição final...*

Era desconcertante ouvir as exigências de Hitler na voz de Chamberlain. Fazia até com que soassem razoáveis. Afinal de contas, por que o governo tcheco faria objeção à ocupação imediata de um território que, a princípio, ele próprio já concordara que deveria ser cedido à Alemanha?

— *Isto não representa mais do que uma medida de segurança que visa garantir a concretização rápida e sem sobressaltos da ocupação final.*

Quando se queixavam da perda de suas fortificações de fronteiras, o mundo era capaz de ver que estavam apenas tentando ganhar tempo, certo?

— *Se fôssemos esperar pela ação da ocupação final na qual a Tchecoslováquia teria de concluir novas fortificações no território que ainda lhe cabe, isso sem dúvida levaria meses ou anos.*

E assim prosseguia. Era quase como se Hitler estivesse sentado à mesa do Gabinete para defender sua causa. Ao final da leitura, Chamberlain tirou os óculos.

— Bem, isto foi redigido com bastante cuidado e requer mais tempo para ser analisado, mas não me deixa inteiramente sem esperanças.

Duff Cooper, o primeiro lorde do Almirantado, logo se manifestou.

— Pelo contrário, primeiro-ministro. Ele não cedeu em um ponto sequer!

O primeiro lorde era um sujeito de atitudes vulgares, que mesmo pela manhã exalava um odor noturno de uísque e charutos e o perfume de mulheres que não eram a sua esposa. Seu rosto estava vermelho. Legat não sabia dizer se por causa da raiva ou da bebida.

— Pode ser verdade — disse Halifax —, mas também temos que considerar que ele não bateu a porta de vez. Ele termina conclamando o primeiro-ministro a persistir em seus esforços pela paz.

— Sim, mas de uma maneira pouco vigorosa: "*Deixo a seu cargo decidir se vale ou não a pena*". Ele obviamente não pensa assim, nem um pouco. Está apenas tentando transferir a culpa pela agressão aos próprios tchecos.

— Bem, isso não deixa de ter um significado. Sugere que até Hitler acha que não pode ignorar completamente a opinião mundial. Talvez esse fato possa ser explorado, primeiro-ministro.

Agora vejam a inconstância da Raposa Santa, pensou Legat. *Em um minuto a favor da guerra, no outro a favor da paz...*

— Muito obrigado, secretário — disse Chamberlain. Seu tom era gélido; visivelmente não o tinha perdoado. — Todos aqui conhecem as minhas convicções. Pretendo continuar trabalhando pela paz até o último momento possível. — Ele olhou para o relógio na lareira. — O tempo está passando. Preciso preparar minha declaração de amanhã diante do Parlamento. Obviamente terei que ir além do que expus no pronunciamento pelo rádio nesta noite. A Câmara precisa ser informada de nossa advertência a Hitler hoje pela manhã. Sugiro que cheguemos a um consenso sobre a formulação exata das palavras que precisarei usar. — Ele olhou para Legat e o chamou com um aceno. Com um tom de voz tranquilo, pediu: — Poderia, por gentileza, me conseguir uma cópia do discurso de Hitler na noite passada? Traga quando encerrarmos esta reunião.

A única versão do discurso de Hitler que Legat conseguiu obter foi a que o *Times* publicara naquela manhã. Ele se sentou à sua mesa com o próprio exemplar e tentou desamassá-lo alisando com as mãos. Parecia que um século havia se passado desde que lera aquele texto no Ritz, esperando por Pamela. De repente ele lembrou que prometera ligar para ela na casa de campo. Olhou para o telefone. Provavelmente já estava muito tarde para isso. As crianças deviam estar na cama e, sem dúvida, Pamela teria bebido uns coquetéis além da conta e discutido com os pais. A lembrança do dia terrível recaía sobre ele: o almoço cancelado, os operários no Green Park, os balões levantando voo sobre o Tâmisa, as máscaras de gás para as crianças, o carro virando a esquina em North Street... E o dia seguinte seria ainda pior. Os alemães se mobilizariam e ele seria interrogado pelos homens do Serviço Secreto de Inteligência. Não poderia despistá-los com a mesma facilidade com que fizera com Cadogan. Eles teriam sua ficha.

Legat ouviu vozes. Parecia que a reunião do Gabinete tinha terminado. Ele se levantou e foi até a porta. Os ministros emergiam no corredor. Depois das reuniões do Gabinete, normalmente havia algumas risadas, tapinhas nas costas, até mesmo uma ou outra discussão. Naquela noite não havia nada. A não ser por uma ou outra conversa sussurrada, a maioria dos políticos saiu de cabeça baixa, e sozinhos. Ele observou a figura alta e solitária de Halifax colocando o chapéu-coco e apanhando o guarda-chuva. Através da porta aberta vieram os agora familiares flashes de luz branca e os gritos com as perguntas dos repórteres.

Legat esperou até o momento em que supôs que o primeiro--ministro estaria sozinho e entrou na sala do Gabinete. Estava deserta. O lixo e o cheiro onipresente dos cigarros lembraram-lhe a sala de espera de uma estação ferroviária. À sua direita, a porta que dava para a sala de Cleverly estava entreaberta. Ele pôde ouvir as vozes do secretário do Gabinete e do chefe dos secretários particulares. À sua esquerda, a porta para a sala de Horace Wilson estava fechada. Ele bateu e ouviu Wilson mandando-o entrar.

Ele estava a uma mesa lateral, servindo soda em dois copos que pareciam conter brandy. O primeiro-ministro estava jogado em uma poltrona, pernas esticadas, braços pendurados nas laterais. Estava de olhos fechados e os abriu quando Legat se aproximou.

— Receio só ter encontrado o discurso no *Times*, primeiro--ministro.

— Tudo bem. Foi onde li também. Deus!

Com um gemido de exaustão, ele ergueu o corpo das profundezas da poltrona. Suas pernas moviam-se com dificuldade. Pegou o jornal e o abriu na página do discurso em cima da mesa de Wilson, tirando os óculos do bolso do paletó e lendo com atenção as letras miúdas, a boca ligeiramente aberta. Wilson se afastou da mesa lateral e discretamente mostrou a Legat o copo de bebida. Legat balançou a cabeça.

— Não, obrigado, Sir Horace.

Wilson colocou o copo perto de Chamberlain. Olhou para Legat e ergueu de leve a sobrancelha. Havia algo quase chocante naquele gesto de cumplicidade, a sugestão de que ambos faziam o possível para agradar o chefe.

— Aqui está — disse o primeiro-ministro. — "*Nunca encontramos uma única potência europeia chefiada por um homem com tanta compreensão do sofrimento do nosso povo como meu grande amigo Benito Mussolini. Nunca esqueceremos o que ele fez por nós nesta época, nem a atitude do povo italiano. Se uma desgraça similar se abatesse sobre a Itália, eu me dirigiria ao povo alemão e lhe pediria que fizesse pelos italianos o mesmo que os italianos fizeram por nós.*"— Ele empurrou o jornal para que Wilson olhasse. Pegou o copo e tomou um gole. — Entende o que eu quero dizer?

— Sim.

— É evidente que Hitler não vai me dar ouvidos, mas pode muito bem dar ouvidos a Mussolini. — Ele se sentou à escrivaninha, apanhou uma folha de um bloco de notas timbrado do número 10 e mergulhou a pena no tinteiro. Fez uma pausa para beber outro gole, olhou para a frente, imerso em pensamentos, e começou a escrever. Depois de algum tempo dirigiu-se a Legat, sem erguer a cabeça: — Quero que leve isto imediatamente à sala de criptografia do Foreign Office, para que eles o telegrafem o mais rápido possível para Lord Perth, na embaixada em Roma.

— Sim, primeiro-ministro.

— Se está escrevendo ao embaixador, não acha que deveria avisar o Foreign Office?

— Dane-se o Foreign Office. — Chamberlain aplicou o mata-borrão sobre a tinta úmida. Ergueu a cabeça e sorriu para Legat. — Por favor, esqueça que ouviu este último comentário. — Ele estendeu a carta. — E, quando terminar, vamos trabalhar no meu discurso ao Parlamento.

Um minuto depois, Legat estava mais uma vez caminhando às pressas por Downing Street, rumo ao Foreign Office. A rua estava vazia. A multidão se dispersara. Nuvens carregadas obscureciam a lua e as estrelas. Faltava uma hora para a meia-noite.

6

As luzes ainda estavam acesas em Potsdamer Platz, com ou sem guerra iminente. A cúpula da Haus Vaterland, com o cinema da rede de estúdios UFA e o imenso café, estava iluminada por fileiras de quatro mil lâmpadas elétricas. De frente para ela, um outdoor reluzente mostrava um astro de cinema com cabelos negros intensos e resplandecentes, o rosto com dez metros de altura, fumando um cigarro Makedon — *"Perfekt!"*.

Hartmann esperou a passagem de um bonde e atravessou a rua na direção da Bahnhof Wannsee. Cinco minutos depois, estava a bordo de um trem elétrico suburbano, sacolejando noite adentro na direção sudoeste. Não conseguia se livrar por completo da sensação de estar sendo seguido, mesmo que seu vagão — ele tinha escolhido embarcar no último de todos — estivesse vazio, a não ser por dois bêbados e um homem da SA lendo o *Völkischer Beobachter*. Fazendo uma mesura ao se afastarem, os bêbados desembarcaram em Schöneberg, deixando apenas Hartmann e o soldado da tropa de choque. As luzes da cidade esmaeceram. Grandes extensões de escuridão se espalhavam a seu redor como misteriosos lagos negros; ele supôs que fossem parques. De tempos em tempos o trem sacudia e produzia flashes azuis de fagulhas elétricas. Pararam em estações pequenas — Friedenau e Feuerbachstrasse —, onde as portas automáticas se abriam para plataformas desertas. Finalmente, quando se aproximaram da estação Steglitz, o homem da SA dobrou o jornal, se levantou e passou por Hartmann ao seguir para a porta. Ele cheirava a suor, cerveja e couro. Enfiou os polegares no cinto e virou-se para dirigir-se a Hartmann. Ao ver o corpo rechonchudo no traje marrom oscilando com o balanço do trem, Hartman imaginou uma crisálida gorda a ponto de irromper.

— Aqueles indivíduos eram desagradáveis.
— Ah, não sei. Pareciam inofensivos.
— Não, deviam estar na cadeia.

As portas se abriram e ele cambaleou para a plataforma. Quando o trem se pôs outra vez em movimento, Hartmann olhou para trás e o viu com o corpo curvado para a frente, as mãos apoiadas nos joelhos, vomitando.

Lá fora, árvores cresciam bem perto dos trilhos. Os troncos das bétulas prateadas exibiam-se rapidamente, luminosos no meio da escuridão. Era possível imaginar-se no meio de uma floresta. Ele apoiou o rosto no vidro frio da janela e pensou na casa em que crescera, na infância e nos acampamentos de verão, nas cantorias em volta da fogueira, no Wandervogel e nos Nibelungen bund, nas elites nobres e na salvação da nação. Teve uma súbita sensação de entusiasmo. Mais alguns passageiros desceram na estação do Botanischer Garten, e ele finalmente teve a certeza de estar sozinho. Na parada seguinte, Lichterfelde West, ele foi a única pessoa a desembarcar até quase o último instante, pois, quando as portas já começavam a se fechar, um homem no vagão da frente conseguiu se esgueirar pela abertura. Ele deu uma olhada para trás, enquanto o trem se afastava, e Hartmann teve a impressão de ver um rosto brutal, com uma mandíbula proeminente. O quartel da Leibstandarte-ss Adolf Hitler, a guarda pessoal do Führer, ficava em Lichterfelde: talvez fosse um oficial de folga. O homem se abaixou para amarrar o cadarço e Hartman passou rapidamente por ele, ao longo da plataforma, subiu um lance de escadas, atravessou a estação deserta com a bilheteria já fechada e chegou à rua.

Tinha memorizado o trajeto antes de sair do escritório: direita, direita, quarta à esquerda, mas o instinto lhe disse para esperar. Atravessou a praça pavimentada com pedras em frente à estação e se deteve na entrada de um açougue do outro lado. A estação era excêntrica, construída no século anterior para lembrar uma *villa* em estilo italiano. Ele se sentiu um espião em um país estrangeiro. Depois de meio minuto o outro passageiro apareceu, hesitou e olhou em volta, como se procurasse Hartmann, depois virou à direita e desapareceu. Hartmann deu mais cinco minutos para que se afastasse e pôs-se a caminho.

Era um agradável e arborizado subúrbio burguês. Não parecia o local para uma conspiração de traidores. A maioria dos moradores já dormia, as janelas fechadas. Alguns cachorros latiram quando ele passou. Ele se perguntou por que Oster escolhera aquele lugar para se encontrarem. Seguiu pela Königsberger Strasse até atingir a Goethe Strasse. O número 9 era uma casa simples, com fachada dupla, o tipo de lugar que um gerente de banco escolheria para morar, ou um diretor de colégio. As luzes das janelas da frente estavam apagadas e de repente ocorreu-lhe que talvez estivesse marchando para uma armadilha. Kordt era nazista, afinal de contas. Tinha trabalhado durante anos com Ribbentrop. Mas em todo caso o próprio Hartmann era membro do partido: se alguém pretendesse aspirar a qualquer posição de prestígio, tinha que ser. Ele afastou as suspeitas, abriu o portãozinho de madeira, seguiu até a porta da frente e tocou a campainha.

Uma voz educada respondeu do lado de dentro:

— Identifique-se.

— Hartmann. Ministério do Exterior.

A porta foi destrancada. Um homem careca em seus sessenta anos surgiu no umbral. Os grandes olhos azuis eram melancólicos e profundos. Tinha uma pequena cicatriz horizontal logo abaixo do canto esquerdo da boca, o rosto era delicado, a expressão astuta. De terno cinza e gravata azul, podia se passar por um professor.

— Beck — disse ele, estendendo a mão e, em um aperto firme, puxando Hartmann para dentro da casa.

Ele bateu e trancou a porta.

Meu Deus, pensou Hartmann, *Ludwig Beck, o general Beck, o chefe do Estado-Maior.*

— Por aqui, por favor. — Beck o conduziu por uma passagem até uma sala nos fundos da casa, onde havia uma meia dúzia de homens sentados. — Acredito que já conheça a maior parte destes cavalheiros.

— É claro.

Hartmann cumprimentou a todos com um aceno da cabeça. Como o estresse dos últimos meses os tinha envelhecido! Ali estava Kordt, o pequeno burocrata, cujo irmão mais velho, Theo, era o *chargé d'affaires* na embaixada em Londres e outro membro da oposição, que odiava tanto Ribbentrop que estava disposto a arriscar o pescoço para detê-lo. Também estavam o coronel Oster, vice-chefe da inteligência militar, um oficial da cavalaria cheio de charme e o líder de todos ali, na medida em que um grupo tão sectarista era capaz de tolerar um líder; Hans Bernd Gisevius e o conde Von Schulenburg, do Ministério do Interior; Hans von Dohnányi, do Ministério da Justiça. O sexto homem ele não sabia quem era, mas reconheceu. Era o passageiro do S-Bahn que pouco antes vira amarrando os cadarços na estação de trem.

Oster percebeu seu olhar de surpresa.

— Este é o capitão Friedrich Heinz. Não acho que o conheça. É da minha equipe na Abwehr. É o nosso "homem de ação" — explicou, com um sorriso.

Hartmann não duvidou que fosse. O homem tinha o rosto de um boxeador que já travara lutas demais.

— Já nos vimos — disse Hartmann —, de certo modo.

Ele se sentou no sofá. A sala estava quente e abarrotada, opressiva. Pesadas cortinas de veludo cobriam a janela. As estantes de livros estavam cheias de obras literárias, tanto em francês quanto em alemão, e de compêndios de filosofia. Em cima da mesa havia um jarro com água e vários copos pequenos.

— Agradeço ao general Beck por concordar em encontrar-se conosco hoje à noite — disse Oster. — Creio que o general deseja fazer uma declaração.

Beck estava sentado em uma cadeira de madeira de lei que o colocava em um plano ligeiramente superior aos demais.

— Somente o coronel Oster e Herr Gisevius têm conhecimento do que vou lhes dizer agora. — A voz dele era seca, entrecortada, precisa. — Pouco menos de seis semanas atrás, renunciei ao cargo de chefe do Estado-Maior em protesto contra o plano de entrar em guerra contra a Tchecoslováquia. Os senhores não teriam como saber disso porque prometi ao Führer que não tornaria pública minha decisão. Lamento ter concordado com essa exigência, mas não importa; dei minha palavra. No entanto, continuo em contato com meus antigos colegas no alto-comando e posso afirmar aos senhores que há forte oposição ao que está acontecendo, tão forte que acredito que, se Hitler der a ordem de mobilização amanhã, há uma boa chance de que o Exército não lhe obedeça e se volte contra o regime.

A sala ficou em silêncio. Hartmann sentiu os batimentos se acelerarem.

— Obviamente isso muda tudo — disse Oster. — Agora temos que estar prontos para uma ação decisiva amanhã. Talvez nunca tenhamos uma chance melhor do que esta.

— E como se daria esse "golpe"? — perguntou Kordt, cético.

— Com uma jogada: a prisão de Hitler.

— O Exército faria isso?

— Não, nós teremos que fazê-lo.

— Mas com certeza só o Exército tem poder suficiente para realizar essa tarefa, não?

— O problema da Wehrmacht é que fizemos um juramento de lealdade ao Führer — explicou Beck. — No entanto, se houver algum tipo de confusão na Chancelaria, o Exército certamente poderia intervir para manter a ordem. Isso não seria incompatível com o nosso juramento. A única questão é que o primeiro movimento contra Hitler não poderia partir de nós. Teria que vir de fora.

— Venho analisando essa questão há semanas — disse Oster. — Não seriam necessários muitos homens para prender Hitler, desde que tivéssemos a vantagem do efeito surpresa, além da garantia de que o Exército nos protegeria de qualquer tentativa de resgate por parte da ss. O capitão Heinz e eu calculamos que precisaríamos de uma força inicial de cerca de cinquenta homens.

— E onde vamos achar esses cinquenta? — perguntou Kordt.

— Já existem — disse Heinz. — Soldados experientes, preparados para agir amanhã mesmo.

— Meu Deus! — Kordt o encarou como se ele estivesse louco. — E quem são eles? Onde estão? E estão armados com o quê?

— A Abwehr vai lhes fornecer as armas — disse Oster. — Também vamos lhes fornecer abrigos secretos, perto de Wilhelmstrasse, onde ficarão esperando o sinal para agir.

— Estarão todos em posição amanhã, ao amanhecer — disse Heinz. — Cada um desses homens é um camarada de plena confiança, que conheço pessoalmente. Lembrem-se, lutei com Kapp em 1920, e depois com Stahlhelm.

— É verdade. Se alguém pode organizar isso, esse alguém é Heinz.

Hartmann conhecia Schulenburg apenas vagamente; era um aristocrata socialista que aderira ao partido antes de este subir ao poder e que desde então se desiludira. Agora, estava preso a alguma função policial secundária no Ministério do Interior.

— General, acha mesmo que o Exército se voltará contra o Führer, depois de tudo que ele fez por eles e pela Alemanha? — perguntou Schulenburg a Beck.

— Concordo que muito do que ele realizou na esfera internacional foi extraordinário, como o retorno da Renânia e a incorporação da Áustria. Mas a questão é que foram vitórias sem derramamento de sangue. E o retorno dos Sudetos também poderia ser feito assim. Infelizmente, ele não está mais interessado em alcançar seus objetivos por meios pacíficos. Só vim a perceber a verdade sobre Hitler durante este verão: ele *deseja* a guerra contra a Tchecoslováquia. Vive a ilusão de que é algum tipo de gênio militar, mesmo nunca tendo ocupado um posto mais alto do que cabo. Quem não entender isso não entenderá o homem com quem estamos lidando. E há algo com que o Exército concorda: uma guerra com a Grã-Bretanha e a França este ano seria um desastre para a Alemanha.

Hartmann aproveitou a oportunidade para falar.

— Na verdade, posso mostrar a vocês a prova mais recente de que Hitler deseja a guerra. — Ele procurou o documento no bolso interno e tirou dali o texto da carta de Hitler a Chamberlain. — Esta é a resposta do Führer aos britânicos, enviada a Londres agora à noite.

Ele entregou o telegrama a Oster, depois recostou-se e acendeu um cigarro, enquanto a carta era passada de mão em mão.

— Como você botou as mãos nisto? — perguntou Kordt.

— Tive de levar a carta da Chancelaria para a Embaixada britânica. Fiz uma cópia.

— Que eficiência!

— Bem, isso diz tudo, cavalheiros — disse Oster, quando terminou de ler. — Não há sombra alguma de compromisso com a paz aí dentro.

— É uma declaração de guerra — constatou Beck.

— Isso tem que estar nas mãos do comandante-chefe ao amanhecer. Se isso não o convencer de que Hitler não está blefando, nada mais poderá fazê-lo. Podemos ficar com esta cópia, Hartmann, ou ela tem que ser devolvida ao Ministério do Exterior?

— Não, pode levá-la ao Exército — disse Hartmann.

Dohnányi, um homem magro, de óculos, que mesmo estando na casa dos trinta parecia um estudante de Direito, ergueu a mão:

— Tenho uma pergunta para o capitão Heinz: supondo que tenhamos sucesso ao prender Hitler amanhã, o que faremos com ele?

— Matamos — disse Heinz.

— Não, não, não. Não concordo com isso.

— Por que não? Acha que ele hesitaria um segundo em fazer o mesmo conosco?

— Claro que não, mas não quero descer a esse nível de brutalidade. Além disso, matá-lo o transformaria no maior mártir da história da Alemanha. O país viveria sob sua sombra por gerações.

— Naturalmente não iríamos *anunciar* que o matamos. Diríamos simplesmente que ele resistiu à prisão.

— Isso não enganaria ninguém. A verdade iria aparecer. Sempre aparece. — Ele se virou para os outros. — Gisevius, ajude-me aqui.

— Eu não sei o que pensar. — Gisevius era um advogado com cara de bebê, que começara a carreira na Gestapo até perceber com que tipo de gente trabalhava. — Suponho que a melhor linha de ação seria submetê-lo a julgamento. Temos um dossiê de provas contra ele com um metro de altura.

— Concordo totalmente — disse Beck. — Não quero tomar parte em uma pena de morte extrajudicial. Esse homem tem que ser conduzido a um lugar seguro e submetido a um exame psiquiátrico rigoroso. Então, deverá ser trancado em um asilo ou então pagar pelos seus crimes.

— Exame psiquiátrico! — murmurou Heinz.

— Kordt? Qual a sua opinião? — perguntou Oster.

— O problema do julgamento é que fornecerá a ele uma tribuna. Ele seria brilhante em uma corte. Lembrem-se do que aconteceu depois do putsch da cervejaria.

— É verdade. Hartmann? Sua opinião?

— Se querem meu conselho, deveríamos liquidar toda essa quadrilha imunda deles. Himmler, Goebbels, Göring... Todo o grupo criminoso.

A violência na própria voz o assustou. Seus punhos estavam cerrados. Ele se deteve, percebendo o olhar surpreso de Oster.

— Meu caro Hartmann! Sempre tão distanciado e tão irônico! Quem diria que carrega tanto ódio?

Heinz o fitava com interesse pela primeira vez.

— Disse que esteve na Chancelaria esta noite?

— Isso mesmo.

— Pode garantir que irá até lá amanhã de manhã?

— Talvez. — Hartmann se virou para Kordt. — Erich, o que acha?

— Espero que encontremos algum pretexto. Por quê?

— Precisamos de alguém no interior do prédio para garantir que as portas estarão abertas.

— Está bem — disse Hartmann. — Vou tentar.

— Ótimo.

— Mas o que faremos com Hitler, cavalheiros? — perguntou Dohnányi. — Qual é a nossa decisão?

Os conspiradores se entreolharam até que Oster disse:

— Isso é como discutir que forma de governo deveremos ter após o Terceiro Reich. Será uma monarquia, uma república democrática ou uma combinação das duas? O fato é que, como diz o provérbio, antes de cozinhar o coelho é preciso caçá-lo. Nossa prioridade absoluta tem que ser impedir esse louco de dar a ordem de mobilização amanhã à tarde. Todo o resto deve ser secundário em relação a esse objetivo. Se ele se render e aceitar ficar sob nossa custódia, então muito bem, vamos levá-lo com vida. Se parecer que ele pode fugir, não teremos outra escolha senão abatê-lo. Estamos de acordo quanto a isso?

Hartmann foi o primeiro a assentir.

— Sim.

Um a um, os outros o seguiram, inclusive Dohnányi, e, por fim e com uma relutância mais visível, Beck.

— Muito bem — disse Oster, com um suspiro de alívio. — Pelo menos isso está resolvido. Amanhã atacamos.

Os homens foram embora aos poucos, para não chamar a atenção. Hartmann foi o primeiro a sair. Cumprimentou a todos com um breve aperto de mão e uma troca de olhares; e recebeu um sussurro de "Boa sorte!" de Oster. Isso foi tudo.

O contraste entre a violência que planejavam e a rua suburbana adormecida era tão absurdo que Hartmann mal tinha se afastado da casa quando todo aquele encontro começou a lhe parecer uma alucinação. Teve que repetir a si mesmo aquela verdade assombrosa: àquela altura, no dia seguinte, Hitler poderia estar morto. Era algo impossível e ao mesmo tempo totalmente factível. Uma bomba lançada, um gatilho apertado, uma faca passada na garganta do tirano — não era assim que tantas vezes se fazia a História? Por um instante se imaginou como um jovem e nobre senador, caminhando de volta da casa de Brutus na véspera dos Idos de Março, descendo o monte Palatino rumo ao Fórum Romano, sob o mesmo céu nublado da Europa.

Viu uma placa em um poste indicando o rio. Em um impulso, tomou aquele caminho. Estava inquieto demais para pensar em voltar para seu apartamento. No meio da ponte, parou para acender um cigarro. Não havia tráfego. Abaixo, o rio Spree reluzia em tons de cinza e desaparecia no horizonte, na direção do centro de Berlim, por entre arvoredos espessos. Ele seguiu pelo passeio, paralelo ao rio. Não podia ver a água, mas sentia sua agitação, ouvindo o jato que produzia quando se chocava com rochas ou arbustos submersos. Ele já devia ter andado uns dois quilômetros, com a cabeça cheia de imagens de violência e martírio, quando postes de luz começaram a aparecer mais à frente. O passeio ia dar em um pequeno parque com uma área para crianças, com escorrega, balanços, gangorra e caixa de areia. Aquela visão prosaica o deprimiu. Trouxe-o de volta à Terra. Quem era ele? Quem, na verdade, eram Oster, Heinz, Dohnányi, Schulenburg, Kordt e Beck? Um punhado de homens contra milhões! Deviam estar loucos para imaginar que aquilo pudesse dar certo.

No lado oposto do parque havia uma avenida onde o último ônibus de Steglitz esperava o momento de partir para a cidade. Hartmann subiu a escada em caracol do ônibus e foi para o andar de cima. Um casal jovem ocupava o banco da frente, o braço dele em volta dos ombros dela, e a cabeça dela apoiada no rosto dele. Hartmann se sentou no fundo do ônibus e os observou. No ar frio e viciado do ônibus, podia sentir o perfume da garota. O motor roncou, o ônibus deu partida. Quando a garota começou a beijar o rapaz, Hartmann desviou os olhos. O nervosismo voltou. Dez minutos depois, quando chegaram a Schöneberg, ele desceu a escada e esperou na plataforma até chegar a uma rua que reconhecesse. O ônibus reduziu a marcha e ele saltou, as pernas absorvendo o impacto com meia dúzia de passos rápidos até se equilibrar.

O apartamento dela ficava em cima de uma concessionária. Por trás das vidraças da loja, na luz fria do néon, bandeiras com suásticas pendiam do teto entre reluzentes Opels e Mercedes.

A porta da frente estava destrancada. Ele subiu três andares, passando diante das pesadas portas de madeira dos outros apartamentos. Os corredores tinham cheiro de flores secas. Ela devia ter alguma fonte de renda extra para poder arcar com aquilo.

Assim que ele tocou a campainha ela o fez entrar. Ele se perguntou se ela teria estado à sua espera.

— Frau Winter.
— Herr Hartmann.

Ela trancou a porta.

Vestia um quimono, a faixa desatada, e suas unhas dos pés estavam pintadas com o mesmo vermelho brilhante da seda. O cabelo negro, que soltara ao sair do escritório, esparramava-se por suas costas. A pele dos pés, do ventre e entre os seios era branca como giz. Ele a seguiu até o quarto, o rádio na sala sintonizado ilegalmente em uma estação estrangeira, tocando jazz. Ela deslizou o quimono e o deixou tombar no carpete, depois se estendeu na cama e o observou enquanto ele se despia. Quando ficou nu, ele fez menção de apagar a luz.

— Não. Deixe assim — pediu ela.

Então o conduziu imediatamente; não queria que perdessem tempo. Era uma das coisas que ele apreciava nela. Depois, como sempre fazia, ela se levantou e foi até a cozinha buscar uma bebida, deixando-o mais uma vez contemplando a fotografia do falecido marido na mesa de cabeceira. Ela nunca a removia ou a abaixava. Vinte e tantos anos, capitão da infantaria, bonito em seu uniforme em um estúdio fotográfico, as mãos enluvadas pousadas no punho da espada. Hartmann achava que devia ter a mesma idade que ele na foto. Será que era isso? Ela gostava de imaginar que era fodida pelo fantasma do capitão Winter?

Ela voltou ao quarto ainda nua, dois cigarros presos nos lábios, um copo de uísque em cada mão, um grande envelope embaixo do braço. Entregou-lhe a bebida e o cigarro, então deixou o envelope no peito dele. Ele olhou para baixo, sem se mexer.

— O que é isso?

— Veja você mesmo.

A cama rangeu quando ela se acomodou ao seu lado. Ela abraçou os joelhos e o observou enquanto abria o envelope. Ele puxou as páginas e começou a ler.

— Meu Deus...

Ele se endireitou abruptamente.

— Quer que os ingleses entrem na luta? Mostre isso a eles.

SEGUNDO DIA

1

Legat precisou de alguns segundos para entender onde estava.
 O colchão estreito era duro, e o quarto não era muito maior do que a cama de metal em que estava. Papel de parede listrado. Teto inclinado num ângulo de quase quarenta e cinco graus. Nenhuma janela. Em vez disso, uma claraboia bem acima da cabeça, através da qual vislumbrava uma nuvem baixa e cinzenta. Gaivotas circulavam como lixo levado pelo vento. Aquela visão o lembrou de uma pensão litorânea.
 Ele tateou a cabeceira até encontrar o relógio de bolso. Eram quinze para as nove. O primeiro-ministro o manteve acordado providenciando documentos para a composição do discurso até quase três da manhã. Depois ele ficou deitado, desperto, por mais algumas horas. Deve ter adormecido pouco antes de amanhecer. Parecia que alguém tinha esfregado areia em seus olhos.
 Jogou o lençol e o cobertor para o lado e se sentou na cama.
 Estava com um pijama verde-azulado da Gieves & Hawkes que Pamela lhe dera de aniversário. Vestiu por cima um roupão xadrez e, com a nécessaire na mão, abriu a porta e inspecionou o corredor. Havia três quartinhos no sótão do número 10 para funcionários que precisassem pernoitar. Pelo que via, era o único ocupante.
 O linóleo verde-claro do Ministério de Obras Públicas estava pegajoso sob seus pés. Ele passou pelo corredor e foi para o banheiro. Puxou o fio que acendia a lâmpada. Ali também não havia janela. Teve que deixar a torneira aberta por mais de um minuto até a água começar a ficar morna. Enquanto esperava, apoiou as mãos na pia e se aproximou do espelho. A cada dia que passava o rosto que barbeava estava mais parecido com o do pai, um rosto de fotografia cor sépia: másculo, resoluto, estranhamente inocente. Faltava apenas o grande bigode escuro. Legat o lavou.

De volta ao quarto, vestiu uma camisa limpa e fechou as abotoaduras. Deu um nó na gravata listrada de roxo e azul-escuro, as cores da Balliol. Eis o terceiro secretário! Fazia cinco anos que olhara nas últimas páginas do *Times* a lista dos candidatos aprovados nos Exames de Admissão ao Serviço Diplomático. Os nomes estavam impressos pela ordem das notas recebidas: Legat, Reilly, Creswell, Shuckburg, Gore-Booth, Grey, Malcom, Hogg... Leu a lista várias vezes até se dar conta da verdade. Tinha passado em primeiro lugar. Umas poucas linhas impressas em um jornal o tinham transformado de um recém-formado em cultura clássica em Oxford em um homem do mundo, um funcionário proeminente. Ele se tornaria embaixador, com certeza; talvez até subsecretário permanente. Todos diziam. Dois dias depois, ainda em euforia, pedira Pamela em casamento, e para sua surpresa ela aceitara. A verdade é que as fantasias dela tinham superado as dele. Ela se tornaria Lady Legat. De forma elegante e sem muito esforço, organizaria recepções na Embaixada de Paris, na rue du Faubourg Saint-Honoré... Ambos tinham agido como crianças. Tinha sido uma loucura. E agora o mundo se agigantava, mais velho e mais feio, em volta deles.

Quando terminou de se vestir eram nove horas. Restavam seis horas para que expirasse o prazo do ultimato de Hitler.

Ele foi à procura do café da manhã.

A escada estreita levava ao hall do andar em que ficavam os aposentos do primeiro-ministro e dali conduzia à antessala próxima ao escritório de Chamberlain. A intenção de Legat era dar uma escapada até a Lyons Corner House, perto de Trafalgar Square — poderia ir lá e voltar em meia hora —, mas antes que chegasse à escadaria principal ouviu uma porta se abrir às suas costas e uma voz feminina o chamou.

— Sr. Legat! Bom dia.

Ele parou e virou-se.

— Bom dia, sra. Chamberlain.

Seu traje era fúnebre, preto e cinza-escuro, com um colar de contas pretas.

— Conseguiu dormir um pouco?

— Sim, obrigado.
— Venha tomar o café da manhã.
— Eu estava prestes a sair.
— Não seja bobo. Sempre servimos o café para os secretários de plantão. — Ela apertou os olhos, como se não o enxergasse bem. — Seu nome é Hugh, não é?
— Sim — disse ele. — Mas realmente...
— Que absurdo. Já tem uma multidão lá fora. Será muito mais fácil para o senhor comer aqui mesmo.

Ela o pegou pelo braço e gentilmente o conduziu. Passaram por salas vigiadas por vários políticos tanto do partido Whig quanto do Tory, que os contemplavam com arrogância de suas pesadas molduras douradas. Para a surpresa de Legat, ela permaneceu segurando seu braço. Pareciam um casal de convidados em um fim de semana no campo, indo juntos para o jantar.

— Fico tão grata por tudo que vocês, jovens, fazem pelo meu marido. — Seu tom era confidente. — Não fazem ideia do quanto alivia seu fardo. E não diga que está apenas cumprindo seu dever: conheço os custos pessoais do serviço público.

Ela abriu a porta da sala de jantar. Não era o salão oficial, mas um menor, mais íntimo, com paredes forradas com painéis de madeira e uma mesa para doze pessoas. Na extremidade oposta, lendo o *Times*, estava o primeiro-ministro. Ele ergueu os olhos para a esposa e sorriu.

— Bom dia, minha querida. — E acenou com a cabeça para Legat. — Bom dia. — Então retomou a leitura.

A sra. Chamberlain indicou-lhe uma mesa lateral onde meia dúzia de pratos, com cloches de prata, eram mantidos aquecidos em uma chapa.

— Por favor, sirva-se. Café?
— Sim, obrigado.

Ela lhe passou uma xícara cheia e foi sentar ao lado do marido. Legat ergueu a cloche mais próxima. O cheiro gorduroso e atrativo do bacon o fez perceber como estava faminto. Ele encheu o prato: ovos mexidos, cogumelos, salsichas e morcela. Quando se sentou, a sra. Chamberlain sorriu ao ver as dimensões do seu desjejum.

— Você é casado, Hugh?

— Sim, sra. Chamberlain.
— Tem filhos?
— Um menino e uma menina.
— Como nós. Que idades?
— Três e dois anos.
— Ah, que maravilha! Os nossos são bem mais velhos. Dorothy tem vinte e sete, casou-se recentemente. Frank tem vinte e quatro. Gostou do café?

Legat tomou um gole, era péssimo.
— Está muito bom, obrigado.
— Eu o preparo com chicória.

O primeiro-ministro sacudiu o jornal e bufou. A sra. Chamberlain calou-se e serviu-se de um pouco de chá. Legat continuou a comer. Por alguns minutos ficaram em silêncio.

— Ah, mas isto aqui é interessante! — O homem de repente ergueu o jornal e o dobrou na página que estivera lendo. — Poderia anotar isso aqui? — Legat rapidamente pousou o garfo e a faca e pegou a caderneta. — Preciso escrever uma carta para... — Ele aproximou os olhos das linhas miúdas. — Um tal de sr. G. J. Scholey, em Dysart Avenue, 38, Kingston-upon-Thames.

— Sim, primeiro-ministro.

Legat estava perplexo.

— Ele teve uma carta ao editor publicada. "Na primavera deste ano eu observava um ninho de melro com ovos em um barranco íngreme. Todos os dias eu me aproximava e o pássaro me permitia observá-lo a poucos metros de distância. E então, certa manhã, dei falta de sua figura familiar. Olhando o barranco, encontrei seus quatro filhotinhos frios e mortos dentro do ninho. Uma pequena trilha de penas pretas me conduziu ao longo do barranco até um arbusto, sob o qual descobri os restos mutilados do melro. Misturadas à trilha de penas pretas estavam algumas outras, que só poderiam ter vindo do peito e dos flancos de um mocho-galego..." — O primeiro-ministro bateu com o dedo na página do jornal. — Observei exatamente o mesmo comportamento dos mochos-galegos em Chequers.

— Ah, Neville, francamente! — disse a sra. Chamberlain. — Como se Hugh já não tivesse coisas demais a fazer!

— Na verdade, acredito que foi o meu avô, pelo lado materno, que ajudou a introduzir o mocho-galego nas Ilhas Britânicas — disse Legat.

— É mesmo?

Pela primeira vez o primeiro-ministro olhou para ele com interesse genuíno.

— Sim, ele trouxe vários casais consigo quando voltou da Índia.

— Em que ano foi isso?

— Acho que por volta de 1880.

— Isso mostra que em meros cinquenta anos essa pequena ave se espalhou por todo o sul da Inglaterra! É algo a ser celebrado.

— Não quando se é um melro, aparentemente — disse a sra. Chamberlain. — Você tem tempo para uma caminhada, Neville? — Ela olhou para Legat do outro lado da mesa. — Sempre caminhamos juntos após o café da manhã.

O primeiro-ministro baixou o jornal.

— Sim, preciso de um pouco de ar fresco. Mas não no parque, receio, não hoje. Muita gente por lá. Terá que ser no jardim. Por que não vem conosco... Hugh?

Ele seguiu os Chamberlain enquanto desciam de braços dados a grande escadaria. Quando chegaram ao corredor dos secretários particulares, o primeiro-ministro se virou para ele.

— Você se importaria de verificar se houve resposta de Roma ao meu telegrama de ontem à noite?

— Claro que não, primeiro-ministro.

Eles seguiram até a sala do Gabinete, enquanto Legat se enfiava em seu escritório. A srta. Watson estava atrás de sua muralha de arquivos.

— O mensageiro do Foreign Office já passou?

— Não que eu saiba.

Ele foi verificar com Syers, que disse:

— Normalmente eles nunca vêm antes das onze. Como foi ontem à noite?

— Você quer dizer esta madrugada.

— Deus do céu. Como você está?
— Péssimo.
— E o primeiro-ministro?
— Novo em folha.
— É irritante, não é? Não sei como ele consegue.
Cleverly estava em seu escritório, ditando uma carta à secretária. Legat enfiou a cabeça na fresta da porta.
— Perdão, senhor. Chegou algum telegrama da embaixada em Roma hoje? O primeiro-ministro quer saber.
— Não vi nenhum. Por quê? O que ele está esperando?
— Ele escreveu para Lord Perth nesta madrugada.
— Sobre o quê?
— Dando-lhe instruções para pedir a intervenção de Mussolini junto a Hitler.
Cleverly pareceu alarmado.
— Mas isso não foi autorizado pelo Gabinete. O secretário do Exterior sabe?
— Não tenho certeza.
— Não tem certeza? Seu trabalho é ter certeza!
Ele estendeu a mão para o telefone e Legat aproveitou a distração para escapar.

Na sala do Gabinete, uma das portas que davam para o terraço estava aberta. Os Chamberlain já haviam descido os degraus e caminhavam pelo gramado. Legat apressou-se para alcançá-los.
— Nenhuma resposta de Roma ainda, primeiro-ministro.
— Tem certeza de que foi enviado?
— Absoluta. Fiquei na sala de criptografia e observei quando foi transmitido.
— Então tudo bem, temos que ser pacientes.
Os Chamberlain retomaram a caminhada. Legat se sentiu pouco à vontade. Sabia que Cleverly estava à janela, falando ao telefone e observando-o. Ainda assim, continuou, um pouco atrás do casal. O clima estava ameno e melancólico, e as folhas das grandes árvores começavam a ficar marrons. Camadas de folhas secas se amontoavam na grama úmida e nos canteiros de flores. Por trás dos muros altos vinha o ruído do trânsito. O primeiro-ministro se deteve junto a uma mesi-

nha destinada aos pássaros. Tirou do bolso um pedaço de torrada que trouxera da mesa do café. Esfarelou-a com os dedos e espalhou cuidadosamente na mesa, depois recuou e cruzou os braços. Ficou pensativo.

— Que dia promete ser o de hoje... — disse calmamente. — Sabe, eu ficaria encostado a esse muro para ser fuzilado com satisfação, se assim pudesse evitar a guerra.

— Neville, francamente! Não diga essas coisas, por favor! — A sra. Chamberlain parecia prestes a chorar.

Ele se virou para Legat:

— Você era jovem demais para lutar na última guerra, e eu já era muito velho. De certo modo isso tornou as coisas ainda piores. — Ele ergueu os olhos para o céu. — Foi uma agonia tremenda para mim presenciar todo aquele sofrimento e me ver tão impotente. Setecentos e cinquenta mil homens mortos só nesta nação. Imagine! E não foram apenas eles que sofreram, mas seus pais, suas esposas e filhos, suas famílias, seus amigos... Depois disso, sempre que via um memorial da guerra, ou visitava um daqueles enormes cemitérios na França onde tantos amigos queridos estão enterrados, jurava que, se um dia estivesse em uma posição em que pudesse impedir que uma catástrofe assim voltasse a acontecer, eu faria qualquer coisa, sacrificaria qualquer coisa, para manter a paz. Consegue entender?

— É claro.

— É algo sagrado para mim.

— Eu compreendo.

— E faz apenas vinte anos que tudo isso aconteceu! — Ele encarou Legat com um olhar cuja intensidade era quase fanática. — Não é só o fato de que este país está militar e psicologicamente despreparado para a guerra; isso pode ser remediado, já estamos cuidando disso. O que realmente me preocupa é a saúde espiritual do nosso povo, se eles não virem seus líderes fazendo absolutamente tudo que puderem para evitar um segundo grande conflito. Porque uma coisa eu posso lhe garantir: se vier outra guerra, vai ser infinitamente pior do que a última, e só sobreviverão a ela os que tiverem uma grande fortaleza de espírito.

De repente, ele se virou e começou a caminhar depressa pelo gramado de volta ao número 10. A sra. Chamberlain olhou desolada para Legat e depois partiu atrás do marido.

— Neville!

A energia de um homem tão idoso não era apenas notável, pensou Legat, mas desconcertante. O primeiro-ministro subiu com rapidez os doze degraus que levavam ao terraço e desapareceu na sala do Gabinete. A esposa o acompanhou.

Legat os seguiu, a certa distância. No terraço ele se deteve. Pela porta aberta viu que os Chamberlain estavam abraçados. O primeiro-ministro afagava as costas dela, consolando-a. Depois de alguns instantes ele recuou um pouco, segurou seus ombros e a fitou com intensidade. Legat não conseguiu ver o rosto da mulher.

— Vá, Annie — disse ele carinhosamente. Então sorriu e limpou algo em seu rosto. — Vai ficar tudo bem.

Ela assentiu e se afastou, sem se virar.

O primeiro-ministro acenou para que Legat entrasse na sala. Puxou uma cadeira à mesa do Gabinete.

— Sente-se — ordenou.

Legat sentou-se.

Chamberlain permaneceu de pé. Tateou os bolsos, puxou uma caixa de charutos, tirou um, cortou a ponta com o polegar. Riscou um fósforo e acendeu o charuto, sugando-o até a brasa estar firme. Com uma sacudidela vigorosa da mão, apagou o fósforo e o jogou no cinzeiro.

— Escreva.

Legat puxou uma folha de papel timbrado, a pena e o tinteiro.

— *Ao chanceler do Reich, Adolf Hitler...*

A pena correu rascante sobre o papel.

— *Depois de ler sua carta tive certeza de que o senhor pode obter tudo que considera essencial sem guerra e sem demora.* — Legat esperou. O primeiro-ministro andava de um lado para o outro. — *Estou pronto para ir a Berlim pessoalmente, de imediato, discutir com o senhor e os representantes do governo tcheco as providências para a transferência...* — Ele fez uma pausa para esperar que Legat o alcançasse. — *... junto com representantes da França e da Itália, se o senhor desejar. Estou convencido de que podemos chegar a um acordo dentro de uma semana.*

Do outro lado da sala a porta se abriu e Horace Wilson entrou furtivamente. Ele acenou com a cabeça para o primeiro-ministro e se sentou na ponta da mesa. Chamberlain recomeçou.

— *Não posso acreditar que o senhor assumirá a responsabilidade de deflagrar uma guerra mundial capaz de pôr um fim à civilização por causa de um atraso de alguns dias na resolução de um problema que já se prolonga há tanto tempo.* — Ele parou.

Legat se virou para olhá-lo.

— Isso é tudo, primeiro-ministro?

— É tudo. Assine com meu nome e faça com que seja enviada aos cuidados de Sir Nevile Henderson, em Berlim. — Virou-se para Wilson. — Tudo bem?

— Excelente.

Legat fez menção de se levantar.

— Espere. Há outra — disse Chamberlain. — Esta vai para o Signor Mussolini. — Ele deu mais algumas baforadas em seu charuto. — *Enviei hoje um último apelo a Herr Hitler para que se abstenha do uso da força na resolução do problema dos Sudetos, o qual, tenho certeza, pode ser resolvido com uma breve conversa, concedendo a ele o território básico, os habitantes e a proteção, tanto da população dos Sudetos quanto dos tchecos, durante a transferência. Ofereci-me para ir a Berlim imediatamente para discutir essas providências com representantes da Alemanha e da Tchecoslováquia e, se o chanceler desejar, também com representantes da Itália e da França.*

Legat escrevia e percebia que Wilson, na ponta da mesa, assentia em silêncio.

O primeiro-ministro continuou:

— *Confio que vossa excelência informará o chanceler alemão do seu desejo de estar representado e irá persuadi-lo a aceitar minha proposta, que poupará da guerra os nossos povos. Já dei garantia de que as promessas dos tchecos serão honradas, e tenho confiança em que um acordo total pode ser alcançado dentro de uma semana.*

— O senhor vai informar o Gabinete? — perguntou Wilson.

— Não.

— Isso é constitucional?

— Não sei, e, francamente, a essa altura, que importância tem? Se der certo, todos ficarão aliviados demais para questionar esses detalhes; e, se não der certo, estarão todos muito ocupados afivelando suas máscaras de gás. — Virou-se para Legat. — Poderia levar essas duas cartas ao Foreign Office e se certificar de que sejam enviadas imediatamente?

— Claro, senhor.

Ele reuniu os papéis.

— Em todo caso — disse Chamberlain, dirigindo-se novamente a Wilson —, minha consciência ficará tranquila. O mundo verá que eu fiz tudo que era humanamente possível para evitar a guerra. A responsabilidade agora repousa totalmente em Hitler.

Legat saiu e fechou a porta com cuidado.

2

Hartmann sentou-se à mesa e fingiu trabalhar. No arquivo aberto à sua frente estava uma cópia do telegrama mais recente do Führer ao presidente Roosevelt, enviado na noite anterior. Justificava a invasão alegando que duzentos e catorze mil alemães dos Sudetos tinham sido forçados a abandonar suas casas para escapar da *violência abusiva e do terror sanguinário* que lhes eram infligidos pelos tchecos. *Incontáveis mortos, milhares de feridos, dezenas de milhares de detidos e prisioneiros, vilarejos devastados...* O quanto havia de verdade nisso? Um pouco? Nada? Hartmann não fazia ideia. A verdade era como qualquer outro material necessário para fabricar uma guerra: tinha que ser forjada, dobrada e aparada até assumir a forma necessária. Não havia o menor sinal de conciliação em qualquer parte do telegrama.

Pela centésima vez ele olhou o relógio. Eram 11h03.

Von Nostitz e Von Rantzau também estavam em suas mesas, perto das janelas. Olhavam para a rua como se esperassem que algo fosse acontecer. Não pronunciaram mais do que uma dúzia de palavras a manhã inteira. Nostitz, que trabalhava no Departamento de Protocolo, era um membro do partido; Rantzau, cuja transferência para a embaixada em Londres como segundo secretário fora interrompida pela crise dos Sudetos, não. Não eram más pessoas, pensou Hartmann. Tinha convivido com pessoas assim a vida inteira: patrióticos, conservadores, com espírito de clã. Para eles, Hitler era como um guarda-caça rude que misteriosamente conseguiu assumir a administração das propriedades de suas famílias e, uma vez estabelecido, provou-se um sucesso inesperado, e eles toleravam sua ocasional falta de boas maneiras e seus lapsos de violência em troca de uma vida tranquila. Só que, agora, descobriram que não conseguiriam se livrar dele, e pareciam começar a se arrepender.

Hartmann considerou por um instante confiar neles, mas decidiu que o risco era grande demais.

O toque agudo do telefone fez os três homens darem um pulo. Ele apanhou o fone.

— Hartmann.

— Paul, é Kordt. Venha ao meu escritório imediatamente.

A linha ficou muda. Ele pôs o fone no gancho.

Rantzau não conseguiu disfarçar o nervosismo na voz.

— Está acontecendo alguma coisa?

— Não sei. Precisam de mim no outro lado da rua.

Hartmann fechou o arquivo Roosevelt. Por baixo dele estava o envelope que recebera de Frau Winter. Devia tê-lo escondido em algum lugar quando voltou ao seu apartamento para trocar de roupa, mas não conseguiu pensar em nenhum local seguro o bastante. Decidiu então enfiá-lo em uma pasta vazia, destrancou a gaveta de baixo do lado esquerdo da escrivaninha e a colocou sob uma pilha de documentos. Trancou a gaveta e se levantou. Então foi tomado pela sensação de que, se as coisas dessem errado, jamais veria de novo os dois colegas. Teve uma inesperada crise de ternura. *Não eram más pessoas...*

— Se eu souber de alguma coisa, aviso a vocês — disse ele.

Pegou o chapéu e saiu antes que sua expressão o traísse ou que pudessem fazer mais perguntas.

Embora tivesse sido nomeado ministro do Exterior em fevereiro, Ribbentrop preferia conduzir as operações de seu velho quartel-general no outro lado da Wilhelmstrasse, no maciço edifício do Ministério de Estado prussiano. Sua equipe compartilhava o mesmo andar com Rudolf Hess, o Führer adjunto, e Hartmann foi obrigado a passar por meia dúzia de oficiais do Partido Nazista de uniformes marrons conversando animadamente antes de chegar à sala de Kordt. Ele mesmo abriu a porta, acenou para que entrasse e a trancou. Normalmente havia uma secretária ali, mas Hartmann não a viu. Deve ter sido dispensada.

— Oster acabou de vir aqui. Disse que já está acontecendo. — Os olhos do renano se arregalaram por trás das lentes grossas. Ele abriu uma gaveta e tirou duas pistolas. — Ele me deu isto.

Kordt colocou-as cuidadosamente sobre a mesa. Hartmann pegou uma. Era o último modelo da Walther — pequena, com cerca de quinze centímetros de comprimento, fácil de ocultar. Sentiu o peso da arma na mão, prendeu e soltou a trava de segurança.

— Carregada?

Kordt assentiu. De repente começou a rir baixinho, como um adolescente.

— Não acredito que está acontecendo. Nunca disparei uma arma na vida. E você?

— Caço desde garoto. — Hartmann mirou um armário de arquivo. Seu dedo envolveu o gatilho. — Rifles, geralmente. Espingardas.

— Não é a mesma coisa?

— Não exatamente. Mas o princípio é o mesmo. Enfim, como estão as coisas?

— Nesta manhã Oster deu a cópia da resposta de Hitler a Chamberlain ao general Halder, no quartel-general do Exército.

— Quem é Halder?

— O sucessor de Beck como chefe do Estado-Maior. De acordo com Oster, Halder ficou chocado. Está definitivamente do nosso lado, e se opõe a Hitler ainda mais do que Beck.

— Ele vai mandar o Exército agir?

Kordt balançou a cabeça.

— Ele não tem autoridade para isso. Está encarregado do planejamento, não das operações. Vai falar com Brauchitsch. Como comandante-chefe, é Brauchitsch quem tem esse poder. Você poderia abaixar essa coisa? Está me deixando nervoso.

Hartmann abaixou a pistola.

— E Brauchitsch é simpatizante?

— Aparentemente.

— Então, o que acontece agora?

— Você vai à Chancelaria, exatamente como foi combinado ontem.

— E digo o quê?

— A Embaixada britânica acabou de ligar. Parece que Chamberlain enviou outra carta para Hitler, e sabe Deus o que diz. Henderson quer uma reunião para entregar a carta em mãos ao Führer o mais rápido possível. O pedido precisa ser autorizado por Ribbentrop, e ele está com o Führer agora. Achei que você poderia ir até lá e informá-lo.

Hartmann considerou a proposta. Parecia plausível.

— Tudo bem.

Ele tentou esconder a pistola em vários bolsos, até achar que ela se encaixava melhor no bolso interno do paletó trespassado, do lado esquerdo, junto ao coração. Ali podia sacá-la com a mão direita. Quando abotoou a vestimenta, a arma ficou bem escondida.

Kordt o observava quase com horror.

— Telefone para mim no instante em que tiver a resposta de Ribbentrop — disse ele. — Irei para lá me juntar a você. Pelo amor de Deus, lembre-se de que sua função é somente manter as portas abertas. Não se envolva em nenhum tiroteio. Isso fica a cargo de Heinz e seus homens.

— Entendi. — Hartmann ajeitou o paletó. — Então, é isso. Melhor que eu vá logo.

Kordt destrancou a porta e estendeu a mão. Hartmann a apertou com força. Estava gelada de medo. Ele sentia a tensão se espalhando como uma infecção. Então se afastou e saiu.

— Ligo para você daqui a alguns minutos — disse ele, alto o bastante para ser ouvido pelos oficiais do partido.

Quando se aproximou, eles abriram caminho. Ele desceu as escadas com rapidez até o saguão e seguiu pela Wilhelmstrasse.

O ar fresco o revigorou. Caminhou ao longo da moderna fachada brutalista do Ministério da Propaganda, esperou a passagem de um caminhão e atravessou a rua em direção à Chancelaria. O pátio da frente estava lotado com uns vinte ou trinta carros oficiais, longas limusines pretas nas quais se agitavam bandeirolas com suásticas; algumas tinham placas da SS. Era como se metade do regime tivesse aparecido para testemunhar o momento histórico em que o ultimato iria expirar. Hartmann mostrou o cartão de identidade ao policial no portão e informou seu objetivo ali. Era funcionário do Ministério do Exterior e tinha uma mensagem urgente para Herr Von Ribbentrop. O simples ato de repetir isso lhe deu confiança: tinha o mérito de pelo menos ser verdade. O policial abriu o portão. Ele caminhou com firmeza em torno do perímetro do pátio, rumo à entrada principal.

Uma dupla de guardas da ss bloqueou a passagem, mas se afastou antes mesmo que ele concluísse sua explicação.

Dentro, o saguão estava apinhado de gente, e ele contou mais três guardas com metralhadoras. As grandes portas duplas dos salões de recepção estavam fechadas. Diante delas havia um ajudante da ss, com seu uniforme branco cerimonial. Seu rosto era extraordinariamente duro e anguloso. Parecia o modelo do anúncio de cigarros na Potsdamer Platz, exceto pelo cabelo loiro. Hartmann aproximou-se dele e saudou.

— *Heil Hitler!*
— *Heil Hitler!*
— Tenho uma mensagem urgente para o ministro do Exterior Von Ribbentrop.
— Muito bem. Deixe comigo, e farei com que chegue às mãos dele.
— Tenho que entregá-la pessoalmente.
— Não será possível. O ministro do Exterior Von Ribbentrop está com o Führer. Ninguém pode entrar.
— São as minhas ordens.
— E essas são as *minhas* ordens.

Hartmann se aproveitou de sua altura e de três séculos de linhagem *junker*. Ele se aproximou do ajudante e baixou a voz.

— Escute muito bem, porque esta é a conversa mais importante que você terá na vida: minha missão diz respeito a uma mensagem pessoal do primeiro-ministro britânico para o Führer. Você me levará imediatamente a Herr Von Ribbentrop, ou posso lhe garantir que *ele* falará com o Reichsführer-ss, e você passará o resto da sua carreira nas cavalariças, com uma pá na mão, recolhendo merda.

O ajudante tentou manter a pose por um ou dois segundos, então alguma coisa mudou em seus olhos azul-claros e ele cedeu.

— Muito bem — disse, sério. — Siga-me.

Ele abriu a porta para um salão lotado. Um grupo de cerca de dez homens estava sob o imenso candelabro de cristal, com outros menores se formando a partir dele. Uniformes de todos os tipos, marrons, pretos, cinzentos, azuis, se misturavam aos ternos civis. Havia um zumbido incessante e urgente de conversas. Aqui e ali, um rosto famoso. Goebbels estava encostado no espaldar de uma cadeira, sozinho, de braços cruzados, pensativo. Göring, de azul, como um general em uma ópera italiana, era o centro das atenções de um reverente círculo de pessoas. Enquanto Hartmann abria caminho, percebia as cabeças se voltando para acompanhar seu trajeto. Seus olhos encontraram expressões ansiosas e cheias de curiosidade, com fome de notícias, e ele percebeu que não deviam saber de nada, que estavam todos à espera, mesmo as figuras mais poderosas do Reich.

Ele seguiu o uniforme branco do ajudante e atravessou outra porta larga, permanentemente aberta, e reparou que dava para outro salão de recepção. A atmosfera ali era mais silenciosa. Diplomatas de sobrecasaca e calças listradas cochichavam entre si. Ele reconheceu Kirchheim, do escritório francês do Ministério do Exterior. À esquerda via-se uma porta fechada, guardada por um soldado. Em uma poltrona ao lado estava o ss-Sturmbannführer Sauer. Ele se levantou assim que percebeu a aproximação de Hartmann.

— O que está fazendo aqui?

— Tenho uma mensagem para o ministro do Exterior.

— Ele está com o Führer e o embaixador francês. Do que se trata?

— Kordt diz que Chamberlain escreveu uma carta para o Führer. O embaixador britânico quer entregá-la pessoalmente, o mais depressa possível.

Sauer assimilou a notícia e assentiu.

— Tudo bem. Espere aqui.

— Devo deixar Herr Hartmann com o senhor, Herr Sturmbannführer? — perguntou o ajudante.

— Sim, é claro.

O ajudante bateu os calcanhares e se afastou. Sauer deu uma leve batida na porta, abriu e desapareceu lá dentro. Hartmann olhou em volta. Mais uma vez começou a fazer cálculos. Um guarda ali, mais os outros que já tinha visto. Quantos no total? Seis? Mas Oster certamente não teria previsto essa aglomeração de figurões do partido dentro da Chancelaria. E se todos tivessem trazido os próprios guarda-costas? Göring, como chefe da Força Aérea, certamente teria vários.

Sauer reapareceu.

— Diga a Kordt que o Führer receberá o embaixador Henderson ao meio-dia e meia.

— Claro, Herr Sturmbannführer.

Ao retornar ao saguão, Hartmann consultou o relógio. Passava das onze e meia. O que estariam fazendo Heinz e os outros? Se não atacassem logo, metade do corpo diplomático de Berlim poderia ser apanhada no fogo cruzado.

Ele abriu uma das portas que davam para o saguão e a deixou aberta. O ajudante estava ali perto. Hartmann foi até ele.

— Preciso fazer uma ligação urgente para o Ministério do Interior.

— Sim, Herr Hartmann.

Ele era um daqueles belos garanhões que, quando amansados, tornavam-se totalmente cooperativos. Ele conduziu Hartmann até uma grande mesa de frente para a porta de entrada e indicou o aparelho. — Erga o fone e será automaticamente conectado ao telefonista.

— Obrigado.

Hartmann esperou até que ele se afastasse e pegou o fone.

Uma voz masculina respondeu:

— Posso ajudá-lo?

Hartmann deu o número da linha direta para o escritório de Kordt e esperou a chamada completar. Pela porta de entrada aberta, via as costas de um dos guardas da SS e mais à frente duas limusines estacionadas no pátio. Dois motoristas em uniformes da SS estavam encostados em um dos carros, fumando. Ele supôs que estivessem armados.

Houve um clique, um toque rápido, e uma voz atendeu.

— Kordt.

— Erich? É Paul. Uma mensagem da Chancelaria: o Führer receberá Henderson ao meio-dia e meia.

— Entendi. Vou informar a Embaixada britânica. — Kordt falava pausadamente.

— Muito agitado aqui. Muito mais agitado do que eu imaginava.

Ele tinha esperança de que Kordt detectasse a advertência em sua ênfase.

— Entendo. Fique onde está. Chego daqui a pouco.

Kordt desligou. Hartmann continuou com o fone no ouvido e fingiu que ainda escutava. A porta para o saguão permanecia ligeiramente aberta. Ocorreu-lhe que, quando o ataque começasse, a melhor manobra seria atirar contra o ajudante, para evitar que ele a fechasse. O pensamento do sangue manchando aquele imaculado uniforme branco lhe deu prazer.

— Deseja fazer outra ligação? — perguntou o telefonista.

— Não, obrigado.

Ele recolocou o fone no gancho.

De repente percebeu uma agitação lá fora. Um homem estava nos degraus da frente aos berros, exigindo entrar. O ajudante correu até lá, e a mão de Hartmann imediatamente deslizou para perto do bolso interno do paletó. Podia sentir a arma. Houve uma discussão nos degraus, e então um homem encurvado, de óculos, rosto vermelho e chapéu-coco abriu caminho até o saguão. Estava sem fôlego. Era idoso e parecia prestes a sofrer um infarto. Hartmann tirou a mão do paletó ao reconhecê-lo do círculo diplomático: o embaixador italiano, Attolico. Ele avistou Hartmann. Então franziu a testa, parecendo reconhecê-lo.

— Você é do Ministério do Exterior, não é? — Seu alemão tinha um sotaque atroz.

— Sim, vossa excelência.

— Poderia, por favor, explicar a este indivíduo que preciso ver o Führer imediatamente?

— É claro. — Para o ajudante, Hartmann disse: — Deixe que eu cuido disso.

Ele guiou Attolico até o salão maior. O ajudante não tentou detê-lo.

Attolico cumprimentou com a cabeça alguns homens que reconheceu — Goebbels e Göring —, mas não se deteve, mesmo quando as conversas cessaram em volta deles. Entraram no segundo salão de recepção. Sauer ficou de pé, surpreso.

— Sua excelência precisa falar com o Führer — disse Hartmann.

— Diga que tenho uma mensagem urgente do Duce.

— Claro, vossa excelência.

Depois que Sauer desapareceu na outra sala, Attolico permaneceu onde estava, olhando para a frente. Estava um pouco trêmulo.

— Gostaria de se sentar, excelência? — perguntou Hartmann.

Attolico assentiu com um gesto rápido.

Ouviu-se uma porta se abrindo. Hartmann virou-se para olhar. Sauer surgiu primeiro, seguido pelo intérprete do Ministério do Exterior, Paul Schmidt, e então, com o cenho franzido, os braços cruzados, claramente intrigado e preocupado com o que aquela chegada súbita podia significar, por Adolf Hitler.

3

Legat estava mais uma vez atrás de Joan, na sala do jardim do número 10, enquanto ela terminava de datilografar o discurso de Chamberlain. Passava de uma da tarde. O primeiro-ministro deveria sair rumo à Câmara dos Comuns às duas.

Ao contrário do discurso pelo rádio na véspera, aquele seria gigante: longo como uma proposta de orçamento — quarenta e duas páginas datilografadas, mais de oito mil palavras. Não admira que tivessem trabalhado até a madrugada para finalizá-lo. Legat calculou que o ministro precisaria de cerca de uma hora e meia apenas para ler o texto, mesmo que não sofresse interrupções.

Hoje enfrentamos uma situação sem paralelo desde 1914...

Era um discurso muito longo não por escolha, mas sim por necessidade. O Parlamento havia estado em recesso nos dois meses anteriores, e quando a Casa reabrira para o verão não havia crise tcheca, nem guerra iminente, nem máscaras de gás nem trincheiras. As famílias tinham saído de férias; a Inglaterra derrotara a Austrália no Quinto Teste, no Oval, por uma entrada e 579 corridas; era outro mundo. O primeiro-ministro tinha o dever de atualizar os representantes eleitos pelo povo com relação a tudo que acontecera desde julho. Os telegramas e as minutas em que o discurso se baseou, que Legat havia compilado para o primeiro-ministro na noite anterior, estavam naquele momento sendo impressos pela Imprensa Oficial de Sua Majestade como um Livro Branco ("A crise da Tchecoslováquia, Notas sobre os encontros informais dos ministros") que seria distribuído entre pares do reino e membros do Parlamento enquanto Chamberlain estivesse falando. O Foreign Office e o Gabinete haviam extirpado os documentos de natureza mais delicada. Em particular, o acordo entre Chamberlain e o primeiro-ministro francês, Daladier

— afirmando que, mesmo que uma guerra fosse travada e vencida, a Tchecoslováquia em sua presente configuração deixaria de existir —, teria que permanecer secreto. Como Syers observou, seria muito mais difícil convencer as pessoas de que o sacrifício valia a pena se *aquilo* se tornasse público.

Joan terminou de datilografar a última página e a puxou da máquina. Gerou três vias. A original iria para o primeiro-ministro e as três cópias precárias em carbono para o Foreign Office, o Gabinete e o número 10. Ela prendeu todas as vias com clipes e as entregou a Legat.

— Obrigado, Joan.

— De nada.

Ele hesitou por um instante, junto da mesa dela.

— Joan *do quê*, se me permite perguntar?

— Joan é o bastante, obrigada.

Ele sorriu e subiu até sua sala. Para sua surpresa, viu que estava ocupada. Cleverly estava sentado à sua escrivaninha. Não tinha como afirmar, mas teve a impressão de que o velho andara remexendo em suas gavetas.

— Ah, Legat. Estava à sua procura. O discurso do primeiro-ministro está pronto?

— Sim, senhor. Acabou de ser datilografado.

Ele mostrou as cópias.

— Neste caso, há outra coisa que preciso que você faça, se não se importa de me acompanhar.

Legat o seguiu pelo corredor até o escritório do chefe dos secretários particulares. Ele se perguntou o que apareceria agora. Cleverly apontou para sua mesa, onde o fone estava fora do gancho, no mata-borrão ao lado do aparelho.

— Estamos mantendo a linha aberta com a embaixada em Berlim. Não podemos correr o risco de perder a conexão. Preciso que você ouça as notícias de lá. Tudo bem?

— Claro, senhor. O que exatamente devo me preparar para ouvir?

— Hitler concordou em conceder uma audiência a Sir Nevile Henderson. Ele deve voltar da Chancelaria a qualquer momento, com a resposta de Hitler à carta do primeiro-ministro.

Legat respirou fundo.

— Meu Deus, as coisas estão ficando tensas.
— Pode apostar que sim. Estarei com o primeiro-ministro — disse Cleverly. — Assim que ouvir alguma coisa, avise-nos.
— Sim, senhor.

O escritório de Cleverly, assim como o de Wilson, tinha uma porta de acesso à sala do Gabinete. Ele saiu por ali e fechou a porta.

Legat sentou-se à mesa. Apanhou o fone e com cuidado encostou-o ao ouvido. Quando era garoto, seu pai lhe dera de presente uma concha e dissera que se escutasse com bastante atenção poderia ouvir o som do mar. Era isso que ouvia agora. Se aquele chiado se devia à estática, ou ao som do próprio sangue pulsando, era impossível dizer. Ele pigarreou.

— Alô...? Há alguém aí? — Repetiu mais algumas vezes. — Alô...? Alô...?

Era uma tarefa que poderia ter sido confiada a um iniciante. Talvez fosse esta a questão: colocá-lo em seu devido lugar.

Olhou pela janela para o jardim deserto. Um melro saltitava na mesinha dos pássaros e beliscava as migalhas. Legat prendeu o pesado fone de baquelite entre o ombro e a orelha, tirou do bolso o relógio, desprendeu-o da corrente e o colocou a sua frente na mesa. Começou a revisar o discurso do primeiro-ministro, para corrigir possíveis erros.

Para o governo de Sua Majestade havia três cursos de ação alternativos que poderíamos adotar. Poderíamos ameaçar entrar em guerra contra a Alemanha caso ela atacasse a Tchecoslováquia; poderíamos ficar de lado e permitir que os acontecimentos seguissem seu curso; ou, finalmente, poderíamos tentar chegar a um acordo pacífico através da mediação...

Depois de algum tempo, Legat deixou o discurso de lado e aproximou o relógio do rosto. O ponteiro das horas tinha a forma de um losango alongado e o dos minutos era muito mais fino. Olhando-o bem de perto, era possível perceber o movimento infinitesimal rumo à posição vertical. Ele imaginou os soldados alemães naqueles últimos minutos, esperando em seus quartéis o sinal para que se pusessem em movimento, os trens carregados de tropas rumando para a fronteira

tcheca, os Panzers se arrastando ao longo das estradinhas do interior da Saxônia e da Bavária...
À 1h42, uma voz masculina disse:
— Alô, Londres.
O coração de Legat saltou.
— Alô, Londres falando.
— Aqui é a embaixada em Berlim. Estamos verificando se a linha continua aberta.
— Sim, parece estar tudo bem. E aí?
— Ainda estamos esperando o embaixador voltar da Chancelaria. Aguarde, por favor.
Voltou o chiado.
O melro tinha desaparecido. O jardim estava deserto e começava a chuviscar.
Legat voltou ao discurso.

Nessas circunstâncias, decidi que havia chegado a hora de pôr em prática um plano que tive em mente durante um considerável período de tempo, um último recurso...

Quando o Big Ben soou as duas horas, Cleverly surgiu, inclinando-se pela porta agora entreaberta.
— Alguma coisa?
— Não, senhor.
— A linha está funcionando?
— Acredito que sim.
— Vamos dar a eles mais cinco minutos, e o primeiro-ministro terá que ir.
A porta se fechou.
Às 14h07 Legat ouviu o som do telefone sendo apanhado por alguém em Berlim. Uma voz anasalada disse:
— Aqui é Sir Nevile Henderson.
— Sim, senhor. Aqui é o secretário particular do primeiro--ministro. — Legat pegou a caneta.
— Por favor, diga ao primeiro-ministro que Herr Hitler recebeu uma mensagem do Signor Mussolini, entregue pelo embaixador ita-

liano, assegurando-lhe que, em caso de conflito, a Itália estará do lado da Alemanha, mas pedindo-lhe para adiar a mobilização por vinte e quatro horas a fim de que a situação possa ser reexaminada. Por favor, diga ao primeiro-ministro que Herr Hitler concordou. Anotou tudo?

— Sim, senhor. Vou passar o recado agora mesmo.

Legat desligou. Ele terminou as anotações e abriu a porta que dava para a sala do Gabinete. O primeiro-ministro estava sentado ao lado de Wilson com Cleverly a sua frente. Quando se virou para encarar Legat, os tendões do seu pescoço fino se salientaram. Parecia um homem prestes a ser enforcado, já em cima do alçapão, mas ainda com esperança em um adiamento.

— E então?...

— Mussolini mandou uma mensagem para Hitler: a Itália honrará seus compromissos com a Alemanha caso esta vá à guerra, mas ele pediu a Hitler para adiar a mobilização por vinte e quatro horas, e Hitler concordou.

— Vinte e quatro horas? — Chamberlain jogou a cabeça para trás, desapontado. — Isso é tudo?

— É melhor do que nada, primeiro-ministro — disse Wilson. — Pelo menos mostra que ele está escutando opiniões externas. São boas notícias.

— São mesmo? Sinto como se estivesse deslizando para a beira de um precipício e tentando agarrar todas as raízes e ramos para evitar a queda no abismo. Vinte e quatro horas!

— Isso lhe fornece uma conclusão para seu discurso — apontou Cleverly.

O primeiro-ministro tamborilou na mesa. Então se virou para Legat.

— É melhor que venha comigo. Podemos fazer os ajustes no carro.

— Posso ir, se preferir — disse Cleverly.

— Não, é melhor que espere aqui, caso surjam novos acontecimentos em Berlim.

— São quase duas e quinze — disse Wilson. — Precisa ir agora. O debate começa em quinze minutos.

Chamberlain apoiou-se na mesa e ficou de pé. Ao segui-lo, Legat percebeu o olhar de puro ódio que Cleverly lhe lançou.

No saguão de entrada, Chamberlain parou sob a luminária enquanto Wilson o ajudava a vestir o sobretudo. Uma dúzia de membros da equipe do número 10 surgiu para vê-lo. Ele olhou em volta.

— E Annie?

— Ela seguiu na frente — disse Wilson. — Não se preocupe, ela estará na galeria. — Ele limpou alguma poeira no colarinho de Chamberlain e entregou-lhe o chapéu. — Estarei lá também. — Ele apanhou o guarda-chuva do primeiro-ministro e o pôs na sua mão. — Lembre-se: o senhor os está convencendo, de pouquinho em pouquinho.

O primeiro-ministro assentiu. O porteiro abriu a porta. Os familiares flashes foram disparados por alguns instantes e Legat pensou como era frágil a figura do homem, mesmo envolto no sobretudo; ele mesmo parecia um melro. Ele ergueu o chapéu, primeiro para a direita, depois para a esquerda, e foi para a calçada. Houve alguns aplausos e gritos de incentivo. Uma mulher gritou: "Deus o abençoe, sr. Chamberlain!". Aquilo soava como se não houvesse quase ninguém presente, mas, quando Legat o acompanhou na saída rumo às luzes cegantes e seus olhos se acostumaram, ele viu que Downing Street estava na verdade preenchida de ponta a ponta por uma multidão diversa e silenciosa, tão grande que um policial a cavalo havia sido trazido para escoltar o automóvel. O primeiro-ministro subiu no Austin pela porta que dava para a calçada; seu detetive à paisana se sentou ao lado do motorista. Legat teve que se espremer entre a multidão para poder entrar pelo outro lado. Foi complicado abrir a porta, e com dificuldade conseguiu se sentar ao lado do primeiro-ministro. A própria pressão dos corpos fechou a porta a sua esquerda. Pelo para-brisa via a anca do cavalo do policial, que se movia lentamente e abria passagem para o carro.

— Nunca vi nada assim em toda a minha vida — murmurou o primeiro-ministro.

Flashes iluminaram o interior do carro. Levaram quase um minuto para chegar ao final de Downing Street e virar à direita em Whitehall. Uma enorme multidão se estendia à sua frente, com umas oito ou dez fileiras aglomeradas na calçada e reunidas em volta do Cenotáfio, que se erguia em uma massa de flores recém-depositadas. Portando medalhas e uniformes escarlates, dois veteranos de guerra carregavam uma coroa de papoulas e se viraram para observar o carro do primeiro-ministro.

Legat pegou a caneta-tinteiro e abriu o discurso na última página. Era difícil escrever no carro em movimento. *O Signor Mussolini informou Herr Hitler de que a Itália honrará seus compromissos com a Alemanha, no entanto, solicita que a mobilização seja adiada por vinte e quatro horas. Herr Hitler concordou.*

Ele mostrou o texto ao primeiro-ministro, que balançou a cabeça.

— Não, isso não é o bastante. Tenho que prestar algum tipo de tributo a Mussolini. Precisamos mantê-lo do nosso lado. — Ele fechou os olhos. — Escreva isto: *Sejam quais forem as opiniões que os honoráveis membros possam ter tido a respeito do Signor Mussolini no passado, acredito que todos acolherão o seu gesto de se dispor a trabalhar conosco pela paz na Europa.*

Quando entraram na praça do Parlamento, o carro precisou mais uma vez diminuir a marcha e acabou parando. Policiais montados o cercaram. O céu cinzento, o silêncio sombrio da multidão, as coroas de flores vermelhas, o estalar dos cascos dos cavalos — era como um funeral com honras de Estado, pensou Legat, ou os dois minutos de silêncio em um Dia do Armistício. Finalmente o carro conseguiu se libertar da multidão e acelerou pelos portões de ferro do New Palace Yard. Ele vislumbrou um policial prestando continência. Os pneus sacolejaram sobre o calçamento de pedras. Passaram por baixo de um arco até o jardim do presidente da Câmara dos Comuns e pararam diante de uma porta de madeira em estilo gótico. O detetive saltou primeiro. Segundos depois, Chamberlain atravessava o calçamento e subia a escada de pedra, com Legat logo atrás.

Emergiram em um corredor adjacente à Câmara dos Comuns, com carpete verde e paredes revestidas de painéis de madeira. Seiscentos membros do Parlamento já estavam reunidos, esperando o início da sessão. Através das portas fechadas vinha o contínuo burburinho de conversação. Na sala externa da suíte reservada ao primeiro--ministro, as secretárias ficaram em posição de sentido quando ele entrou. Chamberlain passou por elas e foi para a sala de conferência, entregando o chapéu e o guarda-chuva à srta. Watson. Livrou-se do sobretudo. Dois homens o esperavam à longa mesa: Alec Dunglass, seu secretário particular parlamentar e herdeiro de um condado cuja desgraça, ou talvez fosse o segredo do seu sucesso, era parecer ter saído diretamente de um romance de P. G. Wodehouse, e o líder da bancada, capitão Margesson.

— Lamento tê-los feito esperar — disse o primeiro-ministro. — A multidão lá fora é inacreditável.

— Caso esteja pronto, primeiro-ministro, já são quinze para as três — respondeu Margesson com presteza. — Devemos ir agora mesmo.

— Muito bem.

Saíram da sala e percorreram o corredor até as portas da Câmara. O barulho aumentou.

O primeiro-ministro ajustou as abotoaduras dos punhos do paletó.

— Como está o clima na Casa?

— Forte apoio às suas ações por todo o partido; até Winston está contido. O senhor verá uma estrutura ao lado da Caixa de Despacho; pode ignorá-la. A BBC queria transmitir seu discurso, mas os líderes dos trabalhistas não concordaram. Disseram que dá ao governo uma vantagem desleal.

— Pus um pouco de brandy em sua água, primeiro-ministro — disse Dunglass. — É bom para a voz.

— Obrigado, Alec. — Chamberlain se deteve e estendeu a mão. Legat entregou-lhe o texto do discurso. Ele refletiu com as folhas nas mãos e conseguiu sorrir. — Certamente vou precisar.

Dunglass abriu a porta. Margesson entrou na frente. Usou o ombro para abrir caminho entre os membros do Parlamento amontoados em torno da cadeira do presidente. Quando o primeiro-ministro surgiu à vista de todos, o ruído se elevou a um verdadeiro rugido coletivo de vozes masculinas. Legat sentiu aquilo como algo quase tão visceral — o calor, as cores, o ruído — quanto o ato de emergir em um estádio de futebol. Virou à direita e, na companhia da srta. Watson, foi se instalar no banco reservado aos funcionários do governo.

Por trás dele, a voz do presidente da Câmara se projetava em meio ao tumulto:

— Ordem! Ordem! A Casa precisa de ordem!

O primeiro-ministro foi ouvido em absoluto silêncio. Nenhum membro ousou interrompê-lo enquanto ele recontava dia após dia, às vezes hora após hora, a narrativa da crise. O único movimento era o dos mensageiros da Câmara em suas casacas pretas e correntes cerimoniais, constantemente trazendo telegramas e papeletas cor-de--rosa com os registros dos telefonemas que chegavam a Westminster.

— *De modo que decidi ir pessoalmente à Alemanha para dialogar com Herr Hitler e descobrir, em uma conversa pessoal, se ainda havia alguma esperança de preservar a paz...*

De onde estava, Legat via Winston Churchill inclinando-se para a frente no banco dos conservadores, logo abaixo da passagem, ouvindo com atenção, acumulando um após outro os telegramas que lhe eram trazidos e que ele prendia em um maço com um elástico vermelho. Na galeria, o antigo primeiro-ministro, Stanley Baldwin, apoiava os braços no parapeito de madeira e contemplava a sequência de eventos como um caipira na feira vestindo a roupa de domingo. Mais adiante, a efígie impassível e empoada da rainha Mary, a mãe do rei, observava Chamberlain. Lord Halifax estava sentado bem próximo.

— *Eu tinha consciência de que, ao tomar uma atitude tão sem precedentes, estava me expondo às críticas, no sentido de estar comprometendo a dignidade de um primeiro-ministro britânico, e ao desapontamento, talvez até ao ressentimento, caso deixasse de conquistar com isso um acordo satisfatório. Mas considerei que, em uma crise como esta, em que está em jogo a vida de milhões de seres humanos, essas considerações poderiam não ser levadas em conta...*

Legat acompanhou a fala do primeiro-ministro seguindo-a em sua cópia do discurso, assinalando as poucas ocasiões em que Chamberlain se afastou do texto escrito. Sua fala era calma, retórica, levemente teatral — ora com os polegares enfiados atrás da lapela, ora colocando um pincenê para ler trechos de um documento, ora removendo-os para contemplar por instantes a clarabóia, como em busca de inspiração. Ele descreveu as duas visitas a Hitler como se fosse um explorador vitoriano da Royal Geographical Society relatando suas expedições para se encontrar com um chefe guerreiro tribal.

— *Em 15 de setembro fiz meu primeiro voo a Munique. Dali tomei o trem para a residência de Herr Hitler nas montanhas de Berchtesga-*

den... No dia 22 retornei à Alemanha, indo para Godesberg, no Reno, que o chanceler considerou um ponto de encontro mais conveniente para mim do que a remota Berchtesgaden. Mais uma vez fui calorosamente recebido nas ruas e nos vilarejos por onde passei...

O primeiro-ministro estava de pé havia mais de uma hora e ainda no início da descrição dos acontecimentos dos dois últimos dias — "em um derradeiro esforço para preservar a paz enviei Sir Horace Wilson a Berlim..." — quando Legat notou certa agitação na galeria dos pares. Cadogan estava na porta de entrada, acompanhado por um mensageiro. Acenava com o braço, tentando chamar a atenção de Lord Halifax. A certa altura foi Baldwin quem o avistou e, inclinando-se por trás da rainha-mãe, bateu no ombro do secretário do Exterior. Ele apontou na direção de Cadogan, que gesticulou energicamente para que Halifax fosse ao seu encontro. Halifax se levantou com dificuldade, o braço com deficiência pendendo na lateral do corpo, e, depois de muitas reverências e pedidos de desculpas a Sua Majestade, se retirou para o fundo da galeria e desapareceu.

— *Ontem pela manhã, Sir Horace Wilson retomou as conversações com Herr Hitler, e, vendo que suas posições estavam aparentemente inalteradas, repetiu-lhe, em termos precisos, seguindo minhas instruções, que, se as tropas francesas se envolvessem ativamente em hostilidades contra a Alemanha, o governo britânico se veria na obrigação de apoiá-las...*

Legat sussurrou para a srta. Watson:

— Poderia, por favor, ir marcando os pontos em que o primeiro-ministro se afastou do texto?

Sem esperar resposta, entregou-lhe o texto com o discurso.

A tensão na Câmara aumentava frase a frase, conforme a narrativa do primeiro-ministro se aproximava do momento presente. Os membros do Parlamento de pé diante da Caixa de Despacho estavam absortos demais para notar Legat enquanto ele se esgueirava e se espremia abrindo caminho.

— Com licença... Desculpe... — repetia.

Ele chegou ao espaço atrás da cadeira do presidente no instante em que Cadogan e Halifax passaram pela porta. Cadogan o viu e acenou para que se juntasse a eles. Quando Legat chegou, Cadogan sussurrou:

— Acabamos de receber uma resposta direta de Hitler. Precisamos avisar o primeiro-ministro antes que ele encerre o discurso.
— Então depositou um papel na mão de Legat. — Entregue isto a Alec Dunglass.

Era uma única folha de papel, dobrada ao meio, em que se lia: *Primeiro-ministro — Urgente.*

Legat voltou para a Câmara. Avistou Dunglass sentado na segunda fileira de bancos, imediatamente atrás do lugar do primeiro-ministro. Não havia como ter acesso direto a ele. Legat entregou a nota ao membro do Parlamento sentado na ponta do banco. Tinha consciência de que centenas de outros, atrás e na frente, o observavam, fascinados pelo que ocorria.

— Poderia repassar isto até Lord Dunglass? — sussurrou.

Acompanhou com o olhar o avanço da nota de mão em mão, como um rastilho de pólvora, até que ela chegou a Dunglass, que a abriu com a costumeira expressão abobada e a leu. Imediatamente ele se curvou para a frente e sussurrou no ouvido do chanceler do Tesouro, que estendeu o braço para trás e apanhou a nota.

O primeiro-ministro tinha acabado de ler em voz alta seus telegramas mais recentes para Hitler e Mussolini.

— *Em resposta, fui informado de que o Signor Mussolini pediu a Herr Hitler um pouco mais de tempo para reexaminar a situação e tentar encontrar um entendimento pacífico. Herr Hitler concordou em adiar a mobilização de suas tropas por vinte e quatro horas.*

Pela primeira vez desde o início do discurso ouviu-se um burburinho de aprovação.

— *Sejam quais forem as opiniões que os honoráveis membros possam ter tido a respeito do Signor Mussolini no passado, acredito que todos acolherão o seu gesto de se dispor a trabalhar conosco pela paz na Europa.*

Houve mais alarde em apoio. O primeiro-ministro fez uma pausa e de repente olhou para o banco ao lado, de onde Sir John Simon o puxava vigorosamente pela ponta da casaca. Ele franziu a testa, se inclinou, pegou a nota e a leu. Aos sussurros, os dois trocaram algumas palavras. A Câmara ficou em silêncio, observando. Por fim, o primeiro-ministro se endireitou e colocou a nota sobre a Caixa de Despacho.

— *Isso não é tudo. Tenho algo mais para comunicar a esta Câmara. Acabo de ser informado por Herr Hitler de que ele me convida a encontrar com ele em Munique, amanhã de manhã. Ele também convidou o Signor Mussolini e Monsieur Daladier. O Signor Mussolini já aceitou, e não tenho dúvida de que Monsieur Daladier fará o mesmo. Não preciso dizer aos senhores qual será minha resposta.*

O silêncio durou outra fração de segundo e irrompeu em uma ensurdecedora explosão de alívio. Por todos os lados da Câmara, membros do Parlamento, incluindo trabalhistas e liberais, ficaram de pé, aplaudindo e agitando nas mãos os papéis com as ordens do dia. Alguns conservadores chegaram a subir nos bancos para aplaudir. Mesmo Churchill acabou se levantando, embora parecesse emburrado como uma criança. Os aplausos aumentaram, estenderam-se por vários minutos, enquanto o primeiro-ministro olhava em torno, assentindo, sorridente. Ele tentou voltar a falar, mas não o deixaram; só depois de algum tempo conseguiu fazer com que retornassem aos seus assentos.

— *Somos todos patriotas, e não pode haver nenhum honorável membro desta Casa que não tenha sentido seu coração saltar ao entender que a crise foi adiada mais uma vez, dando-nos a oportunidade de fazer com que a razão, a boa vontade e o diálogo possam resolver um problema cuja solução já está à vista. Senhor presidente, nada mais tenho a dizer. Estou certo de que esta Casa estará pronta para me liberar agora a fim de que possamos ver como conduzir este último esforço. Talvez a Casa considere que seja adequado, em vista destas novas condições, que este debate seja adiado por mais alguns dias, quando talvez possamos nos reunir em circunstâncias mais positivas.*

Seguiu-se outra prolongada aclamação e foi somente então que Legat, para seu próprio constrangimento, percebeu que tinha esquecido sua neutralidade profissional e aplaudia junto a todos os outros.

4

Baseando-se no princípio de que o melhor lugar para esconder algo é à vista de todos, o núcleo do grupo de conspiradores reuniu-se às cinco horas daquela tarde no escritório de Kordt no edifício do Ministério de Estado prussiano: Gisevius e Von Schulenburg, do Ministério do Interior, Dohnányi, da Justiça, o coronel Oster, da Abwehr, e Kordt e Hartmann, do Ministério do Exterior.

Seis homens! Hartmann não conseguia disfarçar sua insatisfação. Seis homens para derrubar uma ditadura que controlava todos os aspectos da vida e da sociedade em um país que agora já alcançava oitenta milhões de habitantes? Ele se sentiu ingênuo e humilhado. Tudo aquilo não passava de uma piada.

— Proponho que, se alguém nos fizer perguntas sobre esta reunião — disse Kordt —, devemos dizer que foi um encontro puramente informal, para discutir a criação de um grupo de planejamento interdepartamental para os territórios dos Sudetos recém-libertados.

Dohnányi assentiu.

— Sim, do ponto de vista burocrático é terrivelmente plausível.

— Naturalmente, Beck não pode ser visto em nossa companhia. Nem Heinz, pelos mesmos motivos.

— "Os territórios dos Sudetos recém-libertados" — repetiu Gisevius. — Ouçam como isso soa. Meu Deus, ele vai ficar mais popular do que nunca.

— E por que não? — perguntou Schulenburg. — Primeiro a Áustria, agora a região dos Sudetos. O Führer acrescentou dez milhões de alemães étnicos ao Reich em menos de sete meses, sem disparar um tiro. Goebbels vai dizer que ele é nosso maior estadista desde Bismarck, e talvez seja mesmo. — Ele olhou ao redor. — Já consideraram isso, cavalheiros? Que talvez estejamos errados?

Ninguém respondeu. Kordt estava sentado à sua mesa. Oster estava apoiado nela. Gisevius, Schulenburg e Dohnányi ocupavam as três poltronas. Hartmann estava deitado no sofá, encarando o teto, as mãos cruzadas atrás da cabeça, os pés enormes balançando no braço do assento. Por fim ele falou, com tranquilidade:

— O que aconteceu, então, com o Exército, coronel Oster?

Oster mudou de posição, ainda encostado à mesa.

— No fim das contas, tudo dependia de Brauchitsch. Infelizmente, ele ainda estava decidindo o que faria, quando o Führer emitiu a ordem de adiar a mobilização por mais vinte e quatro horas.

— E se a mobilização não tivesse sido adiada? Ele agiria, então?

— Beck diz que Halder lhe garantiu que ele era totalmente simpatizante da...

Hartmann o interrompeu.

— "Beck diz... Halder lhe garantiu... *simpatizante*...!" — Ele girou as pernas para o chão e endireitou o corpo. — Perdoem-me, cavalheiros, mas, se querem saber, isso tudo não passa de faz de conta. Se Brauchitsch estivesse pensando seriamente em nos livrar de Hitler, ele teria ido em frente e feito o que foi combinado.

— Essa é uma visão muito simplista. Ficou entendido que as únicas circunstâncias que fariam com que o Exército entrasse em ação seriam se estivessem convencidos de que haveria uma guerra contra a França e a Grã-Bretanha.

— Porque creem que a Alemanha vai ser derrotada?

— Exatamente.

— Vamos esclarecer a lógica da posição do Exército. Eles não têm objeções morais ao regime de Hitler; a oposição deles está totalmente condicionada às perspectivas militares do país?

— Sim, é claro. Isso é tão chocante assim? Eles são soldados, não religiosos.

— Bem, isso é muito bonito da parte deles, sem dúvida. Não há necessidade de envolver a consciência. Mas não veem o que isso significa para nós? — Ele fitou os demais, um por um. — No que diz respeito ao Exército, enquanto Hitler estiver vencendo, estará seguro. Só quando ele começar a perder eles se voltarão contra o Führer, e aí será tarde demais.

— Abaixe a voz — preveniu Kordt. — O escritório de Hess é no fim do corredor.

Oster tentava visivelmente não perder o controle.

— Estou tão desapontado quanto você, Hartmann. Ou ainda mais, imagino. Por favor, não esqueça que precisei de meses para ter o Exército pelo menos no ponto em que está agora. Durante o verão inteiro mandei mensagens para Londres, dizendo-lhes que, se mantivessem sua posição, poderiam deixar o resto por nossa conta. Infelizmente, não esperava a covardia dos britânicos e dos franceses.

— Eles pagarão um preço terrível por isso a longo prazo. E nós também — disse Kordt.

Todos se calaram. Para Hartmann ainda era inacreditável que Hitler tivesse se desviado da guerra no último minuto. Ele vira acontecer: a História a cinco metros de distância. O trêmulo Attolico, de rosto corado, gaguejou sua mensagem alto o bastante para ser ouvido por quem estava nas proximidades, como se fosse um arauto em uma peça teatral: "O Duce comunica que qualquer que seja sua decisão, Führer, a Itália Fascista estará do seu lado. Mas a opinião do Duce é que seria sensato aceitar a proposta britânica, e lhe pede para adiar a mobilização". Enquanto Schmidt traduzia do italiano para o alemão, o rosto de Hitler não revelava nem raiva nem alívio; permaneceu impassível, como um busto de bronze. "Diga ao Duce que aceito a proposta." E então ele voltou para seu escritório.

Do corredor lá fora veio uma explosão de rudes gargalhadas. Os oficiais do partido comemoravam. Hartmann não conseguiu evitar seus abraços ao subir para a sala. Um deles sacara uma garrafa de Schnapps, que repassou para os outros no recinto.

— Então, o que fazemos agora? — perguntou Gisevius. — Se não podemos fazer nenhuma manobra sem o Exército, e se a análise de Hartmann sobre a atitude deles é correta, então não somos nada além de um grupo de civis sem poder algum, condenados a esperar e observar enquanto nosso país é destruído.

— Parece-me que só nos resta uma chance — disse Hartmann. — Temos que impedir que um acordo seja assinado amanhã em Munique.

— Isso é extremamente improvável — disse Kordt. — Já está praticamente assinado. Hitler vai aceitar o que os britânicos e os franceses já lhe ofereceram, que é basicamente o que ele pediu no início de tudo. Portanto, a conferência de amanhã é um mero ritual. Chamberlain e Daladier vão pegar o avião, chegar à frente das câmeras e dizer: "Aqui está o que pediu, caro Führer", e depois vão voltar para casa.

— Não precisa ser assim. Hitler apenas adiou a mobilização, ele não a cancelou.

— Mesmo assim, posso garantir que as coisas acontecerão dessa maneira.

— Preciso me encontrar com Chamberlain — disse Hartmann, com tranquilidade.

— Ha! — Kordt levantou as mãos. — Mas é claro!

— Falo sério.

— Sua seriedade não vem ao caso. De qualquer modo, já passamos dessa fase. Meu irmão esteve no escritório de Halifax no Foreign Office três semanas atrás e o avisou explicitamente do que ia acontecer. De nada adiantou.

— Halifax não é Chamberlain — disse Hartmann.

— Mas, meu caro Hartmann, o que você poderia dizer a ele que pudesse fazer alguma diferença? — perguntou Dohnányi.

— Eu lhe mostraria uma prova.

— Prova de quê?

— Prova de que Hitler está empenhado em uma guerra de conquista, e que esta pode ser a última chance de detê-lo.

Dohnányi apelou aos outros.

— Isto é simplesmente uma loucura! Como se Chamberlain fosse dar atenção a um rapaz de segundo escalão como Hartmann!

Hartmann deu de ombros, imperturbável.

— Em todo caso, valeria a tentativa. Alguém tem outra ideia?

— Podemos ver essa tal "prova"? — perguntou Schulenburg.

— Eu prefiro que não.

— Por quê?

— Porque prometi à pessoa que me deu que só a mostraria aos britânicos.

Ouviram-se alguns murmúrios — de protesto, ceticismo, irritação.

— Devo dizer que considero altamente ofensiva sua desconfiança em relação a nós.

— É mesmo, Schulenburg? Bem, receio que isso não possa ser evitado.

— E como pretende conseguir sua audiência privada com o primeiro-ministro do Reino Unido? — perguntou Oster.

— Evidentemente, o primeiro passo incluiria ser credenciado para a conferência, como parte da delegação alemã.

— E como isso aconteceria? — questionou Kordt. — E, mesmo que você conseguisse entrar lá, seria impossível falar com Chamberlain a sós.

— Acho que posso conseguir isso.

— É praticamente impossível! Como?

— Conheço um de seus secretários particulares.

A revelação pegou a todos de surpresa. Depois de uma pausa, Oster falou:

— Bem, já é alguma coisa, suponho, embora não saiba ao certo como isso vai nos ajudar.

— Isso significa que eu posso ter uma chance de me aproximar de Chamberlain, ou pelo menos de repassar para as mãos dele a informação que tenho. — Ele se inclinou para a frente, rogando aos demais. — Tudo bem, concordo que pode não resultar em nada. Entendo o ceticismo de todos. Mas não valeria tentar? Coronel Oster, o senhor tem contatos em Whitehall?

— Sim.

— Há tempo para mandar uma mensagem para eles e solicitar que esse homem possa voar para Munique como parte da delegação de Chamberlain?

— É possível. Qual o nome dele?

Hartmann hesitou. Naquele momento de definição, sentiu uma estranha dificuldade em dizer aquele nome em voz alta.

— Hugh Legat.

Oster tirou uma caderneta do bolso do casaco e anotou o nome.

— E ele trabalha em Downing Street, você disse? Está à espera de um contato seu?

— É possível. Já enviei algo para ele, anonimamente, e tenho quase certeza de que ele deduziu que fui eu. Ele sabe que estou no Ministério do Exterior.

— Como enviou algo para ele?

Hartmann virou-se para Kordt.

— Seu irmão o entregou.

Kordt ficou boquiaberto.

— Você usou Theo pelas minhas costas?!

— Eu queria abrir o meu próprio canal de comunicação, mostrar-lhe alguma coisa, provar que estamos levando isto a sério.

— E o que foi esse "algo" que você lhe enviou? Ou será que também é segredo?

Hartmann ficou em silêncio.

— Não admira que os ingleses não nos levem a sério — disse Schulenburg com amargura. — Devemos parecer um bando de amadores. Cada homem falando apenas por si, sem coordenação central, sem planejamento para uma Alemanha sem Hitler. Para mim chega, cavalheiros.

Ele se levantou.

Kordt fez o mesmo, estendendo as mãos em um gesto de apelo.

— Schulenburg, por favor, sente-se! Sofremos um revés, estamos todos desapontados, mas não devemos nos jogar uns contra os outros.

Schulenburg apanhou o chapéu e apontou com ele para Hartmann.

— Você, com suas manobras estúpidas, acabará enforcando todos nós!

Então saiu e bateu a porta.

Enquanto as repercussões diminuíam, Dohnány disse:

— Ele tem razão.

— Concordo — disse Gisevius.

— Eu também — disse Oster. — Mas estamos em um impasse, e pesando ambos os lados eu me inclino a apoiar o plano de Hartmann. Não que eu ache que vai dar certo, mas porque não temos uma alternativa viável. O que diz, Erich?

Kordt tinha se sentado novamente em sua cadeira. Parecia mais um homem de cinquenta anos do que um na casa dos trinta. Tirou os óculos, fechou os olhos e massageou as pálpebras com o polegar e o indicador.

— A Conferência de Munique é uma locomotiva que não pode ser parada — disse ele, baixinho. — Na minha opinião, é inútil tentar.

— Ele pôs os óculos de volta e encarou Hartmann. Seus olhos estavam avermelhados de exaustão. — Por outro lado, mesmo que esse trem não possa ser descarrilado, obviamente seria valioso para nossa causa abrir um canal de comunicação com alguém que tem contato diário com Chamberlain. Porque de uma coisa podemos ter certeza: hoje não é o fim do processo. Dado o que sabemos de Hitler, a questão dos Sudetos é apenas o começo. Outras crises virão, e talvez novas oportunidades. Então vejamos o que você pode fazer, Paul. Mas acho que no mínimo você deveria nos revelar o que pretende mostrar aos britânicos. Você nos deve isso.

— Não. Lamento muito. Talvez quando eu voltar, e se a minha fonte concordar, possa mostrar a vocês. Mas, por enquanto, para o bem de vocês, e o deles, é provavelmente melhor que vocês não saibam.

Seguiu-se outro silêncio. Por fim, Oster falou:

— Se queremos mesmo que isso aconteça, não podemos perder mais tempo. Vou voltar para Tirpitzufer e tentar fazer contato com os britânicos. Erich, acha possível conseguir pôr Hartmann dentro da conferência?

— Não tenho certeza. Posso tentar.

— Não poderia falar com Ribbentrop?

— Deus, não! É o último homem a quem eu pediria. Suspeitaria de algo na hora. Nossa melhor chance talvez seja Weizsäcker. Ele gosta de jogar em duas frentes. Vou falar com ele. — Virou-se para Hartmann. — Seria melhor que viesse junto.

— É melhor sairmos daqui separadamente — sugeriu Oster.

— Não — disse Kordt. — Lembre-se: isto aqui é apenas uma reunião informal entre departamentos. Vai parecer mais natural se sairmos juntos.

À porta, Oster puxou Hartmann para um lado. Disse em voz baixa, para que os outros não ouvissem:

— Você recebeu uma arma, suponho? Preciso devolvê-la ao arsenal da Abwehr.

Hartmann o encarou.

— Acho que prefiro continuar com ela, se não se importa.

* * *

Hartmann e Kordt deixaram o edifício juntos e caminharam em silêncio ao longo da Wilhelmstrasse em direção ao Ministério do Exterior. O sol brilhava; havia uma leveza pairando no ar. Era possível vê-la no rosto dos funcionários do governo que deixavam os ministérios para voltar para casa ao fim de um dia de trabalho. Havia até mesmo pessoas rindo. Era a primeira vez que Hartmann via essa normalidade nas ruas desde o início da crise com os tchecos, mais de duas semanas antes.

No escritório externo do secretário de Estado, todas as três datilógrafas, inclusive Frau Winter, estavam curvadas sobre suas máquinas. Kordt teve que elevar a voz para se fazer ouvir com o barulho das máquinas.

— Precisamos falar com o barão Von Weizsäcker.

Frau Winter levantou a cabeça.

— Ele está com os embaixadores britânico e francês.

— Mesmo assim, Frau Winter — disse Kordt. — É um assunto urgente.

Ela olhou para Hartmann com uma expressão de completa indiferença. Ele admirou sua frieza. Teve uma súbita visão dela, nua, na cama a sua espera — seus membros longos e brancos, os seios fartos, os mamilos duros...

— Muito bem.

Ela bateu de leve na porta do escritório interno e entrou. Hartmann ouviu um tinir de copos, vozes, risadas. Menos de um minuto depois Sir Nevile Henderson emergiu, com um cravo vermelho reluzindo na lapela, seguido por François-Poncet. O embaixador francês tinha um bigodinho preto com as pontas viradas para cima. Parecia descontraído, jovial, como um ator da Comédie-Française. Dizia-se que era o único membro do corpo diplomático de quem Hitler realmente gostava. Os embaixadores acenaram amigavelmente para Hartmann e apertaram a mão de Kordt.

— É um alívio, Kordt — disse François-Poncet, apertando e sacudindo a mão dele. — Um grande alívio! Eu estava com o Führer pouco antes de ele falar com Attolico. Quando voltou ao salão suas palavras exatas para mim foram: "Diga ao seu governo que adiei a mobilização por vinte e quatro horas para atender a um desejo do meu grande aliado italiano". Imagine se os comunistas tivessem cortado as linhas telefônicas entre Roma e Berlim justamente nesse dia! Estaríamos em guerra agora. Em vez disso... — Ele fez um floreio com a mão no ar. — Ainda temos uma chance.

Kordt fez uma leve reverência.

— Vossa excelência, é uma enorme libertação.

Frau Winter apareceu à porta.

— O secretário de Estado está à sua espera.

Ao passarem por ela, Hartmann sentiu seu perfume.

Henderson falou, às costas deles:

— Vamos vê-lo em Munique. Isto ainda não acabou.

Von Weizsäcker tinha uma garrafa de Sekt aberta em cima da mesa. Não se deu ao trabalho de fazer a saudação hitlerista.

— Cavalheiros, vamos esvaziar esta garrafa. — Ele serviu três taças com destreza, sem desperdiçar uma gota, e estendeu duas para Kordt e Hartmann. Ergueu a sua. — Como eu disse aos embaixadores, não vou propor um brinde: não quero provocar o destino. Vamos apenas desfrutar este momento.

Hartmann tomou um pequeno gole por educação. O espumante era doce e efervescente demais para seu gosto, como bebida de criança.

— Sentem-se, por favor. — Weizsäcker fez um gesto indicando um sofá e duas poltronas. Seu terno de risca de giz azul-escuro tinha o corte impecável. O broche com a suástica cintilava à luz do fim de tarde que se enviesava pela janela alta. Entrara no partido apenas naquele ano; agora já tinha um posto honorário na ss e era o diplomata sênior da Alemanha. Se vendeu a alma, decerto foi por bom preço. — O que posso fazer pelos senhores, cavalheiros?

— Gostaria de propor que Hartmann seja credenciado para nossa delegação na conferência de amanhã — pediu Kordt.

— Por que pede a mim? Peça ao ministro. O senhor é membro do escritório dele.

— Tenho o maior respeito pelo ministro, mas sua resposta automática a qualquer sugestão é geralmente "não" até que possa ser convencido aos poucos. E no presente caso não há tempo para o usual processo de persuasão.

— E por que é tão importante que Hartmann vá a Munique?

— Além do fato de o inglês dele ser impecável, o que será bastante útil, acreditamos que seria uma oportunidade para que cultive um contato potencialmente importante na equipe de Chamberlain.

— É mesmo? — Weizsäcker observou Hartmann com interesse.

— E quem seria essa pessoa?

— É um diplomata que atualmente trabalha como um dos secretários particulares de Chamberlain — explicou Hartmann.

— Como o conhece?

— Estudei com ele em Oxford.

— Ele é simpatizante da nova Alemanha?

— Duvido.

— É hostil, então?

— Imagino que compartilhe a opinião geral dos ingleses do seu tipo.

— Isso pode significar qualquer coisa. — Weizsäcker virou-se para Kordt. — Como sabe que ele estará em Munique?

— Não sabemos. O coronel Oster da Abwehr está tentando providenciar.

— Ah. O coronel Oster. — Weizsäcker assentiu vagarosamente. — Agora eu entendo. *Esse* tipo de contato. — Ele serviu para si o resto da garrafa de Sekt e bebeu devagar. Hartmann contemplou seu pomo de adão subindo e descendo, suas bochechas lisas e rosadas, o fino cabelo grisalho combinando com a nova insígnia do partido. Sentiu o desprezo subir pela garganta como uma náusea. Preferiria em qualquer situação lidar com um camisa-marrom de nariz quebrado do que com um hipócrita daquele tipo. O secretário de Estado colocou a taça vazia na mesa. — Os senhores devem ter cuidado com o coronel Oster. Podem até mesmo alertá-lo em meu nome: suas atividades não têm passado inteiramente despercebidas. Até agora tem havido certa tolerância com os dissidentes, desde que não cheguem longe demais, mas eu percebo que as coisas estão começando a mudar. O nacional-socialismo está entrando em uma nova e vigorosa fase.

Ele foi até sua mesa, tateou embaixo dela e apertou um botão. A porta se abriu.

— Frau Winter, poderia incluir o nome de Herr Von Hartmann na lista das pessoas credenciadas para a conferência de amanhã? Inclua-o como tradutor, para ajudar o dr. Schmidt.
— Sim, senhor.
Ela se retirou. Kordt encarou Hartmann e assentiu. Os dois se levantaram.
— Obrigado, secretário.
— Obrigado — disse Hartmann. Ele hesitou. — Posso fazer uma pergunta, Herr Baron?
— O que foi?
— Fiquei me perguntando o que terá feito o Führer mudar de ideia. Na sua opinião, ele realmente tinha a intenção de invadir ou estava blefando o tempo todo?
— Ah, ele queria invadir, sem dúvida.
— Então por que voltou atrás?
— Quem pode dizer? Ninguém sabe de fato o que há em sua mente. Suspeito que no fim ele percebeu que Chamberlain havia removido seu *casus belli*: a intervenção de Mussolini foi decisiva neste aspecto. Goebbels colocou isso muito bem durante o almoço, embora ele pessoalmente fosse a favor da invasão: "Não se pode travar uma guerra mundial por causa de um detalhe". O erro do Führer foi estabelecer exigências específicas. No momento em que foram em grande parte atendidas, ele se perdeu. Desconfio que não cometerá o mesmo erro na próxima vez.

Ele apertou a mão dos dois e fechou a porta. O comentário ficou ecoando na cabeça de Hartmann. "*Ele não cometerá o mesmo erro na próxima vez.*"

— Seu nome estará na lista na estação Anhalter, Herr Hartmann — disse Frau Winter. — Terá apenas que mostrar sua identificação no portão. O trem especial está marcado para sair às oito e cinquenta desta noite.
— O trem?
— Sim, o trem do Führer.
Ele percebia a presença de Kordt à sua espera e das duas outras mulheres datilografando.
Kordt tocou em seu braço.

— É melhor se apressar. Você tem que fazer a mala.

Saíram para o corredor. Hartmann olhou de relance para trás, mas ela já estava sentada à mesa, batendo nas teclas. Algo naquela completa indiferença o perturbava. Enquanto caminhavam, ele comentou:

— Foi mais fácil do que eu esperava.

— Sim, nosso novo secretário de Estado é tão deliciosamente *ambíguo*, não acha? Ele consegue ao mesmo tempo ser um pilar do regime e indicar sua simpatia pela oposição. Você vai direto para seu apartamento?

— Não imediatamente. Tenho que pegar algo na minha sala primeiro.

— Claro. — Kordt apertou-lhe a mão. — Vou deixá-lo então. Boa sorte.

A sala de Hartmann estava deserta. Sem dúvida Von Nostitz e Von Rantzau comemoravam em algum lugar. Ele sentou à mesa e destrancou a gaveta. O envelope estava onde o havia deixado. Ele o guardou dentro da pasta.

O apartamento de Hartmann ficava no lado oeste da Pariser Strasse, no moderno distrito comercial perto da igreja de St. Ludwig. Antes da guerra, quando seu avô, o velho embaixador, ainda estava vivo, a família era dona do prédio inteiro. Mas tinham sido obrigados a dividi-lo e vendê-lo aos pedaços, para resgatar a hipoteca da propriedade perto de Rostock. Agora restava somente o segundo andar.

Ele parou à janela com um copo de uísque, fumando um cigarro, e observou os últimos vestígios do sol desaparecerem por trás das árvores da Ludwigkirchplatz. O céu tinha um brilho avermelhado. As árvores pareciam as sombras de dançarinos primitivos serpenteando em volta do fogo. No rádio, a abertura de *Coriolano*, de Beethoven, anunciou o começo de um boletim especial de notícias. O locutor parecia transtornado de excitação.

— *Movido pelo desejo de fazer um último esforço para conseguir a cessão pacífica do território alemão dos Sudetos para o Reich, o Führer convidou Benito Mussolini, chefe do governo italiano; Neville Chamberlain, o primeiro-ministro da Grã-Bretanha; e Edouard Daladier, o primeiro-ministro da França, para uma conferência. Os estadistas aceitaram o convite. A reunião acontecerá em Munique amanhã, 29 de setembro, pela manhã...*

O comunicado fazia parecer que tudo aquilo tinha sido ideia de Hitler. E as pessoas acreditariam, pensou Hartmann, porque as pessoas acreditavam no que queriam acreditar; esta era a grande descoberta de Goebbels. Não precisavam mais se preocupar com verdades inconvenientes. Ele lhes dera um pretexto para não pensarem mais.

Tomou mais um gole do uísque.

Ainda estava perturbado pelo encontro no escritório de Von Weizsäcker. Tudo tinha sido fácil demais. Também havia algo esquisito naquela absoluta recusa dela de olhá-lo nos olhos. Ele rememorou a cena uma vez, e outra.

Talvez ela não tivesse roubado os documentos do cofre de Von Weizsäcker, afinal. Talvez alguém os tivesse entregado a ela para que desse a ele.

No instante em que pensou nisso, soube que era a verdade.

Esmagou o cigarro e foi para o quarto. Em cima do guarda-roupa estava a pequena mala com suas iniciais gravadas, que ele ganhara quando teve que ir pela primeira vez estudar fora. Ele destrancou os fechos.

Dentro havia cartas, de modo geral — dos pais, irmãos e irmãs, de amigos, de namoradas. As cartas do tempo de Oxford estavam amarradas todas juntas, e ainda nos envelopes originais; ele gostava dos selos ingleses, e de ver seu nome e endereço escritos na letra pequena e regular de Hugh. Durante certo período ele lhe escrevia uma ou duas vezes por semana. Havia fotos também, incluindo a última foto dos dois juntos, tirada em Munique, com a data escrita no verso: 2 de julho de 1932. Estavam com trajes de caminhada — botas, jaquetas esportivas, camisas brancas abertas no peito — com um vislumbre de um quintal ao fundo. Leyna estava entre eles, as mãos segurando os braços de ambos. Ela era tão menor do que ele, chegava a ser cômico. Os três sorriam. Ele lembrava que ela pedira ao dono da hospedaria que tirasse a foto, antes de partirem naquele dia. Preso por um clipe à foto havia um recorte do *Daily Express* que chegou às suas mãos no verão: *Uma das jovens estrelas mais brilhantes do Foreign Office, agora trabalhando junto ao primeiro-ministro... A* julgar pela foto, ele mudara muito pouco. Mas a mulher elegante a seu lado, a esposa, Pamela, não parecia o tipo de garota que imaginara como companheira de Hugh. Ocorreu-lhe então que, se alguma coisa desse errado e seu apartamento fosse vasculhado pela Gestapo, aquelas lembranças poderiam ser incriminadoras.

Levou as cartas de Oxford para junto da lareira e as queimou, uma por uma, ateando fogo ao canto inferior direito de cada uma com o isqueiro e soltando-a dentro da grade. Queimou o recorte de jornal. Hesitou quando chegou a vez da fotografia, mas queimou-a também, vendo-a escurecer e contrair-se até que suas cinzas não se distinguiram das outras.

Já estava escuro quando Hartmann chegou à estação Anhalter. Em frente às pilastras da entrada para a plataforma principal a polícia patrulhava com cães. Na pasta ele trazia o envelope e no bolso interno a Walther. Sentiu as pernas bambas.

Endireitou os ombros e atravessou o grande portão para a fumaça e a melancolia da estação com teto de vidro, tão alto quanto o de uma catedral gótica. Bandeiras com suásticas, com três ou quatro andares de altura, pendiam sobre cada plataforma. Um painel mostrava as partidas da noite: Leipzig, Frankfurt-am-Main, Dresden, Viena... Eram 20h37. Não havia nenhuma menção a Munique, ou a um trem especial. Um oficial do Reichsbahn, com uniforme azul-escuro, quepe e bigode escovinha claramente em homenagem ao Führer, notou sua hesitação. Quando Hartmann explicou sua missão, ele insistiu em escoltá-lo pessoalmente: "Será uma honra".

Hartmann identificou o portão antes de chegarem lá. As pessoas haviam descoberto de algum modo que o Führer passaria por ali, e uma pequena e respeitosa multidão de umas cem pessoas já havia se aglomerado; a maior parte era de mulheres. Os ss mantinham todos à distância. No portão propriamente dito, mais dois policiais com cães, além de guardas da ss com metralhadoras, examinavam os passageiros. Um homem na fila de embarque recebeu ordens para abrir a pasta de documentos, e Hartmann pensou: *Se me revistarem, acabou*. Pensou em dar meia-volta e livrar-se da pistola nos toaletes. Mas o oficial do

Reichsbahn o conduzia para a frente e um instante depois ele se viu face a face com um dos guardas.

— *Heil Hitler!*
— *Heil Hitler!*
— Nome?
— Hartmann.

O guarda correu o dedo pela lista de nomes, virou uma página, depois outra.

— Não há nenhum Hartmann aqui.
— Ali. — Hartmann apontou a última página. Ao contrário dos outros, que estavam datilografados, o nome dele tinha sido anotado a caneta. Parecia algo suspeito.

— Documentos?

Ele entregou o cartão de identidade.

— Abra a valise, por favor — disse o outro guarda.

Ele equilibrou a valise no joelho. As mãos tremiam; tinha certeza de que sua culpa era bem visível. Tateou as linguetas e abriu a maleta. O guarda pendurou a metralhadora no ombro e remexeu o conteúdo — duas camisas, cuecas, artigos de barbear em uma bolsa de couro. Pegou o envelope, sacudiu-o, colocou-o de volta. Fez um sinal afirmativo. Com o cano da metralhadora, apontou na direção do trem.

O primeiro guarda devolveu seu cartão.

— O senhor vai no vagão de trás, Herr Von Hartmann.

Então se concentraram no passageiro seguinte. Hartmann saiu caminhando pela plataforma.

O trem estava parado uns vinte metros adiante, do lado direito. Era longo: contou sete vagões, todos de um verde-escuro reluzente, impecável, como se tivessem sido recém-pintados para a ocasião, com a águia nazista de asas abertas reproduzida em dourado. Cada porta era vigiada por um guarda da ss. Na frente, uma locomotiva negra soltava vapor tranquilamente; também estava sob vigilância. Hartmann caminhou devagar até o último vagão, deu uma rápida olhada nas vigas iluminadas do teto, nos pombos pairando, no céu negro que tudo cobria, e subiu a bordo.

Era um vagão-leito, com as cabines do lado esquerdo. Um ajudante da ss, de prancheta em punho, que marchava pelo corredor, deteve-

-se e ergueu o braço na saudação hitlerista. Hartmann reconheceu-o como o lacaio de uniforme branco que havia ameaçado de manhã na Chancelaria. Respondeu à saudação com o que esperava que fosse uma demonstração convincente de fanatismo.

— Boa noite, Herr Von Hartmann. Siga-me, por favor.

Foram até o fim do vagão. O ajudante verificou a prancheta e abriu a porta do último compartimento.

— Esta é sua cabine. Lanches serão servidos no vagão-restaurante, depois que sairmos de Berlim. Então o senhor será informado sobre a operação do trem do Führer. — Ele saudou novamente e saiu.

Hartmann entrou na cabine e fechou a porta. O interior era decorado no estilo art déco que o Führer apreciava. Duas camas na parede, em cima e embaixo. Luz amarela sombria. Um cheiro de lustra-móveis, estofamento empoeirado e ar viciado. Ele jogou a valise na cama de baixo e se sentou ao lado dela. O compartimento era claustrofóbico, como uma cela. Ele se perguntou se Oster teria conseguido fazer contato com os britânicos. Se não, teria que inventar algum plano alternativo, embora seus nervos estivessem muito à flor da pele para pensar nisso no momento.

A certa altura ouviu gritos à distância e alguns aplausos. Através da janela viu um homem caminhando rapidamente de costas, segurando uma câmera. Segundos depois um flash espocou na plataforma e ele avistou o grupo do Führer, marchando a passos rápidos. No centro vinha Hitler, de sobretudo marrom com cinto, flanqueado e seguido por homens da ss em seus uniformes pretos. Ele passou a três metros de Hartmann, olhando fixamente para a frente, transparecendo extrema irritação, e desapareceu de vista. Sua comitiva o seguiu — dezenas de pessoas, ou assim parecia —, e então Hartmann ouviu a porta do seu compartimento sendo aberta. Virou-se para olhar e lá estava o Sturmbannführer Sauer no umbral, ao lado do ajudante da ss. Por um instante imaginou que tinham vindo prendê-lo, mas então Sauer disse, perplexo:

— Hartmann? O que está fazendo aqui?

Ele se levantou.

— Fui designado para ajudar o dr. Schmidt com as traduções.

— A tradução será necessária apenas em Munique — disse Sauer, e virou-se para o ajudante. — Não tem por que este homem estar no trem do Führer. Quem o autorizou?

O ajudante olhou a prancheta, impotente.

— O nome dele foi acrescentado à lista...

O trem avançou e parou bruscamente. Os três homens tiveram que se agarrar a alguma coisa para manter o equilíbrio. Então, muito lentamente, a plataforma começou a deslizar pela janela — carrinhos de bagagem vazios, uma placa em que se lia *Berlin-Anhalter. Bhf*, uma fila de oficiais prestando a saudação nazista. Era uma procissão de imagens que gradualmente aumentava a velocidade até que o trem emergiu das sombras do terminal para o vasto espaço ao ar livre da estação de triagem, tão vasto quanto uma pradaria de aço na noite de setembro sem luar.

5

Cleverly convocou uma reunião dos secretários particulares em sua sala às nove da noite em ponto. Eles se agruparam — Legat, Syers, a srta. Watson — e ficaram enfileirados enquanto ele se acomodava na quina da escrivaninha. Prepararam-se para o que Syers gostava de chamar "discurso-de-oficial-em-visita-às-trincheiras".

— Obrigado pelo esforço de todos durante o dia de hoje. Sei muito bem o quanto foi febril. Mesmo assim, quero pedir a todos que estejam a postos amanhã às sete e meia. Quero que estejamos aqui para dar ao primeiro-ministro uma encorajadora despedida. Ele sairá do número 10 para o aeródromo de Heston às quinze para as oito. Dois aviões partirão para Munique. — Ele apanhou um maço de papéis. — Foi decidido que no primeiro avião irão o primeiro-ministro, Sir Horace Wilson, Lord Dunglass e três funcionários do Foreign Office, que são William Strang, Frank Ashton-Gwatkin e Sir William Malkin. Recebemos instruções para enviar alguém do escritório privado. — Ele se virou para Syers. — Cecil, gostaria que fosse você.

Syers pareceu ligeiramente surpreso.

— Eu, senhor?

Ele olhou para Legat, que na mesma hora baixou os olhos: não sentia nada além de alívio.

— Sugiro que faça suas malas supondo que ficará até três noites. Os alemães providenciarão o alojamento em hotéis. No segundo avião irão dois detetives para a proteção do primeiro-ministro, seu médico e duas datilógrafas. Cada avião tem acomodações para catorze passageiros, de modo que, se um tiver problemas mecânicos, as pessoas possam ser transferidas para o outro.

Syers ergueu a mão.

— Eu agradeço esta honra, senhor, mas Hugh não seria uma escolha mais adequada? O alemão dele é dez vezes melhor do que o meu.

— Já tomei minha decisão. Legat ficará aqui e juntamente com a srta. Watson cuidará da correspondência. Temos telegramas de congratulações para receber, de praticamente todos os líderes mundiais, sem contar os milhares de cartas do público em geral. Se não atacarmos logo essa questão, nunca daremos cabo dela. Tudo certo? — Ele olhou ao longo da fileira. — Muito bem. Obrigado a todos, e nos veremos pela manhã.

Assim que adentraram o corredor, Syers levou Legat até sua sala.

— Lamento muito por isso, Hugh. É absolutamente ridículo.

— Nem pense nisso. Você é mais antigo do que eu.

— Sim, mas você é o especialista em Alemanha. Meu Deus, você estava em Viena quando eu ainda era do Ministério dos Domínios.

— Está tudo bem, de verdade. — Legat ficou tão comovido pela preocupação que sentiu que era seu dever tranquilizá-lo. — Para ser totalmente franco, aqui entre nós, estou aliviado por não ter que ir.

— E por que, diabos, você não gostaria de ir? Não quer ver Hitler em carne e osso? Algo para contar aos seus netos?

— Bem, se é por isso, já vi Hitler em carne e osso. Em Munique, na verdade, seis meses antes de ele chegar ao poder, e, posso lhe garantir, uma vez já basta.

— Você nunca mencionou isso. Como foi? Você foi a um comício nazista?

— Não, não o vi discursando. — De repente, Legat desejou nunca ter tocado naquele assunto, mas a curiosidade de Syers era tanta que ele não pôde deixá-lo de lado. — Foi apenas na rua, uma vez; na frente do prédio onde ele morava, para ser mais exato. Acabamos sendo perseguidos pelos camisas-marrons. — Ele fechou os olhos por um instante, como sempre fazia quando se lembrava daquilo. — Eu tinha acabado de sair de Oxford, então acho que posso alegar minha juventude como desculpa. De qualquer modo, aproveite Munique, supondo que tenha chance de conhecer a cidade.

Ele escapou para o corredor. Syers gritou às suas costas:

— Obrigado, Hugh. Darei lembranças suas ao Führer!

De volta à sua sala, ele viu a srta. Watson vestindo o casaco para ir embora. Ninguém sabia onde ela morava. Legat achava que devia ser solitária, mas ela declinava de todos os convites que lhe eram feitos.

— Ah, aí está você — disse ela, irritada. — Eu já ia lhe deixar um bilhete. A secretária de Sir Alexander Cadogan ligou à sua procura. Ele quer vê-lo imediatamente.

Sob a luz de holofotes, operários empilhavam sacos de areia diante da entrada do Foreign Office. Legat achou a imagem levemente perturbadora. Aparentemente ninguém se dera ao trabalho de dizer ao Ministério de Obras Públicas que a crise dos Sudetos estava teoricamente superada.

A sala externa do escritório de Cadogan estava deserta, e a porta que dava para sua sala pessoal estava entreaberta. Quando Legat bateu, o subsecretário permanente apareceu, fumando um cigarro.

— Ah, Legat. Entre.

Ele não estava sozinho. Sentado em um sofá de couro no extremo oposto da sala cavernosa estava um homem de uns cinquenta anos, taciturno, elegante, com um bigode espesso e olhos escuros profundos e inquisidores.

— Este é o coronel Menzies — disse Cadogan. Pronunciou o nome à maneira escocesa: *Ming-ies*. — Pedi que desse uma olhada no documento que você me trouxe ontem à noite. É melhor que se sente.

Um coronel, vestindo um terno sob medida Savile Row em Whitehall, pensou Legat. Aquilo só podia significar uma coisa: Serviço Secreto de Inteligência.

A poltrona combinava com o sofá: dura, marrom, gasta, estranhamente desconfortável. Cadogan se sentou na poltrona em frente. Estendeu o braço e acendeu uma luminária adornada com borlas que parecia tomada de empréstimo de algum castelo baronial da Escócia. Uma luz ocre e sombria impregnou aquele recanto do escritório.

— Coronel?

Na mesinha baixa à frente de Menzies estava um grosso envelope de papel manilha. Ele o abriu e retirou dali o documento que havia sido deixado na casa de Legat.

— Bem, antes de tudo, é preciso dizer que o documento é verdadeiro, até onde podemos avaliar. — Ele falava em um tom amistoso, com um sotaque de Eton que deixou Legat imediatamente apreensivo. — Encaixa-se em tudo que temos escutado ultimamente de várias figuras da oposição na Alemanha desde o começo do verão. Mas esta é a primeira vez que apresentam uma prova escrita. Soube por Alex que você não faz ideia de por que isto foi parar em suas mãos.

— É verdade.

— Bem, eles formam um grupo discrepante, é preciso reconhecer. Um punhado de diplomatas, um ou outro proprietário de terras, um industrial. Metade deles parece não saber da existência da outra metade. A única coisa em que parecem estar de acordo é na esperança de que o Império britânico entre em guerra para restaurar o poder do Kaiser, ou pelo menos de sua família. O que, considerando que perdemos quase um milhão de homens para nos livrar do patife menos de vinte anos atrás, demonstra certa ingenuidade política, para dizer o mínimo. Eles dizem que têm o apoio do Exército, mas, francamente, a não ser por alguns prussianos insatisfeitos na cúpula, não estamos convencidos. Seu camarada, por outro lado, parece ser um pouco mais interessante.

— Meu camarada?

O coronel consultou seus papéis.

— Imagino que o nome Paul von Hartmann não lhe seja estranho.

Então era isso. Tinha acontecido, enfim. O arquivo parecia grande e intimidante. Legat não viu sentido em negar sua relação.

— Sim, é claro. Estudamos juntos em Balliol. Ele era um bolsista da Rhodes. Então você acha que foi ele que entregou o documento?

— Eu diria que o enviou para que alguém entregasse; ele está na Alemanha. Quando o viu pela última vez?

Legat fingiu buscar na memória.

— Seis anos atrás. No verão de 1932.

— Não mantiveram contato desde então?

— Não.

— Importa-se se eu perguntar por quê?

— Nenhuma razão específica. Apenas seguimos cada um para seu lado.

— Onde se viram pela última vez?
— Em Munique.
— Munique... é mesmo? De repente todas as estradas parecem levar a Munique. — O coronel sorriu, mas seus olhos continuavam cravados em Legat. — Incomoda-se de dizer o que fazia lá?
— Estava a passeio. Fazendo uma caminhada pela Bavária, após as provas finais.
— A passeio com Von Hartmann?
— Entre outras pessoas.
— E não estiveram em contato desde então, nem mesmo uma carta?
— Isso mesmo.
— Bem, perdoe-me, mas não soa como se tivessem ido cada um para o seu lado, e sim como se tivesse havido uma ruptura violenta.
— É verdade que tínhamos algumas diferenças políticas — explicou Legat, calmamente. — Em Oxford isso não parecia ter muita importância. Mas agora estávamos na Alemanha, em julho, no meio de uma campanha para eleições gerais. Era impossível ficar afastado da política naquele tempo, principalmente em Munique.
— Seu amigo, então, era um nazista?
— Não, pelo contrário, se considerava um socialista. Mas era também um nacionalista alemão, e era isso que nos levava a discutir.
— Um nacionalista que é socialista... — interrompeu Cadogan.
— ... mas que não é nacional-socialista? Está sorrindo? Falei algo engraçado?
— Desculpe-me, Sir Alex, mas isto é o que Paul teria chamado de "um exemplo clássico de um sofisma inglês".
Por um instante ele achou que tivesse ido longe demais, mas então a boca de Cadogan se curvou levemente para baixo, seu jeito de demonstrar que estava se divertindo.
— Sim, é justo. Suponho que você tenha razão.
— Você tinha conhecimento de que Hartmann havia entrado para o serviço diplomático? — perguntou o coronel.
— Ouvi o nome dele ser mencionado nesse contexto por amigos em comum de Oxford. Não fiquei surpreso. Sempre foi sua intenção. Seu avô foi embaixador de Bismarck.

— Sabia que ele tinha entrado para o Partido Nazista?

— Não, mas para mim faz sentido, dada a sua crença em uma Grande Alemanha.

— Lamento ter que fazer todas essas perguntas, Legat, mas surgiu uma situação e temos que entender precisamente que tipo de relacionamento você tem, ou teve, com esse alemão em particular.

— O coronel pousou o arquivo e então ocorreu a Legat que a maior parte daquilo talvez não tivesse nada a ver com ele, que era apenas um truque para fazê-lo pensar que sabiam mais do que sabiam de fato. — Parece que seu velho amigo Hartmann está trabalhando agora na oposição a Hitler. Seu cargo no Ministério do Exterior lhe deu acesso a material confidencial que ele está disposto a compartilhar conosco, ou, mais especificamente, está disposto a compartilhar com *você*. O que acha disso?

— Fico surpreso.

— Mas em princípio está disposto a levar as coisas adiante?

— Em que sentido?

— Está disposto a ir a Munique amanhã e se encontrar com seu velho amigo? — perguntou Cadogan.

— Deus do céu! — Legat não esperava por aquilo. — Ele vai estar em Munique?

— Aparentemente, sim — respondeu Cadogan.

— Um membro da oposição alemã que eu *levo* a sério entrou em contato conosco agora à noite, por um canal de comunicação secreto, e perguntou se podemos fazer com que você viaje a Munique como parte da comitiva do primeiro-ministro — explicou o coronel. — Eles, por sua vez, providenciarão para que Hartmann seja incluído na delegação alemã. Ao que parece, Hartmann está de posse de outro documento, mais importante do que o que você recebeu ontem. Ele tem uma ideia meio mirabolante de entregá-lo pessoalmente ao primeiro-ministro, o que, claro, não podemos permitir. No entanto, ele o entregaria a você. Gostaríamos muito de saber do que se trata, então achamos que você deve ir a seu encontro.

Legat encarou o coronel.

— Estou muito perplexo.

— A coisa toda envolve alguns riscos — preveniu Cadogan. — Tecnicamente, pelo menos, trata-se de uma ação de espionagem em solo estrangeiro. Não queremos que você tenha dúvidas quanto a isso.

— Sim, mas, por outro lado, é difícil acreditar que os alemães correriam o risco de constranger o governo de Sua Majestade com um escândalo de espionagem no meio de uma conferência internacional — apontou o coronel.

— Tem certeza disso? — Cadogan balançou a cabeça. — Com Hitler, tudo é possível. A última coisa que ele quer é se sentar amanhã para discutir com o primeiro-ministro e com Daladier. Desconfio de que é perfeitamente capaz de aproveitar justamente um incidente desse tipo como uma desculpa para cancelar as negociações. — Virou-se para Legat. — Você tem que considerar tudo com muito cuidado. As apostas são altas. E há mais uma coisa. Achamos melhor que o primeiro-ministro não fique sabendo do que vamos fazer.

— Posso perguntar por quê?

— Muitas vezes, em questões delicadas como esta, é melhor que os políticos não saibam de todos os detalhes — explicou o coronel.

— Para o caso de algo dar errado?

— Não — disse Cadogan. — É mais porque o primeiro-ministro já está sendo submetido a um enorme estresse, e é nosso dever, como servidores públicos, fazer o possível para não agravar essa condição.

Legat fez mais uma débil tentativa para escapar.

— O senhor sabe que Oscar Cleverly já comunicou a Cecil Syers que será *ele* quem vai a Munique, certo?

— Esse assunto não lhe diz respeito. Deixe Cleverly conosco.

— Com certeza — disse o coronel. — Eu conheço Oscar.

Os dois homens ficaram em silêncio, encarando Legat, e ele teve uma sensação peculiar de... — *o que seria aquilo?*, pensou ele bem depois — ... não de déjà-vu, exatamente, mas de inevitabilidade: de que ele sempre soubera que Munique ainda não o havia liberado; de que, por mais que se afastasse daquele lugar e daquela época, estava preso para sempre naquele campo gravitacional e acabaria iniciando seu trajeto de volta.

— É claro — disse ele. — É claro que eu irei.

* * *

Quando ele retornou ao número 10, Syers já tinha ido para casa. Cleverly ainda trabalhava; ele pôde ver a luz por baixo da porta e ouviu sua voz ao telefone. Legat passou na ponta dos pés, evitando um possível encontro, pegou em sua sala a valise com que passara a noite e foi para casa a pé.

Imagens que havia reprimido conscientemente durante meia década o seguiram por toda a caminhada, memórias não tanto da Alemanha, mas de Oxford. Ao passar diante da Abadia, sentiu aquela figura incrivelmente alta caminhando a passos largos a seu lado em uma noite úmida ao longo da Turl Street ("a noite é a melhor hora para a amizade, meu caro Hugh"), seu perfil à luz do poste de rua quando parava para acender um cigarro — belo, fanático, quase cruel — e aquele sorriso impressionante depois de exalar a fumaça; a barra de sua longa casaca espiralando e arrastando nas pedras do calçamento; a curiosa combinação de masculinidade — ele parecia tão mais velho e mais experiente do que os outros naquele mundo de rapazes de Oxford — e de certo derrotismo melodramático ("minha melancolia apaixonada") que era inteiramente adolescente e beirava o cômico. Certa vez ele subira na Magdalen Bridge ameaçando atirar-se no rio, em desespero pelo que ele chamava de nossa geração de loucos, e só desceu depois que Legat o convenceu de que no máximo ia ficar encharcado e pegar um resfriado. Costumava se queixar de que lhe faltava "a única grande característica dos ingleses, que é o distanciamento — não apenas entre si, mas de toda experiência: acredito que é o segredo inglês da arte de viver". Legat lembrava cada palavra.

Chegou à North Street, pegou a chave e entrou em casa. Agora que a crise mais urgente parecia ter passado, ele quase esperava encontrar Pamela de volta com as crianças. Mas quando acendeu a luz viu que o lugar estava vazio, exatamente como o deixara ao sair. Pôs a valise no pé da escada. Ainda de casaco, foi à sala de estar, pegou o telefone e chamou o número da telefonista. Passava das dez, uma hora imprópria para ligações, principalmente em condados ingleses, mas ele achou que as circunstâncias justificavam. Seu sogro atendeu, recitando de modo pedante o número. Pamela sempre dizia que ele fazia algo "indescritivelmente entediante" na prefeitura, antes de se aposentar, aos cinquenta anos, e Legat acreditava, embora tivesse tido sempre o cuidado de não perguntar em termos precisos o que era. Evitava tanto quanto possível conversar com os sogros. Por algum motivo a conversa sempre se encaminhava para dinheiro e para sua falta de dinheiro.

— Olá, senhor. É Hugh. Desculpe ligar tão tarde.

— Hugh! — Pelo menos dessa vez o velho pareceu alegre ao ouvir sua voz. — Pensamos muito em você durante o dia de hoje. Que situação! Está muito envolvido?

— Ah, só participo de algumas partes, sabe.

— Bem, como atravessei o evento passado de ponta a ponta, nem posso lhe dizer o alívio por outro ter sido evitado. — Ele tapou o fone com a mão e Legat o ouviu chamar: — Querida, é Hugh! — Ele voltou imediatamente à linha. — Você precisa me contar tudo. Estava na Câmara quando o primeiro-ministro recebeu a notícia?

Legat se sentou na poltrona e com paciência descreveu os acontecimentos do dia em um ou dois minutos, até sentir já ter feito tudo que a polidez filial lhe exigia.

— Em todo caso, senhor, posso lhe fazer a narração passo a passo na próxima vez em que nos encontrarmos. Gostaria apenas de dar uma palavra rápida com Pamela, se for possível.

— Pamela? — A voz do outro lado soou repentinamente confusa. — Ela não está com você? Ela deixou as crianças aqui e voltou de carro para Londres há cerca de quatro horas.

Depois que desligou, "tudo bem, senhor, não se preocupe, acho que a ouvi chegando agora", ficou sentado olhando para o telefone por um longo tempo. De vez em quando seus olhos se desviavam para a agenda que estava ali. Uma agenda fina da Smythson, encadernada em marroquim vermelho, com bordas douradas, do tipo que ele lhe dava todos os Natais. Por que a deixara ali, se não fosse para que ele a pegasse, a folheasse com os dedos nervosos e desajeitados de sempre, encontrasse a data, lesse o número, e pelo menos uma vez, só esta vez, a única vez em que ele o fazia, ligasse para lá?

Tocou bastante tempo antes de alguém atender. Uma voz masculina, vagamente familiar, surgiu na linha.

— Sim? Alô?

Legat apertou o fone com força de encontro ao ouvido e escutou com atenção. Ouviu o ruído do mar.

— Alô? — repetiu a voz. — Quem é?

E então, ao fundo, tão claro que poderia se imaginar que tinha a intenção de ser ouvida, a voz de sua esposa:

— Seja quem for, diga para irem embora.

TERCEIRO DIA

1

O trem especial do Führer era excepcionalmente pesado, feito de aço fundido. Sem parar, seguiu a todo vapor para o sul durante a noite, a uma velocidade média de cinquenta e cinco quilômetros por hora. Não chegou sequer a diminuir a velocidade. Passou por grandes cidades, como Leipzig, e cidadezinhas e vilas do interior, atravessando entre elas vastas extensões desertas, interrompidas apenas pela luz ocasional de uma fazenda isolada.

Hartmann ficou deitado na cama superior, insone, em suas roupas de baixo, os dedos afastando a cortina para que pudesse observar a escuridão. Tinha a sensação de viajar em um transatlântico por um oceano de extensão imensurável. Essa imensidão era algo que jamais conseguira explicar aos amigos de Oxford, cujo conceito de nacionalidade era tão convenientemente delineado por um litoral. Aquela vasta paisagem árida, fértil em espírito, com possibilidades ilimitadas, que exige um esforço constante da vontade e da imaginação para ser organizada na forma de um estado moderno. Era difícil falar daqueles sentimentos sem soar místico. Nem Hugh conseguia entender. Aos ouvidos ingleses ele acabava soando sempre como um nacionalista alemão — e, ainda assim, o que havia de errado naquilo? A corrupção do patriotismo honesto era uma das muitas coisas que Hartmann jamais perdoaria àquele cabo austríaco.

O som da respiração pesada e rítmica de Sauer era audível através do colchão fino. Antes mesmo de deixarem o perímetro urbano de Berlim, o Sturmbannführer lançara mão de sua patente para exigir a cama de baixo. Não que Hartmann fizesse questão. Daquela forma, ele pôde colocar seus pertences no suporte de bagagens acima de sua cabeça. As faixas trançadas afundavam com o peso de sua valise. Assim não ficaria longe de sua vista.

Pouco antes das cinco da manhã, notou que o céu ganhava o contorno acinzentado de uma ostra. Gradualmente, surgiram os picos escuros das colinas cobertas de pinheiros, como os dentes de uma serra, de encontro à luz cada vez mais intensa, enquanto nos vales a névoa branca parecia tão sólida quanto uma geleira. Durante a meia hora seguinte, viu a paisagem rural ganhando cor: a pradaria verde e amarela, os chalés de tetos avermelhados, as torres de madeira das igrejas pintadas de branco, um torreão de um castelo com venezianas azuis ao lado de um rio largo e lento que supôs ser o Danúbio. Quando teve certeza de que faltavam poucos minutos para o nascer do sol, ele se sentou e com todo o cuidado pegou a valise.

Abafou com a mão o barulho das linguetas destravando, uma de cada vez, e abriu a maleta. Pegou o documento e o enfiou sob a camiseta de baixo, depois tirou uma camisa branca limpa, vestiu-a por cima e a abotoou. Tirou a pistola do paletó e a envolveu em uma calça. Segurando-a com uma das mãos e carregando o kit de barbear sob o outro braço, ele desceu com cuidado a escadinha. Quando seus pés descalços tocaram o piso, Sauer resmungou alguma coisa e virou-se. Seu uniforme estava em um cabide, aos pés da cama; antes de dormir ele passara um tempo enorme escovando-o e ajeitando seus vincos. Suas botas estavam logo abaixo, alinhadas com perfeição. Hartmann esperou até que a respiração dele voltasse ao padrão regular, então, devagar, levantou o trinco e fez a porta se abrir.

O corredor estava vazio. Ela cambaleou na direção do banheiro, nos fundos do vagão. Uma vez lá dentro, correu o ferrolho e acendeu a luz. Assim como sua cabine, o banheiro era forrado de madeira clara polida com ornamentos modernistas em aço inoxidável; havia pequenas suásticas nas torneiras. (*Não havia escapatória à estética do Führer*, pensou Hartmann, *nem mesmo na hora de cagar.*) Examinou o rosto no espelho sobre a pequena pia. Repugnante. Tirou a camisa e fez espuma no queixo. Teve que se barbear com os pés bem afastados, para compensar o balanço do trem. Ao terminar, enxugou o rosto, se agachou e inspecionou o painel de madeira sob a pia. Correu os dedos por ele até achar uma fenda. Puxou, e a peça de madeira saiu com facilidade, expondo o encanamento. Ele desenrolou a calça, pegou a pistola, enfiou-a por trás da tubulação do esgoto e recolocou o painel de madeira no lugar. Cinco minutos depois estava de volta ao corredor. Do outro lado da janela, uma *autobahn* deserta corria ao longo da via férrea, iluminada pelos primeiros raios do sol.

Deslizou para o lado a porta da cabine e se deparou com Sauer, em roupas de baixo, curvado sobre a cama inferior. Ele havia puxado sua valise e vistoriado seu conteúdo. O paletó de Hartmann estava ao lado; aparentemente já tinha passado pela revista. Sauer nem se preocupou em se virar.

— Desculpe, Hartmann. Nada pessoal. Tenho certeza de que é um sujeito decente. Mas quando alguém está tão perto do Führer não podemos correr nenhum risco. — Ele se endireitou e fez um gesto mostrando a bagunça sobre o colchão. — Bem, aí está. Pode guardar tudo de volta.

— Não quer me revistar completamente, já que está com a mão na massa? — perguntou Hartmann, erguendo os braços.

— Não será necessário. — Ele deu um tapinha no ombro de Hartmann. — Que isso, rapaz, não fique tão ofendido! Já pedi desculpas. Você sabe tão bem quanto eu que o Ministério do Exterior está podre de reacionários. O que é mesmo que Göring diz sobre vocês, diplomatas? Que de manhã fazem a ponta do lápis e de tarde tomam chá?

Hartmann fingiu estar ofendido, mas depois assentiu secamente.

— Você está certo. Admiro sua vigilância.

— Excelente. Espere enquanto eu me barbeio, e iremos tomar o café.

Ele pegou as botas e o uniforme e saiu.

Hartmann então tirou o documento de baixo da camiseta. Suas mãos tremiam. Ele pôs o documento de volta na valise. Sauer não a revistaria de novo, certo? Ou talvez fosse? Naquele instante ele o visualizou ajoelhado no chão do banheiro, inspecionando atrás da pia. Hartmann dobrou as roupas e guardou uma por uma, fechou as linguetas e colocou a valise no suporte de bagagens. Quando terminou de se vestir e estava novamente recomposto, ouviu passos pesados no corredor. A porta se abriu e Sauer estava de volta, mais uma vez envergando seu uniforme da ss, como quem tivesse acabado de se afastar de um pelotão em um desfile. Ele atirou a nécessaire em cima da cama.

— Vamos.

Tiveram que passar por dentro de outro vagão-leito para chegar ao vagão-restaurante. Àquela altura o trem inteiro já havia despertado. Homens vestidos pela metade ou ainda de cueca espremiam-se nos corredores estreitos e faziam fila à porta dos banheiros. Havia um cheiro de suor e cigarros, uma atmosfera de vestiário, e gargalhadas quando o trem sacudia e eles eram jogados uns de encontro aos outros. Sauer trocou *Heils!* com alguns camaradas da ss. Abriu a porta de acesso e Hartmann o seguiu passando pela plataforma de metal que conectava ao vagão-restaurante. Ali tudo estava muito mais silencioso: toalhas de linho branco, o cheiro de café, o tilintar dos talheres na porcelana, um garçom empurrando um carrinho de comida. Na outra extremidade do vagão, um general do Exército, de uniforme cinza com colarinho de abas vermelhas, conversava com um trio de oficiais. Sauer percebeu que Hartmann o observava.

— É o general Keitel — disse ele. — Chefe do Comando Supremo da Wehrmacht. Está tomando o café com os ajudantes militares do Führer.

— O que um general vai fazer em uma conferência de paz?

— Talvez não seja uma conferência de paz — disse Sauer, piscando os olhos.

Sentaram-se perto, em uma mesa para dois. Hartmann ficou de costas para a locomotiva. O vagão mergulhou na sombra quando o trem passou por baixo da cobertura de uma estação. Na plataforma, uma fila de passageiros à espera acenava. Ele imaginou que os alto-falantes deviam ter anunciado que o trem em trânsito era o de Hitler. Rostos entusiásticos desfilaram velozes na janela por entre nuvens de vapor.

— Se não servir para outra coisa — disse Sauer, desdobrando o guardanapo —, a presença do general Keitel ajudará a lembrar àqueles cavalheiros idosos de Londres e Paris que basta uma única palavra do Führer para que o Exército cruze a fronteira tcheca.

— Pensei que Mussolini tivesse interrompido a mobilização.

— O Duce virá para este trem no trecho final da viagem até Munique. Quem sabe o que pode acontecer quando os líderes do fascismo se reúnem? Talvez o Führer o convença a mudar de ideia. — Ele acenou para o garçom, pedindo café. Quando se virou de volta, seus olhos brilhavam. — Admita, Hartmann, aconteça o que acontecer, não é uma coisa imensamente gratificante, depois de tantos anos de humilhação nacional, fazer os britânicos e os franceses dançarem conforme a nossa música?

— Sem dúvida é uma façanha extraordinária. — O homem estava inebriado, pensou Hartmann; embebido nos sonhos de vingança de um sujeitinho. O garçom chegou com uma bandeja de comida e os dois encheram os pratos. Ele pegou um pãozinho e o partiu ao meio. Notou que estava sem apetite, mesmo que não conseguisse lembrar a última vez em que tinha comido. — Posso perguntar, Sauer, o que você fazia antes de vir para a equipe do ministro do Exterior?

Na verdade ele não tinha muito interesse, queria apenas puxar conversa.

— Trabalhei no escritório do Reichsführer-ss.

— E antes disso?

— Você quer dizer antes de o partido chegar ao poder? Eu vendia automóveis em Essen. — Ele estava comendo um ovo cozido e um pedaço de gema ficou grudado em seu queixo. De repente seu rosto se contorceu em uma expressão de sarcasmo. — Ah, sei o que está pensando, Hartmann. *Que sujeito vulgar! Vendedor de carros! E agora está pensando que é um segundo Bismarck!* Mas nós fizemos algo que tipos como vocês jamais imaginariam. Tornamos a Alemanha grande outra vez.

— Na verdade — disse Hartmann, tranquilo —, o que eu estava pensando é que tem ovo no seu queixo.

Sauer deixou os talheres e limpou a boca com o guardanapo. Seu rosto corou. Era um erro provocá-lo assim, pensou Hartmann. Sauer nunca o perdoaria. E em algum momento no futuro, talvez mais tarde, naquele mesmo dia, ou dali a um mês, um ano, ele se vingaria.

A refeição continuou em silêncio.

— Herr Von Hartmann?

Hartmann ergueu os olhos. Um homem enorme, corpulento, em um terno trespassado, estava ao seu lado. Sua cabeça arredondada era calva, com uma área de cabelo preto e fino penteado para trás, perto das orelhas, e mantido no lugar com bastante óleo. O homem suava.

— Dr. Schmidt.

Hartmann pousou o guardanapo e se levantou.

— Desculpe por interromper sua refeição. Sturmbannführer.

— O intérprete-chefe do Ministério do Exterior fez uma mesura a Sauer. — Recebemos o resumo da noite com as notícias da imprensa inglesa, e me perguntei se poderia incomodá-lo, Hartmann.

— Claro. Com licença, Sauer.

Hartmann seguiu Schmidt ao longo do vagão-restaurante, passando pela mesa do general Keitel e se encaminhando para o vagão seguinte. Do lado esquerdo havia mesas, máquinas de escrever, armários de arquivo. Do lado direito as janelas estavam tapadas; oficiais de comunicação da Wehrmacht, usando fones de ouvido, sentavam-se de frente um para o outro em mesas repletas de equipamentos de rádio de ondas curtas. Aquilo não era bem um trem, e sim um posto de comando móvel. Ocorreu a Hartmann que o plano original era usá-lo para levar Hitler até a fronteira tcheca.

— O Führer espera receber um resumo da imprensa assim que acordar — disse Schmidt. — Duas páginas serão suficientes. Concentre-se nas manchetes e nos editoriais. Peça a um desses homens que datilografe para você.

Ele pôs um maço de transcrições à mão em inglês sobre uma mesa e se afastou. Hartmann sentou-se. Era um alívio ter algo para fazer. Ele folheou as dezenas de citações, escolheu as mais interessantes e as ordenou de acordo com o grau de influência da publicação. Pegou um lápis e começou a escrever.

The London Times — elogia Chamberlain por sua *"resolução indomável"*

The New York Times — *"a sensação de alívio sentida ao redor do mundo"*

The Manchester Guardian — *"Pela primeira vez em semanas parecemos nos voltar para a luz"*

O tom era o mesmo, independentemente da linha política do jornal. Todos descreviam a cena dramática na Câmara dos Comuns quando Chamberlain leu a mensagem do Führer. (*Em alguns minutos, ou mesmo segundos, a mensagem de esperança era saudada por milhões de pessoas cujas vidas, momentos atrás, pareciam depender do puxar de um gatilho.*) O primeiro-ministro britânico era o herói do mundo.

Ao terminar as traduções, ele foi conduzido pelo comandante da unidade até um cabo do Exército. Hartmann acendeu um cigarro, postou-se atrás do homem e ditou. A máquina era de um tipo especial, reservada a documentos que iam diretamente para o Führer, com letras de quase um centímetro de altura. Seu resumo preencheu exatamente duas páginas.

Quando o cabo retirou o papel do rolo da máquina, um ajudante da ss apareceu no fundo do vagão. Estava aflito.

— Onde está o resumo da imprensa estrangeira?

Hartmann sacudiu as páginas.

— Está aqui.

— Graças a Deus! Venha comigo. — Ao abrir a porta, o ajudante apontou para o cigarrro de Hartmann: — Não se fuma deste ponto em diante.

Entraram em um vestíbulo. Uma sentinela da ss os saudou. O ajudante abriu a porta, que dava para uma sala de conferência revestida com painéis de madeira, com uma longa mesa polida e assento para vinte pessoas. Ele indicou que Hartmann deveria ir na frente.

— É sua primeira vez?

— Sim.

— Faça a saudação. Olhe-o nos olhos. Não fale a não ser que ele fale com você. — Chegaram ao fim do vagão e passaram pelo vestíbulo do vagão seguinte. Outra sentinela. O ajudante deu um tapinha nas costas de Hartmann. — Vai dar tudo certo.

Bateu de leve em uma porta e a abriu.

— O resumo da imprensa estrangeira, meu Führer.

Hartmann entrou na sala e ergueu o braço.

— *Heil Hitler.*

Ele estava inclinado sobre uma mesa, os punhos cerrados, examinando um conjunto de desenhos técnicos. Virou-se para Hartmann. Estava usando um par de óculos com aros de aço. Tirou-os e se dirigiu ao ajudante.

— Diga a Keitel para montar os mapas aqui.

A familiar voz metálica. Era estranho ouvi-la assim, em um tom coloquial, e não vociferando diante de um microfone.

— Sim, meu Führer.

Ele estendeu a mão para o resumo.

— E você é...?

— Hartmann, meu Führer.

Ele pegou as duas folhas e começou a ler, balançando o corpo suavemente para a frente e para trás. Hartmann teve a impressão de uma grande energia mal contida. Depois de algum tempo ele disse, com desdém:

— Chamberlain isso, Chamberlain aquilo, Chamberlain, Chamberlain... — Quando chegou ao fim da primeira página, parou e flexionou a cabeça como se tivesse tido um torcicolo, depois leu em voz alta, em um tom de intenso sarcasmo: — *A descrição do sr. Chamberlain do seu mais recente encontro com Herr Hitler é uma agradável prova de que sua forte sinceridade foi recompensada com simpatia e respeito.* — Ele virou a página, olhando de um lado e do outro. — Quem escreveu esta merda?

— É um editorial do *Times* de Londres, meu Führer.

Ele ergueu as sobrancelhas como se não esperasse nada diferente e passou para a segunda folha. Hartmann deu uma olhada rápida ao redor: era um vagão-salão, com poltronas, um sofá, aquarelas de cenas pastorais penduradas nas paredes apaineladas de madeira clara. Ocorreu-lhe que os dois estavam ali a sós havia mais de um minuto. Ele observou a cabeça frágil do Führer, abaixada, enquanto lia distraído. Se soubesse, teria trazido a pistola. Imaginou-se tateando o bolso interno, sacando-a com rapidez, apontando, e talvez um momento de contato visual antes que apertasse o gatilho, aquele olhar final, e depois a explosão de sangue e pedaços de carne. Ele seria vilipendiado até o fim dos tempos, e percebeu que jamais poderia fazer aquilo. A percepção da própria fraqueza o transtornou.

— Então você fala inglês? — perguntou, ainda lendo.

— Sim, meu Führer.

— Passou algum tempo na Inglaterra?

— Fiquei dois anos em Oxford.

Hitler ergueu a cabeça e olhou pela janela, a expressão sonhadora.

— Oxford é a segunda universidade mais antiga da Europa, fundada no século XII. Muitas vezes imaginei como seria conhecê-la. Heidelberg foi fundada um século depois. A mais antiga de todas, claro, é a de Bolonha.

A porta se abriu e o ajudante apareceu.

— General Keitel, meu Führer.

Keitel entrou e fez a saudação. Atrás dele vinha um oficial do Exército com rolos de mapas.

— Gostaria de ficar com os mapas aqui, meu Führer?

— Sim, Keitel. Bom dia. Coloque-os sobre a mesa. Quero mostrá-los ao Duce.

Ele jogou os resumos da imprensa em cima da escrivaninha e observou os mapas serem desenrolados. Um era da Tchecoslováquia, o outro da Alemanha. Em ambos, as posições das unidades militares estavam traçadas em vermelho. Ele cruzou os braços e os estudou.

— Quarenta divisões para destruir os tchecos. Faríamos isso em uma semana. Dez divisões para manter o território conquistado, e as outras trinta transferidas para oeste, para manter a fronteira. — Ele voltou a balançar o corpo para a frente e para trás. — Teria funcionado. Ainda pode funcionar. *"Simpatia e respeito!"* Aquele velho bundão! Este trem está indo na direção errada, Keitel!

— Sim, meu Führer.

O ajudante tocou no braço de Hartmann e apontou a porta.

Ao deixar o compartimento, ele olhou para trás por um instante. Mas toda a atenção agora estava focada nos mapas, e ele viu que sua existência já tinha sido esquecida.

2

Legat passou a noite no clube.

Ao chegar deparou com um torneio noturno de gamão. Muita bebida tinha sido consumida. Até bem depois da meia-noite os ruídos abafados das vozes masculinas e das estúpidas gargalhadas penetravam as tábuas do piso do seu quarto. Mesmo assim, era preferível ao silêncio de North Street, onde ficaria apenas deitado à espera do som da chave de Pamela no trinco da porta — supondo, claro, que ela se desse ao trabalho de ir dormir em casa. A julgar pelas vezes anteriores, o mais provável seria que ela só reaparecesse um ou dois dias depois, apresentando algum álibi que ambos sabiam que ele jamais passaria pela humilhação de verificar.

Enquanto as horas passavam, ele observava os padrões das luzes da rua que se projetavam no teto e pensava em Oxford, em Munique e em seu casamento, tentando desembaralhar os três. No entanto, por mais que tentasse, as imagens vinham todas misturadas, e sua mente metódica se desorganizava, exausta. Pela manhã, a pele abaixo de seus olhos estava inchada como um crepe, e, devido ao cansaço, ele se barbeou com força excessiva, de modo que as bochechas e o queixo estavam meio esfolados, com pontinhos de sangue.

Era cedo demais para o café da manhã: as mesas ainda estavam sendo arrumadas. Lá fora chuviscava e o clima abafado ficou mais ameno. O ar era como um véu fino e fresco em seu rosto, e o tráfego começava a aumentar na St. James Street. Com seu chapéu *homburg* e o terno Crombie, a valise na mão, ele desceu a calçada molhada na direção de Downing Street. No céu cinza chumbo mal se via a barragem de balões, como um cardume de peixinhos prateados.

Havia uma pequena multidão molhada de chuva em Downing Street. Os trabalhadores tinham terminado de construir o muro de sacos de areia em torno da entrada do Foreign Office. Seis carros pretos estavam estacionados diante do número 10, indo além do número 11, virados na direção de Whitehall, prontos para levar a comitiva do primeiro-ministro ao aeródromo de Heston.

O policial o saudou.

No saguão, três funcionários seniores do Foreign Office estavam com as malas a seus pés, como hóspedes esperando a vez de fazer check-out em um hotel. Ele os reconheceu com um olhar: William Strang, a figura alta, desidratada, parecendo um cabo de vassoura, que tomara a posição de Wigram como chefe do Departamento Central e já acompanhara duas vezes o primeiro-ministro em suas visitas a Hitler; Sir William Malkin, o conselheiro jurídico sênior do Foreign Office, que também já se encontrara com Hitler e que tinha a aparência tranquilizadora de um advogado de família; e o corpulento Frank Ashton-Gwatkin, de ombros imponentes, chefe de Relações Econômicas, que passara a maior parte do verão na Tchecoslováquia escutando as queixas dos alemães dos Sudetos, e que pelas costas era conhecido, devido ao bigode curvado para baixo e ao aspecto lúgubre, como A Morsa. Legat achou que era um trio curioso para ser enviado a um confronto com os nazistas. *O que vão pensar de nós?*

— Não sabia que ia conosco a Munique, Legat — disse Strang.

— Nem eu, senhor, até ontem à noite. — Ele percebeu o tom de deferência na própria voz e experimentou um lampejo de desprezo por si mesmo; o jovem terceiro secretário, o promissor que voaria alto, sempre com o cuidado de não parecer pretensioso demais.

— Bem, espero que tenha tomado alguma coisa contra enjoo. Na minha experiência, e estou começando a acumular bastante, um voo pode ser algo tão agitado quanto a travessia do Canal.

— Ah, céus, receio não ter pensado nisso. Pode me dar licença um instante?

Caminhou rapidamente para os fundos do edifício e encontrou Syers em seu escritório lendo o *Times*. A mala estava junto à mesa. Com a voz entediada, ele cumprimentou Hugh.

— Realmente lamento muito, Cecil. Não pedi para ir. Honestamente, preferiria ficar em Londres — disse Legat.

Syers fez um esforço para parecer despreocupado.

— Meu caro colega, não se preocupe. Sempre disse que deveria ser você, e não eu. E Yvonne ficará aliviada.

— Bem, é muito gentil de sua parte. Quando soube?

— Cleverly me disse dez minutos atrás.

— O que ele falou?

— Apenas que tinha mudado de ideia. Há mais alguma coisa, além disso?

— Não que eu saiba. — A mentira saiu sem dificuldade.

Syers se aproximou e o encarou com preocupação.

— Espero que não se incomode por eu perguntar, mas você está bem? Está com uma aparência terrível.

— Não dormi bem esta noite.

— Nervoso por causa do voo?

— Na verdade não.

— Já viajou de avião antes?

— Não.

— Bem, se servir de consolo, como eu disse a Yvonne hoje cedo, estar no mesmo voo que o primeiro-ministro deve ser o modo mais seguro de voar.

— É o que fico dizendo a mim mesmo. — Do corredor veio o som de vozes. Legat sorriu e apertou a mão de Syers. — Vejo você na volta.

O primeiro-ministro havia descido de seus aposentos e caminhava na direção do saguão da entrada ao lado da sra. Chamberlain, Horace Wilson, Lord Dunglass e Oscar Cleverly. Eram seguidos por dois detetives, que carregavam a bagagem do primeiro-ministro, inclusive as caixas vermelhas com documentos oficiais. Atrás deles iam duas secretárias da sala do jardim — uma era uma senhora de meia-idade que Legat não reconheceu, a outra era Joan. Cleverly o viu e esperou que ele o alcançasse. Caminharam lado a lado. Seu maxilar estava cerrado, a voz baixa e irritada.

— Não tenho ideia do que está acontecendo, mas concordei, com muitas reservas, devo enfatizar, com o pedido do coronel Menzies para que você acompanhasse o primeiro-ministro. Você fica encarregado destas caixas, além de cuidar de qualquer outra coisa que surja. — Ele lhe deu as chaves das caixas vermelhas de despachos. — Entre em contato com o escritório assim que chegar a Munique.

— Sim, senhor.

— Acredito que não preciso enfatizar a necessidade absoluta de que não faça qualquer coisa que possa pôr em risco o sucesso desta conferência.

— Claro que não, senhor.

— E, quando tudo isto acabar, eu e você precisaremos ter uma conversa sobre o futuro.

— Compreendo.

Chegaram ao saguão. O primeiro-ministro estava abraçando a esposa. A equipe de funcionários de Downing Street lhe deu uma discreta salva de palmas. Ele se afastou, esboçou um sorriso tímido e ergueu o chapéu, cumprimentando a todos. O rosto estava corado, os olhos brilhantes. Não havia indicação de cansaço. Parecia ter acabado de chegar do rio com um salmão pescado para o desjejum. O porteiro abriu a porta e ele saiu na chuva. Fez uma pausa para deixar que o fotografassem, atravessou a calçada e entrou no primeiro carro, onde Horace Wilson já o esperava. A comitiva seguiu atrás. Inconscientemente, organizaram-se por ordem de precedência. Legat foi o último a sair, carregando duas caixas vermelhas e a própria valise. Entregou-as ao motorista e entrou no quarto carro, sentando ao lado de Alec Dunglass. As portas foram batidas com força e o comboio se pôs em movimento, saindo de Downing Street, entrando por Whitehall, rodeando a praça do Parlamento e seguindo para o sul ao longo do rio.

O motivo que levou Dunglass a ser incluído na comitiva não estava muito claro para ninguém, incluindo Legat, exceto pelo fato de que ele tinha um rosto jovial, uma casa de campo na Escócia, amplo direito de pesca no rio Tweed, e, consequentemente, sua presença era boa para o moral do primeiro-ministro. A srta. Watson insistia em afirmar que por trás de seus modos tímidos ocultava-se um dos políticos mais hábeis que já vira: "Ele será primeiro-ministro um dia, sr. Legat, grave minhas palavras, e o senhor vai lembrar que fui eu a primeira pessoa que lhe disse isso". Mas como Dunglass estava destinado a herdar o título do pai e se tornar o décimo quarto conde de Home, e como era inconcebível que na idade moderna um premiê pudesse ter assento na Câmara dos Lordes, suas previsões eram descartadas no escritório privado como uma mera *folie d'amour*. Ele tinha um sorriso estreito e reto e uma curiosa maneira de falar sem articular os lábios, como se estivesse praticando para ser ventríloquo. Depois de alguns comentários superficiais sobre a chuva e sobre como poderia estar o clima em Munique, ele e Legat recolheram-se ao silêncio. Então, quando passavam por Hammersmith, ele disse abruptamente:

— Soube do comentário de Winston ao primeiro-ministro ontem, depois do discurso?

— Não. O que foi?

— Ele foi até a Caixa de Despacho quando todos ainda aplaudiam e disse: "Dou-lhe os parabéns pela sua sorte. Você é muito sortudo". — Dunglass balançou a cabeça. — Ora, *realmente*! Podem fazer muitas críticas a Neville, podem até dizer que sua política é inteiramente equivocada, mas dificilmente alguém poderia dizer que esta conferência em Munique foi uma questão de sorte. Ele quase se matou de trabalhar por ela. — Ele olhou de relance para Legat. — Notei que você também estava aplaudindo.

— Eu não devia ter feito aquilo. Deveria permanecer neutro. Mas me deixei arrastar pela emoção. Acho que noventa por cento dos cidadãos do país ficaram aliviados.

O sorriso fino surgiu novamente.

— Sim, até os socialistas estavam de pé. Parece que somos todos apaziguadores agora.

Tinham deixado a região central de Londres e rumavam para o subúrbio. A rodovia de mão dupla era larga e moderna, ladeada por casas geminadas com paredes de argamassa com seixos, pequenos jardins na frente e cercas vivas, intercaladas por fábricas. Nomes conhecidos brilhavam alegremente através da chuva — Gillette, Beecham's Powders, Firestone Tyre & Rubber. Chamberlain devia ser o responsável por uma boa parte daquele progresso, pensou Legat, quando era ministro do Desenvolvimento e depois chanceler do Tesouro. O país saíra da Depressão e era próspero mais uma vez. Quando atravessaram Osterley, ele notou que as pessoas começavam a acenar — uns poucos a princípio, a maioria mães levando os filhos para a escola, mas gradualmente iam se tornando mais numerosos até que, quando o comboio diminuiu a marcha para virar à direita na direção de Heston, viu que motoristas haviam parado nos dois lados da Great West Road e estavam do lado de fora dos carros.

— Gente de Neville — murmurou Dunglass sem mover os lábios.

Na entrada do aeródromo o comboio parou. Espectadores bloqueavam a estrada. Para além das correntes de proteção e dos edifícios brancos, Legat podia ver duas grandes aeronaves sobre a grama, na beira da pista de concreto, iluminadas pelas lâmpadas das equipes dos cinejornais e cercadas por uma multidão compacta de centenas de pessoas. Os guarda-chuvas estavam erguidos. À distância, aquilo parecia um fungo negro e bulboso. O automóvel voltou a avançar, passou por policiais que acenavam, cruzou o portão e depois fez uma curva longa, rodeando os fundos do terminal e do hangar e se aproximando da pista, onde todos pararam. Um policial abriu a porta traseira do carro da frente e o primeiro-ministro apareceu, sendo aplaudido.

Dunglass suspirou.

— Bem, suponho que é isto.

Ele e Legat desceram do carro. Pegaram as malas e as caixas vermelhas — Legat carregou uma, Dunglass insistiu em pegar a outra — e caminharam para os aviões. A chuva tinha parado. Os guarda-chuvas estavam sendo fechados. Quando se aproximaram, Legat reconheceu a silhueta alta de Lord Halifax em seu chapéu-coco e ao lado dele, para seu espanto, Sir John Simon, Sam Hoare e o resto do Gabinete.

— Isto estava previsto? — perguntou a Dunglass.

— Não, é uma surpresa. Foi ideia do chanceler. Eu jurei manter segredo. Parece que de repente todos querem estar sob os holofotes, até mesmo Duff.

O primeiro-ministro estava apertando a mão dos colegas. A multidão pressionou para a frente, forçando o cordão de policiais, procurando uma visão melhor — repórteres e funcionários do aeroporto em macacões azuis e marrons, moradores das redondezas, estudantes, uma mãe com um bebê nos braços. As câmeras dos cinejornais giravam, acompanhando a caminhada de Chamberlain. Ele mostrava um sorriso largo, acenava com o chapéu, quase infantil em seu júbilo. Por fim se deteve diante da aglomeração de microfones.

— Quando eu era menino — começou, e fez uma pausa enquanto aqueles que ainda falavam eram silenciados aos poucos —, costumava repetir: "Se no começo você não conseguir, tente, tente, tente mais uma vez". E é isso que estou fazendo. — Ele trazia um pedaço de papel na mão e deu uma breve olhada, repassando a frase que tinha preparado, e voltou a erguer a cabeça. — Quando eu voltar, espero que possa dizer, como Hotspur, em *Henrique IV*: "Desta urtiga, o perigo, colhemos esta flor, a segurança". — Ele assentiu, enfaticamente. A multidão aplaudiu. Ele sorriu, acenou outra vez com o chapéu, sugando os aplausos até a última gota, e foi na direção da aeronave.

Legat avançou com Dunglass. Entregaram as malas à tripulação, que carregava a bagagem no bojo do avião. Legat manteve em sua posse as caixas vermelhas. O primeiro-ministro apertou a mão de Halifax e subiu os três degraus de metal que davam acesso à porta traseira do avião. Entrou abaixando a cabeça, e ficando fora de vista, mas logo emergiu para uma última rodada de aplausos, e sumiu de vez. Wilson subiu depois dele, seguido por Strang, Malkin e Ashton-Gwatkin. Legat deu um passo de lado para deixar que Dunglass passasse à sua frente. De perto, o avião parecia menor e mais frágil do que à distância. Teria pouco mais de dez metros de comprimento. Ele considerou que era preciso reconhecer a coragem do primeiro-ministro: na primeira vez em que voou para encontrar com Hitler, sequer o avisou que estava indo, a não ser quando já estava no ar, para que o ditador não pudesse se recusar a encontrá-lo. De pé no degrau de baixo, olhando aqueles rostos entusiasmados, de repente se sentiu intrépido, um pioneiro.

Abaixou a cabeça ao entrar pela porta do avião.

Dentro da cabine havia catorze assentos, sete de cada lado, um corredor entre eles e uma porta para a cabine do piloto na extremidade oposta. O nariz do avião era inclinado para cima, de um metro meio a dois mais alto do que a cauda; havia uma inclinação visível no piso. O interior parecia pequeno e estranhamente intimista. O primeiro-ministro já estava em seu assento na frente, do lado esquerdo, com Wilson à sua direita. Legat acomodou as duas caixas vermelhas na rede de faixas do suporte, tirou o casaco e o chapéu e os guardou a seu lado. Sentou-se no último assento ao fundo, do lado direito, para poder avistar o primeiro-ministro caso fosse necessário.

Um homem com uniforme de piloto foi o último a embarcar. Ele fechou a porta e foi até a parte da frente da aeronave.

— Primeiro-ministro, cavalheiros, bem-vindos. Sou o comandante Robinson, o seu piloto. Este é um Lockheed Electra operado pela British Airways. Voaremos a uma altitude de sete mil pés, e a uma velocidade máxima de quatrocentos quilômetros por hora. Nosso tempo de voo até Munique será de aproximadamente três horas. Poderiam, por favor, afivelar os cintos de segurança? Talvez tenhamos um pouco de turbulência, então sugiro que os mantenham afivelados a menos que precisem caminhar.

Ele entrou na cabine de pilotagem e sentou ao lado do copiloto. Pela porta aberta Legat pôde ver sua mão passeando pelo painel de controle, mexendo os botões. Um dos motores roncou, entrando em ação, depois o outro. O barulho aumentou. A cabine começou a se sacudir. A nota foi subindo uma escala musical que ia do grave ao agudo, até que tudo se misturou em um único som ensurdecedor, como o de uma serra elétrica, e o avião se moveu para a frente pela pista de grama. Sacolejando, avançou no terreno irregular por um ou dois minutos, as gotas de chuva escorrendo pelas janelas, fez uma meia-volta e parou.

Legat apertou o cinto. Olhou pela janela para o edifício do terminal. Por trás dele viam-se chaminés de fábrica brancas. Colunas de fumaça se erguiam quase verticalmente. Não havia muito vento. Isso devia ser um bom sinal. Ele estava calmo. *Sei que irei encontrar meu destino; em algum lugar entre as nuvens, acima...* Talvez Yeats fosse um poeta mais adequado do que Shakespeare para ser citado pelo primeiro-ministro.

Os motores rugiram ainda mais alto e de repente o Lockheed começou a acelerar pela grama. Legat agarrou os braços do assento enquanto o avião passava velozmente pelo terminal. No entanto, continuavam firmes na terra. Então, justamente quando ele achou que iam bater na cerca no limite da pista, sentiu um buraco no estômago e a cabine se inclinou ainda mais acentuadamente para cima, pressionando-o contra o encosto. As hélices tesouravam o ar, transportando-os rumo ao céu. Lentamente o avião se inclinou para o lado e a paisagem surgiu na janela — campos verdes, telhados vermelhos, ruas cinza escuras. Viu a Great West Road cerca de sessenta metros abaixo, as casas meio afastadas umas das outras, os automóveis ainda parados com os motoristas em volta, e viu que em praticamente todos os jardins havia pessoas esticando o pescoço para ver melhor e acenando — centenas delas, cruzando e recruzando os braços sobre a cabeça, em uma despedida frenética, e então mergulharam com um tremor na base de uma nuvem baixa e a cena sumiu de vista.

Depois de alguns minutos de abrupta subida no meio daquela névoa cinzenta e grossa, emergiram para o céu banhado de sol, de um azul mais belo do que qualquer coisa que Legat tinha imaginado. Uma visão cristalina de picos, ravinas e cachoeiras esculpida em nuvens que se perdiam no horizonte. Aquilo o fez se lembrar dos Alpes bávaros, mas era ainda mais puro, intocado pela humanidade. O avião se estabilizou. Ele desafivelou o cinto e caminhou sem muita firmeza para a parte da frente.

— Com licença, primeiro-ministro. Queria apenas informá-lo de que estou com suas caixas de documento aqui, caso precise delas.

Chamberlain olhava pela janela. Ele se virou para Legat. Seu recente entusiasmo parecia tê-lo abandonado. *Ou talvez*, pensou Legat, *tivesse sido apenas um show para a multidão e as câmeras.*

— Obrigado — disse ele. — Acho que seria bom começarmos.

— Por que não toma café antes, primeiro-ministro? Hugh, você se incomodaria de perguntar ao piloto? — disse Wilson.

Legat pôs a cabeça dentro da cabine do piloto.

— Desculpe incomodar, mas onde encontro as refeições?

— Há um armário nos fundos, senhor.

Legat demorou-se ali mais um instante, hipnotizado pela visão das nuvens através do para-brisa, e então voltou a cruzar a cabine. Strang, Malkin, Ashton-Gwatkin, até mesmo Dunglass, agora todos pareciam pensativos. Na traseira do avião ele encontrou o armário. Dois cestos grandes de vime, com tampa, tinham estampado o nome do Savoy

Hotel e estavam cheios de pacotinhos cuidadosamente embalados e etiquetados: sanduíches de galo-silvestre e de salmão defumado, patê e caviar, garrafas de clarete, cerveja e sidra, vasilhames com chá e café. Parecia um banquete inadequado, um piquenique para um dia nas corridas de cavalos. Ele levou os cestos para os assentos vazios no meio do avião. Dunglass se levantou para ajudá-lo na distribuição. O primeiro-ministro tomou uma xícara de chá e recusou tudo o mais. Sentava-se muito empertigado, segurando o pires na mão esquerda, o dedo mindinho cerimoniosamente encurvado enquanto bebericava. Legat voltou para seu assento com café e um sanduíche de salmão defumado.

Depois de um tempo, Strang passou por ele, rumo ao banheiro. Na volta deteve-se, enquanto fechava a braguilha.

— Tudo em ordem? — O chefe do Departamento Central era outro funcionário que tinha servido durante a guerra e mantivera o costume de falar com os subordinados como se estivesse inspecionando uma trincheira.

— Sim, senhor, obrigado.

— *Os condenados tomam um farto desjejum...?* — Ele curvou o corpo alto e se sentou do outro lado do corredor, no banco próximo a Legat. Estava em seus quarenta e poucos anos, mas aparentava sessenta. Seu terno exalava um leve aroma de fumo de cachimbo. — Você tem consciência de que é o único homem nesta aeronave que fala alemão?

— Não tinha pensado nisso, senhor.

Strang olhou pela janela.

— Espero que a aterrissagem seja melhor do que a anterior. Caía um temporal em Munique. O piloto não enxergava nada. Fomos jogados de um lado para o outro. A única pessoa que pareceu não se incomodar foi o primeiro-ministro.

— Ele é uma pessoa muito fria.

— Não é? Nunca se sabe de fato o que se passa em sua cabeça. — Ele se inclinou para perto, sobre o corredor, e falou em um tom mais baixo. — Só queria lhe dar um aviso cordial, Hugh. Você não passou por isto antes. Há uma chance de que esta coisa toda resulte em um fiasco. Não temos uma agenda em comum. Não foi feito nenhum trabalho preliminar. Não há documentos oficiais. Se isto for por água abaixo e Hitler aproveitar a chance para invadir a Tchecoslováquia de qualquer maneira, podemos nos ver na ridícula posição de ter os líderes da Grã-Bretanha e da França presos na Alemanha no início da guerra.

— Mas isto certamente não é muito provável.

— Eu estava com o primeiro-ministro em Bad Godesberg. Pensávamos ter conseguido um acordo então, até que, de repente, Hitler apareceu com uma nova lista de exigências. Não é como lidar com um chefe de governo normal. Ele se parece mais com um daqueles líderes bárbaros das lendas germânicas: Ermanarico, Teodorico... cercado de guardas armados. Pulam todos de pé quando ele entra, e ele os paralisa com um olhar, reafirma sua autoridade, e depois senta em uma mesa enorme para festejar com eles, dar gargalhadas e se gabar. Quem gostaria de estar no lugar do primeiro-ministro, tentando negociar com uma criatura assim?

O piloto apareceu à entrada da cabine.

— Cavalheiros, quero somente avisá-los de que acabamos de cruzar o canal da Mancha.

O primeiro-ministro olhou para a traseira do avião e fez um gesto para Legat.

— Acho melhor começarmos a trabalhar nessas caixas agora.

3

O trem do Führer diminuía a velocidade. Depois de mais de doze horas de incessante avanço, Hartmann pôde detectar um ligeiro mas bem perceptível balanço para a frente e para trás quando o maquinista começou a acionar os freios.

Estavam na região montanhosa, uma hora ao sul de Munique, não muito longe de onde ele tinha caminhado com Hugh e Leyna no verão de 1932. Por trás das janelas, a floresta se tornava mais rarefeita, um rio cintilou uma luz prateada por entre as árvores, e então uma cidade antiga surgiu da curva, na margem oposta. Havia casas pintadas em cores alegres — azul-claro, verde-limão, amarelo--canário — de frente para a água. Por trás delas, um castelo medieval de pedra cinzenta se estendia em uma colina arborizada. À distância, erguiam-se os Alpes. Emoldurada pela janela, a paisagem lhe trazia à memória o pôster do Reichsbahn sugerindo um feriado no Tirol, que os atraíra para o sul seis anos antes. Até a estação ferroviária de enxaimel em que estavam parando era pitoresca. O trem diminuiu a velocidade até parar com um sacolejo final e um guincho metálico, liberando uma nuvem de vapor.

Uma placa ao lado da sala de espera dizia *Kufstein*.

Áustria, pensou Hartmann — *ou melhor, o que um dia foi a Áustria, antes que o Führer começasse a refazer o mapa.*

A plataforma estava deserta. Ele olhou o relógio. Era um bom relógio, um Rolex, presente da mãe em seu vigésimo primeiro aniversário. Com uma incrível eficiência, chegaram pontualmente às nove e meia. Ele se perguntou se a delegação britânica já teria decolado.

Levantou da mesa no vagão das comunicações, foi até a porta e abaixou a janela.

De todas as partes do trem homens desembarcavam para esticar as pernas. A estação em si estava tão vazia que parecia fantasmagórica. Hartmann imaginou que devia ter sido isolada pelos serviços de segurança. Mas então alguma coisa atraiu seu olhar: o rosto branco de um homem olhando por uma vidraça encardida. Usava um quepe do Reichsbahn. Quando percebeu que tinha sido avistado, sumiu rapidamente.

Hartmann saltou para a plataforma e foi em sua direção. Empurrou a porta e entrou no que lhe pareceu o escritório do chefe de estação, abafado, cheirando a carvão e a cigarros. O oficial estava à mesa — cabelos lisos, quarenta e poucos anos, fingindo consultar documentos. Quando Hartmann se aproximou, ele se levantou em um pulo.

— *Heil Hitler!* — disse Hartmann.

— *Heil Hitler!* — saudou o homem.

— Estou viajando com o Führer. Preciso usar seu telefone.

— Claro, senhor. É uma honra. — Ele empurrou o aparelho na direção de Hartmann, que fez um gesto imperioso com a mão.

— Ligue para a telefonista.

— Sim, senhor.

Quando o homem lhe entregou o fone, Hartmann disse para a telefonista:

— Preciso fazer uma chamada para Berlim. Estou com o Führer. É um assunto da maior urgência.

— Que número em Berlim, senhor?

Ele lhe deu o número da linha direta de Kordt. Ela o repetiu.

— Devo chamá-lo quando completar a ligação?

— O mais rápido possível.

Ele desligou e acendeu um cigarro. Pela janela podia ver bastante atividade na plataforma. A locomotiva estava sendo desengatada e preparada para se mover novamente. Havia um grupo de homens da ss diante da porta de um dos vagões, com as metralhadoras erguidas de encontro ao peito. Um ajudante abriu a porta e Hitler apareceu. O oficial da estação, ao lado de Hartmann, arfou. O Führer desceu para a plataforma. Usava um quepe, o uniforme marrom com cinto justo, botas polidas de cano alto. Atrás dele vinha o Reichsführer-ss, Heinrich Himmler. Ele parou por um instante, flexionou os ombros, observou o castelo de Kufstein, depois veio caminhando pela plataforma na direção de Hartmann, acompanhado por Himmler e pelo guarda-costas da ss. Ao caminhar, agitava ritmicamente os braços para a frente e para trás, provavelmente para estimular a circulação. Havia algo de perturbador e simiesco em seus movimentos.

O telefone tocou. Hartmann o pegou.

— Sua ligação, senhor.

Ele ouviu a linha chamando. Uma mulher atendeu:

— Escritório de Kordt.

Ele se afastou da janela. A ligação era ruim e, com dificuldade em ouvir, teve que tapar o outro ouvido com o dedo e gritar, por cima do barulho da locomotiva:

— Aqui é Hartmann. O dr. Kordt está?

— Não, Herr Hartmann. Posso ajudá-lo?

— Talvez. Sabe dizer se recebemos alguma notificação de Londres sobre as pessoas que virão na comitiva do primeiro-ministro Chamberlain?

— Espere, por favor. Vou verificar.

O Führer tinha dado meia-volta e caminhava na direção de onde viera. Conversava com Himmler. À distância, Hartmann ouviu o apito de outro trem que se aproximava, vindo do sul.

— Herr Hartmann, tenho aqui a lista que veio de Londres.

— Espere. — Hartmann estalou os dedos com impaciência para o oficial da estação e gesticulou pedindo algo para escrever. O homem conseguiu afastar os olhos da janela, tirou um toco de lápis de trás da orelha e o entregou a ele. Hartmann sentou à mesa, e encontrou um pedaço de papel. Enquanto escrevia cada nome, ele o repetia em voz alta, para ter certeza de que tinha ouvido corretamente. — "Wilson... Strang... Malkin... Ashton-Gwatkin... Dunglass... Legat." — *Legat*. Ele deu um largo sorriso. — Excelente. Obrigado. Adeus. — Ele desligou e de forma jovial lançou o lápis de volta para o ferroviário, que mal conseguiu pegá-lo. — O escritório do Führer lhe agradece pela ajuda.

Enfiou a lista de nomes no bolso e saiu para o ar fresco da montanha. Um segundo trem se arrastava rumo à estação. Um enorme grupo de boas-vindas estava a postos, com Hitler no centro. A cabine do maquinista da locomotiva estava decorada com as cores verde, branca e vermelha da Itália. Ele parou a pouca distância do trem do Führer. Um guarda da ss adiantou-se com presteza e abriu a porta.

Segundos depois, de uniforme cinza claro e quepe, Mussolini apareceu no degrau de cima. Seu braço se ergueu em saudação. O de Hitler fez o mesmo. O Duce desceu para a plataforma. Os ditadores apertaram as mãos — não a formalidade diplomática habitual, mas um caloroso e recíproco aperto com ambas as mãos. Pareciam até velhos amantes, pensou Hartmann, pelo modo como sorriam e olhavam nos olhos um do outro. Os flashes dos fotógrafos registravam o encontro e de repente todos sorriam: Hitler, Mussolini, Himmler, Keitel e Ciano — o ministro do Exterior italiano e genro de Mussolini —, que havia emergido do trem com o restante da delegação, todos de uniforme. Hitler gesticulou para que os italianos o acompanhassem. Hartmann percebeu que era melhor sair do caminho.

Virou-se um pouco, bem a tempo de ver o Sturmbannführer Sauer desaparecer dentro do escritório do chefe da estação.

Imediatamente voltou à sua posição original, e ficou paralisado, sem saber o que fazer. Dificilmente aquilo seria uma coincidência; significava que Sauer o estivera vigiando o tempo todo. Agora, decerto, estaria interrogando o chefe da estação. Hartmann tentou lembrar se tinha dito algo incriminador. Graças a Deus que Kordt não estava em sua sala, porque nesse caso poderia ter sido menos discreto.

A trinta metros de distância, Hitler insistia para que Mussolini subisse no trem à sua frente. Mussolini fez um comentário, mas Hartmann estava longe demais para ouvir. Houve risadas. O italiano içou o corpo musculoso para dentro do vagão. Hartmann viu Schmidt, o intérprete, observando na periferia do grupo: Mussolini considerava seu alemão bom o bastante para dispensar os serviços de intérpretes, e nesse momento Schmidt, normalmente no centro de todas as reuniões, parecia ligeiramente perdido. Hartmann foi em sua direção. Com voz tranquila disse:

— Dr. Schmidt?

Schmidt girou o corpo para ver quem era.

— Sim, Herr Hartmann?

— Achei que gostaria de saber que consegui a lista dos ingleses que acompanharão Chamberlain. — Ele lhe estendeu o pedaço de papel com a lista rabiscada a lápis. — Achei que talvez pudesse ser útil.

Schmidt pareceu surpreso. Por um instante Hartmann achou que ele iria perguntar por que diabos estaria interessado em tal coisa. Mas ele recebeu o papel e o examinou com interesse crescente.

— Ah, sim. Wilson eu conheço, é claro. E tanto Strang quanto Malkin estiveram em Godesberg. Nenhum dos dois fala alemão. Os outros nomes não me são familiares.

Ele olhou para além de Hartmann, que também se virou para observar. Sauer vinha na direção deles. Apresentava uma expressão de triunfo. Começou a falar antes mesmo de alcançá-los.

— Dr. Schmidt, com licença. O senhor autorizou Herr Hartmann a ligar para Berlim?

— Não — disse Schmidt, olhando para Hartmann. — O que quer dizer isto?

— Sinto muito, Sauer, não sabia que precisava de autorização para fazer um simples telefonema para o Ministério do Exterior — respondeu Hartmann.

— Claro que precisa de autorização! Todo contato externo do trem do Führer precisa ser previamente autorizado! — E disse a Schmidt: — Posso ver esse papel? — Ele tomou a folha e correu o dedo pela lista de nomes. Franziu a testa e olhou o verso da folha. Por fim a devolveu. — A cada instante acho mais suspeito o comportamento de Herr Hartmann.

Schmidt disse, com suavidade:

— Na verdade não acho que há muita razão para suspeita aqui, Sturmbannführer Sauer. Não é útil para nós saber quem está vindo de Londres? Quanto menos dessas autoridades souberem falar alemão, mais nosso trabalho vai ser necessário.

— Mesmo assim, é uma quebra de segurança — murmurou Sauer.

Da extremidade da plataforma veio o barulho do choque de metal contra metal. A locomotiva que os trouxera de Berlim tinha dado meia-volta na estação de triagem e agora era reengatada ao extremo oposto do trem.

— É melhor subirmos, ou vamos ficar para trás — disse Hartmann.

Schmidt deu um tapinha no braço de Sauer.

— Bem, digamos que eu autorizo retrospectivamente a ação de Herr Hartmann... isto o satisfaz?

Sauer encarou Hartmann. Então assentiu, seco.

— Terá que satisfazer. — Ele se virou e se afastou.

— Que sujeito sensível — disse Schmidt. — Não parece muito um amigo.

— Oh, ele não é má pessoa.

Os dois voltaram para o trem.

Sauer é um cão terrier, pensou Hartmann, e eu sou o seu rato. O homem da ss nunca desistiria. Em três ocasiões quase o flagrara: em Wilhelmstrasse, no trem, e agora aqui. Ele não conseguiria se safar em uma quarta vez.

A ordem do trem estava então invertida. O vagão-salão do Führer vinha na traseira; os vagões-leitos da comitiva na frente. No centro vinham o vagão de comunicações e o restaurante, que foi onde Hartmann sentou com Schmidt enquanto o trem rumava ao norte para Munique. O berlinense tinha puxado um grande cachimbo e fazia uma grande encenação do ritual, socando o tabaco com a caixa de fósforos, sugando a brasa, acendendo de novo, produzindo erupções alarmantes da chama. Estava visivelmente nervoso. Cada vez que um dos ajudantes do Führer passava ele erguia os olhos com expectativa, para ver se precisavam dele. Mas Hitler e Mussolini pareciam estar se entendendo sem sua ajuda. Parecia ofendido.

— O alemão do Duce é bom, embora não tão bom quanto ele pensa. Vamos torcer para que não comecem uma guerra por acidente! — Ele achou essa piada tão boa que passou a sussurrar variações dela sempre que um ajudante saía do vagão-restaurante. — Nenhuma guerra ainda, hein, Hartmann?

No meio do vagão, Himmler presidia uma mesa com oficiais da ss. Sauer estava entre eles. Bebiam água mineral. De seu lugar, Hartmann podia ver apenas a nuca raspada do Reichsführer e suas delicadas orelhas de abano, pequenas e cor-de-rosa. Estava de ótimo humor. Explosões de gargalhadas pontuavam seu monólogo. Sauer sorria mecanicamente com os outros, mas seus olhos sempre se desviavam para Hartmann.

Schmidt deu uma baforada no cachimbo.

— Mussolini, devo dizer, é muito fácil de traduzir. Não há nada abstrato nele. Um político prático, com os pés no chão. O mesmo acontece com Chamberlain.

— Imagino que o Führer seja um pouco diferente.

Schmidt hesitou, depois se inclinou sobre a mesa.

— Um monólogo de vinte minutos não é incomum. Às vezes até uma hora. E depois eu tenho que reproduzir tudo em outro idioma. Se ele estiver nesse estado de espírito em Munique, ficaremos lá vários dias.

— Pode ser que os outros não aguentem isso.

— Chamberlain fica impaciente, com certeza. É o único homem que eu já vi interromper o Führer. Foi no primeiro encontro deles, em Berchtesgaden. Ele disse: *Se o senhor está tão determinado a invadir a Tchecoslováquia, por que me deixou vir à Alemanha, em primeiro lugar?* Imagine só! O Führer ficou atônito. Não morrem de amores um pelo outro, posso lhe garantir.

Por trás dele os homens da ss deram uma gargalhada estrondosa. Schmidt fez uma careta, olhou por cima do ombro e acomodou-se em sua cadeira. Elevando um pouco a voz, disse:

— É um alívio ter você comigo, Hartmann. Obviamente, farei a tradução para o Führer e os outros líderes, mas, se você estiver do meu lado para me ajudar com os outros, isto aliviará muito o meu fardo. Que línguas você fala, além do inglês?

— Francês. Italiano. Um pouco de russo.

— Russo! Não vamos precisar disso.

— Nem de tcheco.

Schmidt ergueu as sobrancelhas.

— De fato.

O ajudante voltou ao vagão e desta vez foi até a mesa deles.

— Dr. Schmidt, o general Keitel está prestes a dar algumas explicações técnicas ao Duce, e o Führer quer que o senhor esteja presente.

— É claro. — Schmidt rapidamente esvaziou o conteúdo do cachimbo no cinzeiro. Em sua ansiedade, derramou cinzas sobre a mesa. — Desculpe, Hartmann. — Ele se levantou e abotoou o paletó trespassado, acomodando-o sobre a barriga protuberante. Guardou o cachimbo no bolso. — Estou cheirando a fumaça? — perguntou ao ajudante. E para Hartmann disse: — Se ele sentir cheiro de fumaça, mandará você sair da sala. — Tirou do bolso uma latinha de pastilha de hortelã e pôs duas na boca. — Vejo você mais tarde.

Depois que ele partiu, Hartmann se sentiu vulnerável, como um menino que só escapou do bullying porque ficou perto do professor. Ele se levantou e se encaminhou para a frente do vagão. As passar pela mesa da ss, Sauer o chamou:

— Hartmann! Não vai saudar o Reichsführer?

Hartmann percebeu o silêncio repentino. Ele parou, virou, bateu os calcanhares e ergueu o braço.

— *Heil Hitler!*

Os olhos aquosos de Himmler se ergueram e o encararam por trás dos óculos sem aro. A metade de cima de sua cabeça era lisa e pálida, mas em volta dos lábios e do minúsculo queixo já brotava uma barba de fim de tarde. Ele ergueu o braço devagar. Sorriu.

— Não se preocupe com isso, meu caro.

Ele acenou com os dedos, em um gesto de desdém, e abaixou o braço.

Quando Hartmann chegou à extremidade do vagão-restaurante, ouviu outra gargalhada estrondosa às suas costas. Imaginou que devia ser o tema de uma nova piada. Sentiu o rosto começar a arder de vergonha. Como odiava aqueles sujeitos! Abriu a porta com violência e caminhou a passos largos pelo vagão-leito. Quando chegou ao vagão dianteiro, tentou abrir a porta do toalete. Trancada. Ele aproximou a cabeça e tentou ouvir, mas não escutou nada. Abaixou uma janela próxima e se inclinou para pegar um pouco de ar. A paisagem era plana e monótona, os campos estavam secos e marrons após a colheita. Ele virou a cabeça de encontro ao vento frio, que lhe acalmou os nervos. À distância viam-se algumas chaminés de fábricas. Ele imaginou que deviam estar perto de Munique.

A porta do toalete se abriu. Um dos oficiais de comunicação da Wehrmacht saiu. Os dois se cumprimentaram com um aceno de cabeça. Hartmann entrou e correu o ferrolho. O cubículo cheirava a fezes. Havia papéis molhados e com manchas amareladas espalhados pelo piso. Aquele cheiro parecia invadi-lo até a garganta. Ele se curvou sobre a privada com ânsia de vômito. Quando olhou o rosto no espelho viu que estava cadavérico, de olhos fundos. Jogou água no rosto, depois se agachou e puxou o painel de madeira por baixo da pia. Seus dedos correram em torno da tubulação, da parede, do pedestal da pia. Alguém tentou abrir a porta do toalete. Não conseguiu achar a pistola. Foi tomado pelo pânico. Enfiou mais a mão, então tocou nela e com cuidado puxou-a para fora. Agora alguém já sacudia vigorosamente a maçaneta da porta.

— Tudo bem — disse em voz alta. — Já acabei.

Enfiou a Walther no bolso interno. Para cobrir o som que fez recolocando o painel, deu descarga uma segunda vez na privada.

Já quase esperava ver Sauer no corredor esperando para prendê-lo. Em vez disso deparou-se com um dos italianos, com o uniforme cinza-claro dos fascistas. Hartmann retribuiu sua saudação e caminhou pelo corredor. Em sua cabine ele trancou a porta por dentro e puxou a mala para si. Sentou na beira da cama de baixo, pôs a valise nos joelhos e a abriu. O documento continuava lá dentro. Ele abaixou a cabeça, aliviado. Sentiu o corpo pender para um lado. Houve lá fora um guincho de metal, um ligeiro tremor debaixo dos seus pés. Ele ergueu os olhos. O sol brilhava nas paredes das casas e dos prédios de apartamentos. Havia suásticas penduradas em algumas janelas.

Estavam chegando a Munique.

Era a época da Oktoberfest, o festival anual de diversão e folclore, celebrada, naqueles dias de união nacional, sob o slogan oficial de *Cidade orgulhosa, país alegre*. E agora, atenção!, havia mais uma razão para ficar alegre. Com apenas algumas horas de antecedência, o partido convidava a todos para dar as boas-vindas ao Führer e aos seus ilustres convidados estrangeiros.

Cidadãos de Munique! Saiam todos à rua! A partir das dez e meia da manhã!

Escolas foram fechadas e trabalhadores ganharam folga. Na estação, cartazes anunciavam os vários hotéis em que ficariam as delegações e as rotas por onde se deslocariam: *Banhof* — *Bayerstrasse* — *Karlsplat* — (*Lenbachplatz* — *Hotel Regina, Hotel Continental*) — *Neuhauser Strasse* — *Kaufingerstrasse* — *Marienplaz* — *Dienerstrasse*...

No momento em que pisou fora do trem, Hartmann ouviu o barulho da multidão do lado de fora da estação e da banda tocando. Göring esperava por eles na plataforma vestindo um elaborado uniforme negro, talvez até desenhado por ele, todo debruado de branco ao longo das pernas e com as lapelas em forma de losango. Hartman se contraiu por dentro diante da vulgaridade. Esperou que os ditadores e suas respectivas comitivas tivessem descido do trem e passado diante da sua janela — o rosto largo de Mussolini iluminado por um sorriso, como um desenho infantil de um sol — e depois os seguiu ao longo da plataforma.

Quando emergiram na Banhof Platz, calçada de pedras, a ovação foi ensurdecedora. Era um dia quente, com uma umidade pegajosa. As pessoas se amontoavam nas calçadas e se espremiam nas janelas do prédio dos Correios que ficava ao lado. Centenas de crianças agitavam bandeiras com a suástica. Uma guarda de honra da ss, de luvas brancas e capacetes negros de aço, ergueu os rifles em saudação. Uma banda militar tocou o hino nacional da Itália. E, no entanto, o que mais prendia a atenção de Hartmann era a expressão carrancuda de Hitler. Ele ouviu os hinos e inspecionou as tropas como se aquelas frivolidades fossem a última coisa que quisesse estar fazendo. Somente quando duas garotinhas de vestido branco receberam permissão para cruzar a linha dos guardas e oferecer flores a ele e ao Duce ele conseguiu sorrir. Mas assim que repassou o buquê para um ajudante e subiu na sua Mercedes conversível sua expressão voltou a ficar sombria. Mussolini, ainda sorridente, acomodou-se a seu lado, enquanto Göring, Himmler, Keitel, Ciano e os outros figurões se amontoavam nos carros mais atrás. O comboio seguiu para a Bayerstrasse. Das ruas veio mais uma onda de aplausos.

A multidão começou a se dispersar. Hartmann olhou ao redor.

Sob as colunatas da estação, um exaurido funcionário do Ministério do Exterior explicava a agenda do dia a todos que tinham ficado para trás. O Führer e o Duce, anunciou ele, lendo de uma folha de papel, estavam a caminho do Prinz-Carl-Palais, onde os italianos ficariam hospedados. Os britânicos e os franceses deveriam chegar em menos de uma hora; os britânicos seriam instalados no Regina Palast Hotel, os franceses, no Vier Jahreszeiten. Enquanto o Duce repousava, o Führer retornaria em carreata até o Führerbau para se preparar para a conferência. O restante da delegação alemã devia se encaminhar para lá imediatamente. Para aqueles que desejassem transporte, havia carros à espera; dispensando-os, era apenas uma caminhada curta. Alguém perguntou onde passariam a noite. O funcionário consultou o papel e deu de ombros: ainda não sabia. Talvez no Bayerischer Hof. Era difícil conseguir quartos de hotel durante a Oktoberfest. A coisa inteira parecia ligeiramente caótica.

Hartmann preferiu caminhar.

Nos últimos anos, sempre tivera o cuidado de evitar aquela parte de Munique. Eram apenas dez minutos de caminhada a partir da estação, ao longo de uma agradável rua arborizada — passando pelo Antigo Jardim Botânico, uma escola para moças, alguns prédios acadêmicos —, até chegar ao amplo espaço aberto da Konigsplatz. Em sua memória, preferiria preservá-la como a recordava daquele verão: uma manta xadrez vermelha e cinza estendida sob as árvores, Leyna em um vestido branco que deixava à mostra seus tornozelos morenos, um cesto de piquenique, Hugh lendo, o cheiro da relva recém-cortada secando ao sol...

E tudo acabara!

A imensidão da paisagem o fez parar no meio do caminho. Ele baixou a valise, em choque. Era pior do que tinha imaginado, pior ainda do que via nos cinejornais. O parque tinha sido destruído para dar lugar a um vasto espaço para desfiles, onde eram encenados os espetáculos do Terceiro Reich. No lugar da grama viam-se dezenas de milhares de placas de granito. As árvores haviam sido substituídas por mastros de metal; de dois deles pendiam bandeiras com a suástica, a mais de 40 metros de altura. De cada lado havia um Templo de Honra, apoiado em pilares de calcário amarelo, cada um contendo oito sarcófagos de bronze onde estavam sepultados os mártires do putsch da cervejaria. Chamas perpétuas bruxuleavam à luz do sol, protegidas por dois homens da ss, imóveis a ponto de não parecerem humanos, mas com os rostos brilhando de suor. Depois do templo, do lado esquerdo, estava a horrenda fachada brutalista da sede da administração do Partido Nazista; à direita, seu gêmeo quase idêntico, o Führerbau. Tudo em branco, cinza e negro, totalmente funcional, retilíneo e com arestas pontudas: até as colunas neoclássicas do templo eram quadradas.

Podia ver a movimentação do lado de fora do Führerbau: carros chegando, guardas, flashes, multidões inquietas. Hartmann fez a saudação aos mártires, o que era obrigatório por lei, e perigoso desobedecer: nunca se sabia quem poderia estar vigiando. Então apanhou a valise e caminhou em direção à conferência.

4

O primeiro-ministro trabalhou durante todo o voo e agora havia encerrado. Ele fechou um relatório do recenseamento que listava cada condado da República Tcheca e a exata proporção da população de língua alemã em relação ao total e o guardou na sua pasta. Tampou a caneta-tinteiro e a pôs no bolso interno do paletó. Então ergueu a caixa vermelha de cima dos joelhos e a entregou a Legat, que esperava no corredor.

— Obrigado, Hugh.
— Sim, primeiro-ministro.

Ele carregou a caixa para os fundos do avião, trancou-a e a depositou no suporte de bagagem; depois sentou e afivelou o cinto. Pela pressão nos ouvidos imaginou que deviam estar descendo. Toda a conversação na cabine havia cessado. Todos os homens olhavam pela janela ao lado, perdidos em pensamentos. O avião sacudia e estremecia entre as nuvens.

Por um longo tempo pareceu que estavam mergulhando rumo ao fundo de um mar agitado. Era fácil imaginar que as vibrações poderiam arrancar um motor ou uma asa. Mas finalmente chegaram à base da nuvem, o tremor parou e uma monótona paisagem verde-oliva surgiu lá embaixo, realçada pela linha branca de uma *autobahn* que se alongava tão reta quanto uma estrada romana, por entre florestas de coníferas, cruzando morros e planícies. Legat pressionou o rosto no vidro. Era a primeira vez que via a Alemanha em seis anos. No exame para admissão ao Foreign Office, lhe pediram para traduzir Hauff para o inglês e J. S. Mill para o alemão. Ele executou as duas tarefas com tempo de sobra. No entanto, o país em si permanecia um mistério para ele.

Estavam perdendo altura rapidamente. Teve que apertar o nariz e engolir em seco, com força. O avião se inclinou para o lado.

À distância, ele viu chaminés de fábricas e torres de igrejas no que imaginou ser Munique. O avião endireitou-se, seguiu reto por mais um ou dois minutos, voando baixo sobre um pasto pontilhado de gado marrom. Uma cerca passou veloz, depois surgiu uma extensão de grama e então — uma, duas, três vezes — o avião ricocheteou no chão e freou com tanta força que Legat foi impelido na direção do assento da frente. O Lockheed deslizou pela pista, taxiou à frente dos prédios do terminal, que pareciam maiores do que os de Heston — dois ou três andares, com multidões amontoadas ao longo dos terraços e na parte de cima. Bandeiras da suástica pendiam do parapeito, e flutuavam nos mastros ao lado da Union Jack e da bandeira tricolor francesa. Legat pensou em Wigram e ficou feliz de que não estivesse vivo para ver aquilo.

O avião do primeiro-ministro pousou no aeroporto de Oberweisenfeld às 11h35 da manhã. Os motores zumbiram e silenciaram. Dentro da cabine, depois de três horas de voo, o silêncio era ensurdecedor. O comandante Robinson emergiu da cabine, inclinou-se para trocar umas palavras rápidas com o primeiro-ministro e com Wilson, depois passou por Legat indo até o fundo do avião, onde destrancou a porta e abaixou a escadinha. Legat sentiu uma rajada de ar quente, ouviu vozes falando alemão. Wilson se levantou.

— Cavalheiros, devemos deixar o primeiro-ministro descer na frente.

Ele ajudou Chamberlain a pôr o casaco e lhe entregou o chapéu. O primeiro-ministro desceu o piso inclinado do avião segurando-se nos encostos de cabeça dos assentos para se firmar. Olhava para a frente, a mandíbula proeminente, cerrada, como se estivesse fincando os dentes em alguma coisa. Wilson o seguiu e esperou ao lado de Legat enquanto o primeiro-ministro descia para a praça de manobra. Ele se inclinou para olhar pela janela.

— Meus espiões me contaram que você esteve com Sir Alexander Cadogan na noite passada. — Ele disse baixinho, sem se virar. — Oh, céus — acrescentou depressa —, lá está Ribbentrop.

Ele se abaixou ao cruzar a porta logo depois de Chamberlain. Atrás dele, Strang, Malkin, Ashton-Gwatkin e Dunglass estavam enfileirados para desembarcar. Legat esperou até que todos tivessem passado. O comentário de Wilson o inquietou. O que significava aquilo? Não sabia ao certo. Talvez Cleverly tivesse dito alguma coisa a ele. Ele ficou de pé, pôs o casaco e o chapéu, trouxe para baixo as caixas vermelhas do primeiro-ministro. Quando emergiu do avião uma banda militar começou a tocar "God Save the King" e ele precisou prestar muita atenção aos degraus enquanto descia desajeitadamente. Quando a música acabou, e pareceu que se movimentariam, os músicos atacaram "Deutschland über alles". Seu olhar passeou pelo aeródromo lotado à procura de Hartmann — passou por cinegrafistas e fotógrafos, pelo comitê oficial de recepção, pela guarda de honra da ss e por uma dúzia de grandes limusines Mercedes estacionadas lado a lado com bandeirolas com a suástica. Não o avistou. Imaginou se teria mudado muito. A música acabou com uma salva de palmas da multidão no terminal. Um coro de "Cham-ber-lain!, Cham-ber-lain!" percorreu as construções de concreto. Ribbentrop fez um gesto chamando o primeiro-ministro e os dois atravessaram a praça de manobra para inspecionar a fileira de soldados.

No pé da escada, um oficial da ss com uma prancheta perguntou a Legat o seu nome. Verificou a lista.

— Ah, sim, o senhor substituiu Herr Syers. — Fez um tique ao lado do nome. — O senhor está no quarto carro — disse em alemão. — Com Herr Ashton-Gwatkin. Sua bagagem será levada ao hotel. Por favor. — Ele tentou segurar as caixas vermelhas.

— Não, obrigado. Preciso ficar com estas.

Houve um pequeno cabo de guerra até que finalmente o alemão desistiu.

A Mercedes era um conversível. Ashton-Gwatkin já estava sentado no banco traseiro. Vestia um pesado sobretudo com colarinho de astracã. Transpirava profusamente naquele calor. "Que sujeito imbecil", murmurou quando o homem da ss se afastou. Voltou os olhos empapuçados para Legat, que o conhecia apenas de reputação — o mais brilhante classicista do seu ano em Oxford, mesmo tendo ido embora sem concluir o curso; um estudioso do japonês, casado com uma bailarina, sem filhos; poeta e romancista cujo medonho best-seller, *Kimono*, causara tamanho ressentimento em Tóquio que tivera de ser recolhido. E agora um especialista na economia da região dos Sudetos!

— O primeiro-ministro está detestando cada minuto disso — comentou Legat.

Chamberlain se apressava na inspeção das tropas da ss. Mal olhou para os jovens em seus uniformes negros. Também ignorou Ribbentrop, a quem detestava. Quando percebeu que deveria compartilhar o primeiro carro com o ministro do Exterior alemão, olhou ao redor, em desespero, à procura de Wilson. Mas não houve escapatória. Os dois se instalaram na Mercedes conversível e o cortejo se pôs em movimento, passando lentamente diante de toda a extensão do terminal do aeroporto a fim de que a multidão pudesse aplaudir Chamberlain, que polidamente ergueu o chapéu em agradecimento. No portão do aeroporto, viraram para o sul, na direção de Munique.

Hartmann havia reservado seus ingressos durante o período letivo de 1932. Tinham acabado de ir a Cotswolds para visitar a mãe de Legat no seu chalé em Stow-on-the-Wold. Ela odiava por princípio todos os hunos; Paul ela adorou. Quando regressaram a Balliol naquela noite de domingo, Hartmann dissera:

— Meu caro Hugh, assim que acabarem as provas finais, permita-me que eu lhe mostre um campo de verdade, e bem diferente. Algo que não é meramente "bonito". — Ele tinha uma namorada que morava na Baviera, poderiam se encontrar com ela.

Não tinha ocorrido a nenhum deles que, enquanto a vida seguia seu velho caminho em Oxford, Hindenburg dissolveria o Reichstag e provocaria uma eleição geral. Eles chegaram a Munique no mesmo dia de verão em que Hitler havia discursado em um comício gigante na periferia da cidade, e por mais que tentassem ignorar a política e ir em frente com as férias, não conseguiam escapar, mesmo na menor das cidades. Legat se recordava de uma confusão de marchas e contramarchas, a Tropa de Choque contra a Frente de Ferro, manifestações diante de prédios e discussões nos cafés, cartazes nazistas "Hitler em toda a Alemanha!", "Acorda, Alemanha!" — que eram pregados pelos camisas-marrons durante o dia e rasgados pelos esquerdistas à noite —, uma reunião em um parque que acabou em uma carga de cavalaria da polícia montada. Quando Leyna insistiu que fossem para uma manifestação na frente do apartamento de Hitler e gritou insultos no momento em que ele apareceu, tiveram sorte de não serem espancados. Era um longo caminho depois de Hauff e J. S. Mill.

Traduza para o alemão: "A administração de uma sociedade anônima é, principalmente, realizada por servidores contratados..."

Ele olhou para fora do carro. Durante todo o caminho para o centro da cidade, ao longo de Lerchenauer Strasse e Schleissheimer Strasse, os cidadãos de Munique se enfileiraram nas ruas de tal modo que o cortejo parecia viajar por uma onda de aplausos para o primeiro-ministro, vendo brotar um rio de bandeiras em preto, vermelho e branco. De vez em quando, ao dobrarem uma esquina, Legat o vislumbrava no carro da frente, inclinando-se um pouco para fora, o chapéu o tempo todo na mão, acenando para as multidões. Centenas de braços se erguiam na saudação fascista.

Dez minutos depois de ter deixado o aeroporto, o comboio desceu a Brienner Strasse e entrou na Maximiliansplatz. Contornou a praça e parou diante do Regina Palast Hotel. Uma enorme suástica balançava sobre o pórtico. Embaixo dela estavam o embaixador britânico, Henderson, e Ivone Kirkpatrick, o chefe da Chancelaria da embaixada em Berlim. Ashton-Gwatkin soltou a respiração.

— Acho que eu acabaria me acostumando com isto, e você?

Ele ergueu o corpo desengonçado para fora da Mercedes. Ribbentrop partia em outro carro. Nos jardins públicos do outro lado do hotel a multidão já formava camadas de oito ou dez filas, contidas por um cordão de camisas-marrons. Eles aplaudiram. O primeiro-ministro acenou. Mais flashes de câmera. Henderson os conduziu para dentro do hotel. Com uma caixa vermelha em cada mão, Legat os acompanhou.

O saguão grande e cheio de galerias parecia não ter mudado muito desde a época do Kaiser: o teto de vitrais, o piso de parquete coberto por tapetes persas, uma profusão de palmeiras em vasos e de poltronas. Algumas dezenas de hóspedes, em sua maioria mais idosos, ficaram boquiabertos diante de Chamberlain. Ele estava junto ao balcão da recepção com um pequeno grupo que incluía Henderson, Kirkpatrick e Wilson. Legat se deteve e esperou nas proximidades, sem saber se devia se aproximar deles ou não. De repente todos os quatro se viraram para olhá-lo. Ele teve a sensação de que era o tema da conversa. Um instante depois, Wilson atravessava o foyer em sua direção.

5

O Führerbau fora construído havia pouco mais de um ano e era obra do arquiteto favorito de Hitler, o falecido professor Troost. Era tão novo que a sua pedra branca parecia faiscar ao sol da manhã. Em cada lado dos pórticos gêmeos pendiam bandeiras gigantescas; a alemã e a italiana flanqueavam a entrada sul, a britânica e a francesa, a norte. Sobre as portas havia águias de bronze, as asas abertas, suásticas nas garras. Tapetes vermelhos haviam sido desenrolados a partir de ambas as portas, descendo os degraus e cruzando a calçada até o meio-fio. Somente a entrada norte estava em uso. Ali uma guarda de honra de dezoito homens apresentava armas, ao lado de um tocador de tambor e um corneteiro. Hartmann passou por eles sem ser incomodado, subiu os degraus e entrou.

A função da construção não era inteiramente clara. Não era um prédio governamental nem um quartel-general do partido. No fim das contas era uma espécie de corte para um monarca, para o enobrecimento e o entretenimento dos convidados do imperador. O interior era inteiramente revestido de mármore — um tom pálido de vermelho para o piso e as duas grandes escadarias, e branco-acinzentado para as paredes e pilastras, embora no andar de cima o efeito da iluminação fizesse a pedra branca produzir um brilho dourado. O foyer estava apinhado de ternos escuros e uniformes. Um zumbido de expectativa vibrava no ar, como se uma performance de gala estivesse prestes a começar. Ele viu alguns rostos que reconheceu dos jornais — dois *Gauleiters* e Rudolf Hess, o Führer adjunto, com a costumeira expressão vagamente sonhadora. Deu seu nome aos guardas da ss e teve acesso ao saguão.

Logo à sua frente estava a escadaria norte. À direita, o saguão se abria em uma chapelaria longa e semicircular, com duas filas. Viu também um banheiro masculino e desviou o rumo naquela direção. Trancou-se em um cubículo, abriu a valise, tirou o documento, desabotoou a camisa e o enfiou sob a camiseta. Depois voltou a se abotoar, sentou na privada e examinou as mãos. Pareciam-lhe estranhas: frias e um pouco trêmulas. Ele as esfregou vigorosamente, bafejou sobre elas, depois deu descarga e voltou para a chapelaria. Deixou o casaco, o chapéu e a mala no balcão e pegou o tíquete.

Subiu a escadaria norte até a galeria do primeiro andar. Começava a entender a planta baixa do edifício. Sobre a primeira galeria havia uma segunda; por cima desta, um teto de vidro branco opaco inundava todo o espaço com luz natural. Era perfeitamente simétrico e lógico — impressionante, de fato. Garçons passavam carregando bandejas de comida e garrafas de cerveja. Por falta de ideia melhor, ele os seguiu. Através da mais próxima das três portas abertas ele viu um grande salão com um bufê de almoço servido sobre toalhas brancas. Mais adiante, no amplo corredor que percorria toda a extensão da frente do edifício, havia uma galeria com poltronas e mesinhas baixas. Ainda mais adiante, uma sentinela da ss estava de guarda no corredor e afastava quem tentasse se aproximar. Hartmann supôs que ali devia ficar a sala onde Hitler estava esperando.

— Hartmann!

Ele girou para ver Von Weizsäcker na sala onde o bufê foi servido. Ele estava junto à janela, conversando com Schmidt, e fez um gesto chamando Hartmann para se juntar a eles. A sala era apainelada em madeira escura com baixos-relevos representando várias atividades rurais sem qualquer alegria. Alguns ajudantes estavam em volta, conversando em voz baixa. Cada vez que alguém entrava eles se empertigavam, depois relaxavam quando viam que não era Hitler.

— Schmidt estava agora mesmo me contando do seu encontro com o Sturmbannführer Sauer, no trem do Führer.

— Sim. Parece que ele botou na cabeça que eu sou um elemento suspeito.

— Para Sauer somos todos elementos suspeitos! — riu o secretário de Estado, depois se conteve abruptamente. — Falando sério, Hartmann, tente não se opor a ele. Ele tem acesso ao ministro e é capaz de criar todo tipo de problema.

— Farei o que puder.
— Fará mesmo? Eu me preocupo com esse "o que puder". Quando isso acabar, acho que talvez seja prudente transferir você para algum lugar do outro lado do oceano. Washington, talvez.
— Por que não Austrália? — perguntou Schmidt.
Weizsäcker riu novamente.
— Uma excelente sugestão! Mesmo o camarada Sauer não poderá segui-lo até o outro lado do Pacífico!
Pela janela, veio lá de fora o som de gritos e aplausos. Os três homens aproximaram-se para olhar a rua. Uma Mercedes conversível tinha acabado de parar. Sentado no banco de trás, muito empertigado, estava o primeiro-ministro britânico. Ao lado dele, um indivíduo magro e de aspecto furtivo que Hartmann não reconheceu.
— Então vai começar — disse Weizsäcker.
— Quem é aquele com Chamberlain?
— Sir Horace Wilson. O Führer também não o suporta.
Outros carros paravam atrás de Chamberlain. Hartmann tentou olhar toda a extensão da rua, mas sua visão era limitada.
— O Führer não vai lá fora para recebê-lo?
— Duvido. O único lugar em que o Führer deseja ver esse velho cavalheiro é em seu túmulo.
Chamberlain desceu do carro, seguido por Wilson. Quando pôs o pé no tapete vermelho, houve um rufar de tambores e uma fanfarra. Ele tocou na aba do chapéu, em agradecimento, e depois avançou, sumindo do campo de visão. A Mercedes se afastou. Quase imediatamente, a multidão começou a aplaudir de novo. Outra limusine conversível parou no mesmo lugar. No banco traseiro estavam Göring e o primeiro-ministro francês, Daladier. Mesmo àquela distância era possível perceber o quanto Daladier estava pouco à vontade, encolhido no banco do carro, como se quisesse fingir que não estava realmente ali. Göring, ao contrário, parecia encantado. De algum modo conseguira trocar de uniforme depois de sair da estação. O novo uniforme era branco como neve. Ele se retesava, estufado, tentando conter os pneus de gordura. Ao seu lado, Hartmann ouviu quando Weizsäcker ia bufar de escárnio.
— Mas que diabos ele está vestindo agora?

— Talvez queira fazer Monsieur Daladier se sentir em casa se vestindo de boneco da Michelin — disse Hartmann.

Wiezsäcker apontou com o dedo para ele.

— Olha, este é exatamente o tipo de comentário que eu o alertei para evitar.

— Secretário de Estado — disse Schmidt. Ele acenou com a cabeça para a porta em que Chamberlain acabara de aparecer.

— Vossa excelência! — Weizsäcker avançou lentamente com as mãos estendidas.

O primeiro-ministro britânico era uma figura um pouco menor do que Hartmann esperava; de ombros arredondados, cabeça pequena, bigode e sobrancelhas grisalhos e espessos e dentes ligeiramente salientes. Vestia um terno preto com risca de giz e a corrente de um relógio pendia na cintura. A delegação que o acompanhava também era pouco atraente. Hartmann examinou cada rosto, à medida que apareciam — este era lúgubre, aquele era paternal, este austero, o outro não tinha queixo. A falta de esperança em sua tarefa rapidamente o dominou. Não viu sinal de Legat.

A sala começava a se encher. Göring entrou pela porta central com Daladier e sua comitiva. Hartmann tinha lido em algum lugar que o premiê francês, em razão de sua compleição musculosa, era conhecido em Paris como "o Touro de Vaucluse". Agora, sua cabeça grande e maciça estava abaixada e seus olhos piscavam cansados olhando para a esquerda e a direita enquanto era conduzido à mesa do bufê. Chamberlain aproximou-se para saudá-lo com o seu francês de colegial:

— *Bonjour, Monsieur Premier Ministre. J'espère que vous avez passé un bon voyage...*

Göring enchia o prato empilhando carnes frias, queijos, picles e *vol-au-vents*. Enquanto todas as atenções estavam nos primeiros-ministros, Hartmann aproveitou para escapar.

Caminhou pela galeria e olhou da balaustrada de pedra para a escadaria e o foyer repleto mais abaixo. Desceu ao andar térreo, olhou a chapelaria, o banheiro e foi para a calçada, passando pelo corneteiro e o rapaz do tambor, descendo pelo tapete vermelho que ia até a rua. Pôs as mãos nos quadris e examinou a multidão. De nada adiantou.

Legat não estava em lugar algum. O público começou a aplaudir novamente. Ele olhou para a rua e viu uma Mercedes se aproximando. No banco de trás, com perfis tão altivos quanto os de imperadores romanos, vinham Mussolini e Ciano. Um guarda abriu a porta e eles desceram com agilidade para a calçada, ajeitando as jaquetas de seus uniformes cinza-claros. Uma rajada de vento agitou as bandeiras. Os músicos do Exército tocaram sua fanfarra. Os italianos entraram no edifício. Dois outros carros, com sua comitiva uniformizada, pararam logo atrás.

Ele esperou por alguns segundos e depois os seguiu para dentro. Estavam no saguão, sendo cumprimentados por Ribbentrop, enquanto às costas deles, descendo a escadaria de mármore avermelhado — quase com timidez, como pareceu a Hartmann, sozinho e de cabeça descoberta —, vinha Hitler. Vestia uma jaqueta marrom vincada e trespassada do partido, com uma braçadeira da suástica, e calça e sapatos pretos gastos. Parou um instante no patamar que havia no meio da escada, as mãos modestamente entrelaçadas à frente do corpo, esperando Mussolini notar sua presença. Quando Ribbentrop finalmente apontou na sua direção, o Duce atirou as mãos para o alto em um gesto de deleite e rapidamente galgou os degraus para apertar a mão de Hitler. Os dois ditadores se viraram e começaram a subir para o primeiro andar, arrastando seus séquitos.

Hartmann juntou-se à retaguarda do grupo.

Nos minutos seguintes, atuou como intérprete, ajudando em afetadas conversas triviais entre o general Keitel e o diplomata britânico, Strang, sobre suas recentes experiências de voo. Durante todo o tempo, mantinha o olho alerta para o salão e suas entradas. Percebeu várias coisas em rápida sequência. O modo com que Chamberlain e Daladier se apressaram a cumprimentar os líderes fascistas. O modo com que, a cada vez que Mussolini se deslocava, Hitler o acompanhava, como se estivesse nervoso por ser deixado sozinho em um recinto com uma grande quantidade de estranhos. Observou Ribbentrop conferenciando com Ciano — dois pavões belos e arrogantes — e por trás de Ribbentrop avistou o Sturmbannführer Sauer, que imediatamente o encarou. Keitel tinha acabado de falar e esperava que ele traduzisse. Ele fez um esforço para lembrar o que acabara de ouvir.

— O general Keitel estava lembrando o tempo que fazia quando ele voou de volta a Berlim, após o último encontro que os senhores tiveram em Godesberg. Era noite, e o avião teve que desviar de dezenas de tempestades de raios. Ele diz que foi um espetáculo incomparável, a uma altura de uns três mil metros.

— É curioso que ele diga isso — replicou Strang — porque, diga-lhe, também tivemos uma difícil experiência...

Houve uma agitação em torno de uma das entradas. Hitler, cujo tédio e inquietação se tornavam cada vez mais evidentes, estava saindo.

No instante em que o Führer deixou o salão, todos os alemães se movimentaram para segui-lo. Hartmann acompanhou Keitel. Foram para o corredor e viraram à direita. Não tinha certeza do que deveria fazer. Sabia da presença de Sauer no grupo logo à sua frente com Ribbentrop. Caminharam diante da longa galeria onde vários oficiais da ss pularam das poltronas e fizeram a saudação quando Hitler passou. Na entrada do seu escritório ele se deteve. O resultado foi cômico, como um engavetamento de trânsito. Seu olhar era de profunda impaciência.

— Vamos conversar aqui — disse ele a Ribbentrop com a voz ríspida. — Os líderes e um conselheiro somente. — Seus olhos azuis opacos passearam ao longo de toda a comitiva. Hartmann, que estava bastante próximo, viu-se brevemente sob o calor de seu escrutínio. O olhar passou por ele, parou, e retornou. — Preciso de um relógio emprestado. O seu, por favor. — E estendeu a mão.

Hartmann o olhou, momentaneamente paralisado.

Hitler virou-se para os outros.

— Ele acha que eu não vou devolver!

Houve uma gargalhada geral.

— Sim, meu Führer. — Os dedos de Hartmann, desajeitadamente, desafivelaram a pulseira e ele entregou o relógio. Recebeu um aceno de cabeça em agradecimento.

— Muito bem. Vamos começar os trabalhos.

Ele entrou no escritório. Ribbentrop o acompanhou. Schmidt virou-se ao chegar à porta.

— Hartmann, vá e diga aos outros que estamos prontos para começar.

Hartmann caminhou de volta para o salão de recepção. Esfregou a pele pálida do pulso esquerdo, onde tinha usado o relógio, dia e noite, nos últimos oito anos. Era estranho estar sem ele. E agora estava com aquele homem. Ele se sentia perigosamente isolado do que estava acontecendo, como se perambulasse por um sonho. Ao lado da mesa do bufê, Chamberlain conversava novamente com Mussolini. Ao se aproximar, Hartmann escutou as palavras "*...um bom dia de pesca...*" enquanto Mussolini assentia com polidez, entediado.

— Perdoem-me por interromper, excelências. O Führer gostaria de convidá-los para que se juntassem a ele no escritório para dar início às conversações. Ele sugere que sejam os líderes e apenas um conselheiro — disse Hartmann, em inglês.

Mussolini olhou ao redor em busca de Ciano e, ao vê-lo, estalou os dedos. Ciano apresentou-se imediatamente. Chamberlain chamou Wilson:

— Horace, vamos entrar agora.

Daladier, que os observava a curta distância, virou os olhos melancólicos para Hartmann.

— *Nous commençons?*

Estava com um grupo de autoridades francesas. Hartmann reconheceu o embaixador, François-Poncet. Daladier olhou ao redor, franzindo a testa.

— *Où est Alexis?*

Ninguém parecia saber. François-Poncet ofereceu-se para ir à sua procura.

— *Peut-être qu'il est en bas.*

Ele se apressou para fora do salão. Daladier olhou para Hartmann e deu de ombros. De vez em quando perde-se o chefe de um Ministério do Exterior — o que se pode fazer?

— Acho que não devemos fazer Herr Hitler esperar — disse Chamberlain. Ele foi na direção da porta. Depois de uma breve hesitação, as delegações francesa e italiana o seguiram. Chegando ao corredor, ele se deteve. — Para onde iremos? — perguntou a Hartmann.

— Siga-me, por favor, vossa excelência.

Ele os conduziu passando pela longa galeria, onde os alemães estavam de pé, observando-os. Os britânicos e os franceses pareciam desalinhados em seus ternos oficiais, amarrotados depois da longa viagem, quando comparados aos uniformes da ss e dos fascistas italianos. Não pareciam viris; e eram poucos e desmazelados.

À porta do escritório do Führer, Hartmann deu um passo para o lado e esperou que entrassem: Chamberlain primeiro, depois Mussolini e Daladier, em seguida Ciano e Wilson. O chefe do Ministério do Exterior francês, Léger, ainda não aparecera; Hartmann hesitou antes de entrar. Teve uma impressão de um ambiente espaçoso em madeira escura, e de masculinidade — um enorme globo, uma estante de livros que ia do chão ao teto e uma escrivaninha em um canto; uma pesada mesa no centro; e na extremidade oposta à porta, arranjado em semicírculo em volta de uma lareira de tijolos e pedra, um conjunto de poltronas de madeira e vime e um sofá. Um retrato de Bismarck estava pendurado por cima da chaminé.

Hitler já estava sentado na poltrona da extremidade esquerda, com Schmidt ao lado. Ele fez um gesto indicando aos convidados que se acomodassem à vontade. Havia algo descontraído naquele gesto, como se para ele não fizesse diferença. Chamberlain escolheu a poltrona mais próxima ao Führer. Wilson sentou à sua direita. Os italianos se instalaram no sofá, de frente para a lareira. Ribbentrop e Daladier completaram o grupo, deixando uma poltrona vazia para Léger.

Ao se curvar para falar em voz baixa com Ribbentrop, Hartmann avistou seu relógio na mesinha baixa à frente de Hitler.

— Perdão, Herr Minister, mas Monsieur Léger ainda não está pronto.

Hitler, remexendo-se na cadeira com impaciência, deve tê-lo escutado, porque fez um gesto de desdém.

— Vamos começar assim mesmo. Ele pode se juntar a nós depois.

— Não posso começar sem ele. Léger conhece todos os detalhes. Eu não sei nada — disse Daladier.

Chamberlain suspirou e cruzou os braços. Schmidt traduziu a declaração para o alemão. Abruptamente, Hitler inclinou-se para a frente e pegou o relógio de Hartmann. Observou-o atentamente por alguns segundos.

— Keitel!

O general, que esperava à porta, aproximou-se apressado. Hitler sussurrou em seu ouvido. Keitel assentiu e saiu da sala. Os outros fitaram Hitler, sem saber o que estava acontecendo.

— Vá e tente encontrá-lo — disse Ribbentrop a Hartmann.

Hartmann foi para o corredor bem a tempo de ver Léger chegando às pressas. Era um homem pequeno em um terno preto, com bigode preto-azeviche e cabelo com bico de viúva. O rosto estava corado pelo esforço da corrida. Parecia um boneco de pasta de açúcar em cima de um bolo de casamento.

— *Mille excuses, mille excuses...*

Ele disparou pelo escritório do Führer.

Antes de o guarda da ss fechar a porta, Hartmann teve um último vislumbre dos quatro líderes e seus conselheiros, junto com Schmidt, sentados tão imóveis quanto figuras em uma fotografia.

6

O monumental Regina Palast tinha a forma de um cubo de pedra cinza. Foi construído em 1908, com salões de recepção ao estilo de Versalhes, um banho turco no subsolo e sete andares comportando trezentos quartos, dos quais a delegação britânica recebera vinte. Eram quartos de frente, no terceiro andar, com vista das árvores da Maximiliansplatz até as distantes torres góticas gêmeas da Frauenkirche.

Depois que o primeiro-ministro e a equipe saíram para dar início à conferência, Legat passou os dez minutos seguintes perambulando pelo corredor acarpetado e pouco iluminado, na companhia do subgerente do hotel. Era difícil esconder a frustração. *É como se eu fosse um maldito hoteleiro*, pensou ele. Sua primeira missão, determinada por Horace Wilson, era designar um quarto para cada membro da delegação e depois se certificar de que os carregadores entregariam as bagagens nos quartos corretos.

— Lamento ocupá-lo assim — dissera Wilson —, mas receio que terei que lhe pedir para ficar no hotel durante toda a conferência.

— O tempo inteiro?

— Sim. Parece que estão nos concedendo um corredor inteiro de quartos para nos servir de quartel-general. Alguém precisa cuidar para que haja um escritório montado e funcionando, estabelecer uma linha aberta para Londres e se certificar de que esteja sempre operando. Você é a escolha mais óbvia. — A decepção no rosto de Legat deve ter sido mais que evidente, porque ele prosseguiu, gentil: — Entendo que é decepcionante para você não estar presente ao espetáculo principal, assim como deve ter sido para o pobre Syers ter ficado para trás em Londres, depois de já ter o nome nas listas da comitiva do primeiro--ministro. Mas é inevitável. Sinto muito.

Por um instante Legat considerou a possibilidade de lhe contar a razão de sua vinda a Munique, mas o instinto o alertou de que isso apenas faria com que Wilson ficasse ainda mais determinado a mantê-lo longe da delegação alemã. Na verdade, havia alguma coisa no jeito de Wilson, como uma sombra movendo-se sob uma superfície escorregadia, que lhe sugeria que o principal conselheiro do primeiro--ministro sabia exatamente o que ele tinha vindo fazer.

Assim, tudo o que disse foi:

— Claro, senhor. Começarei agora mesmo.

A suíte designada para o primeiro-ministro incluía um quarto com uma cama de quatro colunas e uma sala estilo Luís XVI com cadeiras douradas e venezianas que se abriam para uma sacada. "O aposento mais requintado do hotel", assegurou-lhe o subgerente. A segunda categoria de quartos Legat destinou a Wilson, Strang, Malkin, Ashton--Gwatkin e os dois diplomatas da embaixada em Berlim, Henderson e Kirkpatrick. Em um espírito de autossacrifício, o quarto dele e o de Dunglass eram os menores, na outra ponta do corredor, com vista para o pátio interno, assim como os dos dois detetives, o do médico do primeiro-ministro, Sir Joseph Horner, que logo se dirigiu ao bar, e os das duas datilógrafas, a srta. Anderson e a srta. Sackville. (*Então este era seu nome*, pensou ele: *Joan Sackville*.)

No canto sudeste, o amplo quarto de esquina, com vista para duas ruas, tinha sido reservado para funcionar como o escritório da delegação. Uma bandeja de sanduíches abertos e algumas garrafas de água mineral foram providenciadas para o almoço. Ali as duas mulheres instalaram as máquinas de escrever — duas da Imperial e uma Remington portátil — e descarregaram seu material de escritório. Legat pôs as duas caixas vermelhas do primeiro-ministro na mesa. Um telefone antiquado era o único meio de comunicação. Pediu à telefonista do hotel que fizesse uma ligação internacional para a central telefônica do número 10, em seguida desligou e andou de um lado para o outro do quarto. Depois de algum tempo, Joan sugeriu que esperasse sentado.

— Desculpe. Estou um pouco tenso. — Ele se sentou e se serviu de um copo de água mineral. Estava morna e tinha um leve sabor de enxofre. Quase imediatamente o telefone tocou. Ele deu um pulo para atender. — Sim?

A telefonista o avisou que a conexão com Londres tinha sido feita, e, por cima de sua voz, ele ouvia a voz exasperada da telefonista em Downing Street, perguntando qual o ramal desejado. Ele precisou gritar para ser ouvido. Demorou mais um minuto até que o chefe dos secretários atendesse na linha.

— Cleverly.

— Senhor, aqui é Legat. Estamos em Munique.

— Sim, eu sei. Já está saindo no noticiário. — A voz dele era tênue e vazia. Houve uma série de estalidos na linha. *Deviam ser os alemães escutando*, pensou Legat.

— Parece que vocês... — disse Cleverly, e a voz robótica se perdeu no ruído da estática.

— Desculpe, senhor. Pode repetir?

— Eu disse: parece que vocês tiveram uma grande recepção!

— Certamente, senhor.

— Onde está o primeiro-ministro?

— Acabou de sair para a conferência. Estou no hotel.

— Muito bem. Quero que permaneça aí e garanta que a linha ficará aberta.

— Com todo o respeito, senhor, acho que eu seria mais útil se estivesse no mesmo local que o primeiro-ministro.

— Não, absolutamente não. Está me ouvindo? Eu quer...

Outra explosão de estática, como em um tiroteio. A linha ficou muda.

— Alô? Alô? — Legat apertou a alavanca meia dúzia de vezes. — Alô? Maldição! — Ele desligou e olhou com ódio para o aparelho.

Nas duas horas seguintes Legat fez repetidas tentativas de estabelecer uma conexão telefônica com Londres. Foi impossível. Até o número do Führerbau que havia recebido estava o tempo inteiro ocupado. Ele começou a suspeitar que os alemães os isolaram de propósito, ou que o regime não era tão eficiente quanto queria parecer. Durante todo o tempo a multidão continuava a crescer no jardim em frente ao hotel. Havia um clima de feriado, com homens em calções de couro típicos e mulheres em estampas florais. Bebia-se muita cerveja. Uma bandinha apareceu e começou a tocar a música inglesa do momento.

Any time you're Lambeth way,
Any evening, any day,
You'll find us all doin' the Lambeth walk.

No final de cada refrão, a multidão cantava, com sotaque bávaro, um rouco e ligeiramente ébrio "*Oy!*".
Depois de algum tempo, Legat tapou os ouvidos.
— Isso é surreal.
— Ah, não sei. Acho muito gentil tentarem nos fazer nos sentirmos em casa — disse Joan.
Ele encontrou um guia turístico na gaveta da mesinha. O hotel parecia estar a pouco menos de um quilômetro do Führerbau. Era só seguir à esquerda pela Max-Joseph-Strasse e depois na direção da Karolinenplatz, passando pela rotatória. Supondo que pudesse encontrar Paul com rapidez, poderia ir e voltar em meia hora.
— É casado, sr. Legat?
— Sim, sou.
— Tem filhos?
— Dois. E você?
Ela acendeu um cigarro e olhou para ele através da fumaça, com uma expressão divertida.
— Não. Ninguém me quer.
— Isso é difícil de acreditar.
— Ninguém me quer quando é o alguém que eu queria que me quisesse, se entende o que quero dizer. — E ela começou a cantar, acompanhando a banda:

Everything's free and easy,
Do as you darn well pleasey,
Why don't you make your way there,
Go there, stay there...

A srta. Anderson juntou-se a ela. Tinham belas vozes. Legat sabia que o achariam um chato engravatado por não participar — era assim que Pamela sempre o chamava. Mas era contra sua natureza cantar, mesmo nos melhores momentos, ou até dançar, e ele não podia achar que aquele momento fosse de descontração.

Lá de fora, bastante audível mesmo com as janelas fechadas, veio um sonoro e germânico *"Oy!"*.

Eles aguardavam no Führerbau.

Cada delegação recebeu uma área específica. Os alemães e os italianos compartilharam a longa galeria aberta ao lado do escritório do Führer; os britânicos e os franceses ocupavam os dois salões de recepção na extremidade oposta do corredor. Hartmann se posicionou em uma poltrona na galeria, de onde tinha, por entre as colunas, visão livre do amplo espaço em que os funcionários aliados estavam sentados em silêncio, lendo e fumando. Todos deixaram as portas abertas para o caso de virem a ser convocados. Volta e meia podia vê-los caminhando, lançando olhares ansiosos e esperançosos na direção do grande escritório do canto, onde a porta do Führer permanecia fechada.

Legat ainda não tinha aparecido.

Passou-se uma hora, depois outra. De tempos em tempos, um dos líderes nazistas — Göring, Himmler, Hess — perambulava por ali com ajudantes, parando ocasionalmente para trocar algumas palavras com os alemães. As botas dos ajudantes da ss rangiam no piso de mármore. Eles sussurravam mensagens. A atmosfera era a de um grande recinto público onde fosse proibido falar alto — um museu, talvez, ou uma biblioteca. Todos se observavam.

De vez em quando Hartmann enfiava a mão no paletó e sentia o metal da pistola, aquecido pelo corpo, depois deslizava a mão pela parte lateral da camisa e fazia o mesmo com a borda do envelope. Tinha que repassar aquilo para as mãos de alguém da delegação britânica de alguma maneira, e quanto mais cedo melhor; não havia motivo para esperar que um acordo fosse selado. Legat, ao que parecia, estava fora do jogo, embora ele não soubesse o motivo. Mas se não fosse Legat, quem seria? O único inglês com quem tinha feito contato era

Strang. Parecia um sujeito decente, embora tão empertigado quanto um daqueles velhos professores de latim. Como falaria com Strang sem ser visto por Sauer? Cada vez que olhava ao redor, parecia que o homem da ss o observava. Desconfiava de que tivesse até alertado alguns de seus camaradas.

Ele levaria menos de meio minuto para alcançar o salão em que a delegação britânica estava. Infelizmente, só poderia fazer isso à vista de todos. Que desculpa plausível poderia inventar? Sua mente, cansada depois de duas noites sem dormir direito, girava incessantemente pensando no problema sem achar uma solução. Mesmo assim, decidiu que precisava tentar.

Às três da tarde ele se levantou para esticar as pernas. Caminhou pelo corredor e virou diante do escritório do Führer, indo até a balaustrada mais próxima do salão onde estavam os britânicos. Apoiou as mãos no mármore frio, encostando-se nele de modo casual, e olhou o saguão lá embaixo. Havia um grupo de homens conversando em voz baixa ao pé da escadaria. Ele imaginou que fossem os motoristas. Arriscou um olhar discreto para o lado dos britânicos.

De repente ouviu um barulho às suas costas. A porta do escritório de Hitler se abriu e Chamberlain apareceu. Parecia muito mais soturno do que duas horas antes. Atrás dele veio Wilson, e em seguida Daladier e Léger. Apalpando os bolsos, Daladier puxou uma cigarreira. No mesmo instante as delegações britânica e francesa se movimentaram em direção às respectivas salas para se encontrar com eles. Quando passavam ao lado de Hartmann, ele ouviu Chamberlain chamando: "Venham cavalheiros, estamos saindo", e os dois grupos caminharam pela galeria até a escada e começaram a descer. Um minuto depois, Hitler e Mussolini emergiram e seguiram na mesma direção, com Ciano logo atrás. A expressão de Hitler ainda era de irritação. Gesticulava para o Duce, murmurando em um tom zangado, a mão direita fazendo gestos enérgicos de varredura, como se quisesse arrastar tudo para o esquecimento. À mente de Hartmann ocorreu a gloriosa possibilidade de que talvez a coisa toda tivesse desmoronado.

Legat estava sentado à mesa no escritório do Regina Palast, classificando o conteúdo das caixas vermelhas e organizando os documentos marcados pelo primeiro-ministro como requerimentos urgentes, quando ouviu a multidão irromper de novo em aplausos. Levantou-se e foi olhar a Maximilianplatz. Uma Mercedes conversível tinha parado diante do hotel. Chamberlain estava descendo, acompanhado por Wilson. Outros carros começavam a parar atrás. A delegação britânica começou a surgir na calçada.

Joan juntou-se a ele na janela.

— Esperava que voltassem tão cedo?

— Não. Não havia nada agendado.

Ele trancou as caixas e foi para o corredor. A campainha do elevador soou baixinho na outra extremidade do andar. As portas se abriram e o primeiro-ministro apareceu com Wilson e um dos detetives da Scotland Yard.

— Boa tarde, primeiro-ministro.

— Olá, Hugh. — A voz estava fatigada. Naquela amena luz elétrica, sua aparência era quase espectral. — Onde ficam nossos aposentos?

— Seu quarto é aqui, senhor.

Assim que entraram, o primeiro-ministro desapareceu no banheiro. Wilson foi até a janela e olhou a multidão lá fora. Ele também parecia exausto.

— Como foram as coisas, senhor?

— De mal a pior. Poderia pedir aos outros que viessem para cá? Todos precisam ser atualizados.

Legat se postou perto do elevador e desviou os delegados que chegavam em direção ao quarto do primeiro-ministro. Em dois minutos o aposento estava cheio: Strang, Malkin, Ashton-Gwatkin e Dunglass, além de Henderson e Kirkpatrick, de Berlim. Legat entrou por último. Fechou a porta no momento em que o primeiro-ministro emergia do quarto para a sala. Havia trocado de colarinho e lavado o rosto. O cabelo por trás das orelhas ainda estava úmido, e ele parecia mais disposto agora.

— Cavalheiros, sentem, por favor. — Ele se instalou em uma grande poltrona virada para a sala e esperou enquanto os outros se acomodavam. — Horace, poderia fornecer a todos um quadro geral da situação?

— Sim, obrigado, primeiro-ministro. Bem, a coisa toda foi uma espécie de Chá do Chapeleiro maluco, como os senhores provavelmente perceberam. — Ele puxou uma caderneta do bolso e a abriu sobre o joelho. — Começamos com um discurso de Hitler, cujos pontos principais foram: a) a Tchecoslováquia é atualmente uma ameaça à paz da Europa; b) duzentos e cinquenta mil refugiados fugiram da região dos Sudetos rumo à Alemanha nos últimos dias; e c) a situação toda é crítica, e deve ser resolvida até sábado — ou a Grã-Bretanha, a França e a Itália dão a garantia de que os tchecos começarão a evacuar o território em disputa nessa data, ou ele marchará para tomá-lo. Ele passou todo o tempo consultando o relógio como que para se certificar se a pausa de vinte e quatro horas para a mobilização iria expirar. No geral, devo dizer que minha impressão é de que não está blefando, e que ou resolvemos essa questão hoje ou teremos guerra.

Ele virou a página.

— Então Mussolini apresentou o esboço de um acordo, em italiano, que os alemães já traduziram. — Ele remexeu outro bolso e puxou algumas folhas datilografadas. — Traduzidas para o alemão, aliás. Pelo que pudemos perceber, é mais ou menos o que foi proposto antes. — Ele atirou as folhas sobre a mesa de centro.

— Hitler aceitaria uma comissão internacional para determinar que áreas deverão se tornar alemãs? — disse Strang.

— Não, diz que não há tempo para isso. Deve haver um plebiscito, e cada distrito poderá decidir por maioria simples.

— E o que acontece à minoria?

— Terão que ser evacuados até o dia 10 de outubro. Ele também quer nossa garantia de que os tchecos não destruirão nenhuma de suas instalações antes de partir.

— É a palavra "garantia" que não me agrada — disse o primeiro-ministro. — Como podemos garantir seja lá o que for sem que saibamos se os tchecos concordam?

— Eles certamente deveriam estar presentes a esta conferência, não?

— Justamente a questão que levantei. Infelizmente, isso levou à costumeira verborragia de vulgaridades contra os tchecos. Longa mesmo. — O primeiro-ministro bateu repetidamente uma das mãos em punho na palma da outra mão.

Wilson consultou as anotações.

— Para ser mais preciso, ele disse que havia concordado em adiar a ação militar, "...*mas se aqueles que o impeliram a agir assim não estiverem preparados para se responsabilizar pela concordância tcheca, ele teria que reconsiderar*".

— Meu Deus!

— Mesmo assim, reafirmei nossa posição — disse Chamberlain.

— É inconcebível que tenhamos de garantir a concordância dos tchecos sem que eles mesmos tenham concordado.

— Qual foi a posição dos franceses quanto à sugestão de incluir os tchecos na negociação? — perguntou Henderson.

— De início Daladier me deu apoio, mas depois de meia hora começou a mudar o tom. O que foi exatamente que ele disse, Horace?

Wilson consultou a caderneta.

— "*Se a inclusão de um representante de Praga trouxer dificuldades, ele estaria pronto para abrir mão dela, visto que o mais importante é que a questão seja resolvida com presteza.*"

— E eu contestei, afirmando que minha insistência não era para que os tchecos tomassem parte nas discussões, mas que pelo menos estivessem em uma sala ao lado, para que pudessem afirmar sua concordância, quando necessário.

— O senhor demonstrou firmeza, primeiro-ministro — afirmou Wilson.

— Bem, sim. Tive que demonstrar! Daladier é completamente inútil. Dá a impressão de que detesta cada minuto que passa ali e que tudo que quer é assinar um acordo e voltar a Paris o mais depressa possível. Assim que se tornou claro que não estávamos chegando a lugar algum, e, de fato, que havia o risco de que a coisa toda degenerasse em amargura, propus que fizéssemos uma pausa de uma hora para consultar nossas respectivas delegações a respeito da proposta de Mussolini.

— E os tchecos?

— Vamos esperar para ver. No fim a expressão de Hitler era tempestuosa. Ele levou Mussolini e Himmler ao seu apartamento para o almoço, e não posso dizer que estou com inveja da agenda social de Mussolini. — Ele se interrompeu. O rosto se contorceu de desagrado. — Que diabos é *isso*?

Através das janelas fechadas vinha o barulho da banda em frente ao hotel.

— É "The Lambeth Walk", primeiro-ministro — respondeu Legat.

No Führerbau, as autoridades alemãs e italianas seguiram a corrente dos acontecimentos indo na direção do salão em que o bufê de almoço fora servido. Os dois grupos não se misturavam. Os alemães se sentiam superiores aos italianos. Os italianos achavam os alemães vulgares. Perto da janela, um círculo se formou em volta de Weizsäcker e Schmidt. Hartmann se serviu de um prato de comida e se juntou a eles. Weizsäcker exibia um documento datilografado em alemão. Parecia muito satisfeito consigo mesmo. Hartmann precisou de alguns segundos para entender que aquilo era uma espécie de esboço de um acordo, apresentado por Mussolini na reunião dos líderes. Então as negociações não tinham sido interrompidas. Ele sentiu o entusiasmo anterior se evaporar. A decepção deve ter ficado visível em seu rosto, porque Sauer disse:

— Não precisa ficar tão consternado assim, Hartmann. Pelo menos temos a base para um acordo.

— Não estou consternado, Herr Sturmbannführer, apenas espantado que o dr. Schmidt tenha conseguido traduzir tudo isto tão depressa assim.

Schmidt gargalhou e revirou os olhos diante da ingenuidade.

— Meu caro Hartmann, não precisei traduzir coisa alguma! Este esboço foi preparado ontem à noite em Berlim. Mussolini fingiu que era um trabalho dele.

— Você acha honestamente que deixaríamos algo tão importante a cargo dos italianos? — disse Weizsäcker.

Os outros também riram. Do outro lado da sala, dois italianos se viraram para olhar para eles. Weizsäcker ficou sério, e pôs o dedo nos lábios.

— Acho que devemos falar mais baixo.

Legat passou a hora seguinte no escritório, traduzindo do alemão para o inglês o texto do esboço feito pelos italianos. Não era muito grande, menos de mil palavras. À medida que traduzia cada página, entregava para que Joan datilografasse. Em vários momentos, os membros da delegação britânica se agruparam no escritório para ler por cima do seu ombro.

1. *A evacuação começará em 1º de outubro.*
2. *O Reino Unido, a França e a Itália garantem que a evacuação do território estará concluída em 10 de outubro...*

E assim prosseguia, em um total de oito parágrafos.

Foi Malkin, o advogado do Foreign Office, sentado em uma poltrona no canto e folheando as páginas enquanto dava baforadas no cachimbo, quem sugeriu que "garantem" devia ser substituído por "concordam" — uma jogada engenhosa, aparentemente trivial, mas que alterava completamente o teor do documento. Wilson levou a sugestão ao outro lado do corredor, para mostrá-la ao primeiro-ministro, que repousava no quarto. Chamberlain estava de acordo. Malkin também apontou que a questão do documento implicava que três potências — Grã-Bretanha, França e Itália — estivessem fazendo concessões a uma quarta, a Alemanha: uma questão que dava o que ele chamava de "uma impressão negativa". Por essa razão, redigiu um preâmbulo ao acordo, em seu papel timbrado da Chancery Lane:

A Alemanha, o Reino Unido, a França e a Itália, levando em consideração o acordo, que foi estabelecido em princípio para a cessão à Alemanha do território dos Sudetos alemães, concordam com os seguintes termos e condições governando a mencionada cessão e as consequentes medidas a serem adotadas, e por este acordo afirmam-se todas responsáveis pelos passos necessários ao cumprimento do que foi estabelecido.

O primeiro-ministro também concordou com essa parte, e pediu a pasta com os resultados do censo tcheco de 1930, que estava em uma das caixas vermelhas. Joan datilografou novamente o documento inteiro. Pouco depois das quatro da tarde, ele estava pronto, e a delegação começou a descer para embarcar nos carros. Chamberlain surgiu do quarto, parecendo tenso, alisando nervosamente o bigode com o polegar e o indicador. Legat entregou-lhe a pasta com os papéis solicitados.

— Talvez uma citação melhor de Shakespeare para ter sido usada em Heston pudesse ter sido: "*Uma vez mais à brecha, caros amigos!*" — murmurou Wilson.

Os cantos da boca do primeiro-ministro se curvaram de leve para baixo.

— Pronto para ir, senhor? — perguntou o detetive.

Chamberlain assentiu e eles saíram do quarto. Quando Wilson se virou para acompanhá-lo, Legat decidiu fazer mais uma tentativa.

— Eu acho de fato que eu seria mais útil na própria conferência, senhor, do que esperando aqui. Agora deve haver mais necessidade de traduções.

— Ah, não, não, o embaixador e Kirkpatrick podem cuidar disso. Você defende o forte aqui. De fato, está fazendo um trabalho esplêndido. — Deu um tapinha no braço de Legat. — Precisa ligar para o número 10 imediatamente e ler para eles o nosso texto revisado do acordo. Peça-lhes que se certifiquem de que o documento chegue ao Foreign Office. Bem, lá vamos nós.

Ele se apressou para alcançar o primeiro-ministro. Legat voltou ao escritório, pegou o fone e mais uma vez pediu uma ligação para Londres. Desta vez, para sua surpresa, a ligação foi completada.

Para Hartmann, a existência de um esboço de acordo mudava tudo. Mentes habilidosas agora se dedicariam a corrigir pequenos pontos de divergência. Princípios de ferro tremulariam e depois desapareceriam magicamente. Os temas mais controversos, sobre os quais nenhum acordo era possível, seriam simplesmente ignorados e destinados ao exame de subcomitês em uma data posterior. Ele sabia como essas coisas funcionavam.

Afastou-se dos grupos que almoçavam, pôs o prato de volta na mesa do bufê e saiu discretamente do salão. Calculou que teria apenas uma ou duas horas, na melhor das hipóteses. Precisava encontrar um local mais reservado. À sua esquerda havia duas portas fechadas, e depois uma abertura na parede. Ele foi até lá: era o acesso a uma escada de serviço. Olhou para trás. Ninguém pareceu notar a sua saída. Ele deu um passo rápido e começou a descer. No trajeto cruzou com um cozinheiro vestido de branco que carregava uma bandeja de pratos cobertos. O homem o ignorou. Ele continuou descendo, passou pelo andar térreo e foi até o subsolo.

Ali, o corredor era largo, as paredes caiadas de branco, o piso de lajes lisas, como a adega de um castelo. Parecia percorrer toda a extensão do prédio. Ele sentiu cheiro de comida sendo preparada nas proximidades e ouviu o barulho metálico das panelas de uma cozinha. Caminhou com firmeza, com a atitude de um homem com pleno direito de entrar onde bem entendesse. Havia um burburinho de conversa e um retinir de pratos e de talheres. Ele entrou em uma ampla cantina onde dezenas de guardas da ss estavam almoçando. O ar estava carregado de fumaça de cigarro e cheiro de café e cerveja. Alguns rostos se viraram quando ele entrou. Ele os cumprimentou com um aceno de cabeça. Além da cantina o corredor continuava. Ele seguiu, passou por uma escada e uma sala de guarda, abriu uma grande porta de metal e saiu no calor da tarde.

Era o estacionamento, nos fundos do edifício. Uma dúzia de Mercedes pretas estava enfileirada. Dois motoristas estavam fumando. À distância ouviu aplausos e gritos de "*Sieg Heil!*".

Ele se virou rapidamente e voltou a entrar. Um homem da ss apareceu à porta da sala de guarda.

— O que está fazendo aqui?

— Apresse-se, homem! Não está ouvindo? O Führer está de volta!

Ele abriu caminho e com pressa começou a subir a escada. O coração parecia inchar dentro do peito. Estava suando. Passou pelo térreo, subiu dois lances e emergiu mais ou menos no local em que estava quando a primeira sessão da conferência foi interrompida. A atmosfera era de agitação. Ajudantes tomavam posição rapidamente, arrumando os paletós, alisando o cabelo, espiando o corredor. Hitler e Mussolini apareceram, caminhando lado a lado. Atrás deles vinham Himmler e Ciano. Era visível que o intervalo para o almoço em nada contribuíra para melhorar o humor de Hitler. Mussolini deteve-se para conversar com Attolico, mas Hitler seguiu decidido, acompanhado pela delegação alemã.

À entrada do escritório ele parou e se virou para olhar ao redor. A mais ou menos dez passos de distância, Hartmann viu a irritação em seu rosto. Ele começou a balançar o corpo para a frente e para trás, a estranha e inconsciente afetação que observara no trem. Lá de fora brotou uma salva de palmas ainda mais alta, e pouco depois Chamberlain apareceu no topo da escadaria, seguido por Daladier. Os dois também pararam para conversar, junto de uma coluna. Hitler observou os dois líderes democráticos por cerca de um minuto. De repente deu meia-volta, avistou Ribbentrop e fez-lhe um gesto zangado pedindo que os trouxesse. Então, desapareceu no escritório e Hartmann sentiu uma onda de renovado otimismo. Os diplomatas profissionais podiam supor que o acordo estava feito, mas nada podia ser resolvido enquanto Hitler não quisesse, e ele ainda dava a impressão de que nada o agradaria mais do que mandar todos fazerem as malas.

7

Já devia passar das cinco da tarde quando Legat terminou de ditar a cláusula final à estenógrafa de Downing Street.

— *O governo da Tchecoslováquia deverá, em um período de quatro semanas, a contar da data deste acordo, liberar das suas forças militares e policiais todos os alemães dos Sudetos que desejem ser liberados, e o governo da Tchecoslováquia deverá, dentro do mesmo período, libertar todos os prisioneiros alemães dos Sudetos que estejam servindo penas de prisão por crimes de natureza política.* — Fez uma pausa. — Copiou tudo?

— Sim, senhor.

Ele prendeu o fone com o queixo e começou a arrumar as páginas do esboço. À distância, ouviu vozes se elevando. A porta tinha sido deixada entreaberta. Havia uma espécie de discussão no corredor.

— *Engländer!* — um homem estava gritando, com um sotaque carregado. — *Ich verlange, mit einem Engländer zu sprechen!*

Legat trocou olhares perplexos com as duas secretárias. Fez um sinal a Joan para que viesse ficar ao telefone, e tapando o bocal com a mão lhe disse:

— Faça com que mantenham a linha aberta.

Ela assentiu e sentou no lugar dele à mesa. Ele saiu para o corredor. Lá no outro extremo do corredor, perto dos fundos do hotel, uma figura gesticulava, tentando forçar a passagem através de um grupo de quatro homens de terno, que se moviam para bloquear o caminho.

— Um inglês! Eu exijo falar com um inglês!

Legat caminhou na direção deles.

— Eu sou inglês. Posso ajudar?

— Graças a Deus! Sou o dr. Hubert Masarík, *chef de cabinet* do ministro do Exterior da Tchecoslováquia! — disse o homem. — Estes homens são da Gestapo e estão mantendo a mim e ao meu colega, o ministro tcheco em Berlim, dr. Vojtek Mastny, prisioneiros neste quarto!

O homem de aparência distinta tinha cerca de quarenta anos e vestia um terno cinza claro com um lenço no bolso do paletó. A cabeça longa, de crânio comprido, estava vermelha pelo esforço. Em algum momento seus óculos de aros redondos de tartaruga tinham sido empurrados para uma posição esquisita.

— Posso perguntar quem é o encarregado deste setor? — perguntou Legat.

Um dos homens da Gestapo se virou. Tinha um rosto largo, com uma boca firme e tensa, e bochechas marcadas como se tivesse tido varíola na juventude. Parecia pronto para brigar.

— E quem é você?

— Meu nome é Hugh Legat. Sou o secretário particular do primeiro-ministro Chamberlain.

A atitude do oficial da Gestapo mudou imediatamente.

— Não se trata de manter ninguém prisioneiro, Herr Legat. Apenas pedimos a estes cavalheiros que esperassem em seus quartos, para sua própria segurança, enquanto a conferência está em andamento.

— Mas somos observadores na conferência! — Masarík ajeitou os óculos. — Apelo ao representante do governo britânico para que nos permita fazer o que fomos enviados para fazer aqui.

— Posso? — Legat fez um gesto pedindo autorização para passar. Os três outros homens olharam para o oficial. Ele concordou. Os três se afastaram para o lado. Legat apertou a mão de Masarík. — Lamento muito isto tudo. Onde está o seu colega?

Ele acompanhou Masarík para dentro do quarto. Um indivíduo de aspecto professoral de uns sessenta anos, ainda envergando o sobretudo, estava sentado na beira da cama, segurando o chapéu entre os joelhos. Ficou de pé quando Legat entrou. Parecia totalmente abatido. — Mastny. — Ele estendeu a mão.

— Desembarcamos há menos de uma hora, vindo de Praga, e esses indivíduos estavam à nossa espera no aeroporto — disse Masarík. —Pensamos que estavam nos levando diretamente para a conferência. Em vez disso, fomos forçados a permanecer aqui. Isto é uma afronta!

O homem da Gestapo estava à porta, escutando.

— Como já expliquei — disse ele —, eles não têm autorização para participar da conferência. Minhas ordens são para que esperem em seu quarto no hotel, até que eu receba novas instruções.

— Portanto, estamos presos!

— De maneira alguma. Os senhores são livres para voltar ao aeroporto e voar para Praga quando desejarem.

— Posso saber quem emitiu essa ordem? — perguntou Legat.

O homem da Gestapo estufou o peito.

— Acredito que ela partiu do próprio Führer.

— Uma afronta!

Mastny pôs a mão no braço do colega mais jovem.

— Acalme-se, Hubert. Estou mais acostumado à vida aqui na Alemanha do que você. Não adianta gritar. — E virou-se para Legat. — O senhor é secretário particular do sr. Chamberlain? Talvez o senhor possa falar com o primeiro-ministro em nosso nome e descobrir se esta situação lamentável pode ser resolvida?

Legat olhou para os dois tchecos, depois para o homem da Gestapo de braços cruzados.

— Deixe-me ir, e verei o que posso fazer.

A multidão no parque em frente ao hotel ainda era numerosa. Viram-no sair sem demonstrar interesse: mais um funcionário de terno; um ninguém. Ele caminhou depressa, de cabeça baixa.

A Max-Joseph-Strasse era calma e arborizada com cerejeiras flanqueadas por belos prédios de apartamentos em pedra vermelha e branca. Um cheiro suave de fumaça perpassava o ar, e caminhar por entre a brisa de outono, na luz cálida do fim de tarde, o fazia se lembrar de Oxford. Duas mulheres idosas e bem-vestidas treinavam seus cães. Uma babá uniformizada empurrava um carrinho. Somente depois de já ter caminhado uns cinco minutos — após passar o obelisco no centro da rotatória e avançar um pouco pela Königsplatz — ele sentiu que, em algum momento, sem perceber, cruzara uma fronteira invisível para um mundo mais sombrio e menos familiar. Do que até então se lembrava como um parque tinha se transformado em uma praça de desfiles. Em um templo pagão, um soldado de uniforme preto montava guarda diante de uma chama perpétua.

Ele identificou o Führerbau pela multidão na praça com piso de granito à frente do prédio. O edifício em si era clássico, impessoal, de pedra esbranquiçada: três andares, com uma sacada no meio do primeiro andar onde ele podia visualizar Hitler aparecendo em um daqueles espetáculos quase religiosos de que os cinejornais tanto se ocupavam. Passou diante das bandeiras pendentes e das águias de bronze, até chegar à beira do segundo tapete vermelho. Explicou a uma sentinela seu status oficial e permitiram-lhe a passagem. Um oficial uniformizado da ss, logo à entrada do saguão, verificou seu nome em uma lista.

— Onde posso encontrar a delegação britânica?

— No primeiro andar, Herr Legat, no salão de recepção que fica no canto. — O ajudante bateu os calcanhares.

Legat subiu a larga escadaria de mármore avermelhado e virou à direita. Passou por uma área de mesinhas baixas e poltronas e de repente, diante dele, viu Hartmann. Precisou de alguns segundos para ter certeza de que era mesmo ele. Estava de pé, segurando uma xícara e um pires, conversando com um homem de cabelos grisalhos em um terno azul-escuro. Seu cabelo já tinha reentrâncias no tempo de Oxford, mas agora estava quase totalmente calvo. Sua bela cabeça estava meio de lado, escutando o que o interlocutor dizia. Parecia encurvado, tenso, desgastado. E ainda assim um pouco da antiga aura ainda emanava dele, mesmo à distância. Ele percebeu Legat por cima do ombro do outro homem, arregalou um pouco os olhos violeta ao registrar sua presença e fez um quase imperceptível sinal com a cabeça. Legat continuou caminhando.

Pela porta aberta ele podia ver Strang e Dunglass. O grupo britânico olhou quando ele entrou no salão. Estavam espalhados pelo vasto aposento. Henderson estava lendo um jornal alemão. Kirkpatrick tinha as pernas esticadas e os olhos fechados. Malkin examinava papéis em seu colo. Ashton-Gwatkin parecia estar lendo um volume de poesia japonesa. Com voz cortante, Strang disse:

— Hugh? O que está fazendo aqui? Pensei que seu lugar era no hotel.

— E é de fato, senhor, mas aconteceu algo. Os delegados tchecos chegaram ao Regina Palast e estão sendo impedidos de sair do quarto.

— Impedidos como?

— Pela Gestapo. Eles pedem que o primeiro-ministro interceda em seu favor.

Ouviram-se grunhidos por todo o salão.

— A Gestapo!

— Animais... — murmurou Ashton-Gwatkin.

— Não sei por que eles imaginam que o primeiro-ministro possa fazer qualquer coisa a respeito — disse Henderson.

— Mesmo assim, será difícil chegar a um acordo sem a participação deles. — Strang sugou com força o cachimbo apagado, que emitiu uns estalidos. — Acho que você devia ir lá acalmá-los, Frank. Você os conhece melhor do que todos nós.

Ashton-Gwatkin suspirou e fechou o livro. Legat notou que Dunglass esticava o pescoço para conseguir enxergar o corredor, ao estilo daquelas aves de aspecto espantado em que gostava de atirar.

Kirkpatrick também o viu assim.

— O que é, Alec? Alguma coisa está acontecendo?

— Sim — disse Dunglass. Como de hábito, falava lentamente, quase sem mover os lábios. — A porta de Hitler se abriu.

Hartmann achou que a passagem de seis anos mal tinha deixado marcas em Legat. Ele bem podia estar cruzando o pátio de Balliol naquele instante. Havia a mesma estranha combinação de idade e juventude: o cabelo escuro e espesso de rapaz jogado para trás na testa e a gravidade pálida de sua expressão; a agilidade dos movimentos — tinha sido um corredor em Oxford — presa naquelas roupas senhoris e fora de moda. A visão fez Hartmann perder momentaneamente a sequência do que Von Weizsäcker estava dizendo, e ele não percebeu que Schmidt se aproximava apressadamente.

— Herr Von Weizsäcker e Signor Attolico... — Schmidt cumprimentou com a cabeça o secretário de Estado e fez um gesto na direção do embaixador italiano. — Com licença, cavalheiros. O Führer gostaria que participassem das conversações.

Os homens que estavam sentados mais perto o ouviram. Cabeças se viraram. Weizsäcker assentiu, como se já estivesse esperando.

— Ele quer mais alguém? — perguntou.

— Somente os embaixadores britânico e francês.

— Eu vou chamá-los — ofereceu-se Hartmann. Sem esperar pela aprovação dos outros, saiu caminhando rumo ao local das duas delegações. Entrou primeiro no salão dos franceses. — Monsieur François--Poncet? — O rosto do parisiense, com seu antiquado bigode encerado, virou-se para encará-lo. — Perdoe-me, vossa excelência, mas os líderes estão pedindo que os embaixadores se juntem a eles. — Antes mesmo de François-Poncet ficar de pé, Hartmann já marchava na direção da porta seguinte. — Sir Nevile, há um pedido vindo do escritório do Führer. O senhor poderia, por favor, juntar-se aos chefes de governo?

— Somente Sir Nevile? — perguntou Strang.

— Somente Sir Nevile.

— Finalmente! — Henderson dobrou o jornal e o pôs sobre a mesinha. Ficou de pé e conferiu os botões no espelho.

— Boa sorte — disse Kirkpatrick.

— Obrigado.

Ele deixou o salão com passo relaxado.

— Isto significa que houve um avanço?

— Receio que eu seja apenas o mensageiro, sr. Strang. — Hartmann sorriu e fez uma ligeira mesura. Olhou em volta. — Estão confortáveis aqui? Precisam de alguma coisa?

— Estamos bem, obrigado, Herr... — Strang fez uma pausa.

— Hartmann.

— Herr Hartmann, é claro, desculpe-me. — Hartmann se demorou de propósito, e Strang se viu forçado a apresentar os colegas. — Este é Lord Dunglass, o secretário particular parlamentar do primeiro-ministro; Sir William Malkin, do Foreign Office; Frank Ashton-Gwatkin, também do Foreign Office; e Ivone Kirkpatrick, da embaixada de Berlim, que eu imagino que já conheça.

— Sem dúvida, sr. Kirkpatrick. Um prazer reencontrá-lo. — Hartmann foi apertando as mãos pela sala.

— E este é Hugh Legat, um dos secretários particulares do primeiro-ministro.

— Sr. Legat.
— Herr Hartmann.
Hartmann segurou a mão de Legat uma fração de segundo a mais que a dos outros, e a puxou delicadamente.
— Bem, avisem-me se eu puder ajudá-los em alguma coisa.
— Eu deveria voltar para o hotel — disse Legat.
— E suponho que eu precise ir conversar com os pobres senhores tchecos — disse Ashton-Gwatkin com ar fatigado —, supondo que eu consiga encontrar um telefone que funcione.
Os três homens saíram para o corredor e caminharam na direção do escritório de Hitler. A porta já havia se fechado novamente. Hartmann disse:
— Bem, esperamos que façam algum progresso. — Ele se deteve. — Espero encontrá-los depois. Com licença, cavalheiros? — Curvou gentilmente a cabeça, virou à esquerda e começou a descer a escada de serviço.
Legat deu mais alguns passos ao lado de Ashton-Gwatkin e então também parou.
— Sinto muito. Lembrei que há algo que preciso comunicar a Strang. — A desculpa lhe pareceu tão óbvia que ele ficou constrangido, mas Ashton-Gwatkin limitou-se a erguer a mão em despedida:
— Até mais tarde, meu rapaz — respondeu, e continuou andando.
Legat voltou um pouco e, sem olhar para trás, seguiu Hartmann escada abaixo.
Não conseguia vê-lo, mas podia ouvir o rangido das solas dos sapatos nos degraus. Achou que ele pararia no andar térreo, mas o barulho do couro sobre a pedra prosseguiu por mais dois lances de escada até que Legat se viu emergindo em um corredor do subsolo, bem a tempo de perceber um lampejo de luz do sol a sua direita e o barulho de uma porta de metal se fechando com força.
Ele preferiu nem pensar no absurdo que seria aquela cena, o funcionário público de Whitehall com seu terno preto e relógio de bolso andando às pressas no corredor de serviço do subsolo do palácio privado do Führer. Se Cleverly o visse, teria um ataque cardíaco. *Acredito que não preciso enfatizar a necessidade absoluta de que não faça qualquer*

coisa que possa pôr em risco o sucesso desta conferência. Ele passou diante de uma sala de guardas — vazia, como constatou com alívio —, abriu a pesada porta de metal e saiu para a luz do dia em um pátio cheio de Mercedes pretas. Do outro lado, Hartmann aguardava. Ele acenou e foi em sua direção. Mas Hartmann imediatamente voltou a caminhar, virando à direita e sumindo do seu campo de visão.

Daí em diante ele se manteve sempre cerca de cem metros à frente. Legat o seguiu, passando diante de dois Templos de Honra com seus guardas imóveis e chamas bruxuleantes, diante de outro monumental prédio nazista em pedra branca, idêntico ao Führerbau, depois se afastando da Königsplatz e dirigindo-se a uma rua larga com grandes blocos de escritórios adornados com suásticas. Legat lia as placas à medida que passava por eles: Escritório do Führer adjunto, Escritório Central do Reich para a Implementação do Plano Quadrienal. Olhou para trás. Ninguém parecia segui-los. Adiante via-se um edifício moderno e feio que parecia a entrada de uma estação ferroviária, mas que se anunciava como "Park Café". Hartmann entrou. Um minuto depois, Legat fez o mesmo.

Era o fim de um dia de trabalho. O bar estava lotado, principalmente de funcionários dos edifícios públicos da região, a julgar pela aparência. Havia uma boa quantidade de uniformes marrons do partido. Ele olhou ao redor à procura of Hartmann, através das nuvens de fumaça de cigarro, e viu sua cabeça calva em um canto. Estava sentado a uma mesa de costas para o salão mas virado para um espelho, de modo que pudesse observar o que acontecia. Legat sentou na cadeira em frente. A boca larga de Hartmann se abriu em um sorriso astuto e familiar.

— Bem — disse ele —, aqui estamos nós de novo, meu amigo. — Legat lembrou que para Paul havia sempre um lado divertido em qualquer situação, mesmo uma como aquela. Depois Hartmann acrescentou, em um tom mais sério: — Alguém o seguiu?

— Não sei. Creio que não. Não estou muito acostumado a esse tipo de coisa.

— Bem-vindo à nova Alemanha, meu caro Hugh! Você vai descobrir que é preciso se acostumar com isso.

O homem na mesa vizinha trajava um uniforme da SA. Estava lendo *Der Stürmer*. Uma caricatura vil de um judeu com tentáculos de polvo sobressaía na primeira página. Legat teve a esperança de que o barulho no bar abafasse sua conversa.

— É seguro aqui? — disse ele em voz baixa.

— Não. Mas é mais seguro do que no lugar onde estávamos. Vamos pedir duas cervejas, pagar e sair com elas para o jardim. Continuaremos falando em alemão. Somos dois velhos amigos que se encontram após um longo período, com muita conversa para botar em dia; e é verdade. A melhor mentira é aquela que é quase toda verdadeira. — Ele fez um sinal para o garçom. — Duas cervejas, por favor.

— Você não mudou muito.

— Ah! — riu Hartmann. — Se você soubesse! — Puxou um isqueiro e um maço de cigarros, ofereceu um, inclinou-se para acender o de Legat e depois acendeu o seu. Os dois se recostaram e fumaram em silêncio por algum tempo. De vez em quando Hartmann olhava para ele e balançava a cabeça como se não estivesse acreditando.

— Eles não estarão agora imaginando onde você se meteu? — disse Legat

— Um ou dois já devem estar à minha procura. — Ele deu de ombros. — Não dá para evitar.

Legat continuou olhando ao redor. O cheiro daquele estranho tabaco era forte. Queimava o fundo de sua garganta. Ele se sentia horrivelmente exposto.

— Vamos esperar que não terminem as conversações antes que estejamos de volta.

— Não acho isso muito provável, e você? Mesmo que cheguem a um acordo, certamente se demorarão por lá, acertando detalhes. E, se não houver acordo, é a guerra... — Hartmann fez um floreio com a mão que segurava o cigarro. — E neste caso eu, você e o nosso pequeno encontro seremos totalmente irrelevantes. — Ele olhou para Legat através da fumaça. Seus grandes olhos estavam mais fundos do que Legat lembrava. — Eu li que você casou.

— Sim. E você?

— Não.

— O que aconteceu com Leyna? — Ele tinha prometido a si mesmo que não perguntaria. Hartmann desviou o olhar. Seu humor mudou.

— Receio que não estejamos mais nos falando.

O garçom chegou com as cervejas, colocou-as na mesa e se afastou para atender outro cliente. Legat percebeu então que não tinha nenhum dinheiro alemão. Hartmann pôs algumas moedas na mesa.

— Deixe estas por minha conta... "minha rodada", como costumávamos dizer. — Ele fechou os olhos por um instante. — O Cock and Camel... O Crown and Thistle... O Pheasant, em St. Giles... Como estão eles? Como está todo mundo? Como está Isaiah?

— Tudo continua lá. Oxford continua lá.

— Não para mim, infelizmente. — Ele pareceu sentimental por um instante. — Bem, suponho que temos que resolver nossos negócios.

O camisa-marrom na mesa vizinha tinha pagado a conta e estava se levantando para sair, deixando o jornal na mesa. Hartmann disse:

— Com licença, camarada, mas, se já leu o seu *Stürmer*, posso pegá-lo?

— Claro, por favor. — O homem estendeu-lhe o jornal, cumprimentou os dois afavelmente e saiu.

— Está vendo? — disse Hartmann. — Eles são encantadores, quando você os conhece melhor. Pegue sua cerveja. Vamos lá fora. — Ele apagou o cigarro.

Havia mesas de metal no chão de cascalho sob as árvores desfolhadas. O sol já tinha se posto, logo começaria a escurecer. A parte externa estava tão movimentada quanto o bar lá dentro — homens com calções típicos de couro, mulheres em vestidos de camponesas bávaras. Hartmann o conduziu para uma mesinha ao lado de um canteiro de lavanda. Para além dali, havia um jardim botânico. As belas alamedas, os canteiros de flores, as variedades de árvores, tudo aquilo pareceu familiar a Legat.

— Já viemos aqui antes? — perguntou.

— Sim, sentamos daquele lado, e tivemos uma discussão. Você me acusou de ser um nazista em espírito.

— Foi mesmo? Lamento. Às vezes, para quem é de fora, o nacionalismo alemão não soa muito diferente do nazismo.

Hartmann fez um aceno com a mão.

— Não vamos entrar nesse assunto. Não há tempo. — Puxou uma cadeira. As pernas de metal rasparam o cascalho. Eles sentaram. Legat recusou outro cigarro. Hartmann acendeu um para si. — Muito bem. Deixe-me ir direto à questão. Quero que você arranje uma maneira de eu me reunir com Chamberlain.

Legat suspirou.

— Eles me disseram em Londres que era isso que você queria. Lamento, Paul, mas não é possível.

— Mas você é o secretário dele. Secretários organizam reuniões.

— Sou o menos importante dos secretários. Sirvo para trazer e levar coisas. Ele não daria mais ouvidos a mim do que àquele garçom. E, além disso, não é um pouco tarde para reuniões?

Hartmann balançou a cabeça.

— Agora mesmo, neste instante, ainda não é tarde demais. Só será tarde demais depois que o seu primeiro-ministro assinar esse acordo.

Legat segurou a caneca de cerveja com as duas mãos e abaixou a cabeça. Ele se lembrava daquela obstinação absurda, a recusa em abandonar uma linha de raciocínio mesmo quando se demonstrava que ela partia de uma premissa falsa. Era como se os dois estivessem discutindo no salão do Eagle and Child.

— Paul, eu lhe garanto, não há nada que você possa dizer a ele que ele já não tenha levado em conta. Se está pensando em avisar que Hitler é um mau sujeito, poupe seu fôlego. Ele já sabe.

— Então por que está celebrando esse acordo com ele?

— Por todas as razões que você já conhece. Porque nesse caso específico a Alemanha tem argumentos fortes, e o fato de que estão sendo postos por Hitler não os enfraquece. — Ele se lembrava agora do motivo por que acusara Hartmann de ser nazista: sua principal objeção a Hitler sempre pareceu ter motivos esnobes em vez de ideológicos; para ele, Hitler era um mero cabo austríaco. — Devo dizer que você mudou de tom! Não estava sempre discursando sobre as injustiças do Tratado de Versalhes? A política de conciliação atual é apenas uma tentativa de corrigir aqueles erros.

— Sim, e mantenho cada palavra! — Hartmann inclinou-se sobre a mesa e continuou, em um sussurro carregado de urgência. — E há uma parte de mim, sim, meu caro Hugh, eu admito, uma parte de mim feliz em ver vocês e os franceses rastejando, de quatro, tentando consertar o que fizeram. O problema é que deixaram para fazer isso tarde demais! Superar Versalhes... para Hitler isso não tem mais a menor importância. É apenas o prelúdio para o que virá.

— E é o que você quer dizer ao primeiro-ministro?

— Sim, e não apenas lhe dizer, mas lhe mostrar provas. Tenho tudo aqui. — Ele deu um tapinha no peito. — Está achando graça?

— Não, não estou. Só acho que você é ingênuo. Se pelo menos as coisas fossem tão simples!

— Elas são simples. Se Chamberlain se recusar hoje à noite a continuar negociando sob coação, Hitler invadirá a Tchecoslováquia amanhã. E, no momento em que der essa ordem, tudo vai mudar, e nós da oposição, no Exército e em outros setores, vamos cuidar de Hitler.

Legat cruzou os braços e balançou a cabeça.

— É nesse ponto que eu receio não poder acompanhá-lo. Você quer que meu país entre em guerra para impedir que três milhões de alemães se juntem à Alemanha, tudo isso apenas com a esperança de que você e seus amigos consigam se livrar de Hitler? Bem, preciso dizer: pelo que vi hoje, ele me pareceu muito bem protegido.

Ele teve o cuidado de não ir adiante, embora tivesse muito mais a dizer. Poderia perguntar se era verdade que Hartmann e os amigos — como os emissários deles em Londres deixaram claro durante o verão — tinham a intenção de manter sob seu controle a Áustria e os Sudetos, mesmo que Hitler fosse deposto, e se era verdade também que o objetivo era trazer o Kaiser de volta ao poder, e nesse caso o que *ele* diria ao seu pai quando o visitasse novamente naquele mar de cruzes brancas de pedra em um cemitério de guerra em Flandres? Sentiu um espasmo de irritação. *Vamos assinar logo o maldito acordo, voltar para o avião, ir embora daqui, e eles que se arranjem.*

Luzes elétricas começavam a se acender — gambiarras de lindas lanternas chinesas amarelas, suspensas entre postes de ferro trabalhado. Elas brilhavam ao anoitecer.

— Então, não vai me ajudar? — disse Hartmann.

— Se está me pedindo para arranjar um encontro privado com o primeiro-ministro, tenho que dizer que não, é impossível. Por outro lado, se há alguma prova das ambições de Hitler que deva ser do nosso conhecimento, então sim, se você me entregar agora eu farei com que chegue às mãos dele.

— Antes que ele assine qualquer acordo aqui em Munique?

Legat hesitou.

— Se tiver a oportunidade, sim.

— Me dá sua palavra de que vai tentar?

— Sim.

Hartmann encarou Legat por alguns segundos. Finalmente, pegou o *Der Stürmer* que estava em cima da mesa. Era um tabloide, fácil de segurar em uma só mão. Ele protegeu o corpo com o jornal e com a outra mão começou a desabotoar a camisa. Legat se virou na cadeira de metal e olhou em torno do jardim. Todos pareciam se preocupar apenas com a própria diversão. Mas nos arbustos em volta deles poderia haver olhos espreitando. Hartmann dobrou o jornal e o empurrou sobre a mesa para Legat.

— Preciso ir agora — disse. — Você fica e termina sua cerveja. Será melhor de agora em diante que não tomemos conhecimento um do outro.

— Eu entendo.

Hartmann ficou de pé. De repente, foi importante para Legat fazer com que as coisas não ficassem assim. Também se levantou.

— Eu agradeço, todos nós agradecemos, os riscos que você e seus colegas estão correndo. Se as coisas ficarem perigosas e você precisar deixar a Alemanha, posso prometer que terá nossa proteção.

— Não sou um traidor. Nunca deixarei a Alemanha.

— Eu sei. Mas a oferta está de pé.

Apertaram as mãos.

— Termine sua cerveja, Hugh.

Hartmann se virou e caminhou pelo cascalho em direção ao café, sua silhueta alta esgueirando-se desajeitadamente entre as mesas e cadeiras. Um clarão surgiu quando ele abriu a porta que dava para o interior, mas logo ela se fechou e ele desapareceu.

8

Legat ficou sentado, imóvel, contemplando as mariposas que dançavam em volta das luzes do jardim. O cheiro de lavanda era forte no ar cálido da noite. Depois de algum tempo, com a ponta do polegar e do indicador, abriu cuidadosamente o jornal. Dentro, junto a uma matéria sobre virgens arianas estupradas por judeus, estava um envelope de papel pardo comum. A julgar pelo peso, teria dentro umas duas dúzias de folhas de papel. Ele voltou a fechar o jornal, esperou mais cinco minutos e se levantou.

Abriu caminho entre as mesas onde as pessoas bebiam cerveja, cruzou o bar enfumaçado e saiu pela porta do lado oposto. Nos grandes blocos de escritórios do Führer adjunto e do Plano de Quadrienal as janelas reluziam. Ele teve a impressão de agitação, de uma preparação urgente e determinada. Apertou o passo na direção da Königsplatz. Ao se aproximar do edifício que abrigava a administração do Partido Nazista, um grupo de oficiais uniformizados saía para a calçada. Depois de ultrapassá-los, ouviu às suas costas: "*Das kann nur ein Engländer sein!*" "Esse só pode ser inglês!" Houve gargalhadas. No campo de granito dedicado aos desfiles, duas bandeiras com a suástica, com seis andares de altura, eram iluminadas por holofotes. Ele já podia avistar o Führerbau adiante. Pensou se deveria ou não voltar para a conferência. Dado o que carregava, achou muito arriscado. Virou à direita entre os Templos de Honra. Alguns minutos depois estava empurrando a porta giratória do Regina Palast. No saguão, um quarteto de cordas tocava "Contos dos Bosques de Viena".

No corredor do primeiro andar encontrou com Ashton-Gwatkin. Pararam sob um dos candelabros de luz mortiça.

— Oi, Hugh. Onde você andava?

— Tinha umas tarefas para cumprir.

— Eu sei! Não é terrível? Nada aqui funciona. Os telefones são um caso perdido. — As pesadas feições da Morsa estavam mais lúgubres do que nunca. — Acabo de vir do quarto dos tchecos.

— Como estão reagindo?

— Como seria de esperar. Acham que a coisa toda não está cheirando bem. Tenho certeza de que nós acharíamos o mesmo, no lugar deles. Mas o que podemos fazer? A situação não melhora pelo fato de os alemães continuarem sem autorizar que saiam do quarto.

— Está voltando para a conferência?

— Ao que parece precisam de mim. Tenho um carro à minha espera lá embaixo. — Ele começou a andar, parou e se virou. — A propósito, aquele sujeito, Hartmann, que encontramos mais cedo... ele não tinha uma bolsa Rhodes? Na sua universidade?

Legat não viu sentido em negar.

— Sim, isso mesmo.

— Achei que o nome dele me era familiar. Em que ano essas bolsas tiveram início, após a guerra? Vinte e oito?

— Vinte e nove.

— Então ele deve ter estudado lá na sua época. Certamente o conhecia?

— Conhecia.

— Mas fingiu que não?

— Ele visivelmente não quis fazer muito alarde, então achei que seria prudente não tocar no assunto.

A Morsa assentiu.

— Muito bem. Este lugar está absolutamente lotado de gente da Gestapo.

E seguiu em frente em sua postura majestosa. Legat entrou no escritório do canto do corredor. Joan e a srta. Anderson estavam sentadas à mesa, jogando baralho. Ele perguntou:

— Londres está na linha?

Joan pôs uma carta.

— A maior parte do tempo, na verdade.

— O que disse a eles?

— Que você havia saído para negociar com os tchecos.

— Você é um anjo.

— Eu sei. O que diabos você está lendo?

— Desculpe. — Ele transferiu o jornal para a outra mão. — É uma coisa horrível, antissemita. Estou procurando um lugar para me livrar dele.

— Me dê aqui, eu me encarrego disso.

— Não, obrigado, está bem assim.

— Não seja bobo. Me dê. — Ela estendeu a mão.

— Na verdade, eu não gostaria que você visse isto.

Ele sentiu o rosto corar. Que espião sem futuro ele era! Ela olhava para ele com muita estranheza.

Ele voltou ao corredor. Lá na extremidade da passagem, dois guardas da Gestapo tinham instalado cadeiras e estavam sentados do lado de fora do quarto da delegação tcheca. Ele virou à esquerda, procurou a chave nos bolsos e abriu a porta do próprio quarto. Estava às escuras. Pela ampla janela podia ver luzes nos quartos do lado oposto do pátio interno. Dentro deles, pessoas se moviam, preparando-se para sair e ir jantar; em uma delas um homem parecia olhar diretamente para ele. Ele puxou as cortinas e acendeu a luminária da cabeceira. Sua mala tinha sido trazida por um carregador e colocada sobre a mesinha. Ele jogou o jornal na cama, foi ao banheiro, abriu a torneira e jogou água fria no rosto. Sentia-se trêmulo. Não podia tirar da mente a imagem de Hartmann, especialmente sua expressão no final. Seus olhos pareciam fitá-lo do lado oposto de um golfo muito vasto que se alargava ainda mais enquanto conversavam. Ele se enxugou e voltou ao quarto. Trancou a porta. Tirou o paletó e o pendurou no encosto de uma cadeira, pegou o jornal, sentou à escrivaninha e acendeu a luminária verde de leitura. Por fim, abriu o envelope e puxou as folhas.

O documento era datilografado nas mesmas letras enormes daquele que havia recebido em Londres. O alemão do texto era um híbrido do dialeto hitlerista e do linguajar burocrático, nada fácil de traduzir a princípio, mas depois de algum tempo ele foi pegando o jeito.

ULTRASSECRETO
Memorando
Berlim, 10 de novembro de 1937

Minuta de uma Conferência na Chancelaria do Reich, Berlim, 5 de novembro de 1937, das 16h15 às 20h30.

Presentes:
O Führer e chanceler
Marechal de campo Von Blomberg, ministro da Guerra
Coronel-general barão Von Fritsch, comandante-chefe, Exército
Almirante dr. H. C. Raeder, comandante-chefe, Marinha
Coronel-general Göring, comandante-chefe, Luftwaffe
Barão Von Neurath, ministro do Exterior
Coronel Hossbach, ajudante militar do Führer

O Führer começou declarando que o tema da presente conferência era de tamanha importância que sua discussão, em outros países, seria certamente uma questão de reunião geral do Gabinete, mas que ele, o Führer, havia rejeitado a ideia de fazer dela um tema de discussão diante do círculo mais amplo do Gabinete do Reich precisamente devido à importância da questão. A exposição que faria a seguir era fruto de profundas deliberações e de suas experiências ao longo de quatro anos e meio no poder. Desejava explicar aos cavalheiros presentes suas ideias básicas no tocante às oportunidades para o desenvolvimento de nossa posição no campo dos negócios estrangeiros e seus requerimentos; e pedia, no interesse de uma política de longo prazo para a Alemanha, que sua exposição fosse encarada, na eventualidade de sua morte, como sua última vontade e seu testamento.

O Führer então continuou:

O objetivo da política alemã era garantir a segurança e a preservação da comunidade racial, e ampliá-la. Era, portanto, uma questão de espaço. A comunidade racial alemã compreende mais de oitenta e cinco milhões de pessoas e, por causa do seu número e dos estreitos limites do espaço habitável na Europa, constitui um núcleo racial intensamente compacto, como não existe em nenhum outro país, e que deste modo implicava o direito a um espaço vital maior do que era o caso de outros povos...

Legat parou de ler e olhou em volta. Atrás dele, em cima da mesinha de cabeceira, o telefone estava tocando.

No Führerbau as coisas finalmente começavam a progredir. A porta do escritório de Hitler estava permanentemente aberta. Hartmann viu Ashton-Gwatkin sair acompanhado de Malkin. François-Poncet e Attolico entraram para substituí-los. Na galeria, em torno das mesinhas baixas e nos cones de luz produzidos pelas luminárias, poltronas haviam sido reunidas e funcionários estavam debruçados sobre documentos. No centro de um grupo ele viu Erich Kordt, que deve ter vindo de Berlim durante a tarde. A exceção a toda essa atividade era Daladier. Parecia ter se excluído totalmente dos acontecimentos e estava sentado sozinho em um canto, fumando um cigarro; na mesa à sua frente viam-se uma garrafa de cerveja e um copo. A única pessoa que Hartmann não localizou foi Sauer. Onde estaria? Sentiu aquela ausência como algo ameaçador.

Circulou pelo primeiro andar, tentando avistá-lo. No grande salão ao lado do setor da delegação francesa, os sofás e as poltronas haviam sido empurrados para junto das paredes, e um escritório fora improvisado com máquinas de escrever e telefones extras. Ao lado ficava o salão de jantar. Pelas portas abertas ele viu uma mesa longa forrada com toalha branca, posta para sessenta pessoas. Garçons apressavam-se entrando e saindo, trazendo pratos e garrafas; uma florista estava montando um complicado arranjo de centro de mesa. Claramente preparavam um banquete. Provavelmente uma comemoração, o que significava que deviam estar perto de conseguir um acordo, e que seu tempo se esgotava. Toda sua esperança agora repousava em Legat. Mas até que ponto essa esperança era realista? *Nenhum*, pensou com amargura.

Quando completou o circuito em torno do primeiro andar e voltou à galeria, Kordt o chamou.

— Hartmann, boa noite! — Ele se levantou. Segurava um maço de folhas. — Preciso dos seus talentos. Você se importa? — Ele acenou com a cabeça para um canto mais silencioso onde uma mesa estava desocupada. Quando se sentaram, perguntou em voz baixa: — E então, o que houve? Fez contato com seu amigo?

— Sim.
— E então?
— Ele prometeu que falaria com Chamberlain.
— Bem, ele vai ter que ser rápido. Estão quase acabando.
Hartmann ficou atônito.
— Mas como? Pensei que a conferência fosse durar pelo menos um dia a mais.
— E iria. Mas devo dizer que, na pessoa do muito honorável Neville Chamberlain, o Führer encontrou finalmente um negociador ainda mais obstinado do que ele. O velho cavalheiro o atraiu para um verdadeiro pântano de detalhes e ele simplesmente não aguenta mais continuar. Todas as questões não resolvidas ficarão para ser debatidas depois da conferência, por uma comissão internacional das quatro potências. Assim, todos os lados poderão cantar vitória.
Hartmann praguejou e abaixou a cabeça. Kordt deu-lhe um tapinha no joelho.
— Anime-se, meu caro amigo. Estou tão enojado quanto você. Mas vamos nos reagrupar e um dia tentaremos novamente. Enquanto isso, meu conselho é que adquira um ar menos fúnebre. A habilidade do Führer está prestes a trazer para o Reich três milhões de conterrâneos, sem disparar um tiro. Sua expressão de tristeza é inadequada ao momento, e não vai passar despercebida.
— E agora — disse ele, elevando a voz e adotando um tom profissional — tenho documentos que precisam ser traduzidos do inglês para o alemão. — Ele remexeu a pilha de documentos e retirou algumas páginas. Em um tom sarcástico, leu o cabeçalho. — "*Anexos e declarações suplementares relativas às minorias e à composição da comissão internacional.*" Parece que nossos amigos britânicos são a única nação que ama a burocracia mais do que nós.

Legat pegou o telefone cheio de cautela.
— Hugh?
— Sim?
— É Alec Dunglass.
— Alec! — Ele sentiu um alívio. — O que está acontecendo?

— Parece que temos um acordo.
— Deus do céu. Isso foi rápido.
— Hitler convidou todos nós para algum tenebroso banquete teutônico enquanto os documentos são preparados para as assinaturas, mas o primeiro-ministro acha que isso pode passar a impressão errada. Pode organizar um jantar para nós no hotel? Devemos sair daqui por volta das nove.
— É claro.
— Muito obrigado.
Dunglass desligou.

Um acordo? Legat havia imaginado que as negociações se arrastariam pelo final de semana. Puxou o relógio do bolso. Passava das oito e vinte da noite. Voltou à escrivaninha, apoiou a cabeça nas mãos e retomou a leitura, agora com maior rapidez, virando cada página assim que tinha uma ideia geral do conteúdo. A tese do Führer era robustamente defendida; começava com uma análise da necessidade crescente da Alemanha por alimentos, reconhecia a insustentabilidade de sua economia no ritmo atual do processo de rearmamento, e alertava para a vulnerabilidade do Terceiro Reich às sanções comerciais internacionais e ao corte de suprimentos.

O único remédio, e um que pode nos parecer visionário, é a aquisição de um espaço vital de maiores dimensões...

O espaço necessário para que isto seja garantido só pode ser buscado na Europa...

Não se trata de adquirir população, mas de ganhar espaço para uso agrícola...

O problema da Alemanha só poderá ser resolvido por meio da força...

Se o Führer ainda estivesse vivo, seria sua decisão irrevogável resolver o problema de espaço da Alemanha, no mais tardar, entre 1943-45...

Legat folheou de volta à página inicial: *5 de novembro de 1937.* Menos de onze meses antes.

A incorporação da Áustria e da Tchecoslováquia à Alemanha pode proporcionar, do ponto de vista político e militar, uma vantagem subs-

tancial, porque implicaria fronteiras menores e melhores, e a liberação de forças para outros propósitos, além da possibilidade da criação de novas unidades até um patamar de cerca de doze divisões, ou seja, uma nova divisão por milhão de habitantes.

A segunda parte do memorando registrava a discussão que se seguiu. Ficava claro, lendo nas entrelinhas, que os dois comandantes militares seniores, Blomberg e Fritsch, e o ministro do Exterior, Neurath, expressaram-se alarmados a respeito da praticabilidade da estratégia de Hitler: o Exército francês era muito forte, as defesas tchecas na fronteira eram formidáveis, as divisões motorizadas da Alemanha eram fracas demais...

Todos três, percebeu Legat, haviam desde então sido removidos de suas posições, sendo substituídos por Keitel, Brauchitsch e Ribbentrop.

Ele empurrou a cadeira para trás. Hartmann tinha razão. Sem dúvida, o primeiro-ministro tinha que tomar conhecimento daquilo antes de assinar qualquer acordo.

Ele guardou o memorando de volta no envelope.

No escritório no fim do corredor, disse a Joan:

— Pode me fazer um favor? O primeiro-ministro e os outros estarão voltando para cá dentro de meia hora. Pode pedir ao hotel para providenciar o jantar para todos?

— Tudo bem, verei o que posso fazer. Algo mais?

— Sim, pode enviar uma mensagem a Sir Alexander Cadogan no Foreign Office? Basta dizer a ele que recebi.

— Recebeu o quê?

— Não precisa dizer mais nada. Ele vai entender.

— Aonde está indo agora?

Legat estava destrancando uma das caixas vermelhas.

— Vou voltar para a conferência, por um minuto. Há um documento que acho que o primeiro-ministro precisa ver.

Ele partiu apressado pelo corredor, meio andando, meio correndo. Não esperou o elevador, precipitou-se pela escada, atravessou o saguão e mergulhou na noite de Munique.

Hartmann estava traduzindo a "Declaração Suplementar" do inglês para o alemão — *todas as questões que possam surgir da transferência do território devem ser consideradas tendo em vista os termos de referência da comissão internacional* — quando ergueu os olhos e viu Legat caminhando a passos largos na direção do salão onde estava instalada a delegação britânica. Carregava uma pequena caixa vermelha.

O salão estava vazio, a não ser por Dunglass. Ele olhou surpreso para Legat.
— Achei ter lhe dito que voltaríamos para o hotel.
— Apareceu uma coisa. Preciso dar uma palavra rápida com o primeiro-ministro.
— Bem, você pode tentar, mas ele ainda está com os outros líderes.
— Onde?
Dunglass ergueu ligeiramente as sobrancelhas — o mais próximo que ele chegava de uma demonstração de forte emoção — e apontou a porta no fim do corredor. Parecia a entrada de uma colmeia, com homens circulando diante dela, entrando e saindo.
— Obrigado.
Legat partiu naquela direção. Ninguém tentou impedi-lo.

Os quatro chefes de governo aqui presentes concordam que a comissão internacional proposta pelo acordo hoje assinado por eles consistirá no secretário de Estado do Ministério do Exterior alemão, nos embaixadores britânico, francês e italiano credenciados em Berlim e em um representante a ser nomeado pelo governo da Tchecoslováquia.

Mesmo enquanto sua pena corria sobre o papel, os olhos de Hartmann seguiram Legat até ele entrar no escritório de Hitler.

O aposento era grande, com uns quinze metros de comprimento, e estava lotado e abafado. As janelas altas estavam todas cerradas.

Havia um odor azedo de suor masculino. O primeiro-ministro estava no sofá diante da lareira, conversando com Mussolini. Legat podia ver Wilson no canto, perto da janela, com Sir Nevile Henderson. E na extremidade mais distante, junto a um enorme globo, de braços cruzados e encostado à quina de uma mesa, escutando Ribbentrop e ostentando uma expressão de tédio indizível, avistou Hitler. Depois do primeiro encontro entre os dois, Chamberlain o descrevera como "o cachorrinho mais comum que já vi na vida". O secretário do Gabinete havia feito correções na minuta da reunião substituindo essa expressão por "não havia nada fora do comum em suas feições". Legat na época vira um pouco de esnobismo nisso, mas agora entendia o que o primeiro-ministro queria dizer. Era quase constrangedor o quanto era desinteressante — agora ainda mais do que quando Legat o vira na rua, seis anos antes. Parecia um daqueles inquilinos de pensão que nunca se relacionam com ninguém, ou um guarda-noturno que desaparece de manhã assim que chega a turma do turno do dia. Ele teve dificuldade de desviar os olhos, e, quando o fez, percebeu que a reunião estava terminando. Todos se encaminhavam para a porta. Chamberlain já estava a caminho.

Legat se apressou para interceptá-lo.

— Com licença, primeiro-ministro.

— Sim? — O primeiro-ministro virou-se.

— Será que eu poderia incomodá-lo por um momento?

Chamberlain olhou para ele e depois para a caixa vermelha.

— Não — disse com irritação. — Não agora.

E saiu da sala. Quase no mesmo instante Legat sentiu alguém se aproximar por trás e segurar seu cotovelo. A voz de Wilson era um bafo quente junto ao seu ouvido.

— Hugh? O que diabos está fazendo aqui?

Os outros delegados continuavam a sair, contornando os dois para alcançar a porta.

— Desculpe, senhor. Lord Dunglass disse-me que estava surgindo um acordo, e vim ver se podia ser útil. — Ele mostrou a caixa vermelha. — Levando documentos ao hotel e coisas assim.

— É mesmo? — Wilson pareceu cético. — Bem, você podia ter se poupado essa viagem. O acordo está concluído.

* * *

    Hartmann observou quando saíram do escritório. Primeiro Chamberlain, com Henderson, e depois os diplomatas franceses: Rochat, Clapier, François-Poncet... Léger destacou-se dos outros e afastou-se para ir buscar Daladier, que ainda estava sentado com sua cerveja em um canto. O primeiro-ministro francês levantou-se lentamente. Então Legat surgiu à porta com Wilson, que segurava seu cotovelo como um detetive à paisana que acabava de efetuar uma prisão. Passaram a poucos metros dele. Legat deu um breve olhar na direção de Hartmann, mas sem reagir à sua presença. Depois de alguns minutos Hitler apareceu com Mussolini, seguido por Ciano e Ribbentrop. Eles se encaminharam na direção do salão de jantar.
    Hartmann tentou interpretar o significado da pequena pantomima que tinha acabado de presenciar: Legat provavelmente lera o memorando e o trouxera ao Führerbau na tentativa de mostrá-lo a Chamberlain, mas chegara tarde demais. Essa parecia ser a explicação mais lógica.
    Um ajudante se aproximou e recolheu suas traduções. Então, de repente, Kordt apareceu pressionando-o, mandando-o ficar de pé com urgência.
    — Hartmann, venha conosco. Apresse-se, e arrume sua gravata. Fomos convidados para o jantar com o Führer.
    — Sério? Que coisa constrangedora. Não costumo jantar com pessoas que mal conheço.
    — Não é opcional. São ordens de Weizsäcker: os britânicos e os franceses não vão jantar com o Führer, e precisam de nós para fazer número. Venha. — Ele ergueu a mão.
    Com relutância, Hartmann se levantou e os dois deram a volta pelo primeiro andar em direção ao outro lado do edifício. Ele perguntou:
    — Os britânicos e os franceses vão voltar esta noite?
    — Sim, depois do jantar, para assinar o acordo.
    Então ainda não estava terminado, pensou Hartmann, embora as chances de interrupção fossem tão mínimas que ele se envergonhava até de considerá-las. Mesmo assim, conseguiu apresentar uma expressão mais neutra quando entrou no salão.

Hitler estava sentado ao centro da imensa mesa, de costas para as janelas. Mussolini e Ciano estavam de ambos os lados, e Weizsäcker e Ribbentrop diretamente à frente dele. Seus convidados estavam sendo servidos de vinho; ele tinha uma garrafa de água mineral. Ao cruzar o longo salão de paredes apaineladas, Hartmann foi registrando todos os que conhecia: Göring, Himmler, Hess, Keitel, Attolico... uns dezesseis homens ao todo. Nenhum sinal de Sauer.

Era um grupo pequeno demais para um espaço tão grande; a situação era embaraçosa. Garçons já estavam retirando os pratos colocados nos dois extremos da mesa. Hartmann sentou do lado oposto ao de Hitler, tão longe quanto lhe foi possível, e próximo a um italiano, Anfuso, chefe do Ministério do Exterior em Roma. Ainda assim, estava perto o bastante do Führer para poder vê-lo com clareza — distraidamente beliscando um bolinho, conversando muito pouco. Aparentava estar refletindo sobre aquela atitude esnobe dos britânicos e dos franceses. Seu silêncio parecia infectar todos à sua volta. Até Göring estava calado. Somente quando a sopa foi servida o Führer pareceu mais animado. Tomou um pouco e limpou o bigode com um guardanapo.

— Duce — disse ele —, não concorda que se pode observar o declínio de uma raça no rosto de seus líderes? — A observação era claramente uma pergunta, em teoria dirigida a Mussolini, mas feita em uma voz suficientemente alta para ser ouvida ao redor da mesa, e em um tom que sugeria que nenhuma resposta era necessária. Outras conversas silenciaram. Ele tomou um pouco mais de sopa. — Daladier, até certo ponto, eu considero uma exceção a essa regra. Os franceses estão sem dúvida decadentes: Léger é da Martinica, e claramente de ascendência negroide, mas Daladier tem uma aparência que indica caráter. É um velho soldado, como eu e você, Duce. Daladier... sim, é possível entender-se bem com ele. Ele vê as coisas como elas são e tira as conclusões adequadas.

— Ele queria apenas tomar sua cerveja e deixar que os conselheiros tocassem o barco — disse Mussolini.

Hitler pareceu não tê-lo escutado.

— Mas Chamberlain! — Ele pronunciou o nome com um desgosto cheio de sarcasmo, prolongando as vogais de maneira que o nome soava como uma obscenidade. — Esse "Chamberlain" negocia cada vilarejo e interesse mesquinho como se fosse um barraqueiro de mercado! Os senhores sabem, cavalheiros, que ele queria garantias de que os fazendeiros tchecos expulsos da região dos Sudetos teriam o direito de levar consigo seus porcos e suas vacas? Podem imaginar a trivialidade burguesa de uma mente capaz de se preocupar com detalhes desse tipo? Exigiu indenizações para cada edifício público!

— Eu gostei do aparte de François-Poncet: "O quê? Até os banheiros públicos?" — interrompeu Mussolini.

Houve gargalhadas em volta da mesa.

Hitler não se deixava desviar:

— Chamberlain! Ele foi ainda pior do que teriam sido os tchecos! O que ele tem a perder na Boêmia? O que representa aquilo para ele? Ele me perguntou se eu gostava de pescar nos fins de semana. Eu não tenho fins de semana. E odeio pesca!

Mais gargalhadas. Ciano disse:

— Sabe como ele é chamado em Paris? "*J'aime Berlin!*"

Hitler franziu o cenho. Ficava claramente incomodado com essas interrupções. Mussolini lançou um olhar de reprovação para o genro. O sorriso morreu nos lábios grossos de Ciano. O Führer continuou:

— Está na hora de a Grã-Bretanha aprender que não tem o direito de governar a Europa. Se ela não consegue parar de interferir em tudo, então a longo prazo não será possível evitar a guerra. E lutarei essa guerra enquanto eu e você formos jovens, Duce, porque essa guerra será um teste gigantesco de vigor para nossos dois países, e exigirá homens na plenitude de suas forças à frente de seus respectivos governos, não essas mulheres e negros decadentes e estúpidos!

Houve muitos aplausos e murros na mesa. Hartmann olhou para Kordt, mas ele fitava o prato de sopa. De repente ele sentiu que não aguentava mais. Enquanto os garçons movimentavam-se em torno da mesa para limpar os pratos da primeira rodada, ele pousou o guardanapo e empurrou a cadeira para trás. Sua esperança era conseguir escapar dali sem ser notado, mas quando estava se levantando Hitler olhou de relance ao longo da mesa e o avistou. Uma expressão intrigada atravessou seu rosto. Como alguém ousava sair quando ele estava falando?

Hartmann ficou paralisado com o corpo curvado.

— Meu Führer, perdoe-me. Estão precisando de mim para ajudar na tradução do acordo.

Um dedo foi erguido.

— Um momento!

Hitler se recostou no assento e chamou um ajudante da ss de uniforme branco, que rapidamente se postou ao seu lado. Hartmann endireitou o corpo bem devagar. Sabia que todos os olhos estavam sobre ele. Mussolini, Göring, Himmler — todos pareciam estar se divertindo com sua situação. Somente Kordt estava contraído de horror. O ajudante começou a contornar a mesa em sua direção. Depois do que lhe pareceu uma eternidade, mas na verdade devia ter sido apenas uma questão de segundos, o ajudante chegou até Hartmann e lhe estendeu seu relógio. Ao deixar o recinto, Hartmann ouviu a voz rascante e familiar às suas costas:

— Nunca esqueço uma obrigação pessoal. Estou preparado para ser desonesto pelo bem da Alemanha, mil vezes; para mim mesmo, jamais.

9

Legat fora enviado por Wilson à frente, no primeiro carro, para se certificar de que as providências para o jantar do primeiro-ministro estavam sendo tomadas. O gerente lhe assegurou que uma sala privada estava à espera deles no térreo. Agora ele aguardava na entrada do Regina Palast o retorno do restante da delegação britânica. Sentia que havia feito o mais absoluto papel de bobo. Wilson tinha tratado o assunto com toda a cortesia, mas essa era a pior parte. Podia imaginar que "teriam uma conversa" quando voltassem para Londres; um breve diálogo entre Cleverly e Cadogan, uma convocação discreta ao escritório do chefe dos secretários particulares, a designação para um cargo em que houvesse menos pressão, uma missão diplomática talvez. E no entanto ele continuava com a obstinada certeza de seu dever. Chamberlain tinha que tomar conhecimento da existência do memorando antes que o acordo fosse assinado.

O comboio de limusines Mercedes surgiu ruidosamente na Maximiliansplatz, provocando um rugido ainda mais alto na multidão da calçada oposta. A quantidade de pessoas e o entusiasmo pareciam crescer, na expectativa da assinatura de um acordo. Quando o primeiro-ministro, acompanhado por Dunglass, entrou pela porta giratória, os hóspedes do hotel, muitos em trajes de gala, pararam e o aplaudiram pelo saguão, enquanto o quarteto de cordas tocava "For He's a Jolly Good Fellow". Chamberlain acenou para os dois lados com a cabeça e sorriu, mas no momento em que chegou ao refúgio da sala de jantar desabou na grande cadeira dourada à cabeceira da mesa e com voz rouca pediu um uísque com soda.

Legat deixou a caixa vermelha e foi a uma mesa lateral onde fora disposta uma bandeja com garrafas. As paredes tinham painéis espelhados, no estilo de Versalhes, com velas elétricas em arandelas.

Enquanto despejava soda dentro de um copo, mantinha o olho em Chamberlain, sentado logo abaixo do candelabro. A cabeça do primeiro-ministro abaixou-se até o queixo quase tocar o peito. Dunglass pôs um dedo sobre os lábios e os outros entraram em silêncio — Wilson, Strang, Ashton-Gwatkin, Henderson e Kirkpatrick. Somente Malkin não voltara para o hotel: ficara para supervisionar a redação final. Eles andaram na ponta dos pés em volta do primeiro-ministro, sussurrando. O detetive da Scotland Yard fechou a porta e postou-se ao lado dela. Wilson foi até Legat. Fez um sinal na direção de Chamberlain e disse em voz baixa:

— Ele tem setenta anos, está acordado há quinze horas, voou mil quilômetros e suportou duas sessões de negociações com Adolf Hitler. Acho que tem o direito de estar cansado, não é mesmo?

Sua atitude era protetora. Ele pegou o uísque com soda e o colocou com cuidado ao lado do primeiro-ministro. Chamberlain abriu os olhos e olhou ao redor com surpresa, então empertigou-se na cadeira.

— Obrigado, Horace. — Ele segurou o copo. — Bem, devo dizer que em matéria de inferno foi uma boa amostra.

— Mas está feito, e não creio que alguém pudesse ter se saído melhor.

— Oceanos de tinta irão jorrar criticando suas ações, primeiro-ministro — disse Henderson. — Mas milhões de mulheres abençoarão seu nome hoje à noite por ter salvado seus filhos dos horrores da guerra.

— Isso mesmo — disse Dunglass, baixinho.

— Vocês são muitos gentis. — O primeiro-ministro terminou seu uísque com soda e entregou o copo para que o enchessem novamente. Estava visivelmente recobrando as forças, como uma flor murcha que recebe um pouco de água fresca. A cor voltou ao rosto pálido e de olhos fundos. Legat preparou-lhe um novo drinque, depois saiu da sala para ver o andamento do jantar. Alguns hóspedes circulavam perto da porta. Tentaram olhar para dentro para ter um vislumbre de Chamberlain. Através do saguão aproximava-se uma fila de garçons erguendo pratos cobertos com campânulas de prata, acima da cabeça, como troféus.

O jantar consistia em sopa de cogumelos seguida por carne de vitela e massa. De início, a conversação foi contida pela presença dos garçons, até que Legat, por orientação de Wilson, pediu que se retirassem. Mas, assim que a porta se fechou e o primeiro-ministro começou a perguntar se havia alguma notícia de Londres, Kirkpatrick apontou para o teto.

— Perdão, senhor, mas, antes que prossiga, acho que seria bom supor que cada palavra que pronunciamos aqui está sendo escutada.

— Eu não me incomodo que seja. Não vou dizer nada pelas costas de Hitler que já não tenha lhe dito cara a cara. — Ele pousou os talheres. — Alguém falou com Edward ou Cadogan?

— Eu falei com o secretário do Exterior. Ele estava bastante animado com as notícias — disse Henderson.

— O que nós precisamos, primeiro-ministro, se posso dar esta sugestão — disse Wilson —, é de uma lista, ponto por ponto, de todas as concessões que o senhor conseguiu arrancar dos alemães, comparada com o que eles estavam exigindo antes da nossa vinda a Munique. Isso será muito útil para lidar com quaisquer críticas quando voltarmos a Londres.

Com um traço de ceticismo, Strang disse:

— Então houve concessões?

— Ah, sem dúvida, e não foram insignificantes. Uma ocupação ao longo de várias fases, a partir de 10 de outubro, em vez de uma invasão no dia 1º. Uma evacuação organizada da minoria tcheca, sob supervisão internacional. Um mecanismo para solucionar quaisquer disputas que venham a surgir.

— Fico pensando se os tchecos vão ver as coisas dessa maneira.

— Os tchecos — murmurou Chamberlain. Ele tinha acendido um charuto e empurrado a cadeira para trás. — Acabamos nos esquecendo dos tchecos. — Virou-se para Legat. — Onde estão eles agora?

— Ainda no quarto, primeiro-ministro, até onde sei.

— Estão vendo. Por que Hitler precisa tratá-los dessa maneira? É tão indelicado. Tão *desnecessário*, como tudo o mais.

— O senhor evitou que ele os bombardeasse, primeiro-ministro — disse Henderson —, e era o que ele mais desejava fazer. Portanto, tudo que ele quer agora é lhes infligir pequenas humilhações. Eles deviam estar agradecidos por não estarem confinados em um abrigo antiaéreo.

— Mas suponhamos que, depois do modo como foram tratados, rejeitem o acordo? Estaríamos na pior das confusões.

Um breve silêncio caiu sobre a sala.

Soturno, Wilson disse:

— Deixe os tchecos por minha conta. Explicarei a realidade da situação. Enquanto isso, o senhor deveria subir e descansar antes da cerimônia da assinatura; imagino que haverá fotógrafos. Hugh, você poderia ir lá em cima e trazer os tchecos?

— Claro, Sir Horace.

Legat pôs o guardanapo na mesa. Seu jantar ainda estava intacto.

Hartmann fechou a porta do salão do banquete e parou no corredor para afivelar o relógio. Vinte para as dez. Do escritório no extremo oposto do corredor vinha o som distante das máquinas de escrever. Um telefone tocou.

Ele seguiu novamente para a escada de serviço, descendo direto até o subsolo. Virou à direita no corredor, passando diante da cozinha ainda ruidosa, e atravessou a enfumaçada e abafada cantina, cheia como sempre de soldados e motoristas. Passou pela sala da guarda e saiu no pátio. Acendeu um cigarro. Os carros estavam sem vigilância, estacionados lado a lado, as chaves ainda na ignição. Passou por sua cabeça pegar um deles, mas desistiu: melhor se arriscar a pé. As nuvens estavam baixas, mantendo o calor do dia. O céu lampejava com os reflexos dos holofotes que iluminavam as suásticas de Königsplatz. Ele ouvia à distância o ruído da multidão.

Pôs-se a caminhar pela rua. Tinha a sensação incômoda de estar sendo seguido ou observado, mas quando olhou para trás tudo que viu foi a fileira reluzente de limusines negras e a estrutura maciça do Führerbau erguendo-se acima delas. As luzes ardiam nas janelas altas. Sem esforço, pelas silhuetas dos garçons que iam e vinham, podia identificar o salão do banquete, onde sem dúvida Hitler mantinha sua verborragia a respeito da degeneração das democracias.

* * *

Legat tinha se preparado para discutir com os homens da Gestapo que vigiavam a delegação tcheca. Mas quando explicou, em seu alemão formal, que o primeiro-ministro britânico queria informar os representantes do governo tcheco sobre o andamento das negociações, eles lhe disseram que isso era permitido, desde que os cavalheiros não tentassem sair do hotel.

Ele bateu na porta. Ela foi aberta por Masarík, o funcionário do Ministério do Exterior em Praga. Estava apenas de camisa, sem o paletó. Do mesmo modo estava o homem mais velho, Mastny, o ministro tcheco em Berlim. O quarto estava impregnado de fumaça de cigarro, mesmo com a janela totalmente aberta. Em cima da cama via-se um tabuleiro de xadrez, com um jogo em andamento. Mastny estava sentado na beira da cama, uma perna cruzada sobre a outra, o queixo apoiado na palma da mão, estudando a posição das peças. Sobre a mesa estavam os restos de uma refeição. Masarík acompanhou o olhar de Legat naquela direção.

— Ah, sim — disse com sarcasmo —, o senhor pode informar à Cruz Vermelha que os prisioneiros estão sendo alimentados.

— Sir Horace Wilson gostaria de conversar com os senhores.

— Somente Wilson? E o primeiro-ministro?

— Receio que esteja ocupado.

Masarík disse alguma coisa a Mastny em tcheco. Mastny deu de ombros e logo respondeu. Os dois começaram a vestir os paletós. Mastny disse:

— Pelo menos vamos fazer um pouco de exercício. Estamos trancados aqui há mais de cinco horas.

— Lamento toda esta situação. O primeiro-ministro está fazendo tudo que é possível.

Ele os conduziu para o corredor. Os homens da Gestapo seguiram atrás, bem próximos. Legat decidiu levá-los pela parte de trás do hotel, descendo pelas escadas dos fundos: não queria que cruzassem acidentalmente com o primeiro-ministro. O hotel era mais modesto na parte de trás do que na frente. Os tchecos, alertas para qualquer desfeita, notaram imediatamente. Masarík deu uma risada.

— Estão nos levando pela entrada de serviço, Vojtek!
Legat estremeceu. Sentia-se aliviado por estar dando as costas à dupla. Aquela situação estava se tornando cada vez mais embaraçosa. A lógica da posição britânica era teoricamente impecável. Mas uma coisa era organizar as linhas de um mapa em Downing Street, outra era vir à Alemanha e fazer isso olhando nos olhos de alguém. Ele pensou no memorando que estava lá embaixo, na caixa vermelha do primeiro-ministro: *A incorporação da Áustria e da Tchecoslováquia à Alemanha pode proporcionar, do ponto de vista político e militar, uma vantagem substancial, porque implicaria fronteiras menores e melhores, e a liberação de forças para outros propósitos...*

No salão de jantar privado estavam apenas Wilson, Ashton-Gwatkin e alguns garçons que retiravam os pratos sujos. Wilson fumava um cigarro — algo que Legat jamais o vira fazer antes. Quando Ashton-Gwatkin o apresentou aos tchecos, ele transferiu o cigarro para a mão esquerda e deixou as cinzas caírem sobre o tapete.

— Vamos nos sentar, não seria melhor? — Os garçons se retiraram. Ashton-Gwatkin lhe entregou um pequeno mapa enrolado. Wilson espanou alguns farelos de comida que restavam na toalha da mesa e abriu o mapa sobre ela. Legat ficou atrás dele.

— Bem, cavalheiros, isto foi o melhor que conseguimos fazer pelos senhores.

Os territórios a serem transferidos para a Alemanha estavam marcados em vermelho. A metade oriental do país estava em sua maior parte ilesa; na metade ocidental, porém, três grandes pedaços ao longo da fronteira, em torno das cidades de Eger, Aussig e Troppau, tinham sido extirpados, como mordidas em um bife. Uma área ao sul, adjacente ao que antes fora a Áustria, estava sombreada de rosa: seu destino, explicou Wilson, deveria ser determinado através de um plebiscito.

A princípio os tchecos pareceram atônitos demais para dizer alguma coisa. Por fim Masarík explodiu:

— Vocês deram aos alemães tudo que eles exigiam!

— Apenas concordamos em transferir para eles aquelas áreas onde a maioria da população é alemã.

— Mas vão com elas todas as nossas fortificações de fronteiras. Isso deixa nosso país indefeso.

— Receio que não tenha sido o mais indicado construir fortificações em áreas que acabariam entrando em disputa no momento em que a Alemanha fosse capaz de ficar novamente de pé.

Wilson acendeu outro cigarro. Legat notou que a mão dele apresentava um ligeiro tremor. Era uma incumbência brutal, mesmo para ele.

Mastny apontou para o mapa.

— Aqui, neste ponto mais estreito — disse ele —, a Tchecoslováquia terá apenas uns setenta quilômetros de largura. Os alemães serão capazes de cortar nosso país ao meio em apenas um dia.

— Eu não sou responsável pelos aspectos da geografia, vossa excelência.

— É claro, eu entendo. Contudo, o governo da França nos assegurou que, após qualquer acordo a que se chegasse, nossas fronteiras ainda seriam defensáveis; que seriam levados em consideração os aspectos geográficos, econômicos e políticos, tanto quanto a questão da raça.

Wilson ergueu as mãos abertas.

— O que posso dizer? O ponto de vista de Hitler é de que este é o pecado original da Tchecoslováquia desde o início: que seu país é uma unidade econômica e política, e não uma nação. Para ele, a questão da raça é o sine qua non. Ele não cede um milímetro nesse ponto.

— Tenho certeza de que cederia se britânicos e franceses se mantivessem firmes.

Wilson sorriu e balançou a cabeça.

— O senhor não estava na sala, sr. Mastny. Acredite, ele *odeia* o simples fato de estar ali discutindo esse tema.

— Isso não é uma negociação, é uma capitulação.

— Eu discordo. Esse é o melhor acordo que podemos obter. Noventa por cento do seu país continuará intacto e os senhores não serão invadidos. Agora, sugiro que converse com o seu governo em Praga e o aconselhe a aceitar.

— E se recusarmos? — perguntou Masarík.

Wilson suspirou. Virou-se para Ashton-Gwatkin.

— Por que não diz a eles com todas as letras, Frank? Acho que não estou conseguindo.

— Se vocês recusarem — disse Ashton-Gwatkin lentamente —, então terão que negociar com os alemães por conta própria. A realidade é esta. Talvez os franceses lhes digam isso de uma maneira mais gentil, mas pode acreditar quando lhes dizemos que eles pensam como nós. Eles não estão interessados.

Os tchecos entreolharam-se. Pareciam ter esgotado o que podiam dizer. Finalmente, Mastny fez um gesto indicando o mapa.

— Posso ficar com isto?

— É claro — disse Wilson, e enrolou o mapa cuidadosamente e o entregou. — Hugh, poderia conduzir nossos amigos de volta ao quarto e pedir para que tenham autorização para usar o telefone?

Legat pegou a caixa vermelha do primeiro-ministro e abriu a porta. No corredor, os dois homens da Gestapo aguardavam. Ele deu um passo para o lado para que os dois tchecos saíssem da sala. Wilson falou, enquanto saíam:

— Vou me certificar de que o primeiro-ministro converse pessoalmente com os senhores para explicar tudo, logo que o acordo for assinado.

Legat mal o escutou. Do outro lado do saguão, atrás dos vasos de palmeiras, junto ao balcão de recepção e conversando com o *concierge* estava a figura alta e inconfundível de Paul Hartmann.

Legat precisou de alguns segundos para recuperar o equilíbrio. Virou-se para o agente superior da Gestapo.

— É absolutamente necessário que Herr Masarík e o dr. Mastny tenham permissão para falar com o governo deles em Praga, o mais rápido possível. Sei que posso confiar nos senhores para que isso aconteça.

Sem esperar resposta ele avançou pelo saguão na direção de Hartmann. Ele viu Legat se aproximar, mas em vez de indicar algum canto discreto onde pudessem conversar, como Legat esperava que fizesse, foi também ao encontro dele.

— Você leu?

— Sim.

— Falou com Chamberlain?

— Abaixe essa voz. Não, não falei ainda.

— Então tenho que fazer isso agora mesmo. Ele está no terceiro andar, não é? — Ele foi em direção às escadas.

— Paul, pelo amor de Deus, não seja estúpido! — Legat se apressou atrás dele. No pé da escada agarrou-o pelo braço. Era menor do que Hartmann, e o alemão estava decidido, mas naquele instante o desespero lhe deu forças e ele conseguiu deter o outro. — Espere um minuto. Não faz sentido se portar como um maldito idiota. — Ele baixou a voz. Tinha consciência de que havia pessoas olhando para os dois. — Precisamos conversar a respeito disso.

Hartmann virou-se para encará-lo.

— Não vou ficar com a consciência pesada por não ter tomado uma atitude.

— Eu compreendo inteiramente. Sinto a mesma coisa. Já tentei tocar no assunto com ele uma vez, e prometo que tentarei novamente.

— Então vamos fazer isso juntos, agora.

— Não.

— Por que não?

Legat hesitou.

— Está vendo? Você não tem resposta! — Ele se aproximou do rosto de Legat. — Ou está com medo de que comprometa a sua carreira?

E começou a subir a escada. Depois de um momento, Legat o seguiu. O sarcasmo o havia ferido. Por quê? Porque tinha um fundo de verdade? Ele tentou imaginar onde cada pessoa estaria. Wilson e Ashton-Gwatkin ainda estavam na sala de jantar, embora devessem sair dali a qualquer minuto. Malkin estava na conferência. Os outros estavam provavelmente em seus próprios quartos, ou no escritório tentando falar com Londres. O primeiro-ministro devia estar descansando. Talvez fosse possível.

— Está bem — disse ele. — Deixe-me ver o que posso fazer.

O rosto de Hartmann se abriu em um sorriso largo e familiar. Alguém dissera uma vez em Oxford que era possível aquecer as mãos naquele sorriso.

— Você é um bom sujeito, Hugh.

Subiram pelas escadas até o terceiro andar. O detetive da Scotland Yard estava em sua posição habitual, no meio do corredor, do lado de fora da suíte do primeiro-ministro. Legat já começava a se arrepender de sua decisão. Disse:

— Vou logo avisando. Ele é idoso, teimoso, e está exausto, no limite de suas forças. Se concordar em falar com você, pelo amor de Deus não lhe dê uma lição de moral. Diga-lhe apenas os fatos. Espere aqui.

Ele cumprimentou o policial e bateu na porta. Em sua ansiedade, percebeu que estava retorcendo as mãos. Enfiou-as nos bolsos. A porta foi aberta pelo médico do primeiro-ministro, Sir Joseph Horner, do University College Hospital. Estava segurando uma pera de borracha preta acoplada a um tubo de borracha com um medidor de pressão. Por trás dele, Legat avistou Chamberlain, sem paletó, a manga direita da camisa arregaçada acima do cotovelo.

— Perdoe-me, primeiro-ministro — disse Legat. — Posso voltar mais tarde.

— Não, entre. Eu estava verificando a pressão. Já terminamos, não?

— Sim, primeiro-ministro.

Horner começou a guardar o estetoscópio e o esfigmomanômetro na maleta Gladstone. Legat nunca tinha visto o primeiro-ministro sem paletó. Seu braço era surpreendentemente musculoso. Ele abaixou a manga e a abotoou no punho.

— E então, Hugh?

Legat colocou a caixa vermelha sobre a mesa e a destrancou. Esperou até que Chamberlain vestisse o paletó e o médico deixasse o quarto com um grave "Boa noite, primeiro-ministro".

— Chegou às nossas mãos um documento que considero ser significativo. — Ele estendeu o memorando para Chamberlain.

O primeiro-ministro o encarou, surpreso. Pôs os óculos e começou a folhear as páginas.

— O que é isto?

— Tudo indica ser a minuta de uma reunião que Hitler manteve com os seus chefes militares em novembro passado, na qual ele explicitamente se compromete à guerra.

— E como isto chegou até nós?

— Um amigo meu, um diplomata alemão, me deu esta noite, sob o maior sigilo.

— É mesmo? E por que ele quer que tomemos conhecimento disto?

— Acho que talvez ele mesmo possa explicar. Ele está esperando aí fora.

— Ele está *aqui*? — O primeiro-ministro ergueu os olhos, alerta.

— Sir Horace está a par disso, ou Strang?

— Não, senhor. Ninguém sabe.

— Estou espantado em ouvir isso. Não é desse modo que assuntos desse tipo devem ser tratados. — Ele estava de cenho franzido. — Você tem consciência do que seja uma cadeia de comando? Está extrapolando a sua autoridade, meu jovem.

— Compreendo, senhor, mas isso me pareceu da maior importância. Ele está arriscando a própria vida e pediu para conversar a sós com o senhor.

— Eu não deveria ter nada a ver com isso. É realmente algo muito impróprio. — Ele tirou os óculos e ficou com os olhos fixos a meia distância. Bateu com o pé no chão, irritado. — Muito bem — disse. — Faça-o entrar. Mas cinco minutos, não mais do que isso.

Legat foi até a porta, abriu-a e fez um gesto para Hartmann, que estava esperando no fim do corredor. Falou para o detetive:

— Está tudo bem, eu o conheço — então afastou-se um pouco para que Hartmann entrasse e murmurou: — Cinco minutos. — Fechou a porta. — Primeiro-ministro, este é Paul von Hartmann, do Ministério do Exterior alemão.

Chamberlain lhe deu um breve aperto de mão, como se um contato mais prolongado pudesse contaminá-lo.

— Boa noite. — Com um gesto indicou-lhe uma cadeira. — Seja breve.

Hartmann permaneceu de pé.

— Não vou me sentar, primeiro-ministro, pois não desejo tomar do seu tempo mais do que o necessário. Agradeço por me receber.

— Não tenho certeza de que seja uma ação sensata, para qualquer um de nós. Mas é melhor que vá direto ao ponto.

— Esse documento que o senhor tem em mãos é uma prova conclusiva de que quando Hitler alega "não ter mais exigências territoriais na Europa" ele está mentindo. Pelo contrário: ele planeja uma guerra de conquista para ganhar mais espaço vital para o povo alemão. Essa guerra será declarada, no mínimo, dentro dos próximos cinco anos. A incorporação da Áustria e da Tchecoslováquia é apenas o primeiro passo. Os líderes que expressaram algum tipo de reserva a esse respeito, os comandantes do Exército e o ministro do Exterior, foram todos substituídos. Trago-lhe esta informação de boa-fé, e correndo um grave risco pessoal, porque quero exortá-lo, mesmo no derradeiro instante, a não assinar esse acordo hoje à noite. Isso deixará incontestável a posição de Hitler na Alemanha. Por outro lado, se a Grã-Bretanha e a França se mantiverem firmes, estou certo de que o Exército se levantará contra ele, a fim de evitar uma desastrosa guerra.

Chamberlain cruzou os braços e o encarou por alguns instantes.

— Jovem, eu aplaudo a sua coragem e a sua sinceridade, mas receio que você precise aprender algumas lições sobre a realidade política. É simplesmente impossível esperar que os povos da Grã-Bretanha e da França peguem em armas para negar o direito de autodeterminação aos alemães étnicos aprisionados em um país estrangeiro que eles desejam abandonar. Contra essa simples realidade tudo o mais perde a força. Quanto ao que Hitler sonha em fazer nos próximos cinco anos... bem, teremos que esperar e ver. Ele vem fazendo essas ameaças desde o *Mein Kampf*. Meu objetivo é claro: evitar a guerra a curto prazo, e depois tentar construir uma paz duradoura para o futuro: um mês de cada vez, um dia de cada vez se for necessário. O pior ato que eu poderia cometer contra o futuro da humanidade seria me retirar desta conferência hoje à noite.

"De modo que", continuou ele, dobrando as páginas do memorando, "o meu conselho é que pegue você esse documento, que é propriedade do seu governo, e o leve de volta para o lugar de onde ele veio."

Chamberlain tentou entregar os papéis, mas Hartmann recusou-se a recebê-los. Pôs as mãos para trás e balançou a cabeça.

— Não, primeiro-ministro. Fique com eles. Peça aos seus especialistas que os examinem. *Essa* é a realidade política.

Chamberlain deu um passo atrás.

— O senhor agora está sendo impertinente.

— Não tenho o desejo de ofendê-lo, mas vim aqui para lhe falar com toda franqueza, e é o que estou fazendo. Acredito que o que está acontecendo hoje, aqui, um dia será considerado infame. Bem, estes foram os meus cinco minutos, suponho. — E, para o assombro de Legat, ele sorriu, mas um sorriso terrível, cheio de agonia e de desespero.

— Agradeço-lhe pelo seu tempo, primeiro-ministro. — Ele fez uma mesura. — Não tinha tanta esperança de que fosse melhor. Hugh...

Ele acenou com a cabeça para Legat, virou-se de forma impecável, como um soldado em um desfile, e saiu do quarto, fechando cuidadosamente a porta.

Chamberlain olhou irritado para a porta por alguns instantes, depois se virou para Legat.

— Livre-se disto imediatamente. — Enfiou o documento em suas mãos. Sua voz estava fria, dura, cortante: à beira de uma fúria ainda mais alarmante porque submetida a um intenso controle. — Eu simplesmente não posso me deixar distrair pelo que pode ou não ter sido dito em uma reunião privada de um ano atrás. A situação se alterou completamente desde novembro.

— Sim, primeiro-ministro.

— Não voltaremos a falar nesse assunto.

— Não, senhor.

Legat fez menção de ir pegar a caixa vermelha, que estava em cima da mesa, mas Chamberlain o deteve.

— Deixe isso aí. Saia. — E, quando ele chegou à porta, o primeiro-ministro acrescentou: — Preciso dizer que estou extremamente desapontado com você.

As palavras gélidas foram pronunciadas como uma sentença de morte profissional. Legat foi silenciosamente para o corredor, e suas altas aspirações no serviço civil britânico ficaram todas para trás.

10

Hartmann tinha certeza de que estava sendo seguido desde que saíra do hotel. Teve o sexto sentido de um animal, e uma espécie de arrepio lhe percorria a espinha avisando-o de que havia um predador no seu encalço. Mas havia gente demais à sua volta para que pudesse identificar quem o perseguia. O pequeno parque na calçada em frente ao Regina Palast fervilhava com a multidão da Oktoberfest. A noite estava cálida o bastante para que as mulheres usassem vestidos que lhes deixavam os braços descobertos. Muitos homens já estavam bêbados. Na Karolinenplatz, um coral folclórico tinha se formado de improviso embaixo do obelisco e um homem de rosto vermelho e chapéu de plumas agitava loucamente as mãos tentando conduzi-los como regente.

Ele caminhou depressa. Que imbecis, pensou. Acham que estão comemorando a paz. Não fazem ideia do que o seu amado Führer está lhes preparando. Quando duas moças bloquearam de repente seu trajeto na Brienner Strasse e tentaram atraí-lo, ele abriu caminho pelo meio delas sem dar uma palavra. Elas zombaram dele, que abaixou a cabeça. *Imbecis*. E o maior imbecil de todos era Chamberlain. Ele parou sob uma árvore desfolhada para acender um cigarro e discretamente examinou a avenida às suas costas. Permitiu-se sentir uma espécie de amarga satisfação — afinal, pelo menos conseguira transmitir seu alerta diretamente ao primeiro-ministro britânico. Isso era alguma coisa! Ainda era capaz de ver a expressão de afronta naquele rosto estreito e provinciano quando ele se recusara a receber de volta o memorando. O pobre Hugh, ali ao seu lado, pareceu em pânico. Será que teria arruinado sua carreira? Que pena. Não podia ser evitado. Mas ele ainda sentia uma pontada de remorso.

Olhou para trás novamente. Um vulto se aproximava. A despeito do calor, vestia uma capa marrom com cinto. Quando passou por ele,

Hartmann vislumbrou o rosto cheio de marcas de varíola. Gestapo, pensou. O cheiro de todos era o mesmo. E eram como ratos: onde havia um, certamente haveria mais. Ele esperou até que o homem chegasse à esquina da Königsplatz e desaparecesse depois dos Templos de Honra, então jogou fora o cigarro e pôs-se na direção do Führerbau.

A multidão ali era muito maior, milhares de pessoas pelo menos, mas mais sóbria, como convinha à proximidade do coração espiritual do Reich. Hartmann subiu os degraus cobertos pelo tapete vermelho e entrou no foyer. Assim como de manhã, estava apinhado de autoridades nazistas. O alarido ensurdecedor das vozes ecoava no mármore. Ele examinou os rostos mais animalescos dos seus antigos camaradas e os semblantes mais suaves e educados daqueles que tinham aderido ao partido desde 1933, até que julgou ter avistado o rosto marcado do homem que o seguira. Quando foi em sua direção, o homem da Gestapo desapareceu na chapelaria. O modo desajeitado como aquilo estava ocorrendo o enfureceu mais do que tudo. Foi até o pé da escada e aguardou. Como era de esperar, depois de alguns minutos a figura de Sauer em seu uniforme preto apareceu à porta. Hartmann se adiantou para bloquear a passagem.

— Boa noite, Herr Sturmbannführer.

Sauer assentiu com a cabeça, sério.

— Hartmann.

— Senti sua falta na maior parte do dia.

— Foi mesmo?

— Sabe, tive a mais esquisita das sensações. Talvez você possa acalmar minha mente? Tive a sensação de que você estava me seguindo.

Por um momento Sauer pareceu desconcertado. Então uma expressão de ultraje percorreu seu rosto.

— Você tem muito atrevimento, Hartmann!

— E então? Seguiu?

— Sim, já que você toca no assunto… Andei investigando suas atividades.

— Isso não é coisa que se faça a um camarada.

— Tenho as melhores razões. Como resultado, agora sei tudo sobre você e seu amigo inglês.

— Imagino que se refere a Herr Legat?

— Legat. Sim, Legat.

Hartmann disse calmamente:

— Estivemos juntos em Oxford.

— Sei disso. De 1930 a 1932. Falei com o Departamento Pessoal do Ministério do Exterior. Também contatei nossa embaixada em Londres, que pôde confirmar que Legat e você na verdade estudaram na mesma faculdade.

— Se tivesse me perguntado, eu poderia ter poupado esse trabalho todo. Isso aí não quer dizer nada.

— Se isso fosse tudo, concordaria que não. Mas descobri também que Herr Legat não estava na lista original dos delegados britânicos que foi telegrafada para Berlim na noite passada. Seu nome só foi incluído na manhã de hoje. Um colega dele, Herr Syers, é que deveria ter vindo.

Hartmann tentou não demonstrar o medo.

— Não consigo entender o significado disso.

— Seu comportamento na estação de Kufstein, telefonando para Berlim a fim de descobrir quem viria de Londres, me pareceu suspeito na hora. Por que estaria tão preocupado? E por que mesmo, para começo de conversa, você estava a bordo do trem do Führer? Acredito agora que foi porque você pediu que Legat viesse a Munique, e queria se certificar de que ele estava no avião de Chamberlain.

— Está superestimando minha influência, Herr Sturmbannführer.

— Não estou sugerindo que providenciou isso pessoalmente; algum membro do seu grupo pode ter feito a solicitação em seu nome. Ah, sim, não faça essa cara de surpresa. Sabemos o que está acontecendo. Não somos os idiotas que imagina.

— Espero que não.

— E agora você foi visto deixando o Führerbau por uma saída dos fundos, para ir a pé até o hotel da delegação britânica, onde eu o vi no saguão, com meus próprios olhos, em conversação com Herr Legat, antes de desaparecerem juntos nos andares de cima. Isso tudo fede a traição.

— Dois velhos amigos se encontram depois de um longo período e aproveitam um intervalo no trabalho oficial para reatar os laços de companheirismo. Onde está a evidência de traição? Está se colocando em uma posição constrangedora, Herr Sturmbannführer.

— Os ingleses são inerentemente hostis ao Reich. Contatos não autorizados entre funcionários são altamente suspeitos.

— Não fiz outra coisa senão o que o Führer tem feito a tarde inteira com Herr Chamberlain: encontrar áreas de entendimento em comum.

Por um momento Hartmann pensou que Sauer estava prestes a agredi-lo.

— Vamos ver se você continua assim tão seguro de si depois que eu levar essa questão ao conhecimento do ministro do Exterior.

— Hartmann!

O grito ecoou claramente por cima do vozerio do foyer. Os dois homens viraram-se para ver de onde vinha.

— Hartmann!

Ele olhou para cima. Schmidt estava inclinado sobre a balaustrada, fazendo sinal para que fosse encontrá-lo.

— Com licença, Sturmbannführer. Espero ter notícias suas e do ministro.

— Terá, pode ter certeza.

Hartmann começou a subir a escadaria. Suas pernas estavam bambas. Foi deslizando a mão pelo corrimão frio de mármore, aliviado por ter aquele apoio. Tinha sido descuidado. O antigo vendedor de automóveis de Essen estava demonstrando ser um adversário persistente, e nada bobo. Devia haver uma boa quantidade de provas circunstanciais que deixara atrás de si: conversas imprudentes, encontros que podiam ter sido observados. E seu relacionamento com Frau Winter — quantas pessoas em Wilhelmstrasse o teriam adivinhado? Ele se perguntou até que ponto resistiria a um interrogatório. Nunca se sabia.

Schmidt o aguardava no primeiro andar. Parecia esgotado. O esforço de traduzir conversas em quatro idiomas e o de simplesmente impor ordem suficiente para que suas falas fossem ouvidas tinham obviamente sugado suas energias. Impaciente, ele perguntou:

— Estive à sua procura. Onde você esteve?

— Os britânicos levantaram uma questão sobre uma das traduções. Fui ao hotel deles para discutirmos diretamente.

Outra mentira que poderia perfeitamente se voltar contra ele. Por enquanto, contudo, pareceu satisfazer Schmidt. Ele assentiu.

— Muito bem. Os acordos ainda estão sendo datilografados. Quando as delegações voltarem para a assinatura, você terá que estar a postos para traduzir.

— É claro.

— Outra coisa. Amanhã de manhã, sua primeira tarefa será estar presente aqui para preparar o resumo de imprensa em inglês para o Führer. Os telegramas serão todos reunidos pelo escritório. Você vai precisar dormir um pouco. Há um quarto para você no Vier Jahreszeiten.

Hartmann não conseguiu esconder o medo.

— Eu pensei que, agora que não estamos mais no trem, esse sumário seria feito pelo Departamento de Imprensa.

— Normalmente seria assim. Então você deve se sentir honrado. O Führer em pessoa solicitou que você o fizesse. Ao que parece, você causou boa impressão nele. Ele o chamou de "o jovem do relógio".

No saguão do Regina Palast, a comitiva do primeiro-ministro estava se enfileirando para cruzar a porta giratória. Chamberlain já estava na calçada: Legat ouviu a gritaria da multidão que o saudava. Strang disse:

— Não vi mais você. Comecei a pensar que tinha decidido ficar de fora.

— Não, senhor. Peço desculpas.

— Não que eu o culpasse. Eu mesmo não me importaria de me ausentar.

Saíram no tumulto da noite — o ronco dos motores das grandes Mercedes, as portas dos carros batendo ao longo do comboio, gritos, flashes brancos, luzes de freio vermelhas e faróis amarelos. Em algum ponto da escuridão um apito soava.

Por mais de uma hora Legat estivera esperando o golpe. Sentado no escritório do canto, ditava a uma secretária do Foreign Office as últimas alterações do acordo, mas os ouvidos estavam em alerta esperando as vozes no corredor, a convocação, a repreensão severa, a demissão. Nada. Agora, Wilson estava ajudando o primeiro-ministro a se acomodar no banco traseiro do primeiro carro. Quando terminou, virou e reparou em Legat. Vai ser agora, pensou Legat, e se preparou, mas Wilson deu apenas um sorriso largo.

— Olá, Hugh. Vindo testemunhar o fato histórico?

— Sim, Sir Horace. Se for possível.

— Claro que é possível.

Legat observou-o contornar o carro com agilidade para entrar pelo outro lado. Sua cordialidade era espantosa.

— Vamos, Hugh! Anime-se! Por que não vem comigo? — disse Strang.

Entraram na terceira Mercedes. Henderson e Kirkpatrick iam no carro da frente; Ashton-Gwatkin e Dunglass no de trás. Quando o carro arrancou e virou a esquina bruscamente com uma leve cantada de pneus, Legat notou que Strang não balançou com o movimento do carro, mas continuou rígido e imóvel. Ele estava odiando cada momento. O comboio acelerou pela Max-Joseph-Strasse e atravessou a Karolinenplatz; o vento batia com força nos seus rostos. Legat se perguntou se veria Hartmann no Führerbau. Não estava ressentido com ele por causa do constrangimento que passara diante do primeiro--ministro. Tinha sido um gesto inútil, é claro, mas o fato é que estavam presos em uma época em que gestos inúteis eram tudo que se tinha ao alcance. Paul tinha percebido isso naquela noite em que ficara de pé no parapeito da Magdalen Bridge: "*Somos uma geração de loucos...*". Seus destinos tinham sido mapeados desde o instante em que se conheceram.

O comboio chegou à Königsplatz. O local parecia ainda mais pagão quando mergulhado nas trevas, com seus símbolos gigantescos, suas chamas perpétuas e seus iluminados edifícios brancos reluzindo em volta de um vasto descampado de granito preto, como o complexo de templos de alguma civilização perdida. No momento em que o carro deles parou, o primeiro-ministro já tinha saído de sua Mercedes e estava na metade dos degraus de entrada do Führerbau. Estava com tanta pressa que desta vez não se deteve para cumprimentar a enorme multidão, embora chamassem seu nome. Os aplausos continuaram mesmo depois que ele desapareceu lá dentro.

— Que receptividade espantosa ele tem aonde quer que vá na Alemanha — disse Strang. — Foi a mesma coisa em Godesberg. Estou começando a achar que, se ele pudesse se candidatar, faria Hitler suar a camisa. — Um homem da ss se aproximou e abriu a porta. Strang teve um leve estremecimento. — Bem, vamos acabar logo com isso.

O foyer estava lotado e brilhantemente iluminado. Ajudantes em uniformes brancos circulavam com bandejas de bebida. Strang foi à procura de Malkin. Sozinho, Legat perambulou por ali, com um copo de água mineral, sempre atento à presença de Hartmann. Viu Dunglass se aproximar.

— Olá, Alec.

— Hugh. Alguns dos nossos colegas da imprensa estão reclamando. Parece que ninguém dos jornais britânicos tem permissão para fotografar o momento da assinatura. Pensei se você conseguiria perguntar se algo pode ser feito sobre isso.

— Posso tentar.

— Faria isso? É melhor mantê-los felizes.

Ele desapareceu na multidão. Legat entregou o copo a um garçom e começou a subir a escada. Parou a meio caminho e olhou a galeria cercada de balaustradas, sem saber quem deveria abordar. Um dos homens uniformizados, um oficial da ss, se separou do grupo em que estava e desceu para encontrá-lo.

— Boa noite. O senhor parece perdido. — Falou em alemão. Havia uma estranha expressão de peixe morto em seus olhos azul-claros. — Posso ajudá-lo?

— Boa noite. Sim, obrigado. Eu gostaria de falar com alguém sobre as providências com relação à cobertura da imprensa para a assinatura do acordo.

— Claro. Venha comigo, por favor. — Ele fez um gesto convidando Legat a subir com ele para o primeiro andar. — Temos um funcionário do Ministério do Exterior que está cuidando de grande parte do trabalho de acolhida aos nossos visitantes britânicos. — Ele conduziu Legat até uma área de estar na parte da frente do edifício onde Hartmann estava de pé, junto a uma coluna. — Conhece Herr Hartmann, talvez?

Legat fingiu não ter escutado.

— Herr Legat? — repetiu o homem da ss. Sua voz estava mais alta agora, menos amistosa. — Eu lhe fiz uma pergunta. Conhece Herr Hartmann?

— Eu não creio que...

Hartmann o interrompeu.

— Meu caro Hugh, acho que o Sturmbannführer Sauer está lhe pregando uma pequena peça. Ele sabe perfeitamente bem que nós dois somos velhos amigos e que eu lhe fiz uma visita em seu hotel esta noite. Ele sabe porque ele e seus amigos da Gestapo me seguiram até lá.

Legat deu um jeito de sorrir.

— Bem, aí está a resposta. Nós nos conhecemos há muitos anos. Por que pergunta? Há algum problema?

— O senhor substituiu um colega no avião de Herr Chamberlain de última hora, não é verdade? — perguntou Sauer.

— Sim, isso mesmo.

— Posso perguntar por quê?

— Porque falo alemão melhor do que ele.

— Mas isso com certeza todos lá já sabiam, não?

— Tudo foi arranjado meio de última hora.

— E há pessoas de sua embaixada em Berlim que poderiam atuar como tradutores.

— Francamente, Sauer — disse Hartmann —, não creio que você tenha o direito de interrogar um homem que é um convidado em nosso país.

Sauer o ignorou.

— E antes do dia de hoje, qual foi a última vez que o senhor e Hartmann se encontraram, posso saber?

— Há seis anos. Não que isso seja da sua conta.

— Ótimo. — Sauer assentiu. De repente sua confiança parecia estar se esgotando. — Bem, vou deixá-los para que possam conversar. Não duvido de que Hartmann possa lhe dizer tudo que o senhor queira saber. — Ele bateu os calcanhares, fez uma breve mesura e se afastou.

— Isso foi sinistro — disse Legat.

— Ah, não lhe dê atenção. Ele está determinado a me denunciar. Vai continuar cavando até encontrar alguma coisa, mas ainda não tem nada. Agora, temos que supor que estamos sendo vigiados, então vamos interpretar nossos papéis. O que você deseja?

— A imprensa britânica poderia mandar um fotógrafo para registrar a assinatura do acordo? A quem devo pedir?

— Nem se preocupe. Já foi resolvido. A única câmera permitida na sala será a do fotógrafo pessoal do Führer, Hoffmann, cuja assistente, Fräulein Brown, de acordo com os boatos, nosso líder não-tão-celibatário-assim está comendo. — Ele pôs a mão no ombro de Legat e disse em voz baixa. — Peço desculpas se minhas ações de hoje o constrangeram.

— Nem pense nisso. Só lamento que não tenha dado melhores resultados. — Ele tocou o paletó na altura do bolso interno onde o memorando estava dobrado. — O que gostaria que eu fizesse com isto?

— Fique com ele. Esconda-o no seu quarto. Leve-o consigo quando voltar para Londres e faça com que ele encontre uma audiência mais receptiva. — Hartmann apertou de leve seu ombro e o soltou. — Agora, para o nosso próprio bem, vamos encerrar a conversa e nos separar. Receio que o melhor é não conversarmos novamente.

Mais uma hora se arrastou.

Legat esperou na sala da delegação britânica com os outros, enquanto os documentos eram finalizados. Ninguém falava muito. Ele ficou sozinho em um canto. Descobriu, para sua própria surpresa, que podia contemplar com serenidade o naufrágio iminente de sua carreira. Sem dúvida isso se devia ao efeito anestésico do cansaço: estava certo de que quando voltasse para Londres se sentiria diferente. Mas naquele momento estava bem-disposto. Tentou imaginar-se dizendo a Pamela que os seus sonhos de se tornar a castelã da embaixada em Paris não eram mais realizáveis. Talvez deixasse o próprio serviço diplomático. O pai dela se oferecera certa vez para ajudá-lo a encontrar "um bom cargo no município"; talvez fosse a hora de aceitar a sugestão? Solucionaria seus problemas financeiros, pelo menos até que a guerra acontecesse.

Era meia-noite e meia quando Dunglass finalmente pôs a cabeça na porta.

— O acordo está prestes a ser assinado. O primeiro-ministro quer que todos estejam lá.

Legat teria preferido não estar presente, mas não havia escapatória. Levantou-se pesadamente da poltrona e caminhou com os colegas pelo corredor que conduzia ao escritório de Hitler. Na porta do amplo aposento havia se aglomerado uma multidão de funcionários de menor escalão: ajudantes de ordens, assistentes, funcionários civis, oficiais do Partido Nazista. Eles abriram passagem para deixá-los entrar. No escritório, as pesadas cortinas de veludo verde tinham sido cerradas, mas as janelas deviam estar abertas, porque Legat pôde ouvir de maneira bem distinta os movimentos da multidão lá fora, como um oceano que se movia suavemente, de vez em quando agitado por ondas de gritos e canções.

A sala estava lotada. Na outra extremidade, de pé em torno da mesa, viam-se Hitler, Göring, Himmler, Hess, Ribbentrop, Mussolini e Ciano. Estavam examinando um mapa — não com muita seriedade, pareceu-lhe, mas para um cinegrafista que manipulava uma câmera portátil. Ele os filmou primeiro de um lado e depois deu a volta às pressas para fazer o mesmo de frente, enquanto Chamberlain e Daladier observavam a cena próximos da lareira. Todos os olhos estavam em Hitler. Ele era o único que falava. De vez em quando apontava algo no mapa e fazia gestos enérgicos. Por fim, cruzou os braços, deu um passo para trás e a filmagem foi encerrada. Legat reparou que não havia equipamento de gravação sonora. Era como observar a realização de algum estranho filme mudo.

Ele olhou para Chamberlain. O primeiro-ministro parecia estar à espera daquela oportunidade. Ele afastou-se de Wilson e dirigiu-se a Hitler, que escutou a tradução do intérprete e assentiu vigorosamente algumas vezes, Legat escutou a famosa voz áspera: "*Ja, ja*". A troca de palavras entre os dois durou menos de um minuto. O primeiro-ministro voltou para perto da lareira. Parecia satisfeito consigo mesmo. Por um instante pôs os olhos em Legat, mas imediatamente virou-se para Mussolini, que tinha se aproximado para lhe dirigir a palavra. Göring andou de um lado para o outro, esfregando as mãos. As lentes redondas e sem aro dos óculos de Himmler reluziram à luz do candelabro como dois discos cegos.

Depois de mais um ou dois minutos, uma pequena procissão de funcionários entrou, carregando os vários documentos que constituíam o acordo. Na retaguarda do grupo vinha Hartmann. Legat notou como ele evitava cuidadosamente encarar qualquer pessoa. O mapa sobre a mesa foi enrolado e os documentos foram apresentados. O fotógrafo, um homem troncudo de uns cinquenta anos, com cabelos grisalhos ondulados — Hoffmann, provavelmente —, fez um gesto para que os líderes se agrupassem. Eles se aproximaram desajeitadamente, dando as costas à lareira: Chamberlain à esquerda, com seu terno de risca de giz, sua corrente de relógio e seu colarinho alto, parecia uma estátua em um museu de cera sobre a época vitoriana; Daladier, melancólico ao seu lado, também vestia risca de giz, mas que disfarçava a barriga protuberante; em seguida Hitler, impassível, pálido, de olhos inexpressivos, as mãos entrelaçadas à frente da braguilha; e finalmente Mussolini, com uma expressão pensativa no rosto largo e carnudo. O silêncio era palpável, como se ninguém quisesse estar ali, como convidados em um casamento de conveniência. No momento em que a foto foi tirada o grupo se desfez.

Ribbentrop indicou a mesa. Hitler foi até lá. Um jovem ajudante da ss entregou-lhe um par de óculos. Por um instante eles transformaram seu rosto, dando-lhe uma aparência detalhista e pedante. Ele examinou o documento. O ajudante entregou-lhe uma pena. Ele a mergulhou no tinteiro, examinou a ponta, franziu a testa, se empertigou e apontou com irritação: o tinteiro estava vazio. Um movimento de inquietação percorreu a sala. Göring esfregou as mãos e deu uma risada. Um dos funcionários tirou a própria caneta-tinteiro e a entregou a Hitler. Ele se curvou outra vez, olhou o papel com todo o cuidado e rabiscou depressa sua assinatura. Um ajudante aplicou um mata-borrão curvo sobre a tinta úmida, um segundo retirou o documento e um terceiro colocou uma nova folha de papel diante de Hitler. Ele rabiscou novamente. O mesmo procedimento foi sendo repetido. Durou vários minutos, vinte vezes ao todo — uma cópia do acordo principal para cada uma das quatro potências, mais os vários anexos e declarações suplementares — o fruto de algumas das mentes jurídicas mais criativas da Europa, que lhes permitiram desviar-se de detalhes mais polêmicos, adiá-los para regateios posteriores e chegar a um entendimento em menos de doze horas.

Quando Hitler terminou, jogou a caneta despreocupadamente sobre a mesa e se afastou. Chamberlain foi o próximo a tomar posição junto à mesa. Ele também colocou um par de óculos — que, assim como o Führer, relutava em usar em público —, pegou a própria caneta e examinou o que estava prestes a assinar. Sua mandíbula se moveu um pouco para a frente e para trás, e então ele escreveu cuidadosamente o nome. Lá de fora veio uma explosão de aplausos, como se a multidão soubesse o que tinha acabado de acontecer. Chamberlain estava concentrado demais para reagir. Mas Hitler fez uma careta e um gesto na direção da janela; um ajudante abriu a brecha entre as cortinas e baixou a janela. Das sombras no fundo do escritório, Hartmann observava tudo aquilo sem propriamente ver, o rosto longo inexpressivo e pálido de exaustão — como um fantasma, pensou Legat, como um homem já morto.

QUARTO DIA

1

Hugh Legat estava adormecido no quarto do Regina Palast Hotel.

Esparramado de costas, totalmente vestido e inconsciente, a cabeça pendia para o lado, como um afogado que alguém resgatara do mar. A luz ainda estava acesa no banheiro; a porta ligeiramente aberta; o quarto estava mergulhado em uma pálida luz azulada. A certa altura havia um ruído de vozes no corredor — ele reconheceu a de Strang, depois a de Ashton-Gwatkin — e passos. Mas por fim o primeiro-ministro foi para a cama e gradualmente esses outros sons tinham cessado, e agora restavam apenas o ritmo de sua respiração e de vez em quando um grito abafado. Ele sonhou que estava voando.

Dormia tão profundamente que não escutou o barulho de alguém mexendo na maçaneta. O que o acordou foram as batidas. Inicialmente eram suaves, como um arranhar de unhas na madeira, e quando ele abriu os olhos imaginou que era uma das crianças querendo vir para sua cama por causa de um pesadelo. Mas então viu o quarto estranho e se lembrou de onde estava. Apertou os olhos tentando focalizar os ponteiros luminosos do despertador do hotel. Três e meia da madrugada.

O barulho recomeçou.

Ele estendeu o braço e acendeu a luminária de cabeceira. O memorando estava sobre a mesinha. Ele se levantou, abriu a gaveta da escrivaninha e guardou o documento dentro do guia turístico de Munique. O piso rangeu quando ele caminhou até a porta. Tocou na maçaneta, mas no último instante algum instinto o alertou que não a girasse.

— Quem está aí?

— É Paul.

O vulto do alemão surgiu no umbral, absurdamente grande em sua visibilidade. Legat o puxou para dentro e olhou rapidamente para ambos os lados do corredor. Ninguém à vista. O detetive devia estar passando a noite na sala de estar do primeiro-ministro. Ele fechou a porta. Hartmann estava se movendo pelo quarto, apanhando o sobretudo de Legat, seu chapéu, seus sapatos.

— Ponha isso.

— Para que diabos vou pôr isso?

— Depressa. Quero lhe mostrar uma coisa.

— Está maluco? A esta hora?

— É a única chance que temos.

Legat ainda estava meio adormecido. Ele esfregou o rosto e sacudiu a cabeça, em um esforço para despertar completamente.

— O que é que você quer me mostrar?

— Se eu lhe disser, você não virá. — Em sua determinação, Paul parecia quase insano. Estendeu os sapatos. — Por favor.

— Paul, isto é perigoso.

Hartmann deu uma risada seca.

— Acha que precisa explicar isso a *mim*? — Ele jogou os sapatos na cama. — Estarei nos fundos do hotel. Aguardarei você do lado de fora. Se não estiver lá em dez minutos, vou entender que não irá.

Depois que ele saiu, Legat andou para um lado e para o outro do pequeno quarto. A situação era tão irracional que ele chegava quase a crer que tinha sonhado aquilo tudo. Sentou na beira da cama e pegou os sapatos. Havia chegado cansado demais para tirá-los com cuidado antes de ir dormir, e agora não conseguia desatar os nós dos cadarços, nem mesmo usando os dentes. Precisou ficar de pé, enfiar os pés nos sapatos e depois forçar os calcanhares para dentro com os dedos. Aquilo o irritou. Também estava com um pouco de medo, teve que admitir. Pôs o chapéu e dobrou o sobretudo por cima do braço. Foi para o corredor, trancou a porta, virou à esquerda e caminhou em passos rápidos virando a esquina rumo à escada dos fundos. No andar térreo passou pela entrada dos banhos turcos. O aroma de vapor e óleos perfumados lhe trouxe lembranças dos clubes de cavalheiros em Pall Mall, e logo estava passando pela porta de vidro e saindo para a ruazinha na parte de trás do hotel.

Hartmann estava fumando um cigarro, encostado a uma das Mercedes conversíveis em que tinham sido conduzidos durante o dia. O motor estava ligado. Ele sorriu quando viu Legat, jogou o cigarro na sarjeta e o apagou com a ponta do sapato. Abriu a porta do carona, como um motorista. Um minuto depois estavam percorrendo uma larga avenida com lojas e prédios de apartamentos. A brisa ainda era morna. Uma bandeirola com a suástica tremulava no capô do carro. Hartmann não dizia nada. Estava concentrado no trajeto. De perfil, seu rosto, com a testa alta e o nariz romano, parecia imperioso. A cada instante ele checava os retrovisores. Sua ansiedade contaminou Legat.

— Tem alguém nos seguindo.

— Acho que não. Quer vigiar?

Legat girou no assento. A avenida estava deserta. A lua crescente tinha se erguido e o asfalto parecia um canal, prateado e liso. Algumas janelas de lojas estavam acesas. Ele não fazia ideia da direção que estavam tomando. Virou-se de volta para a frente. O carro desacelerou ao chegar a um cruzamento. Dois policiais de patrulha, com capacetes em forma de balde, estavam na esquina. Suas cabeças acompanharam a Mercedes enquanto se aproximava. Quando viram a bandeirola oficial, fizeram a saudação. Hartmann olhou para Legat e riu diante do absurdo daquilo, mostrando os dentes grandes, e pela segunda vez Legat teve a sensação de que ele não estava em seu juízo perfeito.

— Como conseguiu este carro?

— Dei cem marcos ao motorista para que ele me emprestasse. Disse que era para sair com uma garota.

O centro da cidade dera lugar a subúrbios e fábricas. Através dos campos escuros, Legat avistava chamas de fornalhas e chaminés — vermelhas, amarelas, brancas. Durante algum tempo os trilhos de uma via férrea correram ao longo da parte central da *autobahn*. Então a estrada foi se estreitando e eles estavam em campo aberto. Aquilo lembrou a Legat a viagem de Oxford até Woodstock, e o pub que costumavam frequentar ali — qual era mesmo? —, o Black Prince. Depois de dez minutos, ele não conseguia mais conter o próprio medo.

— Está muito longe? Tenho que estar de volta ao hotel em breve. O primeiro-ministro acorda cedo.

— Não está longe. Não se preocupe. Levarei você de volta antes que amanheça.

Passaram por um pequeno vilarejo bávaro, as casas todas fechadas e às escuras, e logo estavam chegando a outro. Este também parecia inteiramente normal — casas caiadas de branco, paredes de madeira, telhados íngremes vermelhos, um açougue, uma hospedaria, uma garagem. Então Legat vislumbrou o nome do lugar — *Dachau* — e soube por que tinha sido levado até ali. Sentiu-se vagamente desapontado. Então era isso? Hartmann guiou cuidadosamente através das ruas desertas até que se viram na periferia do lugar. Ele parou o carro no acostamento, desligou o motor e apagou os faróis. À direita deles, estendia-se um arvoredo. O campo de concentração estava à esquerda, totalmente visível de encontro ao céu enluarado — uma cerca alta de arame farpado estendendo-se até onde Legat conseguia enxergar, com torres de vigia, e por trás dela os contornos escuros dos galpões. O latido dos cães de guarda soava no ar tranquilo. Um holofote montado em uma das torres percorria incessantemente aquele vasto espaço. O mais chocante era a imensidão daquilo: uma cidade de prisioneiros dentro da própria cidade.

Hartmann o observava.

— Sabe o que é isso, eu imagino.

— Claro que sim. Tem sido muito noticiado pela imprensa. Há muitas manifestações em Londres contra as repressões nazistas.

— Você não participou delas, suponho.

— Sabe muito bem que não posso. Sou um funcionário público. Somos politicamente neutros.

— Naturalmente.

— Ah, pelo amor de Deus, Paul, não seja assim tão ingênuo! — Era a obviedade daquilo que ele achava mais ofensiva. — Stálin tem campos muito maiores, onde as pessoas são tratadas de modo ainda pior. Quer que entremos em guerra contra a União Soviética também?

— Quero somente ressaltar que algumas das pessoas transferidas para a Alemanha pelo acordo de hoje podem estar aqui antes do fim do ano.

— Sim, e sem dúvida acabariam aqui de qualquer maneira, supondo que não fossem mortas no bombardeio.

— Não se Hitler tivesse sido deposto.

— *Se!* É sempre *se!*

As vozes se elevaram e foram notadas. Por trás do arame, um guarda com um cão alsaciano puxado por uma correia curta começou a gritar na direção deles. O feixe de luz do holofote esquadrinhava o campo de exercícios, cruzando a cerca e atingindo a estrada, avançando na direção deles. De repente o carro foi coberto por uma luz ofuscante. Hartmann praguejou. Ligou o motor e engatou marcha a ré. Olhando para trás, com uma das mãos no volante, fez o carro retroceder a toda velocidade, rabeando para um lado e para o outro pelo meio da estrada até que alcançaram uma rua transversal. Ele passou a primeira, girou o volante e fez uma curva acentuada, lançando no ar uma nuvem de poeira e cheiro de borracha queimada. Enquanto se afastavam, a aceleração empurrou Legat com força no encosto do banco. Quando conseguiu olhar para trás, viu que o holofote ainda varria a estrada de um lado para o outro, em uma busca cega. Furioso, ele disse:

— Isso foi uma coisa muito estúpida. Pode imaginar o tamanho do problema, se um diplomata britânico fosse detido aqui? Quero voltar para Munique, agora mesmo. — Hartmann continuou olhando para a frente e não respondeu. — Você realmente me trouxe a essa distância toda apenas para ilustrar um argumento?

— Não. Por acaso estava no caminho.

— No caminho para o quê?

— Leyna.

Então, finalmente: Leyna.

Ela tinha querido ver Hitler com os próprios olhos; não para ouvi-lo falar: declarava-se uma comunista, e seria impensável. Mas para vê-lo em carne e osso, aquele fanfarrão e sonhador meio cômico, meio sinistro, cujo partido tinha ficado em nono lugar nas eleições apenas quatro anos antes, com menos de três por cento dos votos, mas que naquele momento estava prestes a se tornar o chanceler. Na maior parte das noites de campanha ele costumava, depois de discursar em um dos gigantescos comícios, voltar para a cidade. Todos sabiam o endereço do seu apartamento. A proposta dela era de que ficassem do lado de fora, na esperança de vê-lo de relance.

Hartmann tinha sido contra, desde o início. Considerou aquilo o desperdício de um dia agradável, uma distração burguesa e banal ("não é assim que vocês falam?") focar a atenção em um indivíduo, e não nas forças sociais que o produziram.

Mas a relutância dele não se devia somente àquilo, como Legat percebeu depois: Hartmann sabia como ela era, o tipo de imprudência de que era capaz. Ela apelara a Legat para que desse o voto decisivo a seu favor, e claro que ele atendera — em parte porque ele mesmo estava curioso para ver Hitler, mas acima de tudo porque estava meio apaixonado por ela: um fato de que todos três tinham conhecimento. Tratavam aquilo como uma brincadeira, ele inclusive. Era tão inexperiente e tão menos vivido do que Hartmann que ainda era virgem aos vinte e um anos.

E assim, depois do piquenique na relva em Königsplatz, partiram para lá.

Foi na primeira semana de julho, logo após o meio-dia, e fazia calor. Ela vestia uma das camisas brancas de Hartmann com as mangas arregaçadas, shorts e botas de caminhada. Seus braços e pernas estavam queimados de sol. Estavam a quase dois quilômetros de distância, e tinham que cruzar o centro da cidade. Os edifícios tremeluziam por entre as ondas de calor. Quando passavam pelo extremo sul do Englischer Garten, Hartmann sugeriu que nadassem no Eisbach, em vez de prosseguir. Legat teria aceitado, mas Leyna não quis adiar. Seguiram em frente.

O apartamento ficava no alto de uma colina, de frente para a Prinzregentenplatz, uma praça movimentada, de aparência impressionante, calçada de pedras, e cortada por linhas de bondes. Quando chegaram lá, estavam suados e de mau humor. Hartmann caminhava atrás, zangado, e Leyna decidira provocá-lo ainda mais fingindo que flertava com Legat. O edifício onde Hitler morava era um bloco de apartamentos de luxo, da virada do século, com um design que lembrava um castelo francês. Do lado de fora, uma dúzia de soldados da tropa de choque caminhava de um lado para outro, isolando aquele trecho da calçada, obrigando os pedestres a descer para a rua e dar a volta em torno da Mercedes de seis rodas do Führer, parada junto ao meio-fio, esperando por ele. Na calçada oposta, a menos de vinte metros, uma pequena multidão de curiosos tinha se reunido. Então, ele estava em casa, Legat lembrou-se de ter pensado; e mais, sairia em breve.

— Qual o apartamento dele? — perguntou ele.

— Segundo andar. — Ela apontou. Uma balaustrada ligava duas janelas salientes com venezianas. Era um prédio de aspecto sólido, pesado. — Às vezes ele aparece para se mostrar para a multidão. E, é claro, foi aqui que a sobrinha dele foi baleada no ano passado. — Enquanto dizia isso, ela elevou um pouco a voz. Algumas pessoas se viraram para olhar para ela. — Bem, eles viviam juntos, não é verdade? O que você acha, Pauli? Geli Raubal se matou ou foi morta para não causar escândalo? — Quando Hartmann não respondeu, ela disse a Legat: — A pobre garota tinha apenas vinte e três anos. Todos sabiam que o tio fodia com ela.

Uma mulher de meia-idade que estava próxima virou-se e olhou furiosa para ela.

— Você devia calar essa sua boca imunda.

Do outro lado da rua, os camisas-marrons estavam se postando em posição de sentido e começando a formar uma guarda de honra entre a porta do edifício e o carro. A multidão avançou um pouco. A porta se abriu. Hitler apareceu. Vestia um paletó azul-escuro, trespassado. (Depois, Legat imaginou que ele devia estar saindo para almoçar.) Alguns dos espectadores aplaudiram e saudaram. Leyna pôs as mãos em volta da boca e gritou:

— Comedor da sobrinha!

Hitler olhou de relance para a pequena plateia. Ele devia ter ouvido; os soldados certamente ouviram, porque suas cabeças se voltaram naquela direção. Mas só para ter certeza ela repetiu:

— Você fodia com sua sobrinha, assassino!

O rosto dele estava inexpressivo. Enquanto entrava no carro, dois homens da SA saíram da formação e começaram a vir na direção dela. Empunhavam cassetetes curtos. Hartmann agarrou o braço de Leyna e a arrastou. A mulher que a mandara calar a boca suja tentou bloquear a passagem dos dois, mas Legat a empurrou para longe. Um homem, um sujeito enorme, que devia ser o marido, desferiu um soco que o atingiu logo abaixo do olho. Os três saíram correndo da praça e fugiram por uma rua residencial coberta de folhas secas.

Hartmann e Leyna iam na frente. Legat ouvia as botas dos soldados batendo ruidosamente nas pedras, pouco atrás dele. Seu olho doía e já começava a se fechar. Os pulmões ardiam como se alguém tivesse bombeado gelo para dentro deles. Ele lembrava que se sentira ao mesmo tempo aterrorizado e inteiramente calmo. Quando surgiu uma rua secundária à direita mas Hartmann e Leyna passaram direto, ele virou para ela, entre grandes *villas* com jardins, e a certa altura percebeu que os soldados já não o perseguiam mais. Estava sozinho. Apoiou-se em um pequeno portão de madeira para recuperar o fôlego, rindo, ofegante. Sentia quase um êxtase de alegria, como se tivesse tomado uma droga.

Mais tarde, quando voltou ao albergue, encontrou Leyna sentada no pátio, encostada à parede. Tinha o rosto voltado para o sol. Ela abriu os olhos e se pôs de pé assim que o viu, e o abraçou. Como ele estava? Estava bem: melhor do que bem, na verdade. Onde estava Paul? Ela não sabia: assim que os fascistas tinham desistido da perseguição e eles estavam seguros, ele começara a gritar com ela e ela gritara de volta e ele tinha ido embora. Ela examinou o olho de Legat e insistiu em levá-lo para o quarto dele no andar de cima. Enquanto ele deitava na cama, ela encharcou uma toalha com água da pia e dobrou-a em uma compressa. Sentou no colchão ao lado dele e aplicou a compressa no olho machucado. Sua coxa pressionava o corpo dele. Ele podia sentir a firmeza dos músculos por baixo da pele. Nunca se sentira tão vivo. Ergueu a mão por trás da cabeça dela, entrelaçou os dedos entre os seus cabelos e puxou o rosto dela para baixo, beijando-a na boca. Ela resistiu por um instante, mas depois correspondeu ao beijo e se moveu sobre o corpo dele, de pernas abertas, e desabotoando a blusa.

Hartmann não voltou durante toda aquela noite. Na manhã seguinte, Legat deixou em cima da cômoda a sua parte na conta do albergue e saiu discretamente. Em uma hora estava em um dos primeiros trens que saíam da cidade. E aquela havia sido a única grande aventura na vida cuidadosamente planejada de Hugh Alexander Legat, ex-aluno do Balliol College, de Oxford, e terceiro secretário no Serviço Diplomático de Sua Majestade, até aquela noite.

Viajaram em silêncio por estradinhas rurais durante quase uma hora. Fazia mais frio agora. Legat manteve as mãos nos bolsos do paletó. Ele se perguntava para onde estaria sendo levado, e o que deveria dizer quando chegassem. Até aquela data ainda não tinha ideia se Hartmann sabia sobre seu ato de traição. Sempre assumira que o amigo sabia: por que outra razão nunca fizera contato todos esses anos desde então? Ele também chegou a escrever para Leyna — duas cartas cheias de amor, remorso e pomposas lições de moral; em retrospecto, ficava feliz por terem sido devolvidas sem serem abertas.

Finalmente, viraram em uma longa estrada pavimentada. Os faróis revelavam canteiros rodeados por grama cuidadosamente aparada e gradis baixos de ferro. Adiante, erguia-se o contorno de uma grande casa — um solar, se fosse na Inglaterra — cercada de anexos. Em uma janelinha redonda logo abaixo do beiral, brilhava uma luz solitária. Passaram pela arcada de um portão e pararam em uma entrada com calçamento de pedras. Hartmann desligou o motor.

— Espere aqui.

Legat ficou olhando enquanto ele caminhava até a porta. Toda a fachada da casa estava coberta de hera. Ao luar, ele agora podia ver que as janelas superiores tinham grades. Teve um súbito pressentimento de horror. Hartmann devia ter tocado uma campainha, porque um minuto depois uma luz se acendeu do lado de dentro da porta de entrada. Ela foi aberta — uma fresta cautelosa a princípio, e depois se abriu mais um pouco, e Legat avistou uma mulher jovem com uniforme de enfermeira. Hartmann lhe disse alguma coisa, fazendo gestos na direção do carro. Ela se inclinou para olhar. Houve uma discussão. Hartmann ergueu as mãos no ar algumas vezes, insistindo em algo. Por fim a mulher concordou. Hartmann tocou no braço dela e acenou chamando Legat para juntar-se a eles.

O lugar cheirava a comida quase queimada e a desinfetante. Legat registrava os detalhes à medida que passava: a Madona entalhada acima da porta, o quadro de avisos forrado de baeta verde e todo cravado de alfinetes mas sem recados, a cadeira de rodas ao pé da escadaria, um par de muletas ao lado. Ele seguiu Hartmann e a enfermeira até o primeiro andar e avançando por um corredor. A enfermeira tinha um enorme chaveiro pendurado no cinto. Escolheu uma chave, destrancou uma porta. Eles esperaram enquanto ela entrava. Legat olhou para Hartmann, aguardando uma explicação, mas ele não o encarou. A enfermeira reapareceu.

— Está acordada.

Era um quarto pequeno. A cama de ferro ocupava a maior parte dele. A cabeça dela estava meio erguida sobre o travesseiro, e a camisola branca de tecido grosso abotoada até o pescoço. Legat nunca a teria reconhecido. O cabelo estava cortado bem curto, em estilo masculino, o rosto mais cheio, a pele parecia de cera. Mas era a falta de energia em suas feições, em seus olhos castanho-escuros principalmente, que a tornava uma estranha. Hartmann se aproximou, pegou sua mão e lhe deu um beijo na testa. Sussurrou alguma coisa para ela. Ela não deu sinal de ter ouvido. Ele disse:

— Hugh, por que não vem até aqui e diz olá?

Com esforço, Legat caminhou até a lateral da cama e segurou a outra mão dela. Era rechonchuda, fria, indiferente.

— Olá, Leyna.

A cabeça dela se moveu um pouco. Ela olhou para ele. Por um instante os olhos se estreitaram um pouquinho e pareceu-lhe que alguma coisa neles se agitava. Mas depois ele teve certeza de que tinha sido sua imaginação.

Na viagem de volta para Munique, Hartmann pediu a Legat que lhe acendesse um cigarro. Ele acendeu, colocou-o entre os lábios de Hartmann, depois acendeu um para si mesmo. Sua mão tremia.

— Vai me contar o que aconteceu com ela?

Mais silêncio. Então Hartmann disse:

— Posso lhe dizer o que eu mesmo sei, e que não é muita coisa. Nós nos separamos depois daquele dia em Munique, como seria de esperar, e perdi contato com ela. Era demais para mim. Ao que parece, ela voltou para Berlim e começou a trabalhar de modo mais sério com os comunistas. Eles tinham um jornal, *Die Rote Fahne*; ela fazia parte da equipe. Depois que os nazistas chegaram ao poder, o jornal foi proibido, mas continuou sendo publicado clandestinamente. Pelo que entendi, ela foi detida em uma batida policial em 1935 e enviada para Moringen, um campo para mulheres. Nessa época estava casada, com um companheiro comunista.

— O que aconteceu com o marido dela?

— Foi morto lutando na Espanha. — Ele respondeu sem emoção. — Depois, eles a soltaram. Claro, ela voltou direto para junto dos camaradas. Foi presa de novo. Só que dessa vez descobriram que ela era judia, e foram mais brutais. Como você acabou de ver.

Legat sentiu náusea. Esmagou o cigarro entre os dedos e o jogou para fora do carro.

— A mãe dela entrou em contato comigo. Não mora muito longe daqui. É viúva, ex-professora, sem dinheiro nenhum. Soube que eu tinha entrado para o partido e quis saber se eu poderia usar minha influência para que ela tivesse um tratamento adequado. Fiz o que pude, mas não adiantou. O cérebro dela estava muito danificado. Tudo que consegui fazer foi pagar para que ela ficasse nesta clínica. Não é um lugar ruim. Por causa da minha posição, concordaram em relevar o fato de que ela é judia.

— Foi muito decente de sua parte.

— "Decente?" — Hartmann deu uma gargalhada e balançou a cabeça. — Dificilmente!

Seguiram por algum tempo sem dizer uma palavra. Então, Legat falou:

— Eles devem tê-la espancado barbaramente.

— Disseram que ela caiu de uma janela do terceiro andar. Estou certo de que caiu mesmo. Mas não antes que entalhassem uma estrela de davi nas costas dela. Pode me dar outro cigarro? — Legat o acendeu para ele. — Assim estão as coisas, Hugh. É algo que nunca conseguiríamos entender em Oxford, porque está além da razão, não é algo racional. — Ele gesticulava com o cigarro na mão enquanto falava, a outra mão controlava o volante e os olhos estavam fixos na estrada à frente. — Foi isso que aprendi nestes últimos seis anos, e foi justamente o contrário do que aprendi em Oxford: o poder da *ir*racionalidade. Todo mundo dizia, e por "todo mundo" me refiro a pessoas como eu, todos nós dizíamos: "Ah, que sujeito terrível esse Hitler, mas não é necessariamente de todo mau. Vejam suas realizações. Vamos deixar de lado esse antissemitismo medieval e horroroso dele; isso vai passar". Mas a questão é: não vai passar. Você não pode isolar isso do restante. Está tudo misturado. E, se o antissemitismo é mau, então tudo ali é mau. Porque, se são capazes disso, são capazes de qualquer coisa. — Ele desviou os olhos da estrada apenas o tempo suficiente para encarar Legat, e seus olhos estavam molhados. — Entende o que eu quero dizer?

— Sim — disse Legat —, entendo. Entendo exatamente o que você quer dizer.

Depois disso, não falaram por meia hora.

Estava começando a clarear. Havia algum tráfego, finalmente — um ônibus, uma carreta repleta de sucata. Ao longo da via férrea no meio da *autobahn* o primeiro trem matinal se deslocava na direção da cidade. Eles o ultrapassaram. Legat podia ver pelas janelas os passageiros lendo os jornais que já noticiavam a assinatura do acordo.

— E o que você vai fazer agora? — disse ele.

Hartmann estava tão absorto em seus pensamentos que a princípio pareceu não ter ouvido a pergunta.

— Eu não sei. — Ele deu de ombros. — Seguir em frente, provavelmente. Imagino que deve ser assim que se sente alguém que fica sabendo que tem uma doença incurável. Sabe que o fim se aproxima, mas não pode fazer outra coisa senão levantar da cama todo dia. Hoje de manhã, por exemplo, tenho que preparar um resumo da imprensa estrangeira. Talvez tenha que entregá-lo pessoalmente a Hitler. Disseram-me que ele tem certa simpatia por mim! Pode acreditar?

— Isso pode ser útil, não, para a sua causa?

— Será que pode? Esse é o meu dilema. Estarei agindo certo se continuar trabalhando pelo regime, na esperança de que algum dia possa fazer alguma coisa, mesmo pequena, que ajude a sabotá-lo de dentro? Ou devia simplesmente estourar meus miolos?

— Que isso, Paul! Isso é muito melodramático. Tem que ser a primeira escolha.

— É claro que o que eu devia fazer de verdade era estourar os miolos *dele*. Mas tudo que eu sou me impede. Além disso, uma das consequências seria um banho de sangue — minha família inteira seria exterminada, sem dúvida. De modo que, no final das contas, seguimos em frente movidos a esperança. Que coisa terrível é a esperança! Estaríamos muito melhor sem ela. Há um paradoxo de Oxford que precisa ser resolvido. — Ele voltou a checar o retrovisor. — Vou deixá-lo a algumas centenas de metros do seu hotel, caso o Sturmbannführer Sauer esteja nos vigiando. Sabe o caminho daqui até lá? Este aqui é o lado oposto do jardim botânico onde conversamos ontem.

Ele parou diante de um enorme prédio oficial — um tribunal, a julgar pela aparência, todo enfeitado com suásticas. Na outra extremidade da rua, Legat podia ver as torres gêmeas com cúpulas da Frauenkirche. Hartmann disse:

— Adeus, meu caro Hugh. Entre nós dois está tudo bem. Haja o que houver, pelo menos nos resta o consolo de saber que tentamos.

Legat desceu da Mercedes, bateu a porta e se virou para dizer adeus, mas era tarde. Hartmann já acelerava no tráfego daquele começo de manhã.

2

Ele caminhou em transe de volta ao hotel.

No movimentado cruzamento entre o jardim botânico e a Maximiliansplatz, deu um passo para fora do meio-fio, sem perceber. A buzina de um veículo e o ruído estridente dos freios o despertaram de seu devaneio. Ele saltou para trás e ergueu os braços pedindo desculpas. O motorista praguejou e acelerou novamente. Legat encostou-se em um poste de iluminação, abaixou a cabeça e chorou.

Quando chegou ao Regina Palast, cinco minutos depois, o grande hotel estava começando a despertar. Ele parou à entrada, tirou o lenço, assoou o nariz e limpou os olhos. Com todo o cuidado correu o olhar pelo saguão. Hóspedes começavam a descer as escadas rumo ao salão de jantar; ele podia ouvir o tinido do café da manhã sendo servido. Na recepção, uma família esperava para fazer o check-out. Quando teve certeza de que não havia nenhum membro da delegação britânica à vista, cruzou apressadamente o foyer rumo aos elevadores. Apertou o botão. Seu objetivo era chegar de volta ao quarto sem ser notado, mas quando as portas se abriram ele se deparou com a figura de Sir Nevile Henderson. O embaixador trazia o costumeiro cravo vermelho na lapela e a inevitável piteira de jade entre os lábios. Na mão carregava uma elegante valise de couro. Seu rosto demonstrou surpresa.

— Bom dia, Legat. Vejo que já está por aí.

— Sim, Sir Nevile. Senti necessidade de um pouco de ar fresco.

— Bem, precisa subir depressa. O primeiro-ministro estava perguntando por você. Ashton-Gwatkin já está a caminho de Praga com os tchecos, e eu vou pegar um avião com Von Weizsäcker para Berlim.

— Obrigado pelo aviso, senhor. Tenha uma boa viagem.

Ele apertou o botão para o terceiro andar. No espelho do elevador fez uma breve avaliação: barba por fazer, roupa amarrotada, olhos vermelhos. Não admira que Henderson tivesse ficado surpreso: era a aparência de quem passara a noite no bar. Tirou o chapéu e o sobretudo. A campainha tocou, ele endireitou os ombros e saiu para o corredor. Diante da porta da suíte do primeiro-ministro, o detetive da Scotland Yard tinha voltado a sua posição original. Ele ergueu as sobrancelhas na direção de Legat, com um olhar divertido de cumplicidade, bateu na porta e a abriu.

— Já o acharam, senhor.

— Ótimo. Mande-o entrar.

Chamberlain vestia um roupão xadrez de lã. Os pés finos apareciam sob a calça de um pijama listrado. O cabelo despenteado estava com um topete, como a plumagem de uma ave grisalha. Fumava um charuto. Na mão esquerda segurava um maço de papéis.

— Onde está aquele exemplar do *Times* com o discurso de Herr Hitler? — perguntou.

— Creio que está na sua caixa, primeiro-ministro.

— Seja um bom rapaz e encontre-o para mim.

Legat deixou o sobretudo e o chapéu na cadeira mais próxima e puxou suas chaves. O velho parecia repleto daquela mesma energia concentrada que Legat percebera no jardim do número 10. Ninguém que o visse diria que ele mal dormira. Legat abriu a caixa e remexeu nos papéis até encontrar o exemplar do jornal da terça-feira, o mesmo que estivera lendo no Ritz enquanto esperava por Pamela. O primeiro-ministro levou o jornal para a escrivaninha. Abriu-o, pôs os óculos e começou a esquadrinhar o texto. Sem se virar, disse:

— Tive uma conversa breve com Hitler ontem à noite, e perguntei se podia ir visitá-lo hoje de manhã, antes de embarcar de volta a Londres.

Legat, boquiaberto, perguntou:

— E ele concordou, senhor?

— Gosto de pensar que estou aprendendo a lidar com ele. Deliberadamente o coloquei na berlinda. Ele não tinha como se recusar. — A cabeça dele se movia devagar, para cima e para baixo, enquanto seus olhos percorriam as colunas de texto. — Devo dizer uma coisa; foi um jovem bastante rude o que você trouxe ao meu encontro ontem à noite.

Lá vem, pensou Legat, e se preparou.

— Sim, eu lamento muito, senhor. Assumo inteira responsabilidade.

— Você contou a alguém sobre aquilo?

— Não.

— Muito bem. Nem eu. — O primeiro-ministro tirou os óculos, dobrou o jornal e o devolveu a Legat. — Quero que leve isto para Strang e que lhe peça para transformar o discurso de Herr Hitler em uma declaração de intenção. Dois ou três parágrafos devem ser suficientes.

O cérebro de Legat era em geral sagaz, mas não naquele momento.

— Desculpe, senhor. Não estou percebendo...

— Na noite da segunda-feira — disse Chamberlain, pacientemente —, em Berlim, Herr Hitler declarou publicamente seu desejo de uma paz permanente entre a Alemanha e a Grã-Bretanha, assim que a questão dos Sudetos fosse resolvida. Eu gostaria que essa afirmação fosse reformulada como uma declaração conjunta a respeito das futuras relações anglo-germânicas, um documento que possa ser assinado por nós dois esta manhã. Agora, vá.

Legat fechou a porta com cuidado. Uma declaração conjunta? Nunca ouvira falar disso. O quarto de Strang, se ele lembrava corretamente, era três portas depois do quarto do primeiro-ministro. Ele bateu, mas não teve resposta. Tentou de novo, com mais força. Depois de algum tempo escutou alguém tossindo e Strang abriu a porta. Vestia camiseta e longas ceroulas de algodão. Sem os óculos de coruja seu rosto ficava dez anos mais jovem.

— Deus do céu, Hugh. Está tudo bem?

— Tenho um recado do primeiro-ministro. Ele quer que o senhor redija uma declaração.

— Uma declaração? A respeito do quê? — Strang bocejou e cobriu a boca com a mão. — Perdão. Demorei muito a adormecer esta noite. É melhor você entrar.

O ambiente estava às escuras. Strang arrastou os chinelos até a janela e abriu as cortinas. Sua saleta externa era bem menor que a do primeiro-ministro. Através da porta Legat podia ver a cama desarrumada. Strang foi buscar os óculos na mesa de cabeceira e os colocou com cuidado. Voltou para a saleta.

— Me explique isso outra vez.

— O primeiro-ministro vai ter outro encontro com Hitler agora de manhã.

— *O quê?*

— Ao que parece ele solicitou isso ontem à noite, e Hitler concordou.

— Alguém mais está informado sobre isso? O secretário do Exterior? O Gabinete?

— Não sei. Creio que não.

— Meu Deus!

— Ele quer que Hitler assine uma espécie de declaração conjunta baseada no discurso que fez em Berlim na noite de segunda-feira. — Ele entregou o jornal a Strang.

— Foi ele quem sublinhou isto aqui?

— Não, fui eu.

Strang estava tão desconcertado que até aquele momento parecia ter esquecido por completo que ainda estava em roupas de baixo. Olhou para os pés descalços com surpresa.

— Acho melhor eu me vestir. Pode providenciar para que nos tragam um pouco de café? E seria bom chamar Malkin.

— E quanto a Sir Horace Wilson?

Strang hesitou.

— Sim, acho que sim, não acha? Especialmente se ele também não sabe sobre isso. — De repente ele pôs as mãos em ambos os lados da cabeça e encarou Legat, com a mente organizada de diplomata em pleno tumulto diante dessa ruptura com a ortodoxia. — Ele está brincando? Ele parece achar que a política exterior do Império britânico é seu domínio pessoal. Que situação mais extraordinária!

Hartmann estacionou a Mercedes nos fundos do Führerbau e deixou a chave na ignição. Movia-se com dificuldade; a noite inteira ao volante o deixara perigosamente fatigado. E aquele, ele sabia, era um dia, mais do que qualquer outro, em que ele tinha de estar totalmente em forma. Mas estava contente por ter feito o que fizera. Talvez ele nunca mais tivesse uma chance de vê-la.

A entrada dos fundos estava destrancada e sem vigias. Com passo cansado ele subiu as escadas até o primeiro andar. Uma equipe de serventes em uniformes militares estava varrendo os pisos de mármore, esvaziando os cinzeiros dentro de sacos de papel, recolhendo as taças de champanhe e as garrafas de cerveja. Ele se dirigiu para o escritório da conferência. Dois jovens ajudantes da ss estavam esparramados em poltronas, fumando, as botas sobre a mesinha de centro, flertando com uma secretária ruiva que estava em um dos sofás, as pernas elegantes recolhidas embaixo do corpo.

Hartmann fez a saudação.

— *Heil Hitler!* Sou Hartmann, do Ministério do Exterior. Tenho que preparar o resumo da imprensa em inglês para o Führer.

À menção do Führer, os dois ajudantes apagaram apressadamente os cigarros, puseram-se de pé e retribuíram a saudação. Um deles apontou uma mesa no canto.

— O material está ali à sua espera, Herr Hartmann. O *New York Times* acabou de ser telegrafado por Berlim.

O maço de telegramas, grosso como seu polegar, estava em uma cesta de arame.

— Há alguma chance de conseguir café?

— Claro, Herr Hartmann.

Ele se sentou e puxou a cesta. O *New York Times* estava por cima.

A guerra para a qual a Europa estava se preparando febrilmente foi evitada na manhã de hoje quando os líderes da Grã-Bretanha, França, Alemanha e Itália, reunidos em Munique, chegaram a um acordo que permite às tropas do Reich ocuparem as porções predominantemente alemãs da região dos Sudetos na Tchecoslováquia, progressivamente, ao longo de um período de dez dias a contar de amanhã. A maior parte das exigências do chanceler Hitler foi atendida. O primeiro-ministro Chamberlain, cujos esforços pela paz foram finalmente coroados de sucesso, recebeu os aplausos mais ruidosos da multidão em Munique.

Por baixo, outra notícia: CHAMBERLAIN, HERÓI DAS MULTIDÕES EM MUNIQUE

Eram aplausos verdadeiros, como aqueles que são ouvidos nos estádios de futebol americanos, sempre que a figura esguia e de casaco negro de Chamberlain, com um sorriso e um andar compassado, surgia à vista.

Hartmann achou que era exatamente o tipo de detalhe que deixaria Hitler furioso. Pegou a caneta, Colocaria aqueles logo no começo.

Strang, barbeado e completamente vestido, estava sentado à mesa da saleta de sua suíte no hotel, escrevendo com a mão pequena e delicada em uma folha de papel timbrado do Regina Palast. Páginas amassadas e jogadas ao chão rodeavam seus pés. Malkin, com um bloco de notas sobre o joelho, puxara uma cadeira e olhava por cima do seu ombro. Wilson estava sentado aos pés da cama, lendo com atenção o texto do discurso de Hitler no *Times*. Legat servia os cafés.

Era óbvio, pela sua reação inicial de perplexidade, que Wilson também não fazia ideia do que se passava na mente do primeiro-ministro. Mas àquela altura ele já recuperara o costumeiro equilíbrio, e tentava dar a entender que tudo aquilo fora sua ideia.

Wilson bateu com a ponta do dedo numa coluna do jornal.

— Este aqui é o trecho crucial, com certeza, onde Hitler fala do Acordo Naval Anglo-Germânico: "*Eu me recusei voluntariamente a entrar em uma competição de armamentos navais, a fim de dar ao Império britânico uma sensação de segurança... Em termos morais, esse acordo só se justifica se ambas as nações se comprometerem solenemente a nunca mais entrar em guerra uma contra a outra. A Alemanha tem esse propósito*".

Strang fez uma careta. Legat sabia o que ele estava pensando. No Foreign Office, tinha-se chegado à conclusão de que o Acordo Naval Anglo-Germânico de 1935 — em que a Alemanha se comprometia a nunca construir uma frota de tamanho superior a trinta e cinco por cento da Marinha Real — tinha sido um erro. Strang disse:

— Não vamos revisitar o Acordo Naval Anglo-Germânico, Sir Horace, não importa o que façamos.

— Por que não?

— Porque Hitler encarou isso como uma piscadela e uma concordância de que, deixando-nos ter uma Marinha três vezes maior que a da Alemanha, permitiríamos que ele agisse livremente na Europa Oriental. Foi aí que tudo começou a se estragar. — Ele rabiscou uma frase. — Sugiro deixarmos tudo isso de fora e usarmos apenas a segunda parte do que ele diz, ligando-a especificamente ao acordo relativo aos Sudetos. Ficaria assim, então: "*Consideramos o acordo assinado na noite de ontem como um símbolo do desejo de nossos povos de nunca mais entrarem em guerra um contra o outro*".

Malkin, o advogado do Foreign Office, aspirou o ar por entre os dentes.

— Eu espero que o primeiro-ministro compreenda que isso não tem nenhum poder legal, absolutamente. É uma declaração de boa vontade, e nada mais.

Wilson disse com voz cortante:

— É claro que ele sabe disso. Ele não é tolo.

Strang recomeçou a escrever. Depois de alguns minutos, estendeu uma folha de papel.

— Muito bem. Fiz o melhor que pude. Por que não leva isto aqui para ele, Hugh, e vê o que ele acha?

Legat foi para o corredor. Com exceção do detetive à porta da suíte de Chamberlain, a única outra pessoa à vista era uma camareira corpulenta, de meia-idade, empurrando um carrinho cheio de equipamentos de limpeza e artigos de toalete para substituição. Ele a cumprimentou com um aceno de cabeça, passou por ela e bateu na porta do primeiro-ministro.

— Entre!

Uma mesa para dois estava posta no centro da saleta, e Chamberlain estava tomando seu café da manhã. Vestia seu terno e colarinho alto habituais. À sua frente sentava-se Lord Dunglass. O primeiro-ministro passava manteiga em uma torrada.

— Com licença, senhor. O sr. Strang redigiu um esboço.

— Deixe-me ver.

Chamberlain pousou a torrada, pôs os óculos e examinou o documento. Legat arriscou uma olhada na direção de Dunglass, cujos olhos se arregalaram um pouco. Legat não pôde interpretar aquilo

— se era divertimento, preocupação ou advertência; talvez tudo ao mesmo tempo. Chamberlain franziu a testa.

— Poderia chamar Strang aqui, por favor?

Legat voltou ao quarto de Strang.

— Ele quer vê-lo.

— Algum problema?

— Ele não disse.

— Talvez devêssemos ir todos — disse Malkin. Estavam tão nervosos quanto estudantes convocados à presença do diretor. — Poderia vir conosco, Sir Horace?

— Se quiserem. — Wilson parecia em dúvida. — Embora eu deva adverti-los de que não adianta tentar mudar o parecer dele. Quando ele decide por uma linha de ação, ele nunca a modifica.

Legat seguiu os três homens até a suíte do primeiro-ministro. Chamberlain disse, friamente:

— Sr. Strang, o senhor deixou de fora a menção ao Acordo Naval Anglo-Germânico. Por quê?

— Não estou certo de ser algo para nos orgulharmos.

— Pelo contrário, é exatamente o tipo de acordo que devíamos tentar firmar agora com a Alemanha. — Chamberlain puxou a caneta e começou a fazer emendas no rascunho. — Percebi também que meu nome foi colocado antes do dele. Isso nunca vai funcionar. Deve ser ao contrário: "*Nós, o Führer e chanceler da Alemanha e o primeiro-ministro britânico, tivemos um novo encontro no dia de hoje...*" — Ele circulou os títulos e desenhou uma flecha indicando a troca de posições. — Quero que ele assine primeiro, de modo que a responsabilidade maior recaia ligeiramente sobre ele.

Wilson limpou a garganta.

— E se ele se recusar, primeiro-ministro?

— Por que o faria? São afirmações que ele mesmo fez em público. Se ele se recusar a colocar sua assinatura embaixo delas, vai demonstrar apenas que eram frases vazias desde o começo.

— Mesmo que assine, não significa que tem qualquer obrigação legal de segui-las — disse Malkin.

— O significado disso pretende ser simbólico, não é um compromisso jurídico. — Chamberlain empurrou a cadeira para trás e correu o olhar pelo grupo de autoridades. Estava visivelmente irritado com a dificuldade de compartilhar seu ponto de vista. — Cavalheiros, temos que estar à altura dos acontecimentos. O acordo de ontem à noite diz respeito a apenas uma área de contestação. Podemos ter certeza de que surgirão outras. Quero que ele se comprometa agora a aceitar a paz e a um processo de consultas.

Fez-se silêncio.

Strang tentou mais uma vez.

— Mas não deveríamos pelo menos dizer aos franceses que o senhor está tentando obter esse acordo diretamente com Hitler? Afinal, Daladier ainda está em Munique, e seu hotel fica próximo daqui.

— Não vejo motivo algum para dizer o que quer que seja aos franceses. Isso é inteiramente entre mim e Hitler.

Ele voltou a concentrar sua atenção no rascunho. Sua caneta fazia movimentos curtos e precisos, cancelando algumas palavras, inserindo outras. Quando terminou, estendeu o papel a Legat.

— Mande datilografar isto. Duas cópias: uma para ele, outra para mim. Acertei de me encontrar com o chanceler às onze horas. Faça com que haja um carro disponível.

— Sim, primeiro-ministro. O destino será o Führerbau, imagino?

— Não. Sugeri que tivéssemos uma conversa privada, de homem para homem, sem oficiais. Pretendo deixar principalmente Ribbentrop de fora disso. Sendo assim, ele me convidou a ir ao seu apartamento.

— Sem oficiais? — perguntou Wilson, chocado. — Nem mesmo eu?

— Nem mesmo você, Horace.

— Mas o senhor não pode se encontrar com Hitler completamente sozinho!

— Nesse caso, levarei comigo apenas Alec. Ele não ocupa nenhuma posição oficial.

— Exatamente. — Dunglass deu um de seus sorrisos finos. — Eu não sou ninguém.

Depois que Hartmann terminou de redigir o resumo, ele foi datilografado pela bela secretária ruiva, na máquina especial de grandes letras do Führer. Quatro páginas ao todo — uma exclamação unânime ao redor do mundo de alívio pelo fato de a guerra ter sido evitada, de esperança de que a paz agora pudesse ser mantida permanentemente, e de elogios a Neville Chamberlain. Nesse último aspecto, o *The Times*, de Londres, era, como sempre, o mais efusivo: *Considerando que, se as negociações tivessem fracassado e a guerra eclodisse, a Grã-Bretanha e a Alemanha seriam inevitavelmente protagonistas em frentes opostas, os aplausos e os "heils" dirigidos ao homem cuja ação ao longo de toda a crise foi concentrada e inflexivelmente pacífica devem ter revelado uma intenção muito clara.*

Conferindo todas as páginas, Hartmann foi forçado a reconhecer que havia alguma verdade em tudo aquilo. Bem no coração do Terceiro Reich, na cidade considerada o berço do nacional-socialismo, um primeiro-ministro britânico conseguira produzir o que fora, em última análise, um dia inteiro de manifestações pela paz. Era uma façanha respeitável. Pela primeira vez, Hartmann estava quase pronto para se permitir uma fagulha de esperança. Talvez o Führer acabasse tendo frustrados seus planos para uma guerra de conquista, afinal? Ele dobrou as páginas do resumo e ficou pensando o que deveria fazer com o material. Estava cansado demais para ir à procura de alguém que pudesse informá-lo. A secretária tinha recomeçado o flerte com os dois ajudantes da ss. A tagarelice inconsequente dos três sobre estrelas de cinema e esportistas o acalentava. Sentiu as pálpebras ficando pesadas, e logo adormeceu na poltrona.

Foi acordado por uma mão que o sacudia vigorosamente pelo ombro. Schmidt estava curvado sobre ele. O chefe dos tradutores do ministério estava com o rosto vermelho, em seu estado habitual de agitação nervosa.

— Meu Deus, Hartmann, o que pensa que está fazendo? Onde está o resumo?

— Aqui. Está pronto.

— Pelo menos isso! Céus, olhe só o seu estado! Bem, não há nada a fazer. Temos que entrar em ação.

Hartmann forçou-se a ficar de pé. Schmidt já se encaminhava para a porta. Ele o seguiu até o corredor do primeiro andar e desceram a escadaria de mármore. O prédio estava vazio e ecoando como um mausoléu. Ele queria perguntar aonde estavam indo, mas Schmidt estava apressado demais. Lá fora, soldados enrolavam o pesado tapete vermelho. A bandeira tricolor da França já tinha sido recolhida. Um operário no topo de uma escada estava terminando de desprender a última quina da Union Jack. Ela caiu suavemente às costas dos dois como uma mortalha.

Ele sentou no banco traseiro da limusine ao lado de Schmidt, que havia aberto uma pasta de couro preto e estava consultando algumas anotações. Ele disse:

— Weizsäcker e Kordt já embarcaram de volta para Berlim, então de agora em diante está tudo sob nossa responsabilidade. Parece que aconteceu algum problema em Wilhelmstrasse, ouviu falar?

Um arrepio de susto.

— Não. O que houve?

— A assistente de Weizsäcker, Frau Winter... sabe de quem estou falando? Ao que parece ela foi presa pela Gestapo ontem à noite.

O carro fez a volta em torno da Karolinenplatz. Hartmann ficou ali sentado, entorpecido. Foi apenas quando passaram diante da longa fachada de pilastras da Casa da Arte Alemã, no final de Prinzregentenstrasse, que desabou sobre ele a estarrecedora constatação do local para onde o estavam conduzindo.

Cumprir todas as instruções do primeiro-ministro foi algo que manteve Legat ocupado por mais de uma hora.

Ele entregou o rascunho da declaração à srta. Anderson, para que fizesse as duas cópias. Remarcou para o início da tarde o voo de volta para Londres, programado para o final da manhã. Entrou em contato com o Departamento de Protocolo do Ministério do Exterior alemão para que providenciassem o transporte até o apartamento do Führer e depois para o aeroporto. Ligou para Oscar Cleverly no número 10 para informá-lo do que estava ocorrendo. O chefe dos secretários estava de excelente humor.

— A atmosfera aqui não podia ser mais positiva. A imprensa está em êxtase. A que horas estarão de volta?

— No final da tarde, imagino. O primeiro-ministro vai ter outro encontro com Hitler esta manhã.

— *Outro* encontro? Halifax sabe disso?

— Creio que Strang está atualizando Cadogan agora mesmo. A questão é que ele não está levando nenhuma autoridade consigo.

— O quê? Meu Deus! E sobre o que vão conversar?

Legat, sempre consciente de que as linhas estavam provavelmente grampeadas, respondeu, contido:

— As relações anglo-germânicas, senhor. Vou ter que desligar agora.

Desligou e fechou os olhos por alguns instantes. Esfregou a mão no queixo com barba por fazer. Haviam se passado quase trinta horas desde que fizera a barba pela última vez. O escritório estava calmo. Strang e Malkin falavam com Londres dos telefones de seus próprios quartos. Joan tinha saído com Wilson, que precisava ditar algumas cartas. A srta. Anderson havia levado as cópias datilografadas para serem aprovadas pelo primeiro-ministro.

Saiu ao corredor e foi para o seu quarto. Segundo o despertador, passava um pouco das dez e meia. A camareira já tinha estado ali. As cortinas estavam abertas. A cama tinha sido forrada. Ele foi para o banheiro, despiu-se e ligou o chuveiro. Virou o rosto para o jato de água quente e deixou-se massagear assim por meio minuto, e depois a cabeça e os ombros. Ensaboou-se, enxaguou a espuma, e quando saiu do cubículo sentia-se restaurado. Limpou uma área circular no espelho embaçado e se barbeou, com mais pressa do que cuidado, evitando um pedaço em que se cortara na manhã anterior.

Foi só depois que fechou as torneiras e se enxugou que escutou o barulho vindo do quarto. Era algo indistinto — não pôde dizer se vinha do piso de madeira ou de uma peça da mobília. Enrolou uma toalha em volta da cintura e foi para o quarto bem a tempo de ver a porta sendo fechada, cautelosa e silenciosamente.

Ele atravessou correndo o quarto e escancarou a porta. Um homem caminhava a passos rápidos, afastando-se pelo corredor. Legat gritou: *"Ei!"*, mas o homem continuou até virar na esquina do corredor. Legat tentou correr atrás dele, mas era difícil andar depressa segurando a toalha com as mãos. Quando chegou à esquina do corredor, o homem estava desaparecendo pela escada dos fundos. Na metade do caminho ele desistiu da perseguição. Amaldiçoou-se. Um pensamento terrível passou por sua mente. Caminhou de volta ao quarto, o mais rápido que pôde. Malkin estava saindo do escritório e deu um passo atrás, surpreso.

— Deus do céu, Legat!

— Perdão, senhor.

Legat passou rapidamente por ele, entrou no quarto e fechou a porta.

O guarda-roupa estava aberto. Sua valise tinha sido esvaziada em cima da cama. A gaveta da escrivaninha estava completamente puxada para fora, e o livro de informações turísticas, virado, aberto. Por alguns segundos Legat o fitou, estupidamente. A capa mostrava o hotel aceso à noite. *Willkommen in München!* Ele o apanhou, revirou as páginas, virou-o de cabeça para baixo e o sacudiu. Nada. Sentiu um terrível buraco de pânico no lugar do estômago.

Tinha sido imperdoavelmente descuidado. Mortalmente descuidado.

A toalha caiu no chão. Nu, foi até a mesinha e pegou o telefone. Como poderia encontrar Hartmann? Tentou pensar. Ele não tinha dito algo sobre preparar um resumo da imprensa estrangeira para Hitler?

— Posso ajudá-lo, Herr Legat? — perguntou a telefonista.

— Não. Obrigado.

Ele colocou o fone de volta.

Vestiu-se o mais depressa que pôde. Uma camisa limpa. Sua gravata de Balliol. Mais uma vez se viu enfiando os pés à força dentro dos sapatos. Vestiu o paletó e saiu para o corredor. Percebeu que estava com o cabelo molhado. Arrumou-o no lugar o melhor que pôde, cumprimentou o detetive e bateu na porta do primeiro-ministro.

— Entre!

Chamberlain estava com Wilson, Strang e Dunglass. Tinha posto os óculos e examinava as duas cópias da declaração. Olhou rapidamente para Legat.

— Sim?

— Perdão, primeiro-ministro — disse Legat —, mas eu gostaria de fazer uma sugestão relativa a sua visita a Hitler.

— Qual?
— Que eu deveria acompanhá-lo.
— Não, isso é impossível. Acho que já deixei bem claro: nenhum oficial.
— Não estou me oferecendo como oficial, senhor, mas como intérprete. Sou o único de nós que fala alemão. Posso cuidar para que suas palavras sejam repassadas para Hitler de maneira precisa, bem como as dele para o senhor.
Chamberlain franziu a testa.
— Não consigo ver a necessidade disso. O dr. Schmidt é bastante profissional.
Ele voltou a estudar o documento, e o assunto poderia ter se esgotado ali, mas Wilson interveio.
— Com todo o respeito, primeiro-ministro, lembra-se do que ocorreu em Berchtesgaden, quando Ribbentrop se recusou a nos dar uma cópia das anotações de Schmidt de sua primeira longa conversa privada com Hitler? Até hoje não temos um registro completo. Teria sido de grande ajuda para nós se tivéssemos um intérprete britânico presente.
Strang assentiu, concordando.
— Isso sem dúvida é verdade.
Chamberlain podia ser muito teimoso quando se sentia pressionado.
— Mas isso iria pôr em risco o próprio tom do encontro! Quero que ele o perceba como uma conversa pessoal. — Ele guardou as duas cópias da declaração em um bolso interno do paletó. Wilson olhou para Legat e encolheu de leve os ombros: havia tentado. Um barulho veio através da janela. A testa se Chamberlain se franziu ainda mais de perplexidade.
— Que barulho é esse?
Strang puxou um pouco a cortina.
— Há uma multidão enorme na rua, primeiro-ministro. Chamam pelo senhor.
— De novo!
— O senhor deveria ir à sacada e acenar para eles — disse Wilson.
Chamberlain sorriu.

— Acho que não.

— Deve, sim! Hugh, abra a janela, por favor?

Legat soltou o trinco. No jardim em frente ao hotel, e em ambas as direções da rua, a multidão era ainda maior do que na véspera. Quando os espectadores notaram as janelas envidraçadas se abrindo, começaram a gritar, e quando Legat recuou para permitir que Chamberlain assomasse à pequena sacada o barulho tornou-se ensurdecedor. Chamberlain curvou-se modestamente três ou quatro vezes em cada direção, e acenou. Eles começaram a cantar seu nome.

Dentro da suíte do hotel, os quatro homens escutavam.

— Talvez ele tenha razão — disse Strang com tranquilidade. — Talvez seja este o momento em que Hitler pode ser persuadido pela mera força da opinião pública a moderar seu comportamento.

— Não se pode acusar o primeiro-ministro de falta de imaginação — disse Wilson —, nem de falta de coragem. Ainda assim, com todo o respeito a Alec, eu ficaria mais satisfeito se um de nós pudesse estar lá ao lado dele.

Depois de alguns minutos Chamberlain voltou para o interior do quarto. A adulação parecia tê-lo energizado. Seu rosto resplandecia. Seus olhos estavam extraordinariamente brilhantes.

— Que coisa gratificante. Sabem, cavalheiros, é sempre o mesmo em todos os países. Pessoas comuns, pelo mundo inteiro, que não desejam mais do que poder viver suas vidas em paz, cuidar das suas crianças e de suas famílias, desfrutar das bênçãos que a natureza, a arte e a ciência têm para lhes oferecer. *Isto* é o que pretendo deixar claro para Hitler. — Ele ficou pensativo por um momento, então se virou para Wilson. — Acha mesmo que não devemos confiar em Schmidt?

— Não é Schmidt que me preocupa, primeiro-ministro. É Ribbentrop.

Chamberlain pensou mais um pouco.

— Ah, tudo bem — disse por fim. — Mas seja discreto — avisou a Legat. — Não tome notas. Só quero que intervenha se minha intenção não estiver sendo adequadamente transposta. E faça o possível para ficar fora do campo de visão dele.

3

Prinzregentenplatz havia mudado muito pouco nos seis anos desde que Hartmann a vira pela última vez. Quando subiram a ladeira e deram a volta, seus olhos caíram imediatamente sobre o ponto, na esquina nordeste, onde tinha parado com Hugh e Leyna — na calçada em frente a um grande prédio de apartamentos de pedra branca com telhado alto de telhas vermelhas. Uma multidão semelhante estava reunida hoje no mesmo lugar, na esperança de ver o Líder de relance.

A Mercedes parou diante do número 16. Uma dupla de sentinelas da ss guardava a entrada. Ao vê-los, Hartmann percebeu que ainda estava carregando a pistola. Tinha se acostumado a tal ponto com aquele peso aconchegante que acabara esquecendo que ela estava ali. Devia ter se livrado dela durante a noite. Se tinham prendido Frau Winter, certamente ele seria o próximo. Imaginou onde ela teria sido presa: no escritório, no apartamento, e como estaria sendo tratada. Quando desceu do carro acompanhando Schmidt, sentiu gotas de suor escorrendo sob a camisa. Os guardas reconheceram Schmidt e acenaram para que entrasse, e Hartmann o acompanhou. Sequer perguntaram seu nome.

Passaram por mais uma dupla de homens da ss no escritório do *concierge* e subiram pela escada pública, com degraus de pedra a princípio, depois de madeira polida. As paredes eram cobertas de ladrilhos nas cores institucionais verde e cinza, como no metrô. Havia lâmpadas elétricas de luz fraca, mas a maior parte da claridade vinha das janelas do patamar, que davam para um pequeno jardim interno com algumas árvores: abetos e vidoeiros. Subiram os degraus ruidosamente, passando pelos apartamentos do térreo e do primeiro andar. O Ministério da Propaganda apregoava que o Führer ainda tinha os mesmos vizinhos de antes de se tornar chanceler: uma prova de que no íntimo continuava a ser um homem simples do *Volk*. *Talvez fosse verdade*, pensou Hartmann, e nesse caso que idas e vindas estranhas aquelas pessoas deviam ter testemunhado nos anos mais recentes, desde a morte da sobrinha de Hitler em 1931 até a visita de Mussolini na véspera, à hora do almoço. Continuaram subindo. Ele se sentia preso em uma armadilha, como se estivesse sendo arrastado inexoravelmente por alguma sinistra força magnética. Diminuiu o passo.

— Vamos! — disse Schmidt. — Prossiga!

No segundo andar, nada distinguia a sólida porta dupla do apartamento das demais. Schmidt bateu e um ajudante da ss os introduziu em um longo e estreito vestíbulo, que se alongava para ambos os lados, com piso de parquete, tapetes, pinturas e esculturas. A atmosfera era silenciosa, artificial, desabitada. O ajudante os convidou a sentar.

— O Führer ainda não está pronto. — E afastou-se.

Schmidt sussurrou, em um tom de confidência:

— Ele fica acordado até tarde. Normalmente não se levanta antes do meio-dia.

— Quer dizer que vamos ficar sentados aqui por mais *uma hora*?

— Hoje, não. Chamberlain deve chegar às onze.

Hartmann o olhou com surpresa. Só naquele instante estava sabendo que Hitler se encontraria com o primeiro-ministro.

O carro de Chamberlain precisou de vários minutos para se livrar das mãos ávidas da multidão em frente ao hotel. O primeiro-ministro vinha no banco de trás com Dunglass, e Legat sentado na frente ao lado do motorista. Por trás deles vinha uma segunda Mercedes com os dois guarda-costas do primeiro-ministro. Contornaram parcialmente a praça e depois aceleraram pela Odeonsplatz, penetrando em um distrito de palácios reais sofisticados e grandes edifícios públicos, que Legat recordava vagamente de seu passeio em 1932. Examinou o rosto de Chamberlain pelo retrovisor lateral: ele olhava fixamente para a frente. As pessoas gritavam seu nome, acenavam. Ele seguia em frente, indiferente. Não era mais o administrador maçante sobre o qual narrava a lenda popular; era agora um vidente, um Messias da Paz, mesmo trajando as vestes monótonas de um contador idoso.

Cruzaram uma ponte com balaustrada de pedra. O rio era largo e verde, e a fileira de árvores ao longo da margem parecia uma linha de fogo: vermelho, dourado, laranja. O sol iluminou a figura dourada do Anjo da Paz que se inclinava para a frente no topo de sua alta coluna de pedra. Depois do monumento, a avenida contornava um parque, e em seguida começavam a subir a ladeira da Prinzregentenstrasse. Legat sempre a imaginara como íngreme, do modo como alguém lembra as coisas da infância, mas agora, conduzido a bordo de um automóvel poderoso, ela lhe pareceu ter apenas uma suave inclinação. Passaram por um teatro à direita e de repente estavam no espaço à frente do prédio de Hitler, e isto, pelo menos, estava igual ao que ele guardava na memória, inclusive a multidão amontoada na calçada, que reconheceu Chamberlain e começou a aplaudir. Mais uma vez o primeiro-ministro, em seu estado de mística concentração, nem sequer olhou na direção deles. Os guardas saudaram, e um ajudante adiantou-se para abrir a porta do carro.

Legat desceu do carro e acompanhou Chamberlain e Dunglass pela entrada do prédio, e subiu as escadas daquele interior sombrio.

O ajudante conduziu o primeiro-ministro a um pequeno elevador gradeado e apertou o botão, mas ele não se mexeu. Continuou tentando por uns instantes, o belo rosto jovem ficando corado de constrangimento. Por fim, abriu a porta e indicou que teriam de subir a pé. Legat subiu ao lado de Dunglass, e os dois seguiram atrás de Chamberlain. Dunglass sussurrou:

— Tinteiro sem tinta, ontem à noite. Telefones que mal funcionam. Não acho que esses camaradas sejam tão eficientes quanto gostam de parecer.

Legat estava rezando para que Hartmann estivesse lá. Não sabia ao certo o que prometer a Deus em troca disso; mas seria algo grandioso, garantiu — uma vida diferente, um recomeço do zero, um gesto à altura do momento histórico. Chegaram ao segundo andar. O ajudante abriu a porta do apartamento, e ali — *mirabile dictu* — estava Hartmann, sentado com as longas pernas esticadas. Ao lado dele, Legat reconheceu o intérprete de Hitler. Os dois ficaram de pé quando viram Chamberlain. Hartmann encarou Legat, mas não houve oportunidade para mais do que um olhar de relance entre os dois: o ajudante insistiu para que Legat acompanhasse Chamberlain e Dunglass até a sala seguinte. Disse a Schmidt para ir também. Hartmann esboçou o gesto de acompanhá-los, mas o ajudante balançou a cabeça.

— Você não. Aguarde aqui.

Por alguns segundos Hartmann ficou sozinho no vestíbulo deserto. O breve olhar de Legat tinha sido cheio de advertência. Algum fato novo devia ter acontecido. Ele imaginou se não devia escapar dali enquanto ainda tinha uma chance. Então ouviu uma porta se abrir à sua direita e virou-se para ver Hitler surgir na extremidade do corredor. Estava alisando o cabelo e esticando o casaco marrom do partido, ajustando a braçadeira com a suástica — ajustes cuidadosos de última hora, como um ator preparando-se para entrar no palco. Hartmann ficou de pé e saudou:

— *Heil Hitler!*

Hitler olhou para ele e ergueu a mão em uma resposta distraída, mas não deu sinal de tê-lo reconhecido. Dirigiu-se para a sala onde os outros estavam à sua espera e fechou a porta.

Tempos depois, Legat poderia contar — não se gabar, não era do seu feitio — que tinha estado na mesma sala que Hitler em três ocasiões distintas, duas vezes no Führerbau e uma em seu apartamento. Mas, como a maior parte das testemunhas britânicas em Munique, ele nunca era capaz de fornecer algo além da descrição mais cheia de lugares-comuns — Hitler era exatamente aquilo que aparentava nas fotografias e nos cinejornais, exceto que a cores, e o choque principal de um encontro como aquele jazia simplesmente no fato de alguém se achar tão próximo de um fenômeno mundialmente famoso; era como ver o Empire State Building ou a Praça Vermelha pela primeira vez. Um detalhe, contudo, se fixou em sua memória. Hitler cheirava fortemente a suor — percebera isso em seu escritório, e agora novamente, na lufada de ar de quando ele passou. Tinha o odor corporal de um soldado na linha de frente ou de um operário que não tomasse banho ou não trocasse de camisa havia uma semana. Estava mais uma vez de mau humor e não fez nenhuma tentativa para disfarçá-lo. Entrou na sala, cumprimentou Chamberlain, ignorou todos os demais, e foi sentar na extremidade do aposento, esperando que o visitante fosse se juntar a ele.

O primeiro-ministro ocupou uma poltrona à sua direita. Schmidt, à esquerda. O ajudante se postou junto da porta. Era uma sala espaçosa, que se estendia por quase todo o comprimento do apartamento, com as janelas dando para a rua, e mobiliada em um estilo moderno, como um salão a bordo de um transatlântico de luxo. Na extremidade havia um recuo onde se abrigava uma biblioteca, repleta de livros, no lado onde Hitler e Chamberlain estavam sentados; no meio, uma área com sofás e poltronas, onde Legat e Dunglass ficaram instalados; e uma mesa de jantar na outra ponta. Legat estava próximo o bastante para poder ouvir o que estava sendo dito, mas a distância não lhe permitia juntar-se à conversação. Ainda assim, era impossível a ele, pelo fato de o ditador estar sentado no canto, obedecer às instruções do primeiro-ministro e manter-se fora do seu campo visual; de tempos em tempos ele notava aqueles olhos azuis estranhamente opacos virem na sua direção, como se estivesse tentando adivinhar por que aqueles dois estranhos estavam presentes em seu apartamento. Não houve oferecimento de bebidas.

Chamberlain limpou a garganta.

— Em primeiro lugar, gostaria de lhe agradecer, chanceler, por me convidar a vir à sua casa e por concordar em ter mais uma conversa antes do meu retorno a Londres.

Schmidt traduziu-o fielmente. Hitler estava sentado com as costas apoiadas a uma almofada, que o projetava um pouco para a frente. Ele escutou e assentiu polidamente. "*Ja.*"

— Pensei que poderíamos discutir entre nós algumas áreas de interesse mútuo entre nossos dois países, em que pudéssemos cooperar no futuro.

Mais assentimento. "*Ja.*"

O primeiro-ministro enfiou a mão no paletó e tirou do bolso um pequeno bloco de notas. Hitler o observou, desconfiado. Chamberlain abriu o bloco na primeira página.

— Talvez pudéssemos começar com essa terrível guerra civil na Espanha...

Quase toda a fala ficou por conta de Chamberlain: Espanha, Europa Oriental, comércio, desarmamento... Ele foi marcando de um em um os tópicos da lista à medida que os abordava, e a cada um deles Hitler respondia sucintamente, sem entrar em detalhes. "Este é um assunto de interesse vital para a Alemanha", era o máximo que dizia. Ou: "Nossos especialistas já produziram um estudo sobre esse tema". Ele se remexia inquieto na poltrona, cruzava e descruzava os braços, olhava na direção do ajudante. Legat pensou que ele o fazia lembrar um chefe de família que em um momento de fraqueza permitira a entrada de um vendedor ambulante ou de um catequizador religioso, arrependera-se amargamente e estava à espera da primeira oportunidade para se ver livre dele. Quanto a Legat, olhava de vez em quando para a porta, tentando calcular como poderia escapar durante o tempo suficiente para sussurrar uma advertência a Hartmann.

O próprio Chamberlain pareceu perceber que seu interlocutor estava distraído, e disse:

— Eu entendo o quanto o senhor é um homem ocupado. Não irei prendê-lo por muito mais tempo. O que desejo lhe dizer, em conclusão, é o seguinte. Quando saí de Londres ontem pela manhã, havia mulheres, crianças e até bebês experimentando máscaras para se protegerem contra os horrores dos gases venenosos. Espero, Herr Chanceler, que nós dois possamos concordar que a guerra moderna, cujo impacto recairá como nunca antes sobre a população civil, é abominável para todas as nações civilizadas.

— *Ja, ja.*

— Acredito que seria uma pena se minha visita chegasse ao fim sem nada além de um acordo a respeito da questão tcheca. Neste espírito, esbocei uma curta declaração para deixar registrado o nosso desejo mútuo de estabelecer uma nova era nas relações anglo-germânicas, que possa trazer estabilidade à Europa como um todo. Gostaria que ela fosse assinada por nós dois.

Schmidt traduziu. Quando chegou à palavra "declaração" Legat viu Hitler lançar um olhar de desconfiança para Chamberlain. O primeiro-ministro tirou as duas cópias do bolso interno do paletó. Estendeu uma para Schmidt.

— Poderia ter a gentileza de traduzir isto para o chanceler?

Schmidt olhou o papel, e começou a lê-lo em voz alta em alemão, enfatizando cuidadosamente cada palavra.

— *"Nós, o Führer e chanceler da Alemanha e o primeiro-ministro britânico, tivemos um novo encontro no dia de hoje e estamos de acordo em reconhecer que a questão das relações anglo-germânicas é de importância primordial para os nossos dois países e para a Europa."*

Hitler assentiu lentamente.

— *Ja.*

— *"Consideramos o acordo assinado na noite de ontem um símbolo do desejo de nossos povos de nunca mais entrarem em guerra um contra o outro."*

Ao ouvir isso, Hitler inclinou ligeiramente a cabeça para o lado. Era claro que havia reconhecido as próprias palavras. Uma leve contração franziu sua testa. Schmidt esperou seu sinal para que continuasse, mas Hitler nada disse. Em seguida o intérprete prosseguiu, por iniciativa própria:

— *"Decidimos que o método da consulta deve ser o método adotado para lidar com quaisquer outras questões que possam afetar nossos dois países, e estamos determinados a persistir em nossos esforços para remover os possíveis pontos de divergência e assim contribuir para assegurar a paz na Europa."*

Durante vários segundos depois que Schmidt terminou, Hitler não se moveu. Legat podia ver seu olhar passeando pelo aposento. Um processo de cálculo estava evidentemente tendo lugar em sua mente. Provavelmente, era difícil para ele se recusar a assinar uma afirmação de sentimentos que ele mesmo exprimira em público. E no entanto também era óbvio que detestava aquilo tudo — detestava aquele incômodo e velho cavalheiro inglês que se infiltrava em sua residência por meio de truques e lhe apresentava aquele tipo de manobra política. Desconfiava de uma armadilha. Os ingleses, afinal de contas, eram ladinos. Por outro lado, se assinasse aquilo, pelo menos a reunião estaria finalizada, e Chamberlain bateria em retirada. E, enfim, aquilo não passava de um pedaço de papel, a expressão de uma piedosa esperança, sem nenhuma consequência legal. Que importância tinha?

Isso, ou pelo menos algo nesse espírito, foi o que Legat posteriormente avaliou ter passado pela mente do ditador.

— *Ja, ich werde es unterschreiben.*
— O Führer diz que sim, que quer assinar.
Chamberlain deu um sorriso aliviado. Hitler estalou os dedos para o ajudante, que se apressou em sua direção com uma caneta. Dunglass ficou de pé, para ter uma visão melhor da cena. Legat viu a sua chance e foi na direção da porta.

Hartmann ficou sentado por dez minutos no vestíbulo deserto. O resumo de imprensa estava na cadeira, ao seu lado. Da esquerda vinha um som distante de um retinir de pratos, a voz de uma mulher, uma porta que abria e se fechava. Ali, pensou ele, deve ser a área de serviço: a cozinha, o banheiro, os aposentos dos criados. O quarto do Führer, portanto, tinha que ser do lado direito, de onde ele surgira havia pouco tempo. A porta da sala onde ele estava reunido com Chamberlain estava fechada; era impossível ouvir qualquer coisa pela madeira grossa. Pendurada na parede junto dele havia uma aquarela representando a Ópera Estatal de Viena — tecnicamente competente, mas afetada e sem alma. Ele desconfiou de que devia ser uma obra do próprio Hitler. Ergueu-se e cruzou o chão parquetado para examiná-la mais de perto. Sim, ali estavam as iniciais dele no canto inferior direito. Fingindo examinar a pintura mais de perto, olhou de relance para o quarto do Führer no fim do corredor. Havia um quarto vizinho a ele, a apenas uns quatro ou cinco passos de distância. A curiosidade foi mais forte; Hartmann olhou para a cozinha para ver se estava sendo observado, e então caminhou despreocupadamente para lá e abriu a porta.

Era um pequeno quarto cujas janelas davam para as árvores de um pátio interno. A veneziana estava entreaberta. Havia no ar um cheiro forte e adocicado de flores frescas e secas e de perfumes de canela que haviam desidratado em seus frascos. Sobre a penteadeira, um vaso com rosas murchas e um vaso redondo de frisas amarelas e roxas. Estendido sobre a cama, um roupão simples de algodão branco, como o que Leyna vestia. Ele caminhou na direção da cama e abriu a porta que dava para o banheiro. Pôde ver, através da porta aberta, outra porta que dava para o quarto de Hitler, e um casaco pendurado no encosto de uma cadeira. Ao se afastar, examinou mais de perto a penteadeira. Uma foto em preto e branco emoldurada de um cachorro. Uma pilha de papéis para anotações com o timbre de Angela Raubal no canto superior esquerdo. Um exemplar da revista de moda *Die Dame*. Ele checou a data: setembro de 1931.

Leyna tinha razão. Bastava ver aquilo para não ter mais dúvidas. A proximidade entre aquele quarto e o quarto de Hitler, a intimidade tão sufocante, o banheiro compartilhado, o modo como continuava sendo preservado como um santuário, como uma câmara mortuária egípcia...

Ouviu um barulho às suas costas. Saiu do quarto rapidamente e fechou a porta, Legat estava saindo da sala. Depois de olhar de relance para trás, disse rapidamente, mas com a voz tranquila:

— Receio que tenha más notícias. A Gestapo está com o documento.

Hartmann precisou de um momento para organizar os pensamentos. Olhou por trás de Legat a porta entreaberta, mas não viu ninguém.

— Quando foi isso?

— Há menos de uma hora. Revistaram meu quarto enquanto eu estava no chuveiro.

— Tem certeza de que ele sumiu mesmo? ·

— Sem dúvida disso. Paul, eu lamento muitíssimo...

Hartmann ergueu a mão para silenciá-lo. Precisava pensar.

— Se faz menos de uma hora, devem estar à minha procura. Eu...

Ele se deteve. O ajudante da ss tinha aparecido por trás de Legat. Vinha saindo do salão, seguido por Chamberlain e Hitler. Depois deles vinham Schmidt e Dunglass. O primeiro-ministro segurava duas folhas de papel. Entregou uma a Hitler.

— Esta é sua, Herr Chanceler.

Hitler a repassou imediatamente ao ajudante. Agora que os visitantes estavam de saída ele parecia mais descontraído.

— *Doktor Schmidt begleitet Sie zu Ihrem Hotel. Ich wünsche Ihnen einen angenehmen Flug.*

— Eu o acompanharei de volta ao seu hotel, primeiro-ministro — disse Schmidt. — O Führer lhes deseja um voo agradável.

— Obrigado. — Chamberlain e Hitler apertaram as mãos. Ele pareceu querer fazer mais um breve discurso, mas desistiu. O ajudante abriu a porta da frente e o primeiro-ministro saiu para o hall com Schmidt. Com uma ponta de sarcasmo, Dunglass disse:
— Vem conosco, Hugh?
Legat sabia que nunca mais veria Hartmann. Mas não havia nada que pudesse dizer. Acenou para ele com a cabeça e saiu acompanhando os outros.

Assim que a porta se fechou, Hitler ficou olhando para ele por vários segundos. Estava esfregando a palma da mão direita com o polegar esquerdo, um gesto inconsciente: em movimentos circulares, como se tivesse se machucado. Por fim notou o resumo de notícias em cima da cadeira. Virou-se para Hartmann.
— Isso é o que a imprensa estrangeira está dizendo?
— Sim, meu Führer — respondeu Hartmann.
— Traga-o para cá.
A esperança de Hartmann fora de escapar dali rapidamente. Em vez disso, viu-se acompanhando Hitler, que retornou ao salão. O ajudante estava arrumando a mobília, desamassando as almofadas. Hartmann estendeu as folhas de papel com o resumo. Hitler procurou os óculos no bolso do casaco. Da rua lá embaixo veio o som de aplausos. Com os óculos na mão, ele olhou para a janela, depois foi até lá. Puxou a borda da cortina e olhou para a multidão. Balançou a cabeça.
— Como se pode fazer guerra, com um povo assim?
Hartmann foi até outra janela para olhar: a multidão tinha aumentado bastante na última meia hora, depois que circulara a notícia de que Chamberlain estava no edifício. Centenas de pessoas se apertavam na calçada do outro lado da rua. Os homens acenavam com chapéus, as mulheres, com os braços para o alto. Daquele ângulo era impossível ver o carro do primeiro-ministro, mas era possível deduzir seu trajeto pelo modo como as cabeças das pessoas se viravam para segui-lo, enquanto ele se afastava.
Hitler largou a cortina.

— A população alemã se deixou trapacear, e por Chamberlain, ainda por cima! — Ele deu uma sacudidela brusca nos óculos e os pôs no rosto com uma mão só. Começou a ler o resumo.

Hartmann estava prestes a se afastar da janela quando seus olhos perceberam uma nova zona de atividade na rua. Uma grande limusine Mercedes surgiu com muito ruído e parou bruscamente junto à calçada oposta. Hartmann pôde reconhecer Ribbentrop, e Sauer ao lado dele. Visivelmente apressados, os dois pularam para fora do carro e começaram a atravessar a rua, olhando à direita e à esquerda, antes mesmo que sua escolta, uma segunda Mercedes conduzindo um quarteto de soldados da ss, tivesse parado. Enquanto Sauer esperava a passagem de um caminhão, ergueu os olhos para o apartamento. Instintivamente Hartmann recuou para não ser visto.

Hitler estava folheando o resumo. Com uma voz irônica ele leu em voz alta a manchete do *New York Times*: *Chamberlain, herói das multidões em Munique*. E depois outro trecho: *Os aplausos para Hitler foram mecânicos e polidos, mas Chamberlain foi aplaudido em verdadeiro êxtase*.

No vestíbulo, a campainha da entrada começou a tocar. O ajudante saiu do salão. Hitler atirou o documento em cima do sofá e foi até a escrivaninha. Pela segunda vez Hartmann se viu sozinho com ele. Ouviu vozes no saguão. Enfiou a mão no casaco. Seus dedos tocaram no metal. Mas então ele retirou a mão de imediato. Aquilo era absurdo. Estava a ponto de ser preso, e *mesmo assim* não conseguia praticar aquele ato. E se ele não pudesse, quem poderia? Naquele instante, em um flash de lucidez, entendeu que ninguém — nem ele, nem o Exército, nem um assassino solitário —, nenhum alemão interromperia o destino comum de todos enquanto ele não se cumprisse.

A porta se abriu e Ribbentrop entrou, com Sauer logo atrás. Os dois pararam e fizeram a saudação. Sauer dirigiu a Hartmann um olhar de ódio violento. Hartmann sentiu um ruído nos tímpanos. Preparou-se. Ribbentrop, no entanto, parecia o mais nervoso de todos.

— Meu Führer, disseram-me que o senhor acabou de se encontrar com Chamberlain.

— Ele me pediu um encontro privado, ontem à noite. Não vi mal nisso.

— Posso lhe perguntar o que ele queria?

— Queria que eu assinasse um pedaço de papel. — Hitler apanhou o papel, que estava sobre a escrivaninha, e o entregou ao ministro do Exterior. — Ele me parece um velho cavalheiro muito inofensivo. Achei que seria rude recusar.

O rosto de Ribbentrop pareceu se retesar durante a leitura. Claro, o Führer jamais poderia cometer um erro. Seria impensável a mera sugestão disso. Mas Hartmann pôde sentir uma mudança na atmosfera da sala. Por fim, Hitler disse, com irritação:

— Ah, não leve isso tudo tão a sério! Esse pedaço de papel não tem o menor significado. O nosso problema é aqui. Com o povo alemão.

Deu as costas aos outros e se curvou para mexer nos papéis sobre a mesa.

Hartmann viu sua chance. Com um leve aceno da cabeça, primeiro ao ministro do Exterior e depois a Sauer, afastou-se na direção da porta. Ninguém tentou detê-lo. Um minuto depois ele estava na rua.

4

O Lockheed Electra se sacudia através da nuvem baixa que cobria o canal da Mancha. Do lado de fora das janelas não havia nada para se ver além de uma extensão infinita de cor cinza. Legat estava no mesmo assento traseiro em que fizera a viagem para Munique, o queixo apoiado na mão, olhando para o nada. O primeiro-ministro ia na frente, com Wilson. Strang e Malkin no meio. Somente Ashton-Gwatkin estava ausente: ainda em Praga, negociando o acordo com os tchecos. A atmosfera a bordo era de exaustão e melancolia. Malkin e Dunglass estavam adormecidos. Havia um cesto de comida no armário atrás do assento de Legat, fornecido pelo Regina Palast Hotel, mas quando Chamberlain soube que era um presente dos alemães deu ordens para que ninguém tocasse naquilo. Não fez diferença. Ninguém estava com fome.

Mais uma vez ele percebeu, pelo aumento da pressão nos ouvidos, que estavam começando a descer. Tirou o relógio do bolso. Passava um pouco das cinco. Wilson inclinou-se para fora de seu assento.

— Hugh! — Fez um gesto para que ele se aproximasse. — Cavalheiros, poderíamos ter uma conversa?

Legat caminhou oscilando até a parte da frente do avião. Strang e Malkin vieram ocupar os assentos por trás do primeiro-ministro. Ele e Dunglass ficaram de pé, com as costas apoiadas às paredes do avião. O avião deu uma guinada e eles caíram um sobre o outro. Wilson disse:

— Falei ainda há pouco com o comandante Robinson. Devemos estar em terra daqui a uma meia hora. Ao que parece, há uma boa multidão à nossa espera, como podem muito bem imaginar. O rei mandou o lorde camareiro-mor para conduzir o primeiro-ministro diretamente ao Palácio de Buckingham, para que Suas Majestades lhe agradeçam pessoalmente. Haverá uma reunião do Gabinete assim que estivermos todos de volta a Downing Street.

— Evidentemente terei que fazer uma declaração para as câmaras — disse o primeiro-ministro.

Strang limpou a garganta.

— Permita-me dizer, primeiro-ministro, para que trate qualquer compromisso assumido por Hitler com a máxima cautela? O acordo concreto sobre os Sudetos é uma coisa; a maioria das pessoas entenderá as razões para isso. Mas este outro documento... — A voz dele se esvaiu.

Ele estava sentado diretamente atrás de Chamberlain. Seu rosto longo estava angustiado. O primeiro-ministro precisou se virar um pouco para lhe responder, e Legat observou o quanto ele parecia obstinado visto de perfil.

— Eu entendo o ponto de vista do Foreign Office, William. Sei que Cadogan, por exemplo, acredita que devemos tratar o apaziguamento simplesmente como uma lamentável necessidade, deixando claro que não tínhamos alternativa no estado atual das coisas, e usá-lo puramente como uma oportunidade para ganhar tempo e poder anunciar um programa maciço de rearmamento. Bem, nós *estamos* nos rearmando maciçamente. Só no ano que vem vamos empenhar mais da metade das despesas do governo em armas. — E agora ele falou dirigindo-se a todos, talvez particularmente a Legat, embora depois ele não pudesse estar certo disso. — Não sou um pacifista. A principal lição que aprendi nessas negociações com Hitler foi que alguém não pode jogar pôquer com um gângster se não tiver algumas cartas na mão. Mas, se eu falar nestes termos quando pousarmos, vai apenas lhe dar uma desculpa para que aumente sua beligerância. Por outro lado, se ele mantiver sua palavra, e eu por acaso acredito que vai fazê-lo, evitaremos a guerra.

Strang insistiu.

— Mas, e se ele faltar com a palavra?

— Se ele quebrar a palavra dada, bem, então o mundo passará a vê-lo como ele realmente é. Ninguém mais terá qualquer dúvida. Isso unirá o país e reunirá os Domínios de um modo que eles não estão no presente momento. Quem sabe? — Ele se permitiu um leve sorriso. — Talvez isso possa trazer até os americanos para o nosso lado. — Ele deu umas pancadinhas no bolso do paletó. — Portanto, pretendo dar a esta declaração conjunta o máximo de publicidade assim que pousarmos em Londres.

Eram 5h38 da tarde quando o avião do primeiro-ministro finalmente rompeu as nuvens e surgiu sobre o aeródromo de Heston. Assim que conseguiu ter uma visão do solo, Legat viu o tráfego na Great West Road. Havia carros estacionados por cerca de dois quilômetros em cada direção. Tinha chovido forte. Os faróis refletiam no asfalto molhado. Uma vasta multidão de pessoas, milhares e milhares delas, amontoava-se diante dos portões do aeroporto. O Lockheed rugiu ao sobrevoar em voo baixo o edifício do terminal, em uma descida brusca. Ele agarrou os braços da poltrona. As rodas se chocaram com a pista de grama, uma, duas vezes, depois rolaram sobre ela, e o avião deslizou sobre o solo, jogando esteiras de água para cima de ambos os lados, depois dando uma freada repentina, antes de girar para a área de manobra de concreto.

A cena que ele viu através da janela, na luz mortiça do outono, era caótica — cinegrafistas e repórteres, funcionários do aeroporto, policiais, dezenas de estudantes de Eton, bizarramente trajando roupa formal, ministros do Gabinete, membros do Parlamento, diplomatas, gente do público e da Câmara dos Lordes, o prefeito de Londres com sua corrente cerimonial. Mesmo à distância Legat percebeu a figura imensamente alta de Lord Halifax com seu chapéu-coco, como dom Quixote ao lado do diminuto Sancho Pança que era Sir Alexander Cadogan. Syers estava com eles. Tinham os guarda-chuvas fechados. A chuva já devia ter cessado. Havia apenas um carro, um grande e antiquado Rolls-Royce, onde tremulava o estandarte real. Um homem de macacão os guiou até o local de estacionamento e sinalizou para que o piloto desligasse os motores. As hélices giraram ruidosamente até pararem.

A porta da cabine foi aberta. Tal como antes, quando desembarcaram em Munique, o comandante Robinson parou para trocar algumas frases com o primeiro-ministro, depois desceu ao longo da inclinação da cabine e abriu a porta traseira. Desta vez a rajada de vento que entrou era inglesa, fria e úmida. Legat esperou em seu assento a passagem do primeiro-ministro. Sua mandíbula estava cerrada de tensão. Que coisa estranha que um homem fundamentalmente tão tímido fosse capaz de abrir caminho na vida pública e lutar no interior dela até alcançar o topo! O vento fez balançar a porta, que bateu, quase se fechando, e Chamberlain teve que empurrá-la com o cotovelo. Abaixou a cabeça e desceu em meio a um ruído ensurdecedor de aplausos, gritos e vivas que chegava a parecer histérico. Wilson ficou na cabine segurando os outros até que o primeiro-ministro chegou ao fim da escada: o momento de glória tinha que pertencer ao chefe, e só a ele. Depois que Chamberlain começou a caminhar ao longo da fila do comitê de recepção, apertando mãos, Wilson aventurou-se a descer também, seguido por Strang, Malkin e Dunglass.

Legat foi o último a descer. Os degraus estavam escorregadios. O piloto segurou-lhe o braço para que se equilibrasse. No crepúsculo azulado e úmido, as luzes das câmeras dos cinejornais eram de um branco brilhante, como uma luz congelada. Chamberlain terminou de cumprimentar os dignitários e virou-se para se postar diante de uma dúzia de microfones, cada um deles com o nome da respectiva organização: BBC, Movietone, CBS, Pathé. Legat não via seu rosto do lugar onde estava, apenas as suas costas estreitas e os ombros encurvados, contornados pelas luzes. Ele esperou que a gritaria diminuísse. Sua voz soava fina e clara ao vento.

— Há duas coisas que eu quero lhes dizer. Primeiro de tudo, recebi um número espantoso de cartas durante estes dias tão ansiosos, e o mesmo ocorreu com a minha esposa. Cartas de apoio, de aprovação e de gratidão; e não posso lhes dizer o quanto esse encorajamento foi importante para mim. Quero agradecer ao povo britânico por tudo que ele fez.

A multidão aplaudiu novamente. Alguém gritou: "O que *o senhor* fez!". Outro berrou lá de trás: "É o bom e velho Chamberlain!".

— Em seguida, quero lhes dizer que o equacionamento do problema da Tchecoslováquia que foi conseguido agora é, aos meus olhos, somente o prelúdio para um ajuste muito mais amplo no qual a Europa inteira pode encontrar a paz. Hoje pela manhã, tive mais um encontro com o chanceler alemão, Herr Hitler, e aqui está o papel com a assinatura dele e a minha. — Ele ergueu a folha de papel, que farfalhava na brisa. — Alguns de vocês talvez já tenham ouvido dizer o que está escrito aqui, mas eu gostaria de lê-lo para todos.

Ele era vaidoso demais para pôr os óculos. Teve que segurar o papel à distância para enxergá-lo. E esta foi a imagem que ficou na mente de Legat, daquele momento famoso — gravada a fogo na retina de sua memória até o dia de sua morte, muitos anos depois, como um honrado servidor público —, aquela silhueta negra recortada no centro de uma grande luz brilhante, o braço estendido, como um homem que acabava de se jogar de encontro a uma cerca eletrificada.

O segundo Lockheed pousou em terra quando o primeiro-ministro já se afastava no Rolls-Royce do rei. O aplauso da multidão ao ver o primeiro-ministro se aproximar dos portões misturou-se ao rugido dos motores da aeronave. Syers comentou:

— Meu Deus, você escutou isto? As ruas estão engarrafadas daqui até o centro de Londres.

— Dá a impressão de que ganhamos uma guerra, e não de que evitamos uma.

— Já havia milhares de pessoas no Mall quando partimos para cá. Ao que parece, o rei e a rainha querem levá-lo à sacada do palácio. Ei, me deixe ajudá-lo a carregar isso. — Syers segurou uma das caixas vermelhas que vinham no carrinho de bagagens. — E então, como foi tudo?

— Uma coisa tenebrosa, para ser honesto.

Os dois caminharam juntos pela plataforma, rumo ao terminal da British Airways. Quando estavam na metade do trajeto, as luzes dos cinegrafistas se apagaram de repente, fazendo a multidão soltar um gemido coletivo de desapontamento. Todos começaram a se deslocar para a saída. Syers disse:

— Há um ônibus para levar todos nós de volta a Downing Street. Deus sabe quanto tempo isso vai levar.

Dentro do terminal lotado, os embaixadores da Itália e da França conversavam com o lorde chanceler e o ministro da Guerra. Syers saiu para se informar a respeito do ônibus. Legat ficou tomando conta das caixas vermelhas. Exausto, ele sentou em um banco, acima do qual se via um cartaz de propaganda de voos para Estocolmo. Havia uma cabine telefônica junto ao balcão. Ele imaginou se devia ligar para Pamela para avisar que tinha desembarcado, mas a lembrança do som da voz dela e das inevitáveis perguntas que faria o deprimiu. Através da larga vidraça na parede, ele podia ver os passageiros que desembarcavam do segundo Lockheed e se encaminhavam para o terminal. Sir Joseph Horner vinha entre os dois detetives. Joan caminhava ao lado da srta. Anderson. Carregava uma valise em uma mão e uma máquina de escrever portátil na outra. Assim que ela o avistou, veio na sua direção.

— Sr. Legat!

— Deus do céu, Joan, pode me chamar de Hugh.

— Hugh, então. — Ela sentou ao lado dele e acendeu um cigarro. — Bem, foi emocionante.

— Foi mesmo?

— Bem, eu diria que sim. — Ela virou o rosto para ele e o olhou de cima a baixo. O olhar dela era franco. — Tentei alcançá-lo em Munique antes de embarcarmos, mas seu avião já tinha decolado. Tenho uma confissãozinha a fazer.

— E do que se trata? — Ela era muito bonita. Mas ele não estava em um estado de espírito apropriado para um flerte.

Ela se inclinou mais perto, com um ar de conspiração.

— Aqui somente entre nós dois, Hugh, eu não sou na verdade o que pareço ser.

— Não?

— Não. Na verdade, sou uma espécie de anjo da guarda.

Ela estava começando a deixá-lo nervoso. Ele olhou em volta pela área do terminal. Os embaixadores ainda conversavam com o ministro. Syers estava na cabine telefônica, provavelmente tentando localizar o ônibus deles. Ele respondeu, cansado:

— Do que você está falando?

Ela pegou a valise, que estava no chão, e a pôs sobre o colo.

— O coronel Menzies é meu tio. De fato, ele é pai de um primo meu em segundo grau, para ser mais exata. E de vez em quando ele me incumbe de uma pequena missão. A verdade é que a razão pela qual eu fui mandada para Munique, além da minha habilidade como datilógrafa, que é exemplar, foi ficar de olho em *você*. — Ela abriu os fechos da valise com um estalido, enfiou a mão sob roupas de baixo cuidadosamente dobradas e de lá extraiu o memorando. Ainda estava no envelope original. — Peguei isto no seu quarto a noite passada, por segurança, depois que você saiu com o seu amigo. E de fato, Hugh... aliás, gosto do seu nome, ele combina com você... de fato, Hugh, *graças a Deus que eu o fiz.*

O fato de ainda continuar livre era miraculoso para Hartmann. Naquela tarde, quando deixou o Führerbau e embarcou no carro para o aeroporto, e depois quando sentou no Junkers de passageiros fretado pelo Ministério do Exterior para levá-los de volta para casa, e especialmente naquela noite quando desembarcou em Tempelhof — a cada estágio do seu regresso a Berlim ele estava à espera de ser preso. Mas nenhuma mão pousou no seu braço, não houve nenhum confronto com homens à paisana, nenhum "Herr Hartmann, pode nos acompanhar?". Em vez disso, ele caminhou sem ser incomodado pelo terminal do aeroporto até a fila dos táxis.

A cidade estava cheia de pessoas que festejavam na noite de sexta-feira, comemorando a paz inesperada. Em cada copo que se erguia, em cada sorriso, em cada braço em torno de uma pessoa amada ele enxergava um gesto contra o regime.

A campainha dentro do apartamento dela tocou durante um longo tempo sem resposta. Ele estava a ponto de desistir. Mas então ouviu o som da chave girando na fechadura e a porta se abriu e lá estava ela.

Mais tarde naquela noite, ela disse:

— Você vai ser enforcado qualquer dia desses, sabe disso, não sabe?

Estavam sentados nas extremidades opostas da banheira, de frente um para o outro. Ela acendera uma vela. Através da porta aberta do banheiro vinha o som ilegal de uma rádio estrangeira, tocando jazz.

— O que a leva a dizer isso?

— Porque foi o que eles me disseram, antes de me soltarem. "Fique longe dele, Frau Winter, este é o conselho que lhe damos.

Conhecemos bem aquele tipo. Ele pode achar que escapou, por enquanto, mas vamos pegá-lo mais cedo ou mais tarde." Disseram isso de uma maneira muito educada.

— E você respondeu o quê?

— Agradeci pelo aviso.

Ele riu e esticou as pernas absurdamente longas. A água jorrou para o piso. Ele podia sentir sua pele macia na dele. Ela estava certa. Os dois estavam certos. Eles o enforcariam um dia, no dia 20 de agosto de 1944, para ser preciso, na prisão de Plötensee, na extremidade de uma corda de piano: ele pressentia seu destino mesmo que não pudesse prevê-lo exatamente, mas havia vida a ser vivida até então, e uma batalha a ser travada, e uma causa pela qual valia a pena morrer.

Legat foi finalmente liberado para ir para casa pouco depois das dez da noite. Cleverly lhe disse que não era preciso esperar o fim da reunião do Gabinete; Syers cuidaria das caixas de documentos; e ele poderia tirar o fim de semana de folga.

Ele saiu do número 10 e caminhou por ruas repletas de pessoas que comemoravam. Fogos de artifício subiam aqui e ali pela cidade. Os relâmpagos dos rojões iluminavam o espaço.

As janelas do andar de cima estavam escuras. As crianças deviam estar dormindo. Ele girou a chave na fechadura e pôs a valise no hall de entrada. Podia ver a luz acesa na sala de estar. Pamela pôs o livro de lado assim que o viu entrar.

— Querido! — Ela deu um pulo e o envolveu em seus braços. Por mais de um minuto os dois ficaram assim, sem dizer nada. Finalmente ela se afastou e segurou o rosto dele entre as mãos. Os olhos finalmente se encontraram com os dele. Ela disse: — Senti tanto sua falta.

— Como você está? Como estão as crianças?

— Todos melhor, agora que você voltou.

Ela começou a desabotoar seu casaco. Ele segurou-lhe as mãos.

— Não, não precisa. Eu não vou ficar.

Ela deu um passo para trás.

— Tem que voltar para o trabalho? — Não era uma queixa; soava mais como uma esperança.

— Não, não se trata do trabalho. Quero apenas subir e ver as crianças.

A casa era tão pequena que os dois dividiam o mesmo quarto. John tinha uma cama. Diana ainda estava em um berço. Ele nunca deixava de ficar pasmo com o silêncio de quando estavam adormecidos. À luz da lâmpada do corredor, estavam ali deitados, na penumbra, ambos com a boca entreaberta. Ele tocou seus cabelos. Sentiu vontade de beijá-los, mas teve medo de que acordassem. De cima da cômoda, os óculos das máscaras de gás o fitavam. Ele saiu e fechou a porta suavemente.

Pamela estava de costas quando ele voltou para a sala de estar. Virou-se, de olhos enxutos. Cenas emocionais não eram o seu estilo. Ele era grato por isso. Ela disse com calma:

— Quanto tempo vai ficar fora?

— Vou apenas ficar no clube. Voltarei de manhã. Então podemos conversar.

— Eu posso mudar, sabe. Se você quiser.

— Tudo tem que mudar, Pamela. Você, eu, tudo. Estou pensando em pedir demissão do Serviço Público.

— E fazer o quê?

— Não vai rir?

— Tente.

— No voo de volta estive pensando em entrar para a RAF.

— Mas eu acabei de ouvir Chamberlain no rádio dizer ao público em Downing Street que havia paz para a nossa época.

— Ele não devia ter dito isso. Ele se arrependeu no momento em que disse. — De acordo com Dunglass, a sra. Chamberlain o convencera a falar assim; ela era a única pessoa a quem ele não recusava nada.

— Então você ainda acha que vai haver guerra?

— Tenho certeza disso.

— Então o que quer dizer tudo isso, toda essa esperança, essa comemoração?

— É alívio, simplesmente. E eu não culpo as pessoas por isso. Quando olho para as crianças, eu sinto o mesmo. Mas tudo que aconteceu, na verdade, foi que esticamos um fio que vai disparar uma armadilha no futuro. Hitler vai tropeçar nele mais cedo ou mais tarde. — Ele beijou o rosto dela. — Vejo você de manhã.

Ela não respondeu. Ele pegou a valise e saiu na noite. Alguém em Smith Square estava disparando rojões. Nos jardins, ouviam-se gritos de alegria. Os velhos edifícios brilhavam intensamente com as cascatas de fagulhas e então voltavam à escuridão.

Agradecimentos

Este romance é o ápice de um fascínio pelo Acordo de Munique, que remonta a mais de trinta anos, e gostaria de agradecer a Denys Blakeway, o produtor com quem fiz um documentário de televisão para a BBC, *God Bless You, Mr. Chamberlain*, para marcar o 50º aniversário da conferência, em 1988. Desde então, ambos mantemos uma leve obsessão por esse assunto.

Na Alemanha, meus amigos da Heyne Verlag, Patrick Niemeyer e Doris Schuck, ajudaram a organizar minha pesquisa em Munique. Sou especialmente grato ao dr. Alexander Krause por sua visita guiada de especialista pelo que um dia foi o Führerbau e agora é a Faculdade de Música e Teatro (da qual ele é o reitor), e ao Ministério do Interior bávaro por me permitir visitar o antigo apartamento de Hitler em Prinzregentenplatz, hoje utilizado como um quartel-general da polícia.

Na Grã-Bretanha, meus agradecimentos a Stephen Parkinson, secretário de Política em Downing Street, número 10, e ao professor Patrick Salmon, historiador-chefe do Foreign & Commonwealth Office.

Tive a sorte, mais uma vez, de me beneficiar dos conselhos e do apoio de quatro perspicazes "primeiros leitores". A minha editora na Hutchinson em Londres, Jocasta Hamilton; e na Knopf, em Nova York, Sonny Mehta; ao meu tradutor alemão, Wolfgang Müller; e a minha esposa, Gill Hornby, meus mais profundos agradecimentos, como sempre.

Gostaria também de registrar minha dívida para com as seguintes obras:

John Charmley, *Chamberlain and the Lost Peace*; Jock Colville, *The Fringes of Power: Downing Street Diaries 1939-1955*; David Dilks (Org.), *The Diaries of Sir Alexander Cadogan*; Max Domarus, *Hitler: Speeches and Proclamations, 1935-1938*; David Dutton, *Neville Chamberlain*; David Faber, *Munich 1938: Appeasement and World War II*; Keith Feiling, *The Life of Neville Chamberlain*; Joachim Fest, *Albert Speer: Conversations with Hitler's Architect*; Joachim Fest, *Plotting Hitler's Death: The German Resistance to Hitler 1933-1945*; Hans Bernd Gisevius, *To the Bitter End*; Paul Gore-Booth, *With Great Truth and Respect*; Sheila Grant Duff, *The Parting of the Ways*; Ronald Hayman, *Hitler and Geli*; Nevile Henderson, *Failure of a Mission*; Peter Hoffmann, *German Resistance to Hitler*; Peter Hoffmann, *The History of the German Resistance 1933-1945*; Peter Hoffmann, *Hitler's Personal Security*; Heinz Höhne, *Canaris*; Lord Home, *The Way the Wind Blows*; David Irving, *The War Path*; Otto John, *Twice Through the Lines*; *The Memoirs of Field Marshal Keitel*; Ian Kershaw, *Making Friends with Hitler: Lord Londonderry and Britain's Road to War*; Ivone Kirkpatrick, *The Inner Circle*; Alexander Krause, *No. 12 Arcisstrasse*; Klemens von Klemperer (Org.), *A Noble Combat: The Letters of Sheila Grant Duff and Adam von Trott zu Solz 1932-1939*; Valentine Lawford, *Bound for Diplomacy*; Giles MacDonogh, *1938: Hitler's Gamble*; Giles MacDonogh, *A Good German: Adam von Trott zu Solz*; Andreas Mayor (Trad.), *Ciano's Diary 1937-1938*; Harold Nicolson, *Diaries and Letters, 1930-1939*; John Julius Norwich (Org.), *The Duff Cooper Diaries*; NS-Dokumentationszentrum, Munique, *Munich and National Socialism*; Robert Rhodes James (Org.), *Chips: The Diaries of Sir Henry Channon*; Richard Ollard (Org.), *The Diaries of A. L. Rowse*; Richard Overy, com Andrew Wheatcroft, *The Road to War*; David Reynolds, *Summits: Six Meetings that Shaped the Twentieth Century*; Andrew Roberts, *"The Holy Fox": A Biography of Lord Halifax*; Paul Schmidt, *Hitler's Interpreter*; Robert Self, *Neville Chamberlain*; Robert Self (Org.), *The Neville Chamberlain Diary Letters, Volume Four*; William L. Shirer, *Berlin Diary*; Reinhard Spitzy, *How We Squandered the Reich*; Lord Strang, *Home and Abroad*; Despina Stratigakos, *Hitler at Home*; Christopher Sykes, *Troubled Loyalty: A Biography of Adam von Trott*; A. J. P. Taylor, *The Origins of the Second World War*; Telford Taylor, *Munich: The Price of Peace*; D. R. Thorpe, *Alec Douglas-Home*; Daniel Todman, *Britain's War: Into Battle 1937-1941*; Gerhard L. Weinberg, *The Foreign Policy of Hitler's Germany, 1937-1939*; Ernst von Weizsäcker, *Memoirs*; Sir John Wheeler-Bennett, *The Nemesis of Power: The German Army in Politics 1918-1945*; Stefan Zweig, *The World of Yesterday: Memoirs of a European*.

ESTA OBRA FOI COMPOSTA PELA ABREU'S SYSTEM EM ADOBE GARAMOND
E IMPRESSA EM OFSETE PELA LIS GRÁFICA SOBRE PAPEL PÓLEN SOFT DA SUZANO
PAPEL E CELULOSE PARA A EDITORA SCHWARCZ EM MARÇO DE 2018

A marca FSC® é a garantia de que a madeira utilizada na fabricação do papel deste livro provém de florestas que foram gerenciadas de maneira ambientalmente correta, socialmente justa e economicamente viável, além de outras fontes de origem controlada.